TABEA HALBMEYER

Der Advokat und das Mädchen

SCM Hänssler

SCM

Stiftung Christliche Medien

Bestell-Nr. 394.986
ISBN 978-3-7751-4986-0

SCM Hänssler im SCM-Verlag GmbH & Co. KG · 71088 Holzgerlingen
Internet: www.scm-haenssler.de
E-Mail: info@scm-haenssler.de
Umschlaggestaltung: oha werbeagentur gmbh, Grabs, Schweiz;
www.oha-werbeagentur.ch
Titelbild: istockphoto.de, shutterstock.de
Satz: Satz & Medien Wieser, Stolberg
Druck und Bindung: CPI – Ebner & Spiegel, Ulm
Printed in Germany

Prolog

Die Sonne stand hoch am Himmel über dem Meer an der Ostküste Englands. Der Wind trug die Wellen ans Ufer, wo die Gischt des Meeres eine willkommene Erfrischung auf den glühenden Gesichtern der Menschen war.

Eine kleine Menschenmenge wartete vor einem großen Schiff, das bald ablegen sollte.

Ein Mädchen von elf Jahren war unter ihnen. Sie blickte den Mann, der vor ihr kniete und den sie Papa nannte, an. Tränen rannen ihr über das schmale Gesicht. Ihre Lippen bebten und ihr Herz pochte wie wild. Zitternd strich sie ihm über die Wangen. Die Angst, dass sie ihn niemals wiedersehen würde und die Angst, dass ihm womöglich so schreckliche Dinge angetan werden könnten, dass er sogar sterben würde, schnürte ihr die Kehle zu. Sie schaute ihn einfach an und weinte. Niemals wollte sie sein Gesicht vergessen. Die blauen Augen, die sie sogar jetzt noch liebevoll anblickten, die etwas zu große Nase und die raue Haut, das ihr liebste und schönste Gesicht. Fast panisch sog sie seinen Anblick in sich auf.

Auch der Mann blickte seine Tochter an. Er wischte ihr die Tränen von den Wangen und strich ihr mit seiner großen starken Hand über das blonde Haar. Sein einziges und bestes Mädchen. Dass er sie nie wiedersehen sollte! *Oh Gott, bitte halte du sie in deinen Händen*, betete er verzweifelt.

Da schlug ihm eine Hand fest auf die Schulter.

»Nun ist es genug! Komm mit. Es wird Zeit«, sagte eine barsche, unfreundliche Männerstimme.

Der geliebte Vater erhob sich, küsste seine Tochter, seinen Sohn und seine Frau und sagte mit brüchiger Stimme: »Der Herr sei mit euch!«

Die Frau nickte und flüsterte: »Und mit dir.«

Dann wurde er weggezerrt.

Das Mädchen wollte ihm hinterherlaufen, doch die Mutter hielt es zurück. Schluchzend rief es ihm hinterher: »Papa! Papa!«

Er schaute zurück und rief: »Ich liebe dich« – und dann war er auch schon die Rampe zu dem großen Schiff, das ihn von seiner Familie ins Ungewisse bringen sollte, hinaufgestoßen worden.

Auf dem Deck herrschte geschäftiges Treiben. Die Menschen liefen aufgeregt hin und her und suchten ihre Kabinen. Der Vater aber war kein freiwilliger Passagier.

Das Mädchen schaute ihm nach und stellte sich auf die Zehenspitzen, um ihm mit ihrem Blick folgen zu können. Ja, sie sah ihn noch, denn er war groß.

Dann war er weg. Für immer?

1

Mary-Ann Barnes lief die schmutzigen alten Straßen ihrer Heimatstadt entlang. Der Novemberhimmel war düster. Tiefe graue Wolken hingen bis in die Spitzen der hohen Kirchentürme herab und zogen schnell über die Häuser hinweg. Ein leichter Nieselregen nässte ihr Gesicht, ihre Hände und die Straße, auf der sie lief. Sie fror erbärmlich, denn die Feuchtigkeit, die durch ihre dünnen Schuhe drang, ließen ihre Füße klamm werden. Das Wetter passte zu ihrer Stimmung.

Die wenigen Leute, die bei diesem Wetter unterwegs waren, schenkten dem jungen Mädchen keinerlei Beachtung. Die Zeiten waren längst vorbei, in denen die Menschen noch ein Lächeln für Familie Barnes übrig hatten. Seitdem Michael Barnes, Mary-Anns Vater, vor einigen Jahren des Mordes angeklagt und nach Australien verbannt worden war, behandelte man die verarmte Familie wie Luft. Dabei hatten sie doch gar nichts getan! Mary-Ann könnte immer noch schreien vor Wut.

Die Leute hatten ihren Vater zu Unrecht angeklagt. Er hatte niemanden ermordet und auch ihre Mutter, Lucy, nicht. Sie waren keine Mörderfamilie. Doch was nützte es schon, sich darüber zu ärgern? Es glaubte ihnen ja doch niemand. Nicht einmal ihre Verwandten, nicht einmal ihre Freunde.

Mary-Ann schluckte die Tränen schnell herunter, die ihr in die Augen steigen wollten, als sie an ihre alte Schulfreundin Sara dachte. Sie hatte Sara so sehr vertraut, doch dann hatte sie ihr mit den anderen Kindern zusammen »Mörderkind« hinterhergerufen und ihr vor die Füße gespuckt. Wie konnte Sara nur?

Genauso hatten sie es mit ihrem vierjährigen Bruder Justin auch gemacht. Seit das passiert war, hatte ihre Mutter Mary-Ann von der Schule genommen. »Meine Kinder werden nicht angespuckt«, hatte sie geschrien. Doch die Lehrerin hatte nur erwidert, wenn es zu Recht geschehe, könne sie ihren Schülern dies nicht verbieten.

Wie ungerecht die Welt doch war! Ein jäher Zorn überfiel das junge Mädchen plötzlich. Irgendwann würde sie es ihnen schon heimzahlen, dass sie ihren Vater verhaftet hatten und sie so ungerecht behandelten! Sie erschrak selbst über ihre Wut.

Frierend sprang sie über eine Pfütze.

Seit sie nicht mehr in der Schule war, konnte sie nichts anderes tun, als durch die feuchten Straßen von Tainbridge zu laufen und ihrer Mutter, so gut es ging, zu helfen. Es war deprimierend.

Mary-Ann bog um eine Häuserecke, ging über die Straße und trat in eines der baufälligen schmutzigen Backsteinhäuser ein. Sie gab der Tür hinter ihr einen Schubs und diese fiel krachend ins Schloss. Das Mädchen zog ihre nassen Stiefel aus, hängte ihren alten zerschlissenen Mantel an den Haken und öffnete die einzige Tür, die es in dem dunklen Flur gab. Das schwache Licht einer Schirmlampe erhellte den düsteren Raum notdürftig. In dem gusseisernen Herd brannte ein Feuer. Mary-Anns Mutter stand vor dem Herd und rührte in einem Topf.

Mary-Ann betrachtete sie von hinten. Sie sah nicht gut aus. Sie war einmal sehr hübsch gewesen, das wusste Mary-Ann, doch nun war ihr sonst so glänzendes Haar matt, ihre Haut blass, ihre Hände kalt und dünn und ihre Schultern gebeugt, obwohl sie noch nicht sehr alt war, gerade mal sechsunddreißig Jahre alt. Doch Trauer lässt schnell altern.

»Ich war ein wenig spazieren«, begrüßte Mary-Ann ihre Mutter.

Die Frau blickte auf und nickte müde. Unter ihren Augen lagen dunkle Schatten, die auf viele schlaflose Nächte hinwiesen. »Waren viele Leute unterwegs?«

Mary-Ann schüttelte den Kopf.

Wieder nickte die Mutter. Sie hatte keine andere Antwort erwartet.

»Was kochst du denn Leckeres?«, fragte Mary-Ann und versuchte einen fröhlichen Ton anzuschlagen.

Bitter lachte Lucy auf. »Lecker? Nun, lecker würde ich es nicht gerade nennen. Aber schließlich müssen wir ja irgendetwas essen, meinst du nicht auch?«

Mary-Ann hasste es, wenn ihre Mutter in solch einem sarkastischen Ton über ihre Lage sprach. Sie tat es zwar nicht oft, doch Mary-Ann verabscheute es. Es gab ihr das Gefühl, vor einem tiefen Abgrund zu stehen und nicht zurück zu können.

Lucy schluckte, als sie das Gesicht ihrer Tochter sah. Manchmal würde sie sich am liebsten ihre vorschnelle Zunge abbeißen. »Mary-Ann …«, Lucy seufzte tief. »Mary-Ann, ich muss mit dir reden.«

Sie setzten sich an den wackligen Tisch in der Mitte des Zimmers.

Angespannt rieb sich Lucy die Schläfen. Dann holte sie Luft. »Wir schaffen es einfach nicht mehr. Wir haben noch nicht alles verloren, aber das werden wir, wenn wir nicht irgendwie noch Geld verdienen. Ich … ich habe die Stelle bei Mr Anders verloren. Ich darf Justin nicht mehr mitnehmen. Niemand will die Frau von einem …« Sie konnte den Satz nicht vollenden. »Verstehst du, was ich sagen möchte?«, fragte Lucy heftig schluckend. Es fiel ihr sichtlich schwer, darüber zu sprechen.

Mary-Ann nickte langsam.

»Es tut mir leid, dass ich dir kein besseres Leben bieten kann, und ich weiß, deinem Vater geht es genauso. Aber … verstehst du, was ich dir sagen möchte?«

Wieder nickte Mary-Ann. Sie hatte verstanden. »Ich soll arbeiten gehen, nicht wahr?«

In Lucys Augen konnte Mary-Ann lesen, dass es stimmte, was sie vermutet hatte.

Ihre Mutter konnte nichts erwidern. Heftig unterdrückte sie den Drang loszuschluchzen.

Mit großen Augen starrte Mary-Ann sie an. Lucy hatte ihren Kopf in die Hände gestützt und weinte leise.

Arbeiten gehen. Aber wo? Bei wem? Und was?

Mary-Ann saß wie erstarrt da. Sie wusste gar nichts mehr.

Plötzlich schrie Justin im Nebenzimmer.

Mary-Ann löste sich aus ihrer Erstarrung und sprang erschrocken auf. Gemeinsam mit ihrer Mutter stürzte sie durch die Tür, die in ihr zweites und letztes Zimmer führte, das ihnen als gemeinsames Schlafzimmer diente. Dort hatte Justin gerade seinen Mittagsschlaf gehalten.

Schreiend stand er in einem der zwei Betten. Mutter und Schwester eilten auf den Fünfjährigen zu und Lucy nahm ihn in den Arm.

»Justin, was ist denn los? Wir sind ja hier. Hab keine Angst, Justin! Ist ja gut …«

Dann fing Lucy an zu singen. Sie hatte eine wunderbare Stimme. Leise und beruhigend sang sie für ihren Sohn. Sie wiegte ihn hin und her, streichelte ihm über sein Haar und drückte ihn an sich. Justin hörte sofort auf zu schreien und seine Schluchzer wurden immer leiser.

Mary-Ann stand am Bettpfosten gelehnt und schaute der Szene zu. Wenn ihre Mutter sang, erschien die Welt gleich nicht mehr so schlimm. Alles wurde von einem anderen Licht beschienen, die Klänge und Töne hoben sie hinauf und beruhigten sie.

Justin löste sich aus der Umarmung seiner Mutter und schaute sie mit seinen großen tränengefüllten Kinderaugen an.

»Da waren ganz viele Kinder um uns rum und alle haben geschrien. Ganz böse Sachen haben sie gerufen.« Wieder fing er zu schluchzen an. Doch seine Mutter drückte ihn wieder an sich und sang: »Es war nur ein Traum, mein Kleiner, nur ein Traum. Es ist wieder vorbei …«

Da ging nun auch Mary-Ann zu ihrem Bruder und ihrer Mutter und alle drei umarmten sich und kuschelten sich aneinander. In diesen Momenten der Geborgenheit tankte die Familie Barnes Kraft und Mut.

Doch leider hielt dies nie für lange Zeit.

»Nein! 15 Cent pro Stunde. Mehr geht nicht!«

Mary-Ann senkte den Kopf und nickte dann. Kleinlaut sagte sie: »Gut, 15 Cent.«

»Na also«, brummte der garstige Bäcker. Er reichte seiner neuen Gehilfin einen Korb voller Leckereien aus seinem Geschäft und schickte sie vor den Laden, um den Passanten die Waren anzupreisen. Das Wetter war immer noch schlecht. Der Wind pfiff eisig durch die kleine Stadt Tainbridge.

Mary-Ann lief vor der Bäckerei auf und ab, um sich ein wenig warm zu halten, und hielt den gefüllten Brotkorb den vorbeieilenden Leuten hin. Doch wie sie es gewohnt war, beachteten sie die meisten nicht. Einige Menschen blieben stehen und betrachteten die Brote und Süßwaren, kauften jedoch nichts. Nur wenige ließen einige Cent für eines der Gebäcke in die schmale Hand des vierzehnjährigen Mädchens fallen.

So schritt der Tag nur sehr langsam voran. Ihre Zehen spürte Mary-Ann schon nicht mehr, ihre Hände waren steif und der schneidige Wind trieb ihr die Tränen in die Augen.

Beständig hielt sie sich vor Augen, dass sie froh sein konnte, überhaupt eine Stelle gefunden zu haben. Drei Tage war sie durch die Stadt gelaufen und hatte überall gefragt, ob jemand einem tüchtigen Mädchen Arbeit geben könnte. Aber niemand hatte sie einstellen wollen. Manche, weil sie eine Barnes war; andere, weil sie niemanden bezahlen konnten. Nur dieser mürrische Bäcker ließ sie nun für ein wenig Geld für sich arbeiten. Dies war jedenfalls besser als nichts und deshalb musste sie bei dieser Stelle bleiben, auch wenn sie noch so unangenehm war.

Als ihr Gesicht vor Kälte brannte und Mary-Anns Arme drohten, den schweren Korb fallen zu lassen, ging sie zitternd in den Laden zurück. Der alte Bäcker stand hinter dem Tresen und rechnete seine Gewinne aus. Seine Gehilfin schien er gar nicht zu bemerken. Deshalb ging sie hinter den Tresen und stellte den Korb ab. Der Mann starrte sie an.

»Was machst du da? Du sollst den Kunden draußen etwas verkaufen, nicht innen! Los, geh wieder vor die Tür!«

»Aber …«

»Willst du für mich arbeiten, oder nicht? Wenn ja, dann tu auch etwas für dein Geld und hör auf das, was ich dir sage!«

Zitternd griff Mary-Ann nach dem Gebäckkorb.

Sie würde eben stark sein müssen. Sie durfte die Stelle nicht aufgeben, sonst würde ihre Familie kläglich verhungern und das konnte sie auf keinen Fall verantworten. Sie würde für den Bäcker arbeiten, so gut sie konnte, und von dem Geld Brot und Milch kaufen.

Mary-Ann dachte an ihren Vater, während sie wieder vor dem Geschäft auf und ab ging. Ob er wohl noch lebte? Dachte er noch an sie? Vor drei Jahren war er mit einem Schiff nach Australien ins Arbeitslager verbannt worden. Damals war sie elf gewesen und Justin zwei. Er konnte sich kaum noch an seinen Vater erinnern, wohl aber Mary-Ann. Groß gewachsen war er gewesen und seine Hände waren stark und doch geschmeidig gewesen. Er hatte eine tiefe Stimme gehabt und hatte immer ruhig und sanft gesprochen. Oh, wie sehr sie ihn doch vermisste! Würde sie ihn jemals wiedersehen? Als ihr Vater noch bei ihnen war, hatten sie sich nie Sorgen um Kleidung oder Essen machen müssen. Er hatte für sie gesorgt und sie beschützt. Wie konnte überhaupt jemand glauben, dass er den Sohn seines reichen Auftraggebers umgebracht hatte? Das Opfer war zwar kein Kind mehr gewesen, aber doch noch ein junger Mensch von vielleicht fünfundzwanzig Jahren! Nie hätte ihr Vater ihm etwas zuleide getan! Schließlich hatte er selbst Kinder und gegenüber seinem Auftraggeber hatte er sich stets treu und zuverlässig verhalten. Ja, immer und überall war er freundlich gewesen. Zu allen Menschen.

Noch dazu hatte er in einer tiefen Ehrfurcht vor Gott gelebt. Mary-Ann erinnerte sich noch genau an seine Stimme, als er ihr von Jesus erzählt oder etwas vorgelesen hatte. Liebevoll und voller Demut und Gewissheit hatte er versucht, seinen Kindern ein Leben vorzuleben, wie es Gott gefällig war. Sonntag für Sonntag waren sie zusammen als Familie in die Kirche zum Gottesdienst gegangen.

Jetzt konnten sie sich nicht mehr in der Kirche sehen lassen. Zum einen wegen ihrer ausgebleichten und mehrmals geflickten Kleider. Ach, wie gerne hätte Mary-Ann ein neues Kleid! Oft stellte sie sich vor, wie es wäre, in einem wunderschönen Kleid mit weitem Rock und Spitzen durch die Straßen zu laufen. Aber auch mit dem schönsten Kleid hätte sie nicht in die Kirche gehen dürfen. Die Leute der Gemeinde wollten sie nicht mehr sehen. Sie hätten die Menschen in der Kirche in ziemliche Schwierigkeiten gebracht, wenn sie weiterhin gekommen wären. Denn in der Kirche, wenigstens dort, sollte man ja freundlich sein. Aber wie konnte man zu einer Familie freundlich sein, deren Vater gegen Gottes Gesetze verstoßen hatte?

Mary-Ann schüttelte den Kopf über diese verletzende Ironie. Warum hatte Gott nur zugelassen, dass ihr Vater angeklagt und verurteilt wurde? Er wusste doch auch, dass er unschuldig war. Wieder stieg eine heftige Wut in Mary-Ann auf. Gott hätte es verhindern können, das wusste sie genau! Warum war er nicht eingeschritten? Und warum half er ihnen nicht aus ihrer Lage heraus? Die reichen Leute durften in ihren feinen

Gewändern an Festtafeln speisen, während sie in der Kälte stand und irgendwie versuchte zu überleben! Sie schluckte die Tränen der Wut hinunter und klagte Gott innerlich an: *Wie kannst du dieser Ungerechtigkeit nur zusehen? Wer bist du, dass du das tust?* Doch wie eine Antwort auf ihre Frage erinnerte sie sich plötzlich an eine Bibelstelle, die ihr Vater ihr einmal gesagt hatte: *Und wir wissen, dass die, die Gott lieben und nach seinem Willen zu ihm gehören, alles zum Guten führt (Römer 8,28).* Mary-Ann wusste, dass ihr Vater – wo immer er auch war – auf genau dies vertraute. Er glaubte fest daran, dass Gott in jeder Lage bei ihnen war und sie führen würde. Konnte sie diesen Frieden auch finden? *Gott, zeig mir wer du bist! Zeig mir, wo du bist! Warum versteckst du dein Herz vor mir, warum zeigst du dich nicht?*

Als es langsam dunkel wurde, ging Mary-Ann in die Bäckerei und stellte den Korb ab. Der Bäcker schaute hinein. Es war einiges weggegangen. Er brummte etwas, dass er das nächste Mal den Korb geleert sehen wolle, und gab Mary-Ann die abgesprochene Geldsumme.

So schnell ihre kalten Beine sie trugen, rannte Mary-Ann nach Hause.

Sie platzte in die Stube hinein.

»Mary-Ann! Wie ist's dir ergangen?«, rief ihre Mutter und umarmte sie. Entsetzt nahm sie das bitterkalte Gesicht ihrer Tochter in die Hände.

»Du bist ja vollkommen durchgefroren! Hast du denn immer noch keine Stelle gefunden? Warte, ich mach dir einen Tee! Wärm dich doch am Feuer, Liebes!«

Noch völlig außer Atem erzählte Mary-Ann ihrer Mutter, was passiert war. Erschöpft ließ sie sich auf einen Stuhl fallen.

Lucy brachte ihr einen heißen Tee. Dankbar wärmte Mary-Ann ihre kalten Finger an der Tasse.

Justin kletterte auf den Schoß seiner großen Schwester.

»Warum ist dir so kalt?«, fragte er und schaute sie mit großen Augen an.

»Weil ich sehr lange in der Kälte stehen musste, mein Kleiner.«

Mary-Ann drückte ihren Bruder fest an sich. Er wärmte sie zum einen mit seiner eigenen Körperwärme und zum anderen durch seine Anteilnahme.

»Er kann dich doch nicht den lieben langen Tag in der Kälte stehen lassen«, empörte sich ihre Mutter.

Mary-Ann zuckte die Schultern. Menschen konnten viel.

»Ach, ich weiß nicht, ob du diese Stelle behalten solltest. Wenigstens nicht im Winter«, überlegte Lucy und setzte sich besorgt zu ihr an den Tisch.

»Aber Mama, versteh doch! Es will mich sonst niemand haben! Ich muss morgen wieder dorthin gehen, sonst ...«

Ihre Stimme versagte, als ihr Justins Gegenwart bewusst wurde. Sie wollte ihn nicht unnötig beunruhigen.

Lucy seufzte schwer.

»Ja, ich weiß. Du hast recht.«

Nach einer dünnen Suppe, die ihr Lucy aufgewärmt hatte, ging Mary-Ann zu Bett. Aber sie schlief nicht sofort ein, denn ihre Füße waren immer noch wie Eisklumpen. Doch irgendwann siegte die Müdigkeit und sie fiel in einen unruhigen Schlaf.

2

Mary-Ann schreckte auf. Es war noch dunkel draußen, doch sie hörte die Kirchturmuhr schlagen. Die Uhr, welche die Familie einmal besessen hatte, hatten sie an einen Antiquitätenhändler verkaufen müssen. Es war Zeit aufzustehen und zur Arbeit zu gehen. Noch immer müde quälte sie sich aus dem warmen Bett und war dabei sehr bedacht, Justin und ihre Mutter nicht zu wecken.

Sie schlüpfte in ihr abgetragenes Alltagskleid und schlich in die Küche. Schnell machte sie etwas Wasser für einen Kaffee heiß und setzte sich mit dem kleinen Rest Brot, den sie noch gefunden hatte, an den Tisch.

Hastig verschlang sie es, trank ihre Tasse leer und zog sich auch schon ihren Mantel, den Schal ihrer Mutter und die Stiefel an. Eine Mütze besaß sie nicht. Ihre Haube musste ausreichen. Sie erwog, ihre Handschuhe anzuziehen, doch sie ließ sie dann doch liegen. Lieber sollten ihre Finger frieren, als dass sie sich mit diesen durchlöcherten Lumpen zeigen würde. Genau genommen waren sie sowieso kein großer Schutz mehr.

Der Wind hatte aufgehört zu stürmen, doch dafür fielen sanft einige Schneeflocken auf die Erde. Sie blieben jedoch nicht liegen, sondern schmolzen sofort dahin. Mary-Ann stellte sich vor, dass die Schneeflocken die Träume der Menschen waren. Kein einziger wurde wahr. Jeder einzelne würde zu Matsch auf den schmutzigen Straßen zerrinnen, wenn erst die Zeit dafür gekommen war, dass die edlen Herren und Damen vorüberfuhren. Sinnlos erschien ihr die Welt.

Sie grub ihre Hände tief in die Manteltaschen, um sie vor der Kälte zu schützen, und zog die Schultern hoch. Würde ihr Leben denn ewig so aussehen? Würde sie für immer in dieser grausamen Welt stehen und zusehen müssen, wie sich die kleinen Mädchen aus den reichen Familien eine Zuckerbrezel nach der anderen in den Mund schoben? Die anderen Leute würden nur sehnsüchtig in den Korb voller Süßwaren blicken, um sich dann wieder abzuwenden und sich zu fragen, warum ihnen diese Köstlichkeiten vorenthalten werden. War sie tatsächlich zu diesem Leben bestimmt? War da nicht mehr?

Mary-Ann sehnte sich danach, ihren Vater all das zu fragen. Er hätte sicher eine weise Antwort gewusst. Sie wollte für ihn beten, doch konnte sie das wirklich tun? Konnte sie sich an den Gott wenden, der das alles zugelassen hatte? Doch sie erinnerte sich an die Bibelstelle, die ihr gestern eingefallen war, als sie über ihren Vater nachgedacht hatte. *Herr, bitte beschütze du doch meinen Vater! Lass ihn nicht sterben und … bitte, bring ihn wieder zurück,* betete sie, obwohl sie wusste, dass dies eigentlich unmöglich war. Aber … vielleicht würde Gott ihr Gebet ja erhören. Und wenn nicht, so würde sie sich eben damit abfinden müssen.

Mary-Ann betrat den Bäckerladen und flüsterte ein schüchternes »Guten Morgen!«

Der Bäcker brummte: »Da bist du ja endlich« und deutete auf den Korb, der noch leer unter dem Tresen stand. Er wies sie an, welche Gebäcke sie hineinlegen sollte und schickte sie schließlich hinaus, während er noch mit einer Tasse heißen Kaffees an einem Tisch saß und die Füße hochlegte.

Inzwischen war es hell geworden und schon einige Kutschen passierten die Straße der Läden. Wieder lag ein langer Tag vor Mary-Ann. Die Kälte kroch langsam an ihren Beinen hoch und die Haube, die Mary-Ann trug, verhinderte kaum, dass ihr Haar nass wurde. Es dauerte nicht lange und sie war bis auf die Haut durchnässt.

Als es Mittag wurde, bekam Mary-Ann Hunger. Doch sie sagte sich, dass sie es bis heute Abend schon noch aushalten würde. Dann würde sie einen Brotlaib bei dem Bäcker kaufen und zusammen mit ihrer Familie essen. Aber der Hunger wurde immer nagender und es war eine Qual für das hungrige Mädchen, den Duft der Streuselkuchenstücke, der weichen Butterbrötchen und der anderen Leckereien in der Nase zu haben. Sie hatte schon gestern und heute früh nichts Richtiges gegessen. Und vorgestern. Ja, wann hatte sie sich das letzte Mal eigentlich so richtig satt gegessen? Sie konnte sich nicht erinnern. Immer hatte sie darauf geachtet, dass Justin genug zu essen hatte.

Sie blickte an ihrer schmalen Gestalt herunter. Kein Wunder, dass sie immer so schnell fror!

Würde es der Bäcker merken, wenn sie einfach schnell einen Bissen, nur einen ganz kleinen von der Brezel probieren würde? Sollte sie? Verstohlen blickte sie sich um, und als sie merkte, dass der Bäcker gerade hinten in der Backstube verschwand, zog sie die Brezel heraus und biss ab. Schnell kaute sie und schluckte herunter. Er war immer noch nicht da! Sie nahm einen weiteren Bissen und dann noch einen, bis sie fast die ganze Brezel verspeist hatte. Sie blickte hinter sich. Da, jetzt kam er aus der Backstube heraus. Schnell bot sie einem Passanten einen Sandkuchen an.

Sie war zwar nicht mehr allzu hungrig, doch ihr Gewissen zwickte sie noch den ganzen Tag.

Am Abend kam sie wieder völlig durchgefroren nach Hause. Heftiges Zittern schüttelte ihren ganzen Körper.

Verzweifelt rang Lucy die Hände. »Wenn das so weitergeht, holst du dir noch den Tod! Dass dieser kaltherzige Mensch von einem Bäcker nicht merkt, dass du schon fast nicht mehr sprechen kannst, da du so sehr mit den Zähnen klapperst!«

Mary-Ann kannte ihre Mutter. Sie regte sich schnell auf und sagte immer ihre Meinung. Mary-Ann hoffte inständig, dass der Tag nicht kommen würde, an dem sie zornig in den Bäckerladen stürzen und ihrer Wut Luft machen würde. Denn dann würde Mary-Ann ihre Stelle verlieren! Und das durfte nicht passieren.

Was sollte sie tun? Was war nur der Sinn des Ganzen? Was war der Sinn ihres Lebens?

Auch am nächsten und am übernächsten Tag ging Mary-Ann zu dem Bäcker und verkaufte seine Waren.

Auch an diesen Tagen hielt sie ihren Hunger nicht aus und stahl eine Brezel.

»Ich werde sowieso ungerecht bezahlt«, rechtfertigte sie sich vor ihrem Gewissen, »da werde ich doch wohl eine kleine Brezel essen können, damit ich nicht vor Hunger umfalle!«

Gerade wollte sie wieder in eine Brezel beißen, als sie plötzlich einen heftigen Schlag auf ihrer Schulter spürte. Entsetzt drehte sie sich um. Der wutentbrannte Bäcker stand mit hochrotem Kopf vor ihr. »Was fällt dir ein, du dumme Göre! Einfach von meinen Brezeln zu klauen!«

Er zerrte sie in seinen Laden hinein, in das Hinterzimmer und schlug ihr ins Gesicht. »Ihr seid eben doch alle gleich, ihr Barnes! Der eine tötet, der andere stielt!«

Mary-Ann war noch nie geschlagen worden. Sie stolperte zurück und lehnte sich voller Angst gegen die Wand. Sie schmeckte Blut auf ihrer Lippe. Es tat weh, doch am meisten schmerzten sie die Worte des Bäckers.

Als der Bäcker wieder auf sie zukam, hielt sie schützend ihre Hände vor das Gesicht und flehte: »Bitte, bitte! Nicht! Ich wollte nicht …, es tut mir leid! Ich werde selbstverständlich für die Brezel bezahlen!«

Wohl selbst ein wenig entsetzt über seine Tat hielt der Mann inne und schnaubte dann: »Wenn das noch einmal vorkommt, schmeiße ich dich eigenhändig raus, verstanden? Los wieder an die Arbeit! Woanders als draußen will ich dich nicht mehr sehen!«

Als Mary-Ann nach Hause kam, erzählte sie ihrer Mutter, dass sie über die Stufe zu dem Bäckerladen hinauf hingefallen war und deshalb eine aufgeschlagene Lippe hatte.

Kein einziges Mal ließ sie sich nochmals von den Backwaren im Korb verführen.

Endlich war Sonntag und sie ruhte sich einen Tag aus. Doch in der nächsten Woche ging es wieder los. Jeden Abend kam sie eiskalt, mit blauen Lippen und weißen Gliedern nach Hause. Die Nacht war der einzige Schutz vor der bitteren Kälte, denn da konnte sich Mary-Ann an ihre Mutter und Justin kuscheln.

Schließlich kam es, wie es kommen musste. Mary-Ann war am letzten Tag mit vor Eiseskälte steifen Fingern heimgekommen. Am Morgen war sie mit einem stechenden Schmerz in ihrem Kopf aufgewacht. Ihr war immer noch kalt und sie zitterte heftig. Sie wollte aufstehen, doch ihre Beine wollten sie nicht tragen. Sie fühlten sich an wie Pudding. Alles drehte sich um sie und Mary-Ann stöhnte. Das durfte doch nicht wahr sein!

Lucy wachte auf. »Mary-Ann? Was ist los? Geht es dir nicht gut?«

Mary-Ann antwortete mit einem Hustenanfall. Sie schüttelte den Kopf. Au, das tat weh! Wieder hustete sie.

Lucy fühlte ihre Stirn. »Du bist total heiß! Leg dich wieder hin! Du kannst so nicht zur Arbeit gehen!«

»Mama! Wenn ich nicht gehe, dann verliere ich die Stelle und wir müssen verhungern! Ich muss gehen«, antwortete Mary-Ann schwach.

Lucy fing an zu weinen. Sie drückte Mary-Ann an ihr Herz und half ihr, sich anzuziehen.

Mary-Ann machte sich mit wackligen Schritten auf den Weg.

»Pass gut auf dich auf«, rief ihr Lucy hinterher. Im Stillen betete die besorgte Mutter inbrünstig, Gott möge doch seine Hand über ihre einzige Tochter halten.

Mary-Ann stand schließlich an ihrer gewohnten Stelle. Sie wurde von heftigem Husten geschüttelt. Einmal ließ sie den Korb fallen, da ihre schwachen Arme ihn nicht mehr halten konnten. Mühsam sammelte sie eilig die Gebäcke wieder ein, bevor es der Bäcker bemerken konnte. Zitternd lehnte sie ihren Kopf gegen die Hauswand. Sie schloss die Augen. Sie hörte nur noch ein lautes Dröhnen in ihrem Kopf. Wann hört es denn endlich auf? Wie sollte sie diesen Tag nur überleben?

Plötzlich berührte sie jemand sanft an der Schulter.

»Miss? Ist Ihnen nicht wohl?«, fragte eine besorgte Stimme.

Mary-Ann öffnete die Augen. Vor ihr stand ein junger Mann und blickte sie besorgt an. Mit glasigen Augen schüttelte sie den Kopf und hustete heftig.

»Kann ich Ihnen helfen?«, fragte der junge Mann und nahm ihr den Korb ab. Er bot ihr seinen Arm zum Halt, doch vor Mary-Anns Augen verschwamm alles. Sie wollte einen Schritt gehen, um nach dem Arm zu fassen, doch alles drehte sich um sie und dann war nur noch alles schwarz.

Als Mary-Ann die Augen wieder aufschlug, war sie in eine Decke gehüllt und die Umgebung fühlte sich warm an. Doch es holperte stark. Wo war sie?

Sie musste husten. Es tat immer noch weh in ihrem Kopf. Was war passiert? Mühsam hielt sie die Augen offen – und blickte direkt in das

Gesicht eines jungen Mannes, der vor ihr kniete und ihren Kopf in den Händen hielt. Mary-Ann wollte sich aufsetztzen, doch er drückte sie sanft zurück. Sie öffnete den Mund, um etwas zu sagen, doch wieder musste sie husten.

»Wo bin ich?«, brachte sie schließlich heraus.

»In meiner Kutsche«, antwortete ihr Gegenüber.

»Wie …? Wohin …?«

»Keine Angst, ich bin dabei, Sie nach Hause zu bringen.«

Mary-Ann nickte und hustete. Bevor sie sich bedanken konnte, wurde es wieder dunkel um sie.

»Mary-Ann? Liebes, kannst du mich hören?«

Mary-Ann öffnete verwirrt die Augen. Sie lag in ihrem Bett und ihre Mutter strich ihr mit einem kühlen Tuch über die Stirn. »Wie fühlst du dich?«

Mary-Ann antwortete nichts.

»Du wirst dich jetzt sehr viel ausruhen müssen, in Ordnung? Oh, es tut mir so leid, ich hätte dich nie zur Arbeit gehen lassen dürfen!«

Arbeit! Das rief eine Erinnerung in ihr wach! Sie musste ihre Familie versorgen! Sie durfte ihren Platz nicht verlieren! Sie musste wieder zurück! Der Bäcker war sowieso schon verärgert, weil sie seine Brezeln gegessen hatte.

Mary-Ann setzte sich ruckartig auf. Ein stechender Schmerz durchzuckte sie und sie bekam einen Hustenanfall, der sie heftig durchschüttelte.

»Mary-Ann!« Lucy packte sie bei den Schultern. »Sei vernünftig! Du wirst nie wieder dorthin gehen! Dazu bist du im Moment sowieso viel zu schwach!«

Mary-Ann erkannte, dass ihre Mutter recht hatte. Sie würde ihre Krankheit auskurieren müssen. Ein sterbenskrankes Mädchen würde niemand haben wollen. Sie würde warten müssen. Doch wenn sie gesund war, würde sie sich wieder eine Arbeit suchen.

3

William George Auburn stand an dem großen Fenster seiner Suite und blickte in den gepflegten Rosengarten hinaus.

Er war verwirrt. Immer, wenn er in der Stadt gewesen war, war er sehr nachdenklich gewesen. Sah er doch dort, dass es vielen anderen Menschen wesentlich schlechter ging als ihm, seiner Familie und ihrem Bekanntenkreis. Es waren arme Menschen. Menschen, die sich um Essen und ein Dach über dem Kopf Sorgen machen mussten. Menschen, die nicht wie er alles hatten, was sie zum Leben brauchten.

Er wollte nicht wegsehen. Er wollte kein eingebildeter Reicher sein, der auf andere hinabsah und nur froh war, dass es ihm so gut ging. Er wollte helfen, doch selbst wenn er half, schien es nichts an dieser kalten Welt zu ändern.

Heute war er wieder einmal durch die Straßen der Stadt gefahren, von der er nur wenige Kilometer entfernt wohnte.

Abermals kam ihm die Szene vor Augen, die ihn nicht zur Ruhe kommen ließ und die ihn so verwirrte und aufwühlte: Ein junges Mädchen – er schätzte sie auf ungefähr fünfzehn – war mit einem riesigen Brotkorb voller Gebäck an eine Hauswand gelehnt dagestanden. Ihr zierlicher Körper war von heftigen Hustenanfällen geschüttelt worden. Der zerschlissene Mantel hatte eindeutig auf die schlechten Verhältnisse hingewiesen, in denen sie sich befinden musste. Sie hatte so unglaublich verloren und hilflos auf ihn gewirkt, dass er einen unwiderstehlichen Drang gefühlt hatte, zu ihr hinzugehen und ihr zu helfen. Er hatte den Kutscher halten lassen, war zu ihr gegangen und dann war sie in Ohnmacht gefallen. Er hatte sie gerade noch auffangen können. Da war sie dann in seinen Armen gelegen. Wie leicht sie gewesen war, viel zu leicht. Und wie erschrocken war er über ihre kalten Hände – und im Gegensatz dazu die glühend heiße Stirn.

Den Bäcker, dem er über die Ohnmacht des Mädchens Bescheid gegeben hatte, hatte das alles völlig kalt gelassen. Er hatte sich nur nach den übrigen Gebäckstücken erkundigt!

Das machte William auch jetzt noch fassungslos. Diese Situation hatte ihm wieder einmal gezeigt, wie gleichgültig und grausam Menschen sein konnten.

Schließlich war er mit dem Mädchen auf dem Arm zu seiner Kutsche gegangen. Was sollte er nur mit dem ohnmächtigen jungen Mädchen anfangen? Wo wohnte sie? Wer war sie überhaupt?

Der Kutscher hatte Rat gewusst. »Das ist die Barnes-Tochter! Weiß schon, wo sie wohnt«, hatte er gemeint.

In der Kutsche hatte William das Mädchen auf die Sitzbank gebettet und sie so gut wie möglich zugedeckt. William wusste noch, wie seine Hände gezittert hatten. Er hatte es sich erlaubt, ihr das dichte blonde Haar aus dem Gesicht zu streichen und hatte wieder und wieder ihren Puls gefühlt.

Aufmerksam hatte er ihr Gesicht beobachtet, ob sie vielleicht aufwachen würde. Ihre Wangen waren von dem Fieber stark gerötet gewesen. Er erinnerte sich genau, wie sie ausgesehen hatte. Sie hatte eine hohe Stirn, ein ebenmäßiges Gesicht, eine gerade Nase und schön geschwungene Lippen.

Dem jungen Mann stieg in der Erinnerung daran vor Verlegenheit, das hübsche Mädchen so genau betrachtet zu haben, die Röte ins Gesicht, obwohl niemand bei ihm im Zimmer war.

Irgendwann hatten ihre Augenlider geflackert und mit weit aufgerissenen Augen hatte sie ihn angestarrt als wäre er ein Monster! Trotz aller Aufregung war er von ihren großen Augen beeindruckt gewesen. Eine Mischung aus Blau und Türkis.

Als sie, zwar mit leiser Stimme und mit starkem Husten dazwischen, gesprochen hatte, war ihm ein Stein vom Herzen gefallen. Sie war bei klarem Verstand!

Doch dann hatte sie auch schon wieder das Bewusstsein verloren.

Die Mutter war sehr dankbar gewesen, dass er ihre Tochter gebracht hatte. Er hatte das Mädchen in die kleine Wohnung getragen und auf ihr Bett gelegt. Noch nie zuvor hatte er die Wohnung einer verarmten Familie betreten. Nur zwei kleine Zimmer für drei Personen! Wie konnte man in einer solchen Umgebung leben? Scham hatte ihn überkommen, als er sich später in seinem eigenen Zuhause umgeschaut hatte.

Am meisten quälte ihn die Frage, wie es dem Mädchen jetzt wohl gehen mochte. Würde sie sich erholen? Ganz offensichtlich hatte sie eine Lungenentzündung. William vermutete, dass sie wenigstens teilweise zum Überleben der Familie beitrug. Warum sonst hätte sie in diesem Zustand zur Arbeit gehen sollen. Würde die Familie durchkommen? Sollte er ihnen vielleicht ein wenig Brot vorbeibringen? Nein, bestimmt wollten die Leute keine Almosen. Was war mit einem Arzt? Konnte sich die Familie überhaupt Medikamente leisten? Konnte man auch ohne ärztliche Unterstützung eine Lungenentzündung auskurieren? Wohl kaum ... Er musste etwas tun. Aber was?

Unruhig ging William in seinem Zimmer auf und ab. Er wusste ja nicht einmal, wie das Mädchen hieß!

Er blieb stehen und schaute nachdenklich in den schönen gepflegten Garten, der die Villa umgab, und hörte plötzlich eines der Pferde wiehern.

Vielleicht ... vielleicht wusste der Kutscher auch den Vornamen des Mädchens!

Beschwingt, ein Ziel zu haben – wenn auch nur ein kleines –, eilte er aus seinem Wohnbereich und sprang zwei Stufen auf einmal nehmend die breite Treppe im Herrenhaus seines Vaters hinunter.

Plötzlich zerriss eine scharfe Stimme die Stille der Eingangshalle.

»Wo willst du denn so eilig hin?«, fragte sein Großvater Leonhard Auburn neugierig. Der alte graubärtige Mann saß in einem der Ledersessel, die in der Halle standen, und rauchte eine Pfeife. William hatte ihn nicht bemerkt.

»Ich, ... ich wollte noch einen kleinen Ausritt machen!«

»Bei diesem Wetter?« Mit hochgezogener Augenbraue schaute der Großvater seinen einzigen Enkelsohn an, während dieser verzweifelt nach einem guten Grund suchte, weshalb man bei Schneetreiben und Matsch ausreiten sollte.

»Nun, ich dachte, dass sich die Pferde sicherlich trotz schlechten Wetters gerne bewegen und nicht nur im Stall stehen wollen«, meinte er schließlich.

Leonhard Auburn blickte tief in die Augen Williams. Er wollte gerade ansetzen, ihm zu erklären, dass er ihm das nicht abnehmen würde, als der hochgewachsene, fast ein wenig dürre Butler Henry in die Empfangshalle trat. »Sir, Ms Auburn wünscht sie dringend zu sprechen.«

Sofort erhob sich Mr Auburn, denn nichts war ihm lieber als eine kleine Abwechslung in seinem langweiligen Alltag. Er hatte oft nichts zu tun, weshalb er nicht selten seine schlechte Laune an den anderen Bewohnern des Hauses ausließ. Vielleicht hatte seine Enkelin ihm etwas Wichtiges über eine Angestellte zu sagen, die sich nicht richtig benahm? William schien er völlig vergessen zu haben.

Dankbar lächelte William Henry zu, der fröhlich zurückzwinkerte.

Der gute alte Henry, seufzte William erleichtert. Seit er denken konnte, waren der gutmütige Butler und seine Frau Molly, die hier als Haushälterin arbeitete, schon in ihren Diensten. Wie oft hatte er ihm bewusst oder auch ungewollt aus der Patsche geholfen. Henry kannte genauso gut wie William selbst die Tücken und Launen seines Großvaters, die nicht immer berechtigt waren.

Im Stall fand William den Kutscher.

»Satteln Sie mir Bellafontee! Ich will noch einen kurzen Ausritt machen!«

Von wegen wollen, dachte der Neunzehnjährige.

Während der Kutscher den braunen Hengst sattelte, fragte William wie beifällig: »Sagen Sie, wissen Sie zufällig, wie das Mädchen vorhin aus der Stadt hieß?«

»Mary-Ann Barnes. Ist die Tochter von Michael Barnes!«

Mary-Ann also, dachte William, *aber wieso erwähnt er ihren Vater?* Doch er sagte nur: »Ah ja, sicher! Michael Barnes! Klar!«

Verwundert blickte der Kutscher sich um.

William biss sich auf die Lippe.

»Sie wissen schon, wer das ist, oder?«

»Nun ja, ich, äh … Nein!«

»Das ist der Mörder von Abraham Howard-Smith.«

Howard-Smith! Sir Howard-Smith, ein ziemlich bekannter und einflussreicher Mann in Tainbridge! Schon manches Mal war er zu Gast bei seinem Vater gewesen.

»Mörder? Ihr Vater hat ihn ermordet?«

»Ja, so erzählen's die Leute!« Nach einer Pause fügte der Kutscher hinzu: »Waren mal ganz anständige Leute, die Barnes. Die Mutter ist ne Tochter von welchen aus Frankreich. N' hoher Offizier oder so was. Aber dann, na ja …«

Bellafontee war nun fertig gesattelt und William nahm die Zügel.

»Danke!«, sagte er immer noch verwirrt und saß auf.

Ungeduldig trabte das kräftige Tier in das Schneegestöber hinaus. William spürte die angespannten Muskeln des Hengstes spielen und ließ ihm schließlich freien Lauf. Bellafontee stob schnaubend über die Felder und wirbelte dabei den Schnee auf, der die Wiesen bedeckte.

William liebte den Winter. Die weiße Schneedecke lag über allem, bedeckte den Boden, bedeckte alles. Die sonst so dunklen Tannen und die Luft waren weiß von den Flocken, die vom Himmel herabfielen, um zu bedecken, was schwarz und schlecht war. Zu Hause konnte man sich zum Aufwärmen vor den Kamin setzen und wurde mit Gebäcken verwöhnt.

Jäh wurde William aus seinen warmen Träumen vom Kaminzimmer in die Wirklichkeit zurückgerufen, als er eine frostige Windböe in seinem Gesicht spürte und von dem fallenden Schnee nass wurde. Er zügelte Bellafontee, um sich den schneidenden Wind wenigstens ein wenig aus dem Gesicht zu nehmen.

Er dachte an Mary-Ann und ihre Familie. Hatte ihr Vater wirklich einen Mord begangen? Das konnte er sich bei diesem zerbrechlichen Mädchen, das er in seinen Armen gehalten hatte, überhaupt nicht vorstellen. Doch wenn es tatsächlich so war? Wieder einmal spürte er in sich den Wunsch, einmal in seinem Leben zu prüfen, was wahr und was falsch, was gelogen und was echt war. Er wollte Menschen, die zu Unrecht beschuldigt wurden oder Opfer waren, helfen. Um der Ungerechtigkeit dieser Welt, soweit er konnte, ein Ende zu bereiten und Verbrecher hinter Gitter zu bringen, wünschte er sich nichts sehnlicher, als

Rechtsanwalt zu werden! Er war sich nur noch nicht sicher, ob dies den Vorstellungen seines Vaters und Großvaters entsprach.

Wieder rief William sich das Mädchen in Erinnerung. *Mary-Ann*, wiederholte er in Gedanken ihren Namen immer wieder. Er passte zu ihr, fand William. Ob es ihr schon besser ging? *Himmel noch mal*, dachte er plötzlich ärgerlich über sich selbst, *sie ist doch nur ein ganz normales Mädchen!*

Aber dennoch ließ sie ihm einfach keine Ruhe.

Er würde etwas unternehmen. Wieder versprach sich der junge Mann, irgendetwas zu tun, um sie nicht einfach ihrem Schicksal zu überlassen – auch, wenn ihr Vater ein Mörder sein mochte. Es ging hier um ein krankes Mädchen und er durfte sie nicht für die Taten ihres Vaters verantwortlich machen. Genauso wenig, wie er sich nicht wünschen würde, für die Taten seiner Eltern verantwortlich gemacht zu werden. Jeder sollte für seine eigenen Handlungen die Konsequenzen tragen – und das war genug.

Mit Entschlossenheit wendete er sein Pferd und ritt zurück nach Hause.

Mary-Ann lag nun schon seit einer Woche hustend und mit schwerem Atem im Bett. Wenn sie wach war und nicht im Fieberwahn lag, fragte sie sich oft, wozu sie überhaupt auf dieser Erde war. Vielleicht würde sie die Welt schon bald wieder verlassen. Würde sie sterben, ohne wirklich gelebt zu haben? Würde sie sterben, ohne erkannt zu haben, was ihre Aufgabe im Leben ist und ohne diese zu erfüllen? Doch so sehr sie auch nachdachte, sie fand keine Antwort. Das Einzige, das ihr blieb, war die Hoffnung. Die Hoffnung auf einen Gott, der sich um sie kümmerte. Die Hoffnung auf einen Gott, der auf sie warten würde, wenn sie starb. Die Hoffnung auf jemanden, der sie aus dieser Lage befreien würde. Mit dieser Hoffnung, mit diesem kleinen letzten Licht in ihrem Herzen, sprach sie so manches verzweifelte Gebet.

Lucy bangte um das Leben ihrer Tochter. So gut sie konnte, umsorgte sie Mary-Ann. Sie fütterte sie, half ihr sich zu waschen, sang für sie und vieles mehr.

Geschafft von der vielen Arbeit, die Mary-Ann ihr nun nicht wie sonst erleichtern konnte, setzte sie sich ans Bett und strich Mary-Ann liebevoll über die Hand. Mary-Ann lächelte ihr müde zu.

»Weißt du eigentlich, wer dich hierher gebracht hat?«, fing Lucy ein Gespräch an.

Mary-Ann besann sich. Ja, sie erinnerte sich an den Mann, der sich nach ihrem Wohlbefinden erkundigt und sie dann mit seiner Kutsche mitgenommen hatte.

»Ein junger Mann war's, so um die zwanzig«, fuhr Lucy fort. »Er war groß und schlank. Hat der dich da einfach so in unsere primitive Wohnung hereingetragen! Einer von den Reichen war er bestimmt. Er kam mit einer Kutsche, Mary, mit einer großen, Kutsche! Und schöne Kleidung hat er getragen, sag ich dir!«

Verwundert schaute Mary-Ann ihre Mutter an. Sie schwärmte ja richtig!

Lucy hatte den Blick ihrer kranken Tochter bemerkt. »Ich meine ja nur! Dachte, du wüsstest vielleicht gerne, wer dein Retter war!«

Ihr Retter? »Nun, ob das eine Rettungsaktion wert war«, sagte Mary-Ann kaum hörbar.

Lucys Augen füllten sich mit Tränen. Sie presste die Lippen aufeinander und drückte die Hände Mary-Anns. Sofort tat es Mary-Ann leid, diese Bemerkung gemacht zu haben.

»Kind! Ich will dich nicht verlieren! Alles können sie mir nehmen, wenn mir nur meine Kinder bleiben!«

Mary-Ann schaute in das verzweifelte Gesicht ihrer Mutter und beobachtete die Tränen, die ihr über die Wangen rannen. Nichts regte sich in ihr, als wäre ihr Herz aus Stein. Nichts hätte sie lieber getan, als ihre Mutter zu trösten! Aber wie? Ihre Lage war aussichtslos, daran konnte kein Mensch etwas ändern! Sie wünschte sich, auch weinen zu können, doch sie hatte keine Tränen mehr. Mary-Ann lag wie versteinert da und konnte nichts tun. Still flehte sie: *Gott, wenn es dich wirklich gibt, dann rette uns doch!*

4

William saß mit seiner Familie an dem großen Marmortisch in der Mitte des Esszimmers des Herrenhauses.

Der Älteste am Tisch, Leonhard Auburn, regte sich gerade über die Unschicklichkeiten des Dienstpersonals auf:

»Ich kann nur sagen: unmöglich! Unerhört, dieses Benehmen! Unerhört!«

»Nun, Vater, wir haben mitbekommen, dass es etwas gibt, das dein Missfallen erregt. Möchtest du uns nicht auch mitteilen, was dich so aus der Fassung bringt«, sagte George L. Auburn, genervt von den ewigen Nörgeleien seines Vaters.

Bevor dieser etwas erwidern konnte, griff Elisabeth Lowery Auburn, Williams Mutter, ein, um einen Streit zwischen den beiden Männern zu verhindern.

»George, da gibt es tatsächlich etwas. Du erinnerst dich an das Dienstmädchen Joanna?«

Ihr Ehemann nickte.

»Sie hat während des Staubwischens die kleine goldene Uhr in meiner Suite auf dem Kamin mitgenommen.«

»Wie bitte? Woher weißt du das?«, fragte Mr Auburn erbost.

»Henry hat behauptet sie dabei gesehen zu haben. Es hat sich bestätigt, als ich Joanna fragte, ob es wahr sei und sie mir daraufhin weinend die Uhr brachte. Die Uhr hatte unter ihrem Kopfkissen versteckt gelegen.«

»Was war ihre Entschuldigung?«

»Sie wäre jeden Morgen zu spät in die Küche zum Frühstück servieren gekommen. Sie dachte, wenn sie eine Uhr hätte, würde das vielleicht nicht mehr passieren«, erwiderte Elisabeth mit einem Seitenblick auf ihren Schwiegervater.

George wischte sich mit einer Serviette den Mund ab und fragte seine Frau: »Was denkst du?«

Stets war er darauf bedacht, die Meinung seiner Ehefrau einzuholen.

Er sprach oft von ihrer Klugheit und dies war tatsächlich so. Mrs Auburn handelte immer weise und war rücksichtsvoll gegenüber jedermann.

»Ich denke«, sagte sie, ohne sich erst noch eine Meinung bilden zu müssen, »Joanna hat die Wahrheit gesagt.«

»Pah!«, fiel ihr Leonhard ins Wort. »Die ist doch nur auf den Wert der teuren Uhr aus gewesen! Wahrscheinlich hätte sie das kostbare Stück bei ihrem nächsten Einkauf in der Stadt zu Geld gemacht!«

George beachtete ihn nicht weiter und lauschte weiter den Ausführungen seiner Frau.

»Doch trotzdem hätte sie niemals die Uhr ohne Erlaubnis mitnehmen dürfen. Solchem Personal können wir nicht trauen. Wir dürfen nicht noch einmal den Fehler machen wie bei Flora.«

Flora war eine frühere Angestellte gewesen, die dem Hause durch Betrug beträchtlichen Schaden zugefügt hatte.

George nickte. »Wir werden sie entlassen.«

Leonhard schien auf einmal zufrieden mit dem Gesprächsverlauf.

Megan, die einzige Tochter der Auburns, meldete sich zu Wort. »Wir werden eine Neue brauchen. Ella schafft die Arbeit nicht alleine.«

»Wie wär's mit dir?«, neckte William seine große Schwester.

Megan tat die Bemerkung nur mit einem missbilligenden Stirnrunzeln ab. Sie war die Sprüche ihres kleinen Bruders gewohnt.

George nickte. »Ich werde mich umschauen müssen.«

Während er weitersprach, kam William eine Idee.

Mary-Ann könnte doch als Dienstmädchen bei ihnen arbeiten! Sie würde gut bezahlt werden, müsste nicht in der Kälte stehen und …! Das wäre einfach genial! Das Problem war, dass Mary-Ann krank und sicher noch nicht in der Lage zum Arbeiten war. Doch wie sollte sie ohne ärztliche Unterstützung wieder gesund werden? Vielleicht könnten sie ihren eigenen Arzt schicken?

William würde mit seiner Mutter reden. Sie würde ihn verstehen und vielleicht guten Rat wissen.

Nach dem Abendessen klopfte er an die Tür, die zu den Räumen der Herrin des Hauses führte.

»Herein!«, ertönte die vertraute Stimme und William trat ein.

Mrs Auburn saß auf einem der Sofas und trank eine Tasse Tee. »William! Setz dich zu mir! Was gibt es?«

»Ich glaube, ich weiß, wen wir als Dienstmädchen einstellen könnten.«

»Du?«, fragte Mrs Auburn langgezogen.

»Ja, ich.« Er holte tief Luft. »Da wäre nur noch ein Problem ...«

»Ach so! Na, das dachte ich mir schon«, schmunzelte sie.

William ließ sich nicht beirren. »Dieses Mädchen hat wahrscheinlich eine Lungenentzündung. Ich fürchte, dass sie kaum gesund werden wird, wenn sie keine ärztliche Hilfe bekommt. Deshalb ...«

»Deshalb möchtest du, dass wir unseren Arzt schicken und sie dann bei uns einstellen?«, fragte die Mutter zweifelnd.

William nickte. Innerlich flehte er zu Gott, sie möge ihm doch seine Bitte erfüllen. Erwartungsvoll blickte er sie an.

Mrs Auburn sah in ihre Teetasse, als gäbe es dort irgendetwas Interessantes zu sehen, und drehte sie in den Händen.

»William? Du wünschst es dir sehr, oder?«, fragte sie dann leise ohne aufzusehen.

»Na ja, ... wenn man schon von einem todkranken Menschen weiß, sollte man ihm auch helfen, meinst du nicht auch?«, wich er ihr aus.

Mrs Auburn nickte. »Ja, ich denke, du hast recht.« Sie blickte lächelnd auf und stellte die Teetasse ab.

William atmete erleichtert auf. »Wirst du mit Vater sprechen?«, fragte er hoffnungsvoll. Das wäre noch das letzte Problem, das zu lösen war. Ihm war von vornherein klar gewesen, dass er seine Mutter schnell auf seiner Seite haben würde, doch bei seinem Vater war er sich da nicht so sicher. Deshalb wollte er diese schwere Aufgabe lieber seiner Mutter überlassen. Von ihr würde sich sein Vater eher überzeugen lassen.

»Das kannst du nun aber wirklich nicht von mir verlangen, William!«

»Aber ... aber ...«

»Ich werde natürlich meine Meinung nicht für mich behalten, da kannst du sicher sein. Doch fragen musst du ihn schon selbst! Schließlich ist es ja deine Idee.«

William nickte resigniert. Vielleicht sollte er sich die ganze Sache doch noch einmal überlegen?

»Aber jetzt erzähl mal! Woher weißt du von ihr? Und weshalb ist sie so geeignet? Wie heißt sie überhaupt?«

William erzählte seiner Mutter was sich zugetragen hatte. Während er das tat, wurde ihm klar, dass er auf keinen Fall aufgeben durfte.

»Sie ist sogar mit einer schlimmen Krankheit zur Arbeit gegangen und das will doch was heißen«, schloss er.

Mrs Auburn erwiderte nichts darauf. Sie würde sich ihr eigenes Bild von dem Mädchen machen müssen. *Schönheit soll ja blenden*, dachte sie bei sich.

William stand vor dem Zimmer seines Vaters und biss auf seiner Unterlippe herum. Wie sollte er das Gespräch mit seinem Vater nur anfangen? Wie sollte er ihn davon überzeugen, dass Mary-Ann ein tüchtiges Mädchen war? Er fuhr sich übers Gesicht und hielt die Hand an die Tür. Sollte er klopfen? Aber was sollte er sagen? Er atmete tief durch und lockerte seinen Hemdkragen. Er setzte wieder zum Klopfen an, da öffnete sich plötzlich die Tür und der in Gedanken versunkene George rempelte gegen William.

»Oh, Vater, tut mir leid, ich wollte dich nicht erschrecken! Ich wollte gerade anklopfen …«

»Was gibt's?«, fragte George verärgert.

»Ich wollte mit dir wegen der fehlenden Hilfskraft sprechen.«

Verwundert schaute George ihn an. »Welche …? Ach so. Hm. Setz dich schon mal in den Herrensalon, ich komme sofort. Muss nur noch schnell etwas erledigen!«

Und weg war er.

William seufzte. Ausgerechnet in den Herrensalon! Da konnte seine Mutter ihm nicht zu Hilfe kommen!

Er ging zu dem Salon, in dem sie sich treffen wollten, und setzte sich. Sein Vater musste den Butler schon informiert haben, dass er sich im Salon eine Kaffeepause gönnen wollte, denn Henry stand schon im Zimmer. Das Kaminfeuer knisterte leise und der Kaffee stand bereits auf dem Tisch. Gedankenversunken stand William da.

»Wünschen Sie auch eine Tasse Kaffee, Mr Auburn?«, fragte Henry.

»Wie?«, stotterte William.

»Eine Tasse Kaffee?«

»Ja, bitte.«

William setzte sich. Es dauerte eine ganze Weile, bis sich endlich die Tür öffnete und George hereinkam. William hatte es nicht anders erwartet. Nichts war George wichtiger als seine Arbeit und er nahm sich immer sehr viel Zeit dafür.

Ächzend setzte sich der Hausherr neben William und nahm die Tasse entgegen, die Henry ihm entgegenhielt.

»Danke, Henry. Sie können jetzt gehen!«

George nahm einen Schluck von seinem Kaffee und seufzte zufrieden. »Also, Sohn, nun erzähl mal! Wer ist dieses Mädchen?«

»Na ja, sie ist sehr tüchtig und ich glaube, sie würde glänzend zu uns passen. Sie ... sie heißt Mary-Ann Barnes und ...«

»Barnes? Barnes ... irgendwoher kenne ich diesen Namen!«

»Ja, Vater, du kennst vielleicht die Geschichte um Michael Barnes. Aber seine Tochter wohl kaum.«

Stirnrunzelnd blickte George seinen Sohn an. »Aha«, sagte er dann langsam. »Jetzt erinnere ich mich! Das ist dieser Mörder! Der, der den Howard-Smith-Jungen umgebracht hat, nicht wahr?«

William nickte.

»Und seine Tochter willst du in unser Haus holen? William, das kann doch nicht dein Ernst sein«, brauste er auf.

William begann zu schwitzen. Wenn er ihn doch nur überzeugen könnte!

»Nun, du selbst hast mir beigebracht, dass man jeden Menschen ausschließlich für seine eigenen Taten verantwortlich machen soll.« William war erstaunt, wie ruhig seine Stimme klang.

George rieb seinen Bart zwischen den Fingern und schaute seinen Sohn mit zusammengekniffenen Augen an. Das war ein Argument.

»Außerdem ist sie todkrank!«

»Und da sagst du *außerdem*?«

»Du kannst doch ein junges Mädchen nicht einfach so sterben lassen! Noch dazu, wenn sie genau die Richtige für uns wäre!«

»Und wer garantiert mir das?«

»Du könntest deinem Sohn glauben. Und unseren Doktor schicken, damit sie wieder gesund wird.«

»Ha! Dass ich nicht lache! Unseren Doktor willst du schicken? Zu einem dahergelaufenen Mädchen?«

»Sie ist kein dahergelaufenes Mädchen«, hielt William verzweifelt dagegen.

»Ach nein?«

William schüttelte den Kopf. »Bitte, Vater.«

Der Angesprochene seufzte. »Du willst also tatsächlich, dass wir unseren Arzt zu der Tochter eines Mörders schicken, damit sie wieder gesund wird und für uns arbeiten kann?«

»Ihre Mutter ist die Tochter von einem hohen Offizier aus Frankreich. Nur weil der Vater einen Fehler …«

»Einen Fehler? Ich würde sagen ein Verbrechen!«

»Ich gebe zu, einen sehr großen Fehler. Aber nur weil er einen sehr großen Fehler begangen hat, darf man nicht die ganze Familie verachten. Wenn sie stirbt, ist niemand mehr da, der die Familie versorgen kann. Soweit ich weiß, reicht das Einkommen der Mutter nicht aus. Außerdem hat sie noch einen kleinen Bruder, der wäre dann auch nicht versorgt!«

Still hatte George zugehört. Er war auch immer sehr für Großzügigkeit und Hilfsbereitschaft gewesen. Aber die Tochter eines Mörders? Es wollte ihn innerlich fast zerreißen. Er blickte in die Augen seines Sohnes, die ihn flehend ansahen. Seufzend rieb er sich seine Stirn.

»Es schadet uns doch nichts, wenn wir den Doktor schicken«, sagte William gerade.

»Woher kennst du sie überhaupt?«

»Na ja, ich ... ich fuhr gerade in der Kutsche vorbei und da stand sie an einer Straßenecke, sterbenskrank und, na ja, dann ist sie in Ohnmacht gefallen und ich habe sie nach Hause gebracht«, stotterte William verlegen.

George lehnte sich zurück. Ach so war das also!

Vielleicht hatte sein Sohn ja wirklich recht. Schließlich schadete es ihnen ja nicht, wenn sie den Hausarzt schicken würden.

»Hast du deine Mutter schon informiert?«

»Ich habe ihr die Sache ans Herz gelegt.«

»Und was meinte sie?«

»Sie ist einverstanden.«

George nickte. »Nun gut, Sohn. Wenn du unbedingt willst, schick den Arzt! Aber lass mich dann in Frieden mit der Geschichte. Wenn sie gesund werden sollte, können wir weiterreden.«

William war baff. Er hatte es gar nicht für möglich gehalten, dass er es ohne die Hilfe seiner Mutter schaffen würde, seinen Vater zu überzeugen. Vielleicht war Rechtsanwalt doch ein passender Beruf für ihn!

»Oh, danke, Vater, du bist der Beste!«, rief William und konnte gerade noch an sich halten, seinem Vater nicht wie früher um den Hals zu fallen.

George winkte mit verlegenem Gesichtsausdruck ab.

William stürzte hinaus, um seiner Mutter von der Neuigkeit zu berichten. Morgen früh würde er den Arzt gleich zu Mary-Ann schicken.

5

Es klopfte. Lucy hob verwundert den Kopf. Wer konnte das sein? Hoffentlich bedeutete das nichts Schlimmes!

Justin sprang sofort auf und rannte zur Tür. »Vielleicht ist es Papa«, jubelte er.

»Justin! Justin, nein! Bleib hier«, rief Lucy ihm hinterher, doch es war zu spät. Der begeisterte Fünfjährige hatte bereits geöffnet. Ein kalter Windstoß fegte die Aufzeichnungen vom Tisch. Lucy befürchtete, dass sogleich eine Bande Jungs, die sich einen Spaß erlauben wollten, hereinstürzte. Doch nichts dergleichen geschah. Lucy eilte hinter ihrem Sohn her und sah zu ihrem Erstaunen einen großen breitschultrigen Mann vor der Tür warten. Justin starrte ihn mit weit aufgerissenen Augen an. »Mama? Ist das unser Papa?«

»Aber nein, Schatz!« Sie wandte sich dem Mann zu. »Entschuldigen Sie bitte!«

»Aber nicht doch«, erwiderte er lächelnd. »Sind Sie Mrs Barnes?«

»Ja, die bin ich.«

»Gestatten, mein Name ist Dr. Francis Colin. Familie Auburn schickt mich. Ich bin der persönliche Arzt der Herrschaften.«

»Arzt?«

»Ja. Darf ich reinkommen?«

»Ja, ja, natürlich.« Lucy trat zur Seite.

»Kommen Sie, um Mary-Ann gesund zu machen?«, fragte Justin zutraulich.

»Ja. Ich werde sehen, was sich machen lässt. Wo ist denn deine Schwester?«

Justin zeigte dem Doktor bereitwillig, wo er die Patientin finden konnte.

Lucy ließ ihren Jüngsten gewähren. Für sie selbst hingegen kam das alles ein wenig schnell. Ein Arzt? Warum? Was mochte er nur von ihrem bescheidenen Zuhause denken? Und wie um Himmels willen sollte sie ihn bezahlen?

Sie schauten dem Arzt zu, wie er Mary-Ann untersuchte. Justin sog alles begierig in sich auf. So etwas hatte er noch nie erlebt!

Als Dr. Colin Mary-Ann eine Medizin verabreichen wollte, wehrte Lucy schnell ab.

Dr. Colin hob die Augenbrauen und schaute sie fragend an. »Aber Ihre Tochter wird diese Medizin benötigen, um wieder gesund zu werden!«

»Mama, Mary-Ann braucht das!«, wiederholte Justin eifrig.

Lucy biss die Zähne zusammen und sagte dann leise: »Ich kann das nicht bezahlen.«

Dr. Colin beruhigte sie: »Na darum machen Sie sich mal keine Sorgen. Sie müssen nichts bezahlen. So, Mary-Ann, Sie nehmen die Medizin regelmäßig! In ein paar Tagen schaue ich nochmals bei Ihnen vorbei.«

Lucy und Justin begleiteten den Arzt zur Tür.

»Ach ja! Das soll ich Ihnen geben, Mrs Barnes!« Damit zog er einen Briefumschlag aus der Tasche und reichte ihn Lucy. Er tippte sich an den Hut und sagte: »War schön, dich kennengelernt zu haben, Justin!«

Er stieg in die Kutsche, die vor der Haustür auf ihn gewartet hatte, und winkte zum Abschied.

Lucy schloss die Tür und lehnte sich erschöpft an die Wand.

Justin war alles andere als geschafft. Er grinste von einem Ohr zum anderen.

»Mama, hast du gehört? Hast du gehört? Mama, hast …?«

»Was?«

»Er hat sich gefreut, dass er mich kennengelernt hat!«

Lucy lächelte ihn an. »Kein Wunder! Du bist ja auch ein Prachtkerl, oder?«

Justin nickte aufgeregt. »Ich will auch mal Doktor werden!«

Lucys Lächeln verschwand augenblicklich. Diesen Wunsch würde sie ihm wohl nie erfüllen können.

Aber sie ließ ihm seine Träume und sagte nichts.

»Mama?«

Seufzend nickte Lucy.

»Was steht in dem Brief?«

»Ich weiß nicht. Ich muss ihn erst einmal lesen.«

Lucy öffnete den strahlend weißen Briefumschlag. Sie zog den Briefbogen heraus und las still, was geschrieben worden war.

Als sie fertig war, schüttelte sie verwundert den Kopf. Sie las ihn ein zweites Mal, doch noch immer stand dasselbe darin.

Ungeduldig zupfte Justin an ihrem Rock. »Was steht denn da?«

Lucy schien ihren Sohn gar nicht zu bemerken. »Das ist doch nicht möglich! Mary-Ann!« Sie eilte ins Schlafzimmer. »Sieh nur, der Arzt hat uns noch einen Brief dagelassen! Familie Auburn möchte dich als Dienstmädchen bei sich einstellen! Die haben auch den Arzt geschickt! Ist das nicht unglaublich?«

Für einen Moment dachte Mary-Ann daran, dass das alles nur ein Traum sei, doch dann erinnerte sie sich an den jungen Mann, der sie nach Hause gebracht hatte, als sie bewusstlos geworden war. Vielleicht war das Mr Auburn …

»Oh, Mary-Ann! Mit der Medizin wirst du wieder gesund werden, und dann …«, jubelte Lucy.

»Ja, genau, mit der Medusin«, wiederholte Justin ernsthaft und Lucy und Mary-Ann lächelten belustigt. Neue Hoffnung war wie eine kleine Flamme aufgeflackert.

Tatsächlich erholte Mary-Ann sich allmählich. Der Husten war nicht mehr so stark, sie konnte besser atmen und das Fieber fiel. Sie alle waren sehr erleichtert.

Der Doktor kam noch einmal vorbei und war ebenfalls sehr erfreut über die Fortschritte. Er gab ihr eine weitere Arznei und meinte, in ein paar Wochen würde sie sich wieder wie neugeboren fühlen.

Weihnachten kam und Mary-Ann konnte mit ihrer Familie einige fröhliche Stunden verbringen. Sie hatten einen Brief an Michael, Mary-Anns

Vater, geschrieben, ihn abgeschickt und hofften, dass er eines Tages bei ihm ankommen würde.

Sehnsüchtig warteten sie auch auf einen Weihnachtsgruß von ihrem Vater und Ehemann. Die letzten Weihnachten hatte er ihnen immer Post geschickt. Die Freude war groß, als Lucy nach den Weihnachtsfeiertagen endlich einen Brief in ihrem Gang entdeckte. Er war unter der Tür hindurchgeschoben worden. Michael lebte noch! Er schrieb nicht viel, das war ihm gar nicht erlaubt. Doch es war ein Zeichen, dass er durchgehalten hatte. Zusammen dankte die Familie ihrem Gott, dass er auf ihn geachtet hatte und betete, er möge doch weiterhin seine Hand über Michael Barnes halten.

Doktor Colin erstattete William von den Besuchen bei Mary-Ann ausführlich Bericht. Der Neunzehnjährige freute sich sehr über die voranschreitende Genesung des Mädchens. Dann würde sie also bei ihnen arbeiten können! Vorausgesetzt, sie nahm die Stelle an. Aber warum sollte sie nicht? Die Zeit wollte und wollte nicht so schnell verstreichen, wie der junge Herr sich das wünschte. Er war schon immer ungeduldig gewesen. Er freute sich richtig darauf, das Mädchen wiederzusehen.

Für Mary-Ann selbst verstrich die Zeit ebenfalls viel zu langsam. Sie konnte es gar nicht erwarten, endlich wieder aus dem elenden Bett aufzustehen und sich an der frischen Luft den Wind um die Nase wehen zu lassen. Außerdem begannen die Tage im Bett sehr lange und langweilig zu werden. Lucy war auf Arbeitssuche gegangen, als das neue Jahr begonnen hatte und nahm die Stelle bei dem Bäcker an, bei dem Mary-Ann zuvor gearbeitet hatte.

Deshalb konnte sie Mary-Ann keine Gesellschaft am Krankenbett leisten. Nur Justin war noch da. Der machte Mary-Ann aber eher Kopfschmerzen, weil der kleine Kerl meistens voller Tatendrang war und ständig Fragen stellte. Lucy verdiente nicht mehr als Mary-Ann, doch es reichte gerade, um sich mit Brot und Wasser zu versorgen. Zum Glück machte die Kälte Lucy bei Weitem nicht so viel aus wie Mary-Ann. Lucy war kräftiger und hatte schon so manches aushalten müssen.

Die Tatsache, dass eine reiche Familie ihnen mit einem Arzt aushalf, nahm Lucy dankbar hin. Wenigstens ein paar Menschen, die noch nicht so auf ihren Reichtum eingebildet waren, dass sie das Elend, in dem manche steckten, übersahen und nicht nur wegsahen. Sie schämte sich nicht. Sie hatte ihren Stolz, doch wusste zugleich auch, wann ihre Möglichkeiten erschöpft waren. Ihr war jedes Mittel recht, damit Mary-Ann wieder gesund wurde. Zudem hatte sie in den letzten Jahren gemerkt, dass sie nicht mehr viel falsch machen konnte. Ihr Ruf war ruiniert. Sie war in der Gesellschaft nur eine arme Frau, die nichts ausrichten konnte, die Frau eines Mörders. Lucy hatte sich damit abgefunden, dass die Gesellschaft sie so sah. Doch im Grunde ihres Herzens klammerte sie sich an den Glauben, dass ihr Mann niemanden umgebracht hatte und eines Tages die Gerechtigkeit siegen würde. Doch oft schlich sich auf leisen Sohlen Bitterkeit in das Herz der Frau und legte sich wie eine dunkle Wolke über ihre Gefühle, ihr Denken und ihr Reden.

Lucy stimmte der Vermutung ihrer Tochter zu, dass der Mann, der Mary-Ann nach Hause gebracht hatte, den Doktor geschickt hatte. Sicher war er der Schreiber des Briefes.

Sie konnte das Glück noch immer nicht ganz fassen, dass Mary-Ann als Dienstmädchen arbeiten würde. Dort hätte sie es wenigstens warm, genug zu essen und sie könnte anständige Kleidung tragen, wenn auch nur die Dienstmädchentracht. Mary-Anns Verdienst würde ihr und Justin helfen, über die Runden zu kommen.

Das einzige, was Lucy schwerfiel, war der Gedanke, dass Mary-Ann nicht mehr bei ihr und Justin wohnen würde und sie ihre Tochter kaum öfter als alle zwei Monate sehen würde. Dabei war sie noch nie länger als zwei Tage von ihren Kindern getrennt gewesen!

Wenn Mary-Ann einmal weg war, würde sie dann jemals wieder zurückkommen?

Das war der Schatten, der sich über die Hoffnung legte und er war da, obwohl die Mutter sich vornahm, ihren Blick auf das Gute zu richten.

Als Mary-Ann wieder aufstehen konnte, nur noch sehr selten hustete und auch schon einige Schritte vor die Tür konnte, kam ein weiterer Brief der Auburns: In zwei Wochen, am 10. März um 10 Uhr, würden sie Mary-Ann bei sich erwarten. Mary-Ann würde mit einer Kutsche abgeholt werden.

Mary-Ann konnte es kaum erwarten. *Ich werde ordentliche Kleider haben und in einem großen Haus arbeiten*, jauchzte sie innerlich. Justin bemerkte die Vorfreude seiner Schwester und hüpfte aufgeregt durch die Zimmer, während er ihr hunderte von Fragen stellte.

Mary-Ann begann sich langsam wieder an die Arbeiten zu gewöhnen, die sie nun bald wieder verrichten sollte. Schließlich wollte sie tüchtig sein, denn irgendwie musste sie sich den Leuten, die ihr so viel Großzügigkeit erwiesen hatten, erkenntlich zeigen. Sie putzte die Wohnung und half ihrer Mutter beim Waschen. Natürlich mit Pausen dazwischen, denn übernehmen durfte sie sich auf keinen Fall.

»Dass du mir nur nicht zu schwer arbeitest, wenn du weg bist«, ermahnte Lucy sie öfters. Die Mutter hatte Angst, Mary-Ann könnte einen Rückfall erleiden.

6

Dann war der große Tag gekommen. Mary-Ann lag wach in ihrem Bett und lauschte den friedlichen Atemzügen Justins. Mit seinem blonden Lockenschopf und dem Lächeln im Gesicht, glich er einem kleinen Engel.

Mary-Anns Herz wollte vor Aufregung fast zerspringen. Hoffentlich würden die hohen Herrschaften mit ihr zufrieden sein. Hoffentlich …

Sie stieg aus dem Bett und wusch sich sorgfältig. Dann holte sie ihr weißgeblümtes Kleid aus dem Schrank. Sie betrachtete es kritisch. Es war ihr bestes, aber die einst kräftige blaue Farbe war ausgebleicht und die Ärmel waren etwas zu kurz. Es musste ausreichen. Seufzend schlüpfte sie hinein und ging dann an den alten Spiegel, um sich die Haare zu frisieren.

Nachdenklich betrachtete sie sich, während sie sich die lange Haarpracht kämmte. Sie war noch immer recht blass und dünn. *Na ja*, beruhigte sie sich, *dann geht mir wenigstens der Kragen zu.*

Sie flocht sich die blonden Strähnen zu zwei langen Zöpfen und steckte diese mit Haarklammern, die ihr Vater ihr einst geschenkt hatte, nach oben. Nervös strich sie sich übers Kleid. Tief durchatmend beschloss sie, mit ihrem Anblick zufrieden zu sein.

Sie ging in die Küche, um etwas Wasser für einen Kaffee heiß zu machen. Doch das war nicht mehr nötig. Lucy saß bereits mit einer fertigen Kanne am Tisch und hatte ein paar Scheiben Brot aufgeschnitten. In aller Aufregung hatte Mary-Ann gar nicht bemerkt, dass ihre Mutter schon aufgestanden war.

»Guten Morgen. Gut geschlafen?«, begrüßte Lucy sie.

»Ja, so weit es mir möglich war. Ich bin so aufgeregt!«

Lucy lächelte. »Das kann ich mir vorstellen! Komm, setz dich erst einmal.«

Sie schob ihr eine Tasse mit dampfendem Kaffee und eine Scheibe Brot herüber.

»Hübsch siehst du aus«, sagte Lucy aufmunternd.

Mary-Ann lächelte. »Danke, Mama.« Sie biss von dem Brot ab. »Wieviel Uhr ist es denn?«

»Eben hat es halb neun geschlagen.«

Mary-Ann stöhnte. »Wie soll ich diese Zeit nur überstehen?«

»Ich weiß nicht«, lachte Lucy. Dann wurde sie wieder ernst. »Ich möchte dir noch etwas geben.«

Sie stand auf und ging zu der Holzkiste in der Ecke des Raumes. Sie kam mit einem dicken schwarzen Buch wieder, das sie Mary-Ann in die Hand drückte.

Mit goldenen Buchstaben stand darauf: *Die Heilige Schrift.*

Fragend blickte Mary-Ann ihre Mutter an.

»Das ist die Bibel deines Vaters. Erinnerst du dich nicht mehr? Daraus hat er immer vorgelesen.«

»Ja, doch, ich erinnere mich. Aber ... ich wusste nicht, dass du sie noch hast.«

»Er durfte sie ja nicht mitnehmen und ich habe es nicht über das Herz gebracht, sie ins Pfandhaus zu bringen. Sie war sein liebstes Stück.«

»Und jetzt? Warum ...?«

»Ja, Mary-Ann, du sollst sie bekommen. Du warst neben der Bibel das Liebste, was er hatte. Sie soll dir gehören. Ich weiß, dass er sich freuen würde, wenn sie nicht immer nur in einer dunklen Kiste liegt, sondern die Hände seiner Tochter sie halten und die Augen seiner Tochter sie lesen.«

Lucy nahm Mary-Ann in den Arm und küsste ihr Haar. »Halte sie in Ehren, mein Schatz!«

Mary-Ann nickte und strich behutsam über den schwarzen Buchdeckel.

»So, und jetzt packen wir deine Sachen«, forderte Lucy ihre Tochter auf.

Mary-Ann besaß nicht viel. Zwei Kleider, ein Nachthemd, eine kleine goldene Haarbürste, die Bibel und einige weiße Blätter, um einen Brief an Lucy und Justin zu schreiben, waren schnell zusammengesucht und in ein kleines Köfferchen gelegt.

Justin wachte von den Geräuschen des Packens auf und gesellte sich zu den beiden Frauen.

»Wer holt dich denn ab, Mary?« »Wann kommt denn endlich die Kutsche?« »Was packst du da ein?« »Was musst du da machen?« Justin stellte unaufhörlich Fragen.

Mary-Ann hatte sich vorgenommen die letzte Zeit mit ihrer Familie zu genießen, doch sie war nur froh, als endlich das Geklapper von Pferdehufen auf der Straße vor ihrem Haus zu hören war.

Mary-Ann wandte sich ihrer Mutter zu. »Die Kutsche ist da.«

Lucy nickte und nahm sie in den Arm. Oh, wie sie beide doch den Abschied hassten! Erinnerungen an den Abschied von ihrem Vater stiegen auf, doch sie wurden sofort wieder verdrängt. Es war so schon traurig genug.

Mary-Ann hatte Angst, dass wenn sie etwas sagte, die Tränen die Überhand bekamen. »Ich hab dich so lieb, Mama«, brachte sie schließlich hervor und schon kullerten zwei Tränen über ihre Wangen.

»Ich dich auch«, flüsterte Lucy zurück. »Ich dich auch.«

Beide trennten sich wiederstrebend und sahen sich an.

»Pass gut auf dich auf, Liebes. Und schreibe uns bald.«

»Natürlich werde ich euch schreiben! Sobald ich Zeit dafür finde.«

Mary-Ann drehte sich zu Justin um. Der stand am Fenster und betrachtete die große, reich verzierte Kutsche mit den zwei weißen Pferden davor.

»Schau mal, Mary! Die Kutsche!«

»Ja, toll, nicht?« Sie umfasste seine Schultern und drehte ihn zu sich um. »Justin? Ich muss jetzt gehen.«

Der kleine Junge blickte zu Mary-Ann hoch. Er nickte ernst.

Sie drückte ihn fest an sich und fuhr ihm durch das Haar.

»Ich werde dich vermissen, kleiner Bruder. Leb wohl«, sagte sie mit einem Lächeln.

Justins ernster Gesichtsausdruck verschwand und er lächelte schüchtern zurück. »Leb wohl.«

»Passt gut auf euch auf! Und mach dir nicht so viele Sorgen, Mama, ja?« Damit zog Mary-Ann ihren Mantel an, nahm ihre Tasche, küsste die zwei nochmals und ging zur Tür hinaus.

Draußen wartete schon ein großer Mann in schwarzem Anzug auf sie.

»Guten Morgen, Mary-Ann.«

Mary-Ann antwortete mit einem höflichen Nicken und einem Lächeln auf den Lippen.

»Darf ich dir die Tasche abnehmen?«

»Sicher. Danke.«

Während der Mann sie zu der Kutsche führte, stellte er sich vor.

»Mein Name ist Henry. Ich bin der Butler.«

»Mein Name ist Mary-Ann Barnes.«

»Ich weiß«, lächelte Henry und half ihr in die Kutsche. Er setzte sich neben sie und gab dem Kutscher das Zeichen zur Abfahrt.

Mary-Ann blickte zu ihrer Familie, die im Türrahmen ihres Zuhauses stand. Lucy hatte die Lippen zusammengepresst und lächelte ihr aufmunternd zu. Justin winkte. Sie winkte zurück. Mit einem Ruck setzte sich die Kutsche in Bewegung. Die beiden geliebten Personen verschwanden und sie war auf dem Weg in ein neues Leben. Mary-Ann hätte am liebsten ihr Gesicht an der Fensterscheibe platt gedrückt, um ihre Mutter und ihren Bruder noch so lange wie möglich zu sehen, doch sie wollte kein so unschickliches Verhalten an den Tag legen. So atmete sie tief durch und setzte sich aufrecht hin. Nun ging es also los.

»Nicht angenehm so ein Abschied, was?«, fragte der Butler teilnahmsvoll.

Sie lächelte. »Nein, das ist er nie.«

Henry nickte. »Warst du schon einmal Dienstmädchen?«

Mary-Ann schüttelte den Kopf.

»Und? Aufgeregt?«

»Ein bisschen. Das heißt, eigentlich sogar sehr.«

Henry lachte fröhlich. »Du bist ehrlich. Das ist gut.«

Der Butler gefiel Mary-Ann. Wie wohl die anderen Bediensteten so waren? Würden sie von ihrer Familiengeschichte wissen und sie deshalb verachten und ausschließen? Und die Herrschaften, wie Henry sie nannte? Es gab so viel, worauf sie in Spannung und in Angst wartete, sodass sie keine Zeit mehr hatte, an den Abschied mit ihrer Familie zu denken.

Bald hatten sie die Innenstadt von Tainbridge hinter sich gelassen. Die Gegend begann wohlhabender zu werden. Größere Häuser mit einem weißen Anstrich und mit gepflegten Gärten zierten die Straßen. Die

Frauen gingen am Arm ihrer Männer gemächlich in der ersten Frühlingssonne entlang, Kinder führten ihre Hunde spazieren, Mädchen schoben ihre Puppenwagen stolz auf den Gehsteigen. Es waren schöne, friedliche Bilder, die sich Mary-Ann boten. Sollte sie in einem dieser Häuser arbeiten? Welches würde es sein?

Doch zu ihrem Erstaunen ließen sie auch diese Gegend hinter sich und fuhren nun zwischen Feldern und grünen Wäldchen hindurch. Neugierig spähte sie immer wieder zum Fenster hinaus. Sie hatte die Stadt erst ein einziges Mal verlassen – das war an dem Tag gewesen, an dem sie ihren Vater zum letzten Mal gesehen hatte. Interessiert sog sie die Landschaft in sich auf.

Henry unterbrach sie in ihren Gedanken.

»Weißt du etwas über die Herrschaften?«, fragte er.

»Nein, leider nicht. Ich habe zwei Briefe von ihnen bekommen, aber da stand nicht drin, was ich zu tun hätte oder dergleichen. Nur, dass sie mich als Dienstmädchen anstellen wollen.«

»Weißt du warum?«

»Scheinbar hat mich jemand empfohlen«, erwiderte Mary-Ann und dachte an den jungen Mann, der sie nach Hause gefahren hatte.

Henry nickte. Nach einer Weile fing er wieder an.

»Wahrscheinlich ist es gut, wenn du die Familie wenigstens ein bisschen kennst.«

»Gerne!«

»Da ist zunächst einmal der Großvater, Sir Auburn. Er hat im Haus nichts zu tun und der Umgang mit ihm ist nicht immer leicht.« Henry schüttelte lächelnd den Kopf. »Dann gibt es Mr Auburn, der eigentliche Hausherr.«

Weiter kam er nicht mit seinen Ausführungen, denn jetzt bogen sie in eine lange Allee ein.

»So, jetzt sind wir schon da. Das ist die Auffahrt zu dem Anwesen.«

Große mächtige Eichen säumten die Straße. Leider trugen sie noch keine Blätter, doch Mary-Ann konnte sich vorstellen, welch prächtiges Dach sich über der Zufahrt wölben würde, wenn es erst einmal Sommer war.

Schließlich sah Mary-Ann ein großes, schwarzes Eisentor am Ende der Allee. Das Portal war aus dünnen Eisenstäben gefertigt, von denen manche so gebogen waren, dass sie große Rosenblüten ergaben. Hinter dem geschlossenen Tor lag Gut Randolph. Der Weg führte weiter bis zu einem großen mit Kies ausgestreuten Kreisel, der dazu diente die Pferde zu wenden. In der Mitte plätscherte ein wunderschöner Brunnen. Gleich dahinter war das Herrenhaus zu sehen. Mary-Ann hätte es nie für möglich gehalten, dass es so ein großes Haus überhaupt gab.

Um die große, zweiflügelige Eingangstür rankte sich grüner Efeu.

Von dem Tor ab, an dem Weg entlang und um das gesamte Herrenhaus erstreckten sich gepflegte Rasenflächen, wunderschöne Blumenbeete mit Rosen, Krokussen, Tulpen und anderen Frühlingsblumen.

Das ganze Grundstück war umgeben von hohen Hecken, damit niemand hineinschauen konnte.

Mary-Ann konnte es nicht fassen, dass sie in einer solch herrlichen Umgebung leben durfte.

Henry half ihr aus der Kutsche, die genau vor der Eingangstür gehalten hatte. Ihre Schritte knirschten unter dem Kies. Sie schaute sich um und blinzelte in die Sonne.

»Das ist ja unglaublich!«, entfuhr es ihr.

Henry lächelte. »Ja, es ist wunderschön, das Gut Randolph.«

Oh ja, das ist es, dachte Mary-Ann. Wieder nahm sie sich fest vor, dass sie ihr Bestes geben und alle Anweisungen, die man ihr gab, gewissenhaft erledigen würde.

Weiter kam Mary-Ann mit ihren Versprechen an sich selbst nicht, denn die hohen Flügel der hölzernen Eingangstür öffneten sich bereits.

7

Heraus traten zwei Frauen. Die eine war etwas rundlicher und schon älter, die andere jung und hübsch. Beide hatten Dienstmädchenkleidung an. Stumm stellten sie sich an die Treppe, aber sie blickten freundlich. Die Jüngere lächelte sogar. Mary-Ann lächelte vorsichtig zurück. Sie war sich so unsicher, was von ihr erwartet wurde.

Henry geleitete Mary-Ann in die Eingangshalle und die beiden Frauen folgten ihnen.

Henry bedeutete Mary-Ann, dort zu warten, und ging durch eine hohe Tür, die er bald darauf öffnete, um die drei Frauen aus der Eingangshalle mit einer Handbewegung aufzufordern, in den Salon zu treten.

Zwei weitere Frauen und ein Herr mit grauem Bart saßen dort. Das mussten die »Herrschaften« sein, denn die Frauen trugen prächtige Kleider und der Herr einen schicken Anzug.

Die ältere der beiden Frauen sagte freundlich: »Herzlich willkommen auf Gut Randolph! Du bist also Mary-Ann Barnes.«

Mary-Ann machte einen leichten Knicks. »Danke für alles. Es ist sehr schön hier.«

Die Frau lächelte. Dann wandte sie sich um und sprach das ältere der Dienstmädchen an. »Molly, begleiten Sie das Mädchen bitte in ihre Räume, damit sie sich einrichten kann. Um ein Uhr möchte ich sie bei mir haben. Ach, und geben sie ihr einige Kleider mit.«

Mary-Ann erschrak. *Sicher gefällt ihr mein Kleid nicht, oder ist es etwa schmutzig?* Hastig schaute sie an sich herunter, doch da war nichts, das Aufsehen hätte erregen können. Ängstlich warf sie ihrer neuen Herrin einen Blick zu. Doch zu ihrer Erleichterung blickten die Augen der Herrin einfach nur freundlich.

Die rundliche Frau war schon durch die Tür hinausgegangen. Mary-Ann folgte ihr vorsichtig. Sie war sich nicht im Klaren, ob es an ihr war, die anderen zwei Herrschaften zu begrüßen. Schüchtern blickte sie im Hinausgehen kurz in die Gesichter der beiden. Das Mädchen trug ihr Kinn hoch erhoben und schaute sie abschätzend an. Der Blick des Mannes war so eisig, dass Mary-Ann fast erstarrt wäre. So ließ sie es lieber bleiben, den beiden einen guten Tag zu wünschen, und beschränkte sich darauf, höflich zu knicksen. Dann folgte sie der Frau, die mit Molly angeredet worden war, durch die Eingangshalle die Treppe hinauf.

Mary-Ann kam aus dem Staunen nicht mehr heraus. Funkelnde Kronleuchter hingen von den Decken herab. Das Treppengeländer aus dunklem glattem Holz und die Fliesen der Eingangshalle glänzten. Es war alles überwältigend edel. Sie konnte sich gar nicht sattsehen an den kostbaren Teppichen, den teuren Uhren und den vielen schönen Einrichtungsgegenständen.

Molly führte sie durch viele verwinkelte Gänge. Mary-Ann versuchte sich den Weg zu merken, doch sie gab es bald auf.

Schließlich blieb Molly vor einer Tür stehen. Sie öffnete und Mary-Ann trat auf das ermunternde Kopfnicken der Frau ein. Das Zimmer war nicht so edel ausgestattet, wie das, was sie bis jetzt vom Haus gesehen hatte, aber dennoch sehr geschmackvoll. Vor einem großen Kamin stand ein gemütliches Sofa mit zwei kleinen roten Kissen. Links und rechts von dem Kamin befanden sich zwei große Fenster mit schweren Vorhängen. An der dunklen, auf Hochglanz polierten Holztäfelung, die die obere Hälfte der Wand bedeckte, hing eine kleine Uhr, die laut tickte und als Mary-Ann sich umdrehte, sah sie neben der Sitzecke mit dem runden Tisch in der Mitte einen großen Schrank und ein schlichtes Bett mit dicken Decken. *Du meine Güte*, dachte Mary-Ann. *So viel Platz brauche ich doch nie und nimmer!*

Mary-Ann stand noch staunend da, als Molly eine Tür öffnete, die sie noch gar nicht bemerkt hatte.

»Diese Tür hier führt ins Bad«, hörte Mary-Ann Molly zum ersten Mal etwas sprechen.

Sie ging durch die Tür, die Molly offen hielt. Das Bad war mit weißen Fließen ausgelegt worden. Sogar eine kleine Badewanne stand in einer Ecke!

»Gefällt es dir?«, fragte Molly.

»Oh ja! Es ist unglaublich«, rief Mary-Ann aus.

»Du kannst jetzt ein Bad nehmen!«

»Wirklich?« Nie hatte Mary-Ann auch nur zu träumen gewagt, dass sie einmal in ihrem Leben ein heißes Bad nehmen könnte! Und nun hatte sie die Möglichkeit, es jeden Tag zu tun! Sie freute sich schon darauf, es ihrer Mutter zu schreiben.

Molly zeigte ihr, wie man das Wasser einlaufen ließ.

»Ich werde dich kurz vor eins abholen, damit wir zu Madam gehen können.«

»Danke. So freundlich war schon lange niemand mehr zu mir!«

Molly lächelte froh. Dabei umrahmten viele Lachfältchen die kleinen Augen.

»Die Kleider lege ich dir auf das Bett.« Damit ging sie hinaus.

Als das Wasser fertig eingelaufen war, zog Mary-Ann sich ihr Kleid aus und ließ sich in das warme Wasser gleiten. Langsam entspannten sich ihre verkrampften Muskeln. Mary-Ann atmete den Wasserdampf tief ein und blickte zu der auf Hochglanz polierten Decke. Bis jetzt war ja alles ganz gut gelaufen.

Als das Wasser merklich kühler wurde, stieg Mary-Ann aus der Badewanne. Sie griff sich eines der Handtücher, die auf einem Stuhl bereitlagen, trocknete sich ab, wickelte sich in das Tuch und ging hinaus, um sich eines der Kleider zu holen, die Molly ihr aufs Bett gelegt hatte.

Wie Mary-Ann es vermutet hatte, war es Dienstmädchenkleidung. Sie bestand aus einem einfachen grauen Baumwollkleid, einer schneeweißen gebügelten Schürze und einer ebenso weißen Haube. Außerdem stand ein Paar blitzsauberer, schwarzer Damenschuhe auf dem Boden. Mary-Ann nahm sie in die Hände und bewunderte sie. So schöne Schuhe!

Mit einem Blick auf die tickende Uhr, beeilte sie sich, eines der Kleider anzuziehen. Es passte perfekt! Sie band sich die Schürze um, strich sich die Frisur glatt und setzte die Haube darüber.

Dann betrachtete sie sich im Spiegel. Ihre Wangen waren von dem heißen Bad noch gerötet, aber sonst sah sie ganz passabel aus, fand sie.

Da klopfte es auch schon an der Tür. Mary-Ann ging, um zu öffnen. Molly stand davor und lächelte.

»Gut siehst du aus. Du könntest glatt als Dienstmädchen durchgehen!« Die Augen der Frau zwinkerten verschmitzt.

Mary-Ann zuckte verlegen die Schultern. Sie bekam nicht oft Komplimente.

Wieder gingen sie durch das große Haus.

Molly schien ein wenig in Eile zu sein. »Hier jetzt einfach nur noch den Gang geradeaus. Ich muss gleich weiter.«

Mary-Ann ging langsam den Gang entlang und atmete vor der Tür noch einmal tief durch. Sie strich sich die Schürze glatt, hob das Kinn und wollte anklopfen, als sie plötzlich eine Bewegung an ihrem Bein spürte. Erschrocken sprang sie einen Schritt zurück. Was war das? Da hörte sie ein klägliches Miauen. Eine Katze? Mary-Ann bückte sich und musste sich anstrengen, um das kleine schwarze Kätzchen in dem düsteren Flur zu sehen. Es strich ihr schnurrend um die Beine und Mary-Ann bückte sich, um es zu streicheln. Wieder miaute das Kätzchen.

»Du willst wohl auch da rein, wie?«, fragte sie die Katze flüsternd und klopfte an.

»Herein!«, ertönte die Stimme der Dame, die sie begrüßt hatte.

Zögernd öffnete sie die Tür. Die schwarze Katze zwängte sich sofort in das Zimmer hinein, als die Tür auch nur einen Spalt geöffnet war.

Mrs Auburn saß auf einem gemütlichen Sofa in ihrem Zimmer vor einem Kamin aus Marmor, in dem ein kleines Feuer knisterte. Sie trank eine Tasse Tee und hatte gerade in einem Buch gelesen.

»Ah, da bist du ja! Und Maunz hast du gleich mitgebracht!«, sagte sie erfreut.

»Ich möchte dich gerne persönlich in die Dinge einweisen, die du von heute an zu tun haben wirst. Dann weiß ich, dass du auch wirklich genau informiert worden bist.«

Mary-Ann nickte.

»Du wirst nicht nur Dienstmädchen sein, sondern hauptsächlich auch meine persönliche Zofe, was bedeutet, dass du einige Aufgaben im Haushalt nicht verrichten musst. Von dir wird verlangt, dass du immer pünktlich bist und alles stets gewissenhaft und ordentlich erledigst, aber ich denke, das ist sowieso selbstverständlich.« Sie machte eine kleine Pause und rührte in ihrem Tee. »Zu deinen Diensten im Haushalt gehört die tägliche Wäsche. Mit dir zusammen erledigt das noch Eleonora und manchmal auch Molly. Falls es nötig sein sollte, dass du noch bei anderen Aufgaben wie Abstauben, Kehren und Wischen gebraucht wirst, wird dich Molly, die Haushälterin, informieren. Soweit verstanden?«

Mary-Ann nickte wieder.

»Gut. Dann zu den Pflichten als meine Zofe. Ich wünsche, dass du mich jeden Morgen um Punkt acht Uhr weckst. Ich möchte dann ein heißes Bad nehmen, das du bitte vorher schon einlaufen lässt. Wenn du mich geweckt hast, machst du mein Bett und lüftest das Schlafzimmer gut durch. Anschließend gehst du nach unten und hilfst Eleonora bei der Wäsche. Wenn du fertig bist, wird es wahrscheinlich ungefähr elf Uhr sein. Du wirst dich frisch machen, bevor du wieder zu mir kommst. Ich werde dir dann je nach Bedarf weitere Anweisungen geben.

Außerdem hast du dafür zu sorgen, dass immer genügend Katzenfutter da ist. Schau am besten immer gleich morgens, bevor du die Wäsche machst, nach. Ich füttere selbst, nur das Futter muss bereitstehen. Falls nichts mehr da ist, sage Molly Bescheid. Sie wird dir neues besorgen.« Sie sah auf. »Hast du noch Fragen?«

»Wo ist das Schlafzimmer und das Bad?«

»Oh ja, das hätte ich ja beinahe vergessen! Komm mit, ich zeige dir alles.«

Still lächelnd ging Mrs Auburn voraus. Es freute sie, dass das Mädchen mitdachte.

Sie gingen zu der einzigen Tür hinaus, die Mary-Ann außer der, zu der sie hineingegangen war, sehen konnte, und standen in einem weiteren Flur. Ein langes großes Fenster befand sich an dem Ende des Ganges, von dem aus man den gesamten hinteren Teil des Gartens überblicken konnte.

Nun lagen wieder vier Türen vor Mary-Ann. In die letzte, die nicht am Fenster lag, ging die Frau als erstes.

»Das hier ist das Schlafzimmer.« Sie öffnete kurz und schloss die Tür wieder. »Mr Auburn, meinen Mann, wirst du heute noch nicht kennenlernen. Er ist auf einer Geschäftsreise und wird erst in drei Tagen zurückerwartet.«

Mary-Ann folgte der Dame durch die nächste Tür. Sie führte in einen geräumigen Ankleideraum. Durch ihn gelangte man auch ins Bad. Mary-Ann staunte über die vielen Spiegel und die reich mit Gold verzierten Fliesen.

»Mein Sohn William begleitet meinen Mann«, fuhr Mrs Auburn fort.

Schade, dachte Mary-Ann, *dann muss ich mich noch ein wenig gedulden, bis ich mich davon überzeugen kann, ob er es war, der mich damals nach Hause gefahren und somit auch in dieses Haus gebracht hat.*

Mrs Auburn zeigte Mary-Ann, was hinter der dritten Tür lag. Drei zusammenhängende Wohnräume. Ein braun-weiß gefleckter Kater saß auf einem der Sessel. In diesem Raum öffnete die Katzenliebhaberin einen der vielen Schränke und erklärte, wo das Katzenfutter zu sein hatte. Mary-Ann hatte verstanden.

An diesem Abend fiel das Mädchen erschöpft von den vielen neuen Eindrücken in ihr neues Bett und schlief schnell ein.

8

Am nächsten Morgen wachte Mary-Ann von dem Klingeln der kleinen Uhr an der Wand auf, die sie gestern Abend extra noch gestellt hatte, damit sie nicht zu spät erwachte.

Sie streckte sich und stand auf, um ins Bad zu gehen. Sie ließ kein Wasser zum Baden einlaufen, sondern wusch sich am Waschbecken. Dann zog sie das Dienstmädchenkleid an und stellte sich vor den Spiegel, um sich zu frisieren. Als sie fertig war, zeigten die kleinen goldenen Zeiger der Uhr im Wohnzimmer zwanzig Minuten vor Acht. *Hoffentlich reicht mir die Zeit, um die Suite von Mrs Auburn zu finden,* überlegte Mary-Ann. Sie warf noch mal einen Blick in den Spiegel und machte sich auf den Weg.

Nur gut, dass ich den Weg gestern noch ein paar Mal abgelaufen bin, dachte sie, als sie erleichtert den Gang zu der gesuchten Tür fand.

Sie schlich sich so leise wie möglich ins Badezimmer, und ließ heißes Wasser in die Wanne einlaufen. Sie suchte einen gut duftenden Badezusatz aus und legte zwei Handtücher bereit. Dann ging sie auf leisen Sohlen zu der Schlafzimmertür. Befangen stand sie davor. Was sollte sie nur sagen? Sie rang sich dazu durch, einfach schnell die Tür zu öffnen.

»Madam?«, flüsterte sie leise. Sie eilte zu den zwei Fenstern hinüber und zog die schweren blauen Vorhänge, die das Zimmer verdunkelten, beiseite. Sofort strahlte das Sonnenlicht herein und erhellte den Raum.

Jemand regte sich im Bett.

»Guten Morgen!«, sagte Mary-Ann schon lauter.

»Ich habe das Wasser einlaufen lassen«, fuhr Mary-Ann schüchtern fort. Bei diesen Worten fiel es Mary-Ann schlagartig ein. Das Wasser! Sie hatte es ja noch nicht ausgemacht! Sie hatte es nicht ausgeschaltet! Wenn es nur nicht über den Rand getreten war!

Mrs Auburn hob den Kopf. Sie nickte und deutete auf einen seidenen Morgenmantel, der an einem Haken hing. Mary-Ann holte ihr schnell den Mantel und verließ so gefasst wie möglich das Zimmer. Sie stürzte ins Bad und drehte den Wasserhahn zu, um das fließende Wasser zu stoppen. Ein tiefer Seufzer entfuhr ihr. Das Wasser war nicht übergelaufen. Es stand aber gefährlich nahe am Rand. Sie streifte ihren Ärmel hoch und zog den Abflussdeckel heraus. Das Wasser lief ab. Sie schaute sich nach einem Eimer um, den sie zum Abschöpfen benutzen könnte, damit es schneller ging, doch es gab nichts. Als sich Schritte näherten, schnappte sie sich den Abflussdeckel und stopfte mit ihm den Wannenboden wieder zu.

Die Tür öffnete sich und Mrs Auburn kam herein.

»Nanu?«, fragte sie erstaunt. »Was machst du denn da? Deine Ärmel sind ja ganz nass!«

»Nun, ich … ich … Das Wasser wäre fast übergelaufen, als ich zurückkam und da habe ich es ein wenig rauslassen müssen …«

Mrs Auburn lachte. »Ach so! Na ja, du musst ja sowieso zum Waschen.«

Mary-Ann nickte und eilte betreten aus dem Zimmer. Morgen würde ihr so etwas bestimmt nicht wieder passieren. Sie würde früher aufstehen und im Badezimmer warten müssen, bis das Wasser eingelaufen war.

Sie vergewisserte sich noch, dass genügend Katzenfutter da war und lief über einige Katzen stolpernd aus der Suite in den Gang.

Dort wartete zu ihrem Erstaunen das andere Dienstmädchen, das sie bei ihrer Ankunft angelächelt hatte.

»Hallo! Ich bin Ella. Eigentlich heiße ich Eleonora, aber die meisten nennen mich einfach Ella.«

Das Mädchen streckte Mary-Ann die Hand entgegen und lächelte das wärmste Lächeln, das Mary-Ann jemals gesehen hatte. Mary-Ann ergriff die Hand.

»Ich heiße Mary-Ann.«

»Mary-Ann? Darf ich dich auch Mary nennen? Das ist kürzer.«

»Klar, wenn du willst«, antwortete Mary-Ann achselzuckend. »Mein kleiner Bruder nennt mich meistens auch so.«

»Wie heißt denn dein kleiner Bruder? Ich hätte auch so gerne Geschwister …«

»Justin. Er heißt Justin.«

»Ich dachte, ich hol dich lieber mal ab, nicht, dass du dich auf dem Weg zur Eingangshalle verirrst«, redete Ella weiter, ohne auf das vorherige Thema einzugehen. »Als ich neu hier war, habe ich mich schrecklich oft verlaufen und bin zu spät gekommen.«

Etwas bewegte sich am Boden. Schon wieder eine Katze.

»Oh, kleines Kätzchen, komm doch mal! Wer bist du denn?«, lockte Ella das weiße Bündel auf dem Boden. Sie nahm das Kätzchen auf den Arm. »Oh, sieh nur, Mary! Ist sie nicht süß?«

Die Katze war wirklich süß. Sie hatte ein weißes Fell und ein putziges Gesicht.

»Wenn sie im Schnee läuft, sieht man sie bestimmt nicht«, sagte Ella. »Komm, streichle sie auch mal! Sie hat ganz weiches Fell!«

Mary-Ann tat wie ihr geheißen, aber im Stillen fragte sie sich, ob sie wohl zu spät zur Arbeit kommen würden. Da marschierte Ella, mit der Katze auf dem Arm redend, schon los. Mary-Ann folgte ihr.

Das weiße Kätzchen blieb jedoch nicht lange bei den beiden Mädchen. Nach ein paar Schritten hüpfte es von Ellas Arm. Die zwei ließen es laufen und setzten ihren Weg fort.

»Wie bist du hierher gekommen, Mary?«, wollte Ella wissen.

»Gute Frage«, meinte Mary-Ann achselzuckend. »Eigentlich weiß ich das selbst nicht so genau. Ich habe, bevor ich hierher kam, bei einem Bäcker in der Stadt gearbeitet. Ich musste den lieben langen Tag vor der Tür umhergehen und sein Gebäck verkaufen, damit meine Familie und ich zu essen hatten. Irgendwann war es einfach zu kalt und zu lange und ich bin sehr krank geworden. Meine Mutter und ich haben schon fast die Hoffnung aufgegeben, aber dann hat die Familie Auburn – aus welchem Grund auch immer – ihren Arzt geschickt und jetzt lassen sie mich bei sich arbeiten.«

»Und … arbeiten deine Eltern auch?«

»Meine Mutter.«

»Und dein Vater?«

Ein Schatten legte sich über Mary-Anns Gesicht. Wenn sie von ihrem Vater erzählen würde, wollte Ella bestimmt nichts mehr mit ihr zu tun haben.

»Er ist nicht da«, sagte sie einfach.

»Oh! Ist er … ist er … Wo ist er denn?«

Warum ist dieses Mädchen nur so neugierig, ärgerte sich Mary-Ann.

»In … Australien«, sagte sie zögernd. Sie sagte die Wahrheit – wenn auch nur die halbe.

»In Australien? Oh, Australien muss herrlich sein!«

Mary-Ann nickte. Sollte Ella doch in ihrem Glauben bleiben, dass es in Australien so wunderbar war!

»Was macht er denn in Australien?«, fragte Ella unschuldig weiter.

Mary-Ann wurde wütend. Konnte dieses Mädchen ihre ewige Fragerei nicht lassen?

»Weißt du, was ein Arbeitslager ist?«, fragte Mary-Ann und bemühte sich die Fassung zu behalten.

Ella öffnete den Mund und schloss ihn wieder. »Oh«, sagte sie nur.

Mary-Ann atmete tief durch. Endlich schwieg sie!

Ella führte Mary-Ann in die Eingangshalle und von dort in die Küche. Mary-Ann blieb stehen.

»Was ist denn? Hast du etwa schon gefrühstückt?«, fragte Ella.

Mary-Ann war noch gar nicht aufgefallen, dass sie noch nichts gegessen hatte. Sie war es gewohnt, Hunger zu haben. »Ich dachte, wir sollen die Wäsche machen«, erwiderte sie deshalb.

»Ja, natürlich. Aber jetzt müssen wir erst mal was essen!«

»Aber, das geht nicht!«

»Willst du wirklich mit leerem Magen waschen?«

Mary-Ann zuckte die Achseln.

»Glaub mir, Mary, wir machen das immer so. Mrs Auburn hat bestimmt nur vergessen zu erwähnen, dass du natürlich zwischendurch essen darfst. Die anderen sind auch schon hinten.«

Mary-Ann folgte Ella zögernd in das Hinterzimmer. Molly, Henry und eine andere Frau, die sie noch nicht kannte, saßen um einen einfachen Holztisch mit sechs Stühlen darum. Es war für fünf Personen gedeckt und es duftete herrlich nach frischen Brötchen und heißem Kaffee.

»Guten Morgen!«, begrüßte Ella die Anwesenden fröhlich. »Mary, das ist Mrs Peters.«

Mary-Ann war dankbar, dass sie sich nicht selbst vorstellen musste, fühlte sich aber dennoch etwas unbehaglich, als alle Augen nun auf sie gerichtet waren.

»Hallo, Mary«, sagte Henry mit Betonung auf die Abkürzung ihres Namens und lächelte gutmütig. »Herzlich willkommen in unserer Mitte.«

Auch Mary-Ann lächelte und nickte zum allgemeinen Gruß an alle mit dem Kopf. Sie und Ella setzten sich nebeneinander.

Die Unterhaltung am Tisch wurde mit der Zeit lebhaft. Ella, Henry und Molly beteiligten sich eifrig daran, während Mrs Peters und Mary-Ann sich eher still verhielten. Die Köchin war eine kleine, schlanke Frau von ungefähr fünfzig oder sechzig Jahren – Mary-Ann konnte es nur schlecht einschätzen – und schaute mit strengem Blick und dünnen zusammengepressten Lippen in die Runde. Wenn sie den Mund aufmachte, kam meist nur Kritik in mürrischem Ton. Sie hatte ihr graues Haar zu einem festen Knoten zusammengebunden und eine etwas zu große Hakennase thronte in ihrem faltengegerbten Gesicht.

Ella hingegen war wohl nur ein bisschen älter als Mary-Ann und ein sehr hübsches Mädchen. Ihr lockiges schwarzes Haar quoll unter der Dienstmädchenhaube hervor. Ihre grün-grauen Augen funkelten und sprühten nur so vor Lebensfreude und wenn sie lachte, musste man mitlachen, so ansteckend war es.

Sicher wäre es schön, sie als Freundin zu haben, überlegte Mary-Ann. Doch diesen Gedanken verwarf sie sogleich wieder. Wenn Ella weiterhin so viele Fragen stellen würde, müsste Mary-Ann Ella erzählen, weswegen sich ihr Vater im Arbeitslager befand. Dann würde Ella sie sicher nicht mehr mögen. Mary-Ann war unglaublich dankbar, dass Henry und Molly anscheinend noch nichts wussten und auch nicht fragten. Wenigstens mit ihnen würde sie gut auskommen.

Mary-Ann bemühte sich, nicht zu seufzen, denn sonst hätten sich wahrscheinlich wieder die Blicke der fröhlichen Tischrunde auf sie gerichtet.

Als alle ihr Frühstück beendet hatten, standen Molly, Ella und Mary-Ann auf und machten sich auf den Weg in die Waschküche. Die beiden

Dienstmädchen erklärten Mary-Ann ganz genau, was sie zu tun hatte und dann machten sie sich an die Arbeit. Auch hier unterhielten sich Ella und Molly fröhlich.

»Wie geht es eigentlich deinem Vater?«, erkundigte sich Molly gerade. Mary-Ann schreckte bei dem Wort Vater auf, aber war gleich wieder beruhigt, als Ella auf die Frage antwortete. »Oh, dem geht es gut. Er schreibt mir oft. Erst vor zwei Tagen kam wieder ein Brief von ihm an. Er sagt, gesundheitlich geht es ihm wieder gut und auch seelisch hat er die ganze Sache endlich überwunden.«

»Das freut mich!«, erwiderte Molly. Sie legte das Geschirrtuch beiseite, das sie gerade in der Hand gehalten hatte. »Ich muss jetzt noch einige Einkäufe erledigen, bevor die Herrschaften zu Mittag essen wollen. Macht ihr nur weiter. Ella, du weißt ja über alles Bescheid.«

»Sicher!«

Als sie alleine waren, hätte Mary-Ann gerne gefragt, was denn vorgefallen war, dass es Ellas Vater *wieder* gut ging, aber sie hielt den Mund. Sie selbst wollte ja auch nicht über ihre Familie ausgefragt werden.

Doch da nahte sich das Unheil bereits.

»Apropos Vater«, sagte Ella, während sie ein Handtuch an die Wäscheleine hing. »Warum musste dein Vater eigentlich ins Arbeitslager?«

Mary-Ann presste ihre Kieferknochen aufeinander. Sie wollte doch nicht darüber sprechen!

Ella schien nichts davon zu bemerken und so fing Mary-Ann langsam an. »Er wurde beschuldigt, den Sohn seines Arbeitgebers umgebracht zu haben«, presste Mary-Ann mit zusammengebissenen Zähnen hervor.

Entsetzt starrte Ella Mary an. Das hatte sie nun beim besten Willen nicht erwartet.

»Ein Mord?«, fragte sie unverblümt.

»Ja, einen Mord. Aber er hat niemanden umgebracht. Das stimmt nicht«, versuchte Mary-Ann ihren Vater zu verteidigen. »Er ist ein guter Mensch, hat immer gut für uns gesorgt. Nie im Leben wäre es ihm eingefallen, jemanden zu töten. Er …« Mary-Anns Stimme versagte. Sie wusste selbst nicht, weshalb sie dies alles sagte. Es glaubte ihr sowieso niemand. Sie schluckte.

»Es ist in Ordnung«, sagte Ella ruhig.

»Was ist in Ordnung? Nichts ist in Ordnung! Du und die ganze Welt hasst mich und meine Familie; mein Vater arbeitet sich wahrscheinlich gerade zu Tode, obwohl er niemandem etwas zuleide getan hat«, brauste Mary-Ann zornig auf.

»Aber ich hasse dich doch gar nicht! Du bist ein sehr nettes Mädchen. Eigentlich hatte ich gehofft, wir könnten ... Ich meine, ich hatte gehofft, dass wir Freundinnen werden.«

Nun war es an Mary-Ann erstaunt zu sein. Dieses freundliche Mädchen, das vor ihr stand, wollte tatsächlich ihre Freundin sein?

»Außerdem muss dein Vater keinen Mord begangen haben, nur weil das Gericht so entschieden hat. Schließlich machen Richter auch Fehler oder betrügen sogar. Es muss noch gar nichts heißen, wenn dein Vater verurteilt worden ist. Vielleicht ... Jesus zum Beispiel war vollkommen ohne Schuld und wurde trotzdem ans Kreuz genagelt. Und auch wenn dein Vater jemanden ermordet haben sollte, dann können wir doch trotzdem Freundinnen sein.«

Mary-Ann sah Ella an. Konnte sie ihr vertrauen? Oder würde sie von ihr verraten werden, wie von Sara?

Du kannst dich doch nicht ewig hinter Mauern verschließen, wegen dieser einen schlechten Erfahrung, sagte eine Stimme tief in ihrem Herzen. »Ich ... ich wusste ja nicht, dass ... Alle Menschen haben sich seither von uns abgewendet, wenn sie über meinen Vater Bescheid gewusst haben ... tut mir leid, ich wollte dich nicht so anfahren«, hörte sie sich leise sagen.

»Ist in Ordnung! Ich mag dich! Wollen wir Freundinnen sein?«

Mary-Ann fiel ein Stein vom Herzen, als sie das aufrichtige Lächeln im Gesicht Ellas sah. »Du willst wirklich meine Freundin sein – trotz allem?«

Ella nickte.

»Ich danke dir.« Mary-Ann brachte diesen Satz nur schwer über die Lippen, denn die Freude über den ersten Menschen, der sie trotz ihres Familienschicksals mochte, schnürte ihr die Kehle zu. Sie konnte nicht anders und schluchzte auf. Sie vergrub ihr Gesicht in den Händen und Tränen flossen aus ihren Augen. Tränen, die jahrelang aufgestaut worden waren. In all dieser Zeit hatte Mary-Ann sich nicht ein einziges Mal gestattet zu weinen. Nun, da sie jemanden hatte, der sie verstand und annahm, wie sie war, brach dieser Schmerz und die Trauer über zerbrochene Freundschaften und Ablehnung aus ihr heraus. All die Szenen, die ihr Herz verletzt hatten, zogen vor ihrem Geist vorüber. Es war so furchtbar und zugleich tat es so gut, den Tränen freien Lauf zu lassen.

Ella ging zu ihrer neuen Freundin und nahm sie in den Arm. Sie wiegte das von heftigen Schluchzern geschüttelte Mädchen in ihren Armen und ließ sie einfach ausweinen. Ella wusste nicht genau, weshalb Mary weinte, doch sie musste Schlimmes erlebt haben. Sie fragte dieses eine Mal nicht.

Mary-Ann brauchte lange, um sich zu beruhigen. Fast drei Jahre ohne eine vergossene Träne brauchten Zeit. Doch Ella ließ ihre Freundin nicht alleine, sondern litt mit ihr, und genau das brauchte Mary-Ann in dieser Stunde.

9

Nachdem Mary-Ann sich an der Schulter Ellas den Schmerz von der Seele geweint hatte, fühlte sie sich schon viel besser. Sie hatte gar nicht gemerkt, wie sehr alles auf ihr gelastet hatte. Es hatte sie beinahe erdrückt. Sie hatte immer geglaubt, sie sei stark und käme gut alleine zurecht. Jetzt hatte sie sich eingestanden, dass sie schwach war und jemanden brauchte, mit dem sie Freud und Leid teilen konnte.

Ella drückte ihr ein Taschentuch in die Hand und fragte vorsichtig: »Geht's wieder?«

Mary-Ann nickte und lächelte. »Ich fühl mich viel besser!«

Ella lächelte erleichtert. »Dann wasch dir mal dein Gesicht! So kannst du dich schlecht sehen lassen!«

Mary-Ann wusch sich ihr Gesicht und glättete ihr Haar. »So besser?«

»Hmhm. Sehr schön.«

»Dann mal auf, damit wir die Wäsche noch hinter uns bringen.«

Sie schickten sich an, alles noch rechtzeitig zu erledigen. Als sie fertig waren, gingen sie zusammen in die Eingangshalle und Ella blieb wieder vor der Küche stehen.

»Was willst du denn da schon wieder?«, fragte Mary verwundert.

»Na, Mittagessen, es ist schon fast halb eins!«, sagte Ella, als wäre es das Selbstverständlichste auf der Welt. Doch Mary-Ann begriff nicht. Zu Mittag hatte sie schon seit langem nicht mehr gegessen und außerdem hatte sie doch gerade ein ausgiebiges Frühstück gehabt! Sie hatte noch überhaupt keinen Hunger!

»Was hast du denn immer nur? Mrs Peters legt uns immer ein bisschen von dem Mahl der Herrschaften zur Seite! Kein Wunder, dass du so dünn bist …«, sagte Ella.

Stirnrunzelnd willigte Mary-Ann ein.

Die ganze Küche war von einem köstlichen Duft erfüllt. Mary-Ann konnte sich nicht erinnern, je eine so leckere Mahlzeit gegessen zu haben. Es gab einen saftigen Hähnchenbraten mit Gemüse und einer herrlichen Soße. Plötzlich war Mary-Ann froh, Ellas Rat, zu Mittag zu essen, gefolgt zu sein. Es schmeckte einfach herrlich! Doch schon nach einer halben Scheibe von dem Fleisch mit Soße und einem Löffel Gemüse konnte sie keinen Bissen mehr hinunterbekommen. Ihr Magen war es nicht gewohnt, so viel Nahrung zu verarbeiten.

Sie machte Mrs Peters beständig Komplimente, sodass diese sie schon mit seltsamen Blicken bedachte. Unmerklich hellte sich die Miene der Köchin leicht auf.

Nach dem Essen stand Mary-Ann auf, um sich auf den Weg zu Mrs Auburn zu machen. Vorher lief sie noch schnell in ihre Suite und zog sich eine neue Schürze an, denn durch die Wäsche war ihre alte ganz zerknittert.

Mary-Ann klopfte an der Tür ihrer Herrin an. Als keine Antwort ertönte, öffnete sie. In dem Zimmer flackerte das Kaminfeuer, aber es war niemand zu sehen. Nicht einmal eine Katze.

Mary-Ann beschloss, in die hinteren Räume zu gehen. Sie hatte dabei ein mulmiges Gefühl im Bauch und kam sich wie eine Einbrecherin vor!

Zaghaft klopfte sie an die Tür, die zu den hinteren Wohnräumen führte. Niemand meldete sich. Sie sah nach, doch es war keiner da.

Auch im Schlafzimmer und im Badezimmer fand sie Mrs Auburn nicht.

Also öffnete sie die letzte Tür, von der Mary-Ann nicht wusste, was dahinter lag. Vor ihr lag ein heller Raum mit beige gestrichenen Wänden und riesigen Fenstern an zwei Seiten, die das Zimmer erhellten und vor denen viele Grünpflanzen standen. An den Wänden ohne Fenster hingen viele kleine, aber auch große gemalte Bilder und in der Mitte des Raumes stand eine Staffelei, ein Stuhl und ein kleines Tischchen mit vielen Pinseln in verschiedenen Größen und mit vielen bunten Farben in mehreren Farbkästen darauf. An einer Fensterreihe stand ein kleines Korbsofa mit zwei bestickten Kissen. Darauf saßen zu Mary-Anns Erstaunen fünf Katzen und Mrs Auburn war dabei, sie auf einer Leinwand auf der Staffelei, festzuhalten.

»Komm nur herein«, lud Mrs Auburn Mary-Ann ein, ohne von ihrer Arbeit aufzusehen.

Zögernd schloss Mary-Ann die Tür hinter sich. »Das ... das ist ja erstaunlich, dass die Katzen so lange sitzen bleiben«, sagte Mary-Ann nach einer Weile.

»Ja, das ist wahr. Es sind wunderbare Tiere.«

Mary-Ann nickte. Sie schaute Mrs Auburn zu, wie sie ihre Katzen auf die Leinwand brachte. Von den fünf Tieren waren schon drei zu sehen. Eine schwarze Katze, das musste Maunz sein, die weiße Katze, die Mary-Ann mit Ella auf dem Gang gesehen hatte und eine rotgetigerte, von der die Beine noch fehlten. Auch der Hintergrund war schon fertig. Das Bild sah wunderschön aus. Mrs Auburn verstand es gut, Lebewesen zu malen. Auch auf den anderen Bildern im Raum waren meistens Katzen zu sehen; nur selten waren Menschen und Landschaften dabei.

»Dürfte ich mir die Bilder ansehen?« fragte Mary-Ann, die immer noch an der Tür stand.

»Aber natürlich. Sieh dich nur um!«

Mary-Ann schritt durch den Raum und betrachtete jedes einzelne Bild eingehend. Eine Katze hatte Mrs Auburn besonders oft gezeichnet. Es war der braun-weiße Kater. Scheinbar hing sie besonders an ihm.

»Wie lange haben Sie Ihre Katzen schon?«, rutschte Mary-Ann ihre Frage heraus.

Mrs Auburn schien es zu gefallen, dass Mary-Ann ihr Fragen stellte und begann bereitwillig zu erzählen. »Oh, das ist ganz unterschiedlich. Den Braun-weißen, das ist Loui, habe ich schon sehr lange. Er ist inzwischen elf Jahre alt. Maunz, die Schwarze, und Terry, den Rotgetigerten, habe ich seit vielleicht sieben Jahren und die andere Schwarze mit der weißen Pfote ist Socke. Sie und Amy, die Weiße, sind noch nicht so alt. Ungefähr ein Jahr. Maunz ist die Mutter und der Vater ist leider schon gestorben. Er war weiß, genau wie Amy.«

Mary-Ann sah Trauer in den Augen ihrer Herrin und wandte sich ab. Sie ging weiter durch das Zimmer und betrachtete die Bilder.

Auf einem war ihr Sohn William abgebildet. Mary-Ann erkannte ihn als den, der sie vor dem Bäckerladen entdeckt und nach Hause gebracht hatte. *Er ist es*, dachte Mary-Ann erfreut und ihr Herz begann schneller zu klopfen. William blickte sie aus dem Bild direkt an. Seine Augen waren nussbraun und eine vorwitzige Strähne aus seinem dunkelbraunen Haar fiel ihm in die Stirn. Seine Lippen umspielte ein leichtes Lächeln und kleine Grübchen zierten seine Wangen, wodurch er freundlich und charmant wirkte. In seinen Gesichtszügen erkannte sie Mrs Auburn, als sie ihn näher betrachtete.

Sie ging zum nächsten Bild. Auch hier war ein Mann abgebildet. Mr Auburn. Er hatte ebenfalls dunkelbraunes Haar, einen dünnen langen Schnurrbart und die Augen waren genau die Williams. Mr Auburn blickte jedoch nicht so freundlich, sondern wirkte eher streng und herrisch. *Ob er wirklich so ist, wie er sich hat malen lassen?*, fragte sich Mary-Ann im Stillen. Wie der Vater so der Sohn, sagte man ja immer …

Schließlich war Mary-Ann mit den Bildern fertig, was Mrs Auburn bemerkte. »Es sind natürlich noch nicht alle Bilder, aber die anderen kannst du dir ein anderes Mal ansehen. Ich mache jetzt eine Pause«, beschloss sie und legte den Pinsel zurück auf den Tisch. »Ich möchte einen Tee im Salon trinken. Zuerst gehst du aber in die Küche und lässt dir von Mrs Peters die Teezubereitung erklären, damit du es von nun an selbst tun kannst. Dann bringst du alles in den Salon.«

Mary-Ann beeilte sich, den Tee mit Hilfe von Mrs Peters zuzubereiten. Zum einen, weil ihr die Gegenwart der Köchin unbehaglich war, und zum anderen, weil sie Mrs Auburn nicht warten lassen wollte. Schließlich ging sie mit einem Tablett zum Salon und öffnete. Inzwischen kannte sie sich immer besser im Haus aus. Mrs Auburn saß bereits am großen Marmorkamin auf einem blauen Sofa und kraulte Loui, der sich neben ihr niedergelassen hatte. Mary-Ann stellte das Tablett auf den kleinen Tisch vor dem Sofa und goss Tee ein.

Zu dem Tee hatte Frau Peters einige Gebäckstücke auf das Tablett gelegt. Mrs Auburn nahm eines von ihnen und bedeutete Mary-Ann sich ebenfalls an den Leckereien zu bedienen. Erstaunt, auch etwas angeboten zu bekommen, nahm sich Mary-Ann ein Stück. *Schon wieder essen! Dass ich überhaupt noch etwas runterbekomme…*

»Ich hoffe, du hast dich schon ein wenig eingelebt«, sagte Mrs Auburn gerade. »Morgen lernst du dann meinen Mann und William kennen. Du hast die Bilder von ihnen ja schon im Atelier gesehen, nicht wahr?«

»Ja, sie sind sehr gut. Ich wünschte, ich könnte das auch«, rutschte es Mary-Ann über die Lippen.

»Schon als kleines Kind habe ich leidenschaftlich gerne gemalt und gezeichnet. Zeichnest du gerne?«

»Nun, ich ... ich hab es noch nicht oft ausprobiert ...«

»Dann wird es aber Zeit! Ich werde dich anleiten.«

»Aber ... aber ich bin doch hier um zu arbeiten.«

»Du bist hier als meine Zofe angestellt und wenn ich es wünsche, nimmst du Malstunden. Ist doch besser als ein Arbeitslager, oder?«

Mrs Auburn wusste nicht, was sie mit dem Wort Arbeitslager bei Mary-Ann auslöste. Sie redete munter weiter und schmiedete Pläne, was sie alles im Malunterricht machen könnten und wie viel Freude ihr das machen würde, während Mary-Ann sich leicht abwandte und stark schlucken musste. Eine kleine Träne glitzerte in ihrem Augenwinkel. Jetzt, wo sie einmal die Tränen zugelassen hatte, kamen sie schneller, als es ihr lieb war.

Mrs Auburn stoppte plötzlich ihren Redeschwall. »Was ist los?«, fragte sie besorgt.

Wusste sie etwa gar nichts über Mary-Anns Herkunft? Glaubte sie, dass sie ein normales Mädchen aus gutem Elternhaus war? Warum sollte sie sonst so freundlich sein?

»Es tut mir leid. Es ist nur ... Das Wort Arbeitslager hat mich an meinen Vater erinnert«, sagte Mary-Ann und versuchte ihre Tränen zu unterdrücken.

»Oh! Das wollte ich nicht. Ich hatte vergessen, wer dein Vater ist.«

Mary-Ann befürchtete, dass Mrs Auburn sich nun von ihr distanzieren würde, doch nichts dergleichen geschah.

Die Dame reichte ihr nur ein weißes wunderschönes Taschentuch und sagte: »Mach dir keine Sorgen. Ich hoffe, du kannst hier ein wenig deine alten Lebensumstände vergessen. Du bist ein rücksichtsvolles und pflichtbewusstes Mädchen und das ist gut so. Ich glaube, wir werden gut miteinander auskommen.« Mrs Auburn lächelte Mary-Ann aufmunternd zu und kraulte mit ihren vielen Ringen an den Fingern ihren Kater Loui.

Mary-Ann lächelte zurück. »Sie sind so gut zu mir. Vielen Dank. Ich glaube auch, dass ich mich hier wohlfühlen werde.«

»Na also«, lächelte Mrs Auburn.

Als die große Standuhr im Salon fünf Uhr schlug, meinte Mrs Auburn: »Ach, wie die Zeit vergeht! Heute werden Megan und ich zu einem Dinner bei einer Freundin aus der Stadt erwartet. Ich werde mich umziehen müssen. Komm mit, du kannst mich dann frisieren.«

Mrs Auburn ging Mary-Ann in den Ankleideraum voraus. »Welches Kleid soll ich nur anziehen?«

Sie öffnete den riesigen Schrank und eine unglaubliche Menge an Kleidern und Mänteln breitete sich vor ihnen aus. Mrs Auburn zog ein blaues Ballkleid mit weitem Rock und glitzernden Steinen heraus und hielt es mit gestrecktem Arm von sich. Mary-Ann staunte. So ein prächtiges Kleid hatte sie noch nie gesehen. Aber war es nicht ein bisschen zu edel für ein Abendessen bei einer Freundin? Doch sie wollte sich hüten, etwas zu sagen. Schließlich wusste sie ja nicht, wie die anderen Damen dort gekleidet sein würden. Aber auch Mrs Auburn schien dieser Meinung zu sein, denn sie steckte es wieder in den Schrank und zog ein Kleid in hellem Orange heraus. Es wirkte nicht so glamourös wie das andere, dennoch war es wunderschön. Mrs Auburn betrachtete es kritisch, hielt es sich hin und warf Mary-Ann fragende Blicke zu. Schließlich äußerte diese doch ihre Meinung. »Ich denke, dieses Kleid passt gut.«

Mrs Auburn folgte Mary-Anns Rat und zog sich um. Dann wies sie Mary-Ann an, welche Frisur sie wünschte. Mary-Ann versuchte es so gut sie konnte und Mrs Auburn schien recht zufrieden zu sein. Sie legte besonderen Schmuck an und stand eine dreiviertel Stunde, nachdem sie ihren Tee beendet hatte, fertig in der Eingangshalle. Auch Megan kam kurz darauf gefolgt von Ella dort an. Sie trug ein dunkelgrünes Kleid mit weitem Ausschnitt und war ebenfalls kunstvoll frisiert. Henry begleitete Megan und Mrs Auburn zur Kutsche, die schon fertig zur Abfahrt vor der Haustüre stand. Die Peitsche knallte und die Pferde setzten sich in Bewegung, um die beiden Damen in die Stadt zu fahren.

»Na, sieht die Frisur von Megan nicht toll aus?«, fragte Ella Mary-Ann, als die Damen verschwunden waren.

»Ja, schon, wieso?«

»Weil ich sie gemacht habe. Ich bin praktisch ihre persönliche Dienerin oder Zofe, wie sie es nennt. Aber eigentlich muss ich ihr den ganzen Tag nur dieses holen, jenes holen, das machen, und so weiter. Na ja …«

»Mrs Auburn ist eigentlich sehr nett zu mir.«

»Ja, sie ist wirklich eine freundliche Frau. Du hast Glück, bei ihr sein zu können.«

»Sie malt viel. Hat sogar ein richtiges Atelier. Meistens malt sie ihre Katzen, aber ein Portrait von Mr Auburn und ihrem Sohn sind auch dabei«, erzählte Mary-Ann.

»Ehrlich? Die hab ich noch nie gesehen. William schaut gut aus, nicht wahr?«

Mary-Ann nickte und spürte, wie ihre Wangen glühten.

»Er ist sehr nett, aber ich bekomme nicht viel von ihm mit«, plauderte Ella weiter. »Bin ja nur ein Dienstmädchen, deshalb redet er nicht mit mir. Sein Vater will nicht, dass das Personal spricht, wenn man zum Beispiel Essen aufträgt oder so etwas.«

»Musst du etwa auch beim Essenauftragen helfen? Und bist Zofe von Megan?«

»Und ich mache die Wäsche.«

»Aber, ich bin nur Zofe von Mrs Auburn und muss mich mit um die Wäsche kümmern, aber ich muss nicht beim Essenauftragen helfen. Wieso muss ich weniger machen als du?«

»Ich weiß es nicht. Aber ist doch gut für dich, meinst du nicht auch?«

»Schon, aber ich möchte eigentlich nicht bevorzugt werden. Die Leute hier haben mir sowieso schon so viel geholfen, indem ich hier arbeiten kann und … und durch den Arzt.«

Ella nickte nachdenklich, doch sie wusste scheinbar auch keine Antwort. »Komm, wir gehen jetzt zu den anderen in die Küche. Mrs Peters hat sicher ein Abendbrot für uns.«

»Schon wieder Essen? Ich bin immer noch voll vom Mittagessen und außerdem hatte ich gerade ein Gebäck.«

Ella zuckte die Achseln. »Du musst ja nichts essen. Aber ich werde.«

Mary-Ann aß nur eine kleine Scheibe Brot mit ein wenig Butter.

Nach der Mahlzeit ging sie zusammen mit Ella nach oben in den Trakt des Hauses, in dem das Personal wohnte. Ella hatte ihr Zimmer genau neben Mary-Ann. Auf dem Gang trennten sie sich.

Mary-Ann setzte sich an ihren Tisch und nahm die Blätter zur Hand, um ihrer Mutter und Justin einen Brief zu schreiben. Sie schrieb über ihr Zimmer, das gute – und reichliche – Essen, über Mrs Auburn, Ella, über das andere Personal und über vieles mehr. Als sie aufhörte, tat ihr ihre Hand vom vielen Schreiben weh. Sie faltete das Papier zusammen und legte es bereit, um es morgen abzuschicken.

Nachdem sie sich zum Schlafen fertig gemachte hatte, merkte sie erst, wie müde sie war. Es war ein anstrengender Tag gewesen.

Sie legte sich in das weiche Bett und kuschelte sich unter die Decke. Sie war unglaublich froh, dass Mrs Auburn sie so freundlich behandelte und vor allem, dass sie Ella als Freundin gefunden hatte. Sie fühlte sich glücklich und zum ersten Mal, seit sie auf dem Weg der Besserung ihrer Krankheit war, fiel ihr Gott ein. Hatte er sie etwa hierher gebracht? Hatte er sie nicht gerettet? Half Gott also doch noch? Ein wenig schämte sie sich, dass sie dies erst jetzt bemerkte und sie flüsterte ein leises »Entschuldige« in die Dunkelheit des Raumes. Nach einer Weile folgte ein »Danke«. Sie war überwältigt davon, dass Gott ihr tatsächlich geholfen hatte und eine tiefe Ehrfurcht erfüllte sie. Wie konnte sie ihm jemals so danken, wie es ihm gebührte? Was konnte sie tun, um ihm gerecht zu werden? Nun erinnerte sie sich auch an die Bibel ihres Vaters. Morgen wollte sie darin lesen, sobald sie Zeit hatte. Ob Ella auch eine Bibel hatte? Ob sie wohl mehr über Gott wusste? Mary-Ann konnte sich an einen Satz erinnern, den Ella in der Waschküche gesagt hatte. *Jesus war vollkommen ohne Schuld und wurde trotzdem ans Kreuz genagelt.* Mit diesem Gedanken schlief Mary-Ann schließlich ein.

10

Mary-Ann wachte langsam aus einem tiefen und festen Schlaf auf. Sie streckte sich und gähnte genüsslich. Dann schreckte sie hoch. Wie viel Uhr war es? Schon dreiviertel acht! Sie hatte verschlafen!

Voller Panik sprang sie aus dem Bett, rannte ins Bad, klatschte sich etwas Wasser in Gesicht, zog sich an und stürmte aus dem Zimmer. *Ich muss noch das Wasser einlaufen lassen*, dachte sie verzweifelt, während sie sich im Eiltempo zu der Suite von Mrs Auburn die Haare zu einem Zopf flocht.

Sie stoppte ihren schnellen Schritt vor der Tür zu den Räumen der Dame und wollte leise die Tür öffnen. Da tat sich diese plötzlich auf und Ella stand in der Tür. Mary-Ann glaubte ihr bliebe vor Schreck das Herz stehen.

»Was machst du denn hier?«, fragte Ella erstaunt.

»Dasselbe müsste ich dich fragen«, erwiderte Mary-Ann und wollte sich an ihrer Freundin vorbeischieben. »Ich muss Mrs Auburn wecken, ich bin sowieso schon viel zu spät.« Mary-Ann ging mit raschem Schritt durch die Tür und stoppte sogleich wieder. Wie sah es denn hier aus? Vollkommen anders als bei Mrs Auburn! Nur der Kamin war derselbe!

»Mary, ich glaube, du bist hier falsch. Das sind die Wohnräume von Megan«, sagte Ella verwirrt.

»Oh nein! Wo muss ich denn dann hin?«, schrie Mary-Ann hysterisch auf.

»Psst! Nicht so laut!«, mahnte Ella erschrocken.

»Aber wo muss ich denn dann hin?«, flüsterte Mary-Ann nochmals.

»Komm, ich zeig's dir!«, bot sich Ella an.

Die beiden Mädchen trabten los.

»Ich hab schon Seitenstechen vom vielen Hin- und Herhetzen!«, beklagte sich Mary-Ann mit keuchendem Atem. Vor Aufregung und Angst, Mrs Auburn würde sie schimpfen, klopfte ihr Herz ganz wild.

»Wie kam es denn, dass du vor der falschen Tür gelandet bist?«, fragte Ella neugierig.

»Ich hab verschlafen«, gab Mary-Ann mit weinerlicher Stimme zu. »Jetzt komme ich viel zu spät!«

»Hör zu, wir machen das jetzt so«, schlug Ella vor, als sie vor der richtigen Tür ankamen. »Du gehst zu Mrs Auburn und weckst sie und ich lasse im Badezimmer das Wasser einlaufen.«

»Aber was, wenn sie dich sieht?«

Ella schüttelte den Kopf. »Ach was! Wenn sie kommt, bin ich schon längst wieder weg.«

»Na gut. Bis gleich!«

»Bis gleich!«

Mary-Ann öffnete die Schlafzimmertür. Zum Wecken war sie genau pünktlich. Vielleicht würde doch noch alles gut gehen. »Guten Morgen, Mrs Auburn. Es ist acht Uhr«, sagte sie freundlich und öffnete die Vorhänge. »Wie geht es Ihnen?«

Mrs Auburn gähnte. »Danke, gut. Gibst du mir den Morgenmantel, bitte?«

Mary-Ann reichte ihn Mrs Auburn. »Ich höre, das Wasser läuft noch ein. Pass auf, dass es nicht wieder überläuft, Mary-Ann!«

»Das passiert heute sicher nicht«, erwiderte Mary-Ann.

»Na, dann ist's ja gut.«

Mary-Ann lief hinaus ins Bad. Ella war schon weg und das Wasser war fertig eingelaufen. Das war noch einmal gut gegangen!

Ella wartete später im Flur auf Mary-Ann, damit sie gemeinsam zum Frühstücken gehen konnten.

Gut gelaunt hüpften sie zusammen die Treppe hinunter und unterhielten sich. Plötzlich ertönte ein durchdringendes Räuspern durch das Treppenhaus. Ella und Mary-Ann stoppten ihre Unterhaltung und drehten sich erschrocken um. Hinter ihnen auf der obersten Treppenstufe stand Leonhard Auburn mit böser Miene und stützte sich auf seinen Gehstock, den er eigentlich gar nicht nötig hatte, sondern nur zum Schmuck bei sich trug.

Ella versuchte in ihrer unbeschwerten Art die Situation zu retten und sagte fröhlich: »Guten Morgen, Sir.«

Leonhard erwiderte nichts und kam langsam und bedrohlich die Treppe herunter, bis er eine Stufe höher als Ella und Mary-Ann stand. Sein Gehstock klackte dabei laut in die bedrückende Stille hinein.

Die Mädchen verfolgten jede seiner Bewegungen, besonders Mary-Ann. Ob er sie wie der Bäcker damals mit seinem Stock schlagen würde? Sie glaubte, ihr Herz sogar noch lauter zu hören als den klackenden Gehstock. Leonhard trat nah an die jungen Mädchen heran und sagte mit bissiger Stimme: »In diesem Haus verhält sich das Dienstpersonal ruhig.«

Mary-Ann musste sich, obwohl sie von dem Mann doch recht eingeschüchtert war, das Lachen verkneifen, weil der gute Herr das R so lustig gerollt hatte.

»Jawohl, Sir«, sagte Ella ergeben, weil sie genau wusste, dass sie Leonhard mit dieser Aussage besänftigen würde, auch wenn er sich nichts davon anmerken ließ. Er stolzierte die Treppe hinunter, durchquerte die Eingangshalle, gefolgt von dem Klacken des Stocks auf dem Fliesenboden und verschwand schließlich im Esszimmer, um zu frühstücken. Als die Tür hinter ihm zugefallen war, lösten sich die Mädchen aus ihrer Erstarrung und kicherten leise los.

»In meinem Haus verhält sich das Dienstpersonal ruhig«, ahmte Ella den alten Mann belustigt nach, indem sie das R ebenso rollte. Die beiden kamen aus dem unterdrückten Lachen kaum mehr heraus.

»Ist der immer so?«, brachte Mary-Ann schließlich hervor.

Ella nickte grinsend. »Ist aber nicht weiter schlimm. Er tut nur immer sehr streng, aber ich habe fast noch nie eine zusätzliche Arbeit verrichten müssen.«

»Fast noch nie? Oder noch nie?«

»Fast. Einmal, da hab ich Tee auf sein Hemd geschüttet und dann gesagt, das könne ja mal passieren. Das hat ihm gar nicht gepasst. Hätte wahrscheinlich hören wollen: Ach du meine Güte, ich Dummerchen, bin ich vielleicht tollpatschig heute, oh, bitte, verzeihen Sie mir«, Ella kicherte und schüttelte dann seufzend den Kopf. »Na ja, ich habe dann eben die Eingangshalle geschrubbt. Er hatte aber auch einen wirklich schlechten Tag damals, glaube ich.«

Die beiden eilten in die Küche, wo Molly, Henry und Mrs Peters schon auf sie warteten.

»Was ist denn mit euch los?«, fragte Henry.

»Mr Auburn hat uns gerade klargemacht, dass man sich in seinem Haus ruhig verhält«, erklärte Ella ihre gute Laune.

Henry und Molly schmunzelten.

»Über die Herrschaften macht man keine Witze«, schnappte Frau Peters und warf den Mädchen einen scharfen Blick zu. Diese verstummten betreten und setzten sich zu den anderen an den Tisch.

Es gab Rühreier mit Käse und Speck, dazu Brotscheiben mit Butter.

»Das Essen schmeckt vorzüglich, Mrs Peters. Wo haben Sie nur gelernt, jede Mahlzeit so köstlich zuzubereiten?«, fragte Mary-Ann teils aufrichtig, teils um den strengen Blick der Köchin zu entschärfen.

»Nirgends hab ich's gelernt. Kann's eben«, sagte diese barsch.

»Ich wünschte, ich könnte das auch so gut!«

Frau Peters brummelte etwas Unverständliches, doch man konnte sehen, dass sie sich freute.

»Gegen Mittag werden die Herren von ihrer Geschäftsreise zurück erwartet«, wechselte Henry das Thema.

»Oh, Mary, dann lernst du die beiden auch endlich kennen«, sagte Ella ebenso aufgeregt wie Mary-Ann selbst.

»Äh, soll ich … muss ich sie begrüßen oder …«, fragte Mary-Ann unsicher mit einem Seitenblick auf Mrs Peters.

»Nein, nein, ich denke, du wirst ihnen zu gegebener Zeit von Mrs Auburn vorgestellt werden«, beruhigte Molly das Mädchen.

Mary-Ann war erleichtert. Ihr wurden zwar gute Manieren beigebracht, doch wie man sich in der Gegenwart der Herrschaften zu verhalten hatte, wusste sie nicht. Es war ihr viel lieber, wenn sie nichts sagen musste. Zudem hoffte sie nun, da sie sich beim Essen ein wenig von den

Aufregungen des Morgens erholen konnte, dass ihr weitere Peinlichkeiten für heute erspart bleiben würden.

Zusammen beendeten alle ihr Frühstück und sie machten sich an ihre Arbeit.

Ella und Mary-Ann gingen in die Waschküche und schleppten später gemeinsam die schweren Wäschekörbe hinter die Pferdeställe.

Mehrere Wäscheleinen waren dort zwischen einer Reihe von Apfelbäumen gespannt. Die Mädchen hängten die guten Stücke sorgfältig auf und überließen den Rest der Sonne, die gegen den letzten Schnee ankämpfte.

Nach getaner Arbeit spazierten Mary-Ann und Ella zu der Villa zurück. Sie bewunderten gemeinsam die herrlichen Blumenbeete, in denen jetzt Krokusse und Tulpen blühten. Sie ließen ihre Gesichter und ihr Haar von der angenehmen Frühlingssonne wärmen und erfreuten sich an dem herrlichen Wetter. Der Himmel strahlte blau über ihnen und die Vögel zwitscherten fröhlich in den Hecken. Mary-Ann war glücklich.

»Ich bin so dankbar, hier sein zu dürfen, Ella. Hier ist es so schön. Die Blumen, das Gras, die Sonne, einfach alles ist so wunderschön. In der Stadt gibt es nicht einmal einen Baum. Und die Sonne sieht man fast nie in dem stinkenden Dunst. Und wenn sie dann mal da war, konnte ich mich nie wirklich an ihr freuen. Wenn Menschen die Straßenseite wechseln, sobald sie dich sehen …« Mary-Ann schüttelte den Kopf. Sie wollte gar nicht mehr daran denken. »Ich glaube, hier kann ich lernen zu vergessen.«

»Ich musste auch lernen zu vergessen«, sagte Ella leise. »Meine Mutter ist während der Schwangerschaft mit meinem kleinen Geschwisterchen gestorben. Mein Vater war vollkommen verzweifelt. Er hatte sie so sehr geliebt. Dann hat er mich hierher geschickt, obwohl er uns beide hätte gut versorgen können, aber … ich glaube, er wollte meiner Mutter und dem Kind hinterhergehen.«

Betroffen blickte Mary-Ann ihre neue Freundin an.

Nach einem Seufzer fuhr diese fort: »Er hat's nicht getan. Ich weiß nicht warum. Wir haben nie darüber gesprochen. Jedenfalls habe auch ich hier den Schmerz über den Tod meiner Mutter überwunden.«

»Was ist jetzt mit deinem Vater? Warum holt er dich nicht wieder zurück?«

»Ich glaube, weil wir beide auch so sehr glücklich sind. Er wird bald wieder heiraten. Da bin ich dann wohl eher im Weg«, lächelte Ella. »Und außerdem schreiben wir uns viele Briefe.«

Nach dem Mittagessen begann für Mary-Ann die Arbeit bei Mrs Auburn.

»Ihr Garten ist wunderschön, Mrs Auburn. Ich mag ihn sehr«, lobte Mary-Ann.

»Oh ja, ich auch. Mein Mann hat ihn extra für mich vergrößern lassen. Und unser Gärtner, Mister Taylor, macht seine Arbeit wirklich gut.«

»Ich habe Mister Taylor noch nicht gesehen.«

»Er verbringt im Winter viel Zeit im Gewächshaus. Er züchtet neue Rosensorten.«

Mrs Auburn stellte ihre Teetasse ab und sagte: »So, und jetzt machen wir uns ans Malen!«

Sie gingen in das Atelier. Mary-Ann holte einen zweiten Stuhl und Mrs Auburn leitete sie an, was sie zu tun hatte. Das Bild von den Katzen war immer noch in die Staffelei gespannt und so zeichnete Mary-Ann fürs erste auf dem Tisch auf einige Blätter weißen Papiers. Mit lockerer Hand gingen ihr die Tiere und Gesichter von der Hand.

»Mary-Ann, du hast Talent! Deine Zeichnungen sind genial!«

Mary-Ann errötete leicht. Waren ihre Bilder wirklich so gut? Mrs Auburn schien begeistert zu sein.

Die Uhr in dem Raum schlug zwei Uhr und unterbrach mit ihrem lauten Gong den Malunterricht.

»Oh, mein Mann muss gleich eintreffen!«, sagte Mrs Auburn und sprang auf.

Mary-Ann spürte, wie ihr Herz zu klopfen begann. Wenn sie nur alles richtig machen würde! Und sie würde William sehen. Sollte sie sich etwa sogleich bei ihm bedanken? Nein, das konnte sie nicht tun. Womöglich wollte er den Dank nicht vor seinen Eltern. Ihre Gedanken überschlugen sich.

Wie in Trance folgte sie Mrs Auburn in die Eingangshalle. Henry lief vor der Tür auf und ab. Er wartete schon auf die Ankunft der Herren. Leonhard saß in einem der Ledersessel in der Eingangshalle und schaute brummig in den Aschenbecher auf dem kleinen Tischchen vor den Sesseln.

»Sind sie schon angekommen?«, fragte Mrs Auburn.

»Nein, Madam. Aber ich bin sicher, Sie werden sie gleich begrüßen können«, antwortete Henry respektvoll, ohne sich von der überflüssigen Frage beirren zu lassen.

Da hörten sie schon das Hufgetrappel der Pferde, die die Kutsche zogen, in der Mr Auburn und sein Sohn William saßen. Henry öffnete die große Flügeltür. Mrs Auburn lief mit rauschendem Kleid hinaus, gefolgt von Megan, die gerade die Treppe heruntergekommen war. Molly und Ella stellten sich nebeneinander an die Säule der Treppe. Ella bedeutete der unschlüssigen Mary-Ann, es ihnen gleich zu tun. Auch Leonhard erhob sich aus dem Sessel und gesellte sich zu den anderen an die Tür. Die Kutsche kam zum Stehen und der Kutscher öffnete die Wagentür. Ein Mann mit langem, dünnem Schnurrbart und braunen Haaren stieg heraus. Mary-Ann erkannte ihn als Mr Auburn. Er lächelte, als er seine Frau am Fuß der Eingangstreppe stehen sah.

»Elisabeth«, sagte er freudig und nahm sie in die Arme.

»Schön, dass du wieder da bist«, sagte diese und ließ sich einen Kuss auf die Wange drücken.

»Herzlich willkommen zu Hause auf Gut Randolph«, sagte Henry lächelnd.

»Henry! Vielen Dank. Ich habe Ihre Dienste während meiner Abwesenheit vermisst«, erwiderte Mr Auburn. Henry senkte dankend den Kopf. Während Mr Auburn auch seine Tochter begrüßte, stieg William Auburn aus der Kutsche. Mrs Auburn lief ihm mit ausgestreckten Armen entgegen.

»William! Na, wie hat es dir gefallen?«

»Hallo, Mama! Wie geht es dir?«, begrüßte er seine Mutter, ohne ihre Frage zu beantworten und schloss sie in seine Arme.

»Oh, danke, mir geht's gut«, erwiderte sie strahlend.

William nahm zwei Treppenstufen auf einmal und umarmte auch seine Schwester. »Megan!«

»Hallo, Bruderherz!«, begrüßte Megan ihn lächelnd.

»Willkommen zu Hause, William«, begrüßte ihn auch Henry.

»Ah, Henry, vielen Dank«, antwortete William. Er drehte sich um und öffnete den Mund, um etwas zu sagen, doch er schloss ihn wieder, als er Mary-Ann sah, und sein Blick hellte sich augenblicklich auf. Er betrachtete sie kurz und warf ihr dann ein warmes Lächeln zu. Mary-Ann lächelte schüchtern zurück. Er nickte kurz zur Begrüßung auch den anderen beiden Hausmädchen zu und folgte mit langen Schritten dem Rest seiner Familie, die schon ins Haus gegangen war.

Molly und Ella folgten William, ebenso Mary-Ann.

Die nun wieder vereinigte Familie unterhielt sich lautstark und alle redeten durcheinander.

»Molly? Wir wünschen den Tee zusammen im Salon einzunehmen. Bitte geben Sie Mrs Peters Bescheid«, sagte Mrs Auburn über die Stimmen hinweg.

Molly schickte sich an, Mrs Peters die Nachricht weiterzugeben. Henry trug die Koffer der beiden angereisten Herren in ihre Suiten und Ella wurde aufgefordert, die Zimmer herzurichten.

»Was soll ich denn jetzt machen?«, fragte Mary-Ann Ella flüsternd, bevor diese Henry nacheilen konnte.

»Folge ihnen in den Salon und stell dich neben die Tür!«, gab Ella im Vorbeigehen zurück und verschwand Richtung oberes Stockwerk.

Mary-Ann fühlte sich recht unbehaglich in ihrer Haut, als sie den Herrschaften folgte. Sie konnte jedes Wort mithören, das sie sprachen. War ihr das wirklich erlaubt? Aber Ella hatte ja gesagt, sie solle ihnen in den Salon folgen, dann würde es wohl stimmen. Mrs Auburn war ganz aufgeregt und bestürmte ihren Mann mit Fragen, die er gar nicht alle beantworten konnte, sondern meist nur mit einem kurzen Kopfnicken abtat. Anscheinend erwartete sie auch gar nicht mehr, denn sie plapperte munter weiter, während Mr Auburn mit raschen Schritten und unverwandter Miene auf den Salon zuging. Es sah so aus, als wolle er einfach so schnell wie möglich eine Tasse Tee in den Händen halten. Mrs Auburn schwebte neben ihm her und Leonhard folgte dem Ehepaar langsamer, etwas behindert durch seinen Gehstock, den er bei jedem Schritt auf den Boden setzen musste.

William und Megan gingen hinter den drei Erwachsenen und alberten herum. In aller Geschwisterliebe neckte William seine Schwester und sie lachte fröhlich. Mary-Ann war erstaunt, Megan so glücklich zu sehen. Bis heute hatte sie das Mädchen kein einziges Mal lachen oder auch nur lächeln sehen. Vielleicht hatte sie William vermisst, denn es war offensichtlich, dass der junge Mann seinen Vater zum ersten Mal auf einer der vielen Geschäftsreisen hatte begleiten dürfen.

Mary-Ann musste auf einmal an Justin denken. Wie es ihm wohl gehen mochte? Hatte er Albträume gehabt in den letzten Nächten?

Als die Herrschaften in den Salon eintraten und sich auf den gemütlichen Sofas niederließen, versuchte sie, die wehmütigen Gedanken auf später zu verschieben.

Sie stellte sich neben die Tür, wie es Ella ihr geraten hatte.

Bald darauf kam Mrs Peters mit einem großen Tablett mit Tee und Gebäck herein und schenkte den Herrschaften ein.

Das Gespräch wurde nun etwas ernster. George erzählte seinem Vater von den Ergebnissen der Reise und die Frauen hörten schweigend zu. Ebenso William, der seine Ellenbogen auf seine Knie gestützt und seine Hände gefaltet hatte. Er kaute nachdenklich auf seiner Unterlippe herum und schien nicht ganz bei der Sache zu sein. Urplötzlich hob er seinen Blick, wahrscheinlich, weil er bemerkt hatte, dass seine Gedanken abgeschweift waren. Er wandte seinen Kopf zu Mary-Ann. Diese erschrak fürchterlich und zuckte zusammen. Blitzschnell schaute sie zu Boden.

»Also war alles recht erfolgreich, wie ich herauszuhören wage«, sagte Leonhard gerade.

»So könnte man sagen«, erwiderte George zufrieden

»Mutter, willst du uns nicht jemanden vorstellen?«, fragte William unvermittelt und unterbrach das Gespräch.

Verwundert schaute Mrs Auburn ihren Sohn an. Da hellte sich ihr Blick auf und sie sah sich suchend um.

»Ja, natürlich! Mary-Ann, komm bitte mal rüber!«, sagte sie und winkte sie heran.

Mary-Ann trat näher.

»George, William, das ist unser neues Dienstmädchen und meine Zofe, Mary-Ann«, stellte sie Mrs Auburn vor. »Bis jetzt bin ich sehr zufrieden mit ihr.«

Mary-Ann machte einen eleganten Knicks, den Ella ihr gezeigt hatte. George nickte und meinte: »Schön, dass wir wieder jemanden gefunden haben.« Seinen Tonfall wusste Mary-Ann nicht zu deuten.

William schaute Mary-Ann mit einem leicht amüsierten Lächeln auf den Lippen an. Sie spürte, wie sie unter seinem Blick errötete und blickte zu Boden. Warum schaute er denn so?

Sie spürte auch den Habichtsblick Leonhards auf sich ruhen, den von Megan, deren Lächeln wieder verschwunden war, und den von Mrs Auburn, die als einzige einfach nur freundlich blickte. Mary-Ann fühlte sich sehr unwohl in ihrer Haut und wäre am liebsten aus dem Zimmer gerannt, um sich der Aufmerksamkeit zu entziehen. Doch dies durfte sie nicht tun.

Da trat Henry in den Salon. »Die Zimmer sind gerichtet«, sagte er in seiner gepflegten Art.

»Ah, danke, Henry«, erwiderte George. »Dann werde ich mich wohl gleich ein bisschen ausruhen und du bist sicher auch müde, William.«

Mary-Ann atmete erleichtert auf, als ihr nicht mehr die Aufmerksamkeit galt.

William nickte und erhob sich zusammen mit seinem Vater. Sie gingen hinaus und zurück blieben nur noch Mrs Auburn, Megan und Leonhard.

»Mary-Ann, ich brauche dich heute nicht mehr. Ich lasse nach dir schicken, falls ich etwas benötige«, sagte Mrs Auburn.

Mary-Ann knickste und verließ den Salon, froh, endlich die scharfen Blicke Leonhards und Megans nicht mehr ertragen zu müssen.

11

Mary-Ann suchte Ella auf und fand sie in der Küche, wie sie gerade etwas aus Mrs Peters Kochtopf naschte.

»Möchtest du auch mal?«, fragte Ella, während sie sich den Finger genüsslich abschleckte.

Mary-Ann schüttelte den Kopf.

Ella zuckte die Achseln und naschte noch einmal von der Bratensoße, die gerade fertig geworden war.

»Und, was musstest du bei den Herrschaften machen?«, fragte Ella.

»Och, ich wurde vorgestellt und sonst stand ich einfach nur da«, antwortete Mary-Ann.

»Aha«, stellte Ella fest. »Und jetzt? Hast du frei?«

Mary-Ann nickte.

»Was wollen wir machen?«

»Ich weiß nicht. Ich kenne mich ja hier nicht so aus.«

»Hm. Ach, weißt du was? Ich zeige dir hier einfach mal alles, damit du nicht mehr sagen kannst: Ich kenne mich hier ja nicht so gut aus.«

Ella packte Mary-Ann an der Hand und zog sie hinaus in den Garten. Die Sonne strahlte und wärmte ihre Haut.

Sie führte Mary-Ann zuerst zu den Pferdeställen und ging durch das offene Stalltor. Es roch stark nach Pferden und frischem Heu. Durch die Stallfenster schien die Sonne herein und ließ den Staub in weißen Streifen erstrahlen. Der Boden war teils nass, teils mit einzelnen Strohhalmen bedeckt und so hoben die Mädchen ihre Röcke ein wenig, um sie vor dem Schmutz zu bewahren. Aus fast jeder der vierzehn Boxen schaute ein neugieriger Pferdekopf hervor.

»Sind die nicht süß?«, fragte Ella, während sie auf das erste Pferd zuging und es zärtlich am Kopf kraulte.

Mary-Ann sagte nichts und nickte nur stumm. Ihr taten die Pferde irgendwie leid. Sie wirkten so gefangen in den Boxen und auch vor den Kutschen, die sie zu ziehen hatten. Lieber stellte sich Mary-Ann die Tiere vor, wie sie über die weiten Felder jagten, ungestüm und frei.

»Es sind eigentlich alles Kutschpferde, bis auf den einen dahinten. Das ist auch der einzige Hengst. Er heißt Bellafontee und gehört William. Er reitet oft mit ihm aus.«

Ella ging zu der letzten Box im Stall und streckte ihre Hand nach dem großen kräftigen Tier aus.

Bellafontee hatte ein Fell, das einen an Gold erinnerte. Es schimmerte und glänzte, als wäre es aus Seide. Seine Mähne hing ihm in langen Strähnen über den Hals und sie war etwas dunkler als das übrige Fell. Er schnupperte an Ellas Hand und schnaubte. Wild schlug er mit dem Kopf auf und ab und Mary-Ann konnte sehen, wie er mit seinen Muskeln spielte, als wolle er sagen: Könnt ihr mich nicht ein wenig rauslassen? Ich möchte rennen!

»Pscht, ruhig, Bellafontee, ruhig«, sagte Ella und streckte ihm ihre Hand weiter entgegen. Der Hengst beruhigte sich und schaute die Mädchen mit großen Augen an. Mary-Ann sah Wehmut darin und am liebsten hätte sie ihn tatsächlich auf die Felder gelassen, damit er laufen konnte. Sie ging vorsichtig auf ihn zu und streichelte ihn am Kopf. Er hielt still und schien es zu genießen. Dann schnaubte er und trabte in den hinteren Teil der Box.

»Er mag dich, Mary! Er hat sich richtig streicheln lassen von dir. Ach, es sah einfach süß aus«, sagte Ella träumerisch.

»Kommen die Pferde bei dem schönen Wetter nicht auf die Koppel?«, fragte Mary-Ann sachlich ohne auf Ellas romantische Stimmung einzugehen und ging den Gang langsam wieder zurück, während sie die anderen Pferde links und rechts des Durchgangs betrachtete.

Ella zuckte die Achseln. »Ich weiß nicht. Vielleicht bleiben sie ja in ihren Boxen, damit die Herren sich ihre Pferde jederzeit satteln lassen können.«

»Ganz richtig«, brummte plötzlich eine tiefe Männerstimme. Es war der Kutscher, der gerade hereingekommen war. Er lehnte gegen den Türrahmen und schaute Mary-Ann an. »Na, wieder gesund?«, fragte er in frostigem Ton, als würde er es sehr bedauern, dass Mary-Ann nicht mehr krank war.

»Ja, mir geht es wieder gut.«

Er nickte und betrachtete sie noch kurz, dann ging er kopfschüttelnd an ihnen vorbei und brummte etwas vor sich hin, das Mary-Ann nicht verstand.

Ella schob Mary-Ann aus der Tür. Die beiden liefen ein wenig von dem Stall weg, um außer Hörweite zu sein.

»Was war denn das jetzt?«, fragte Mary-Ann. »Hab ich etwas falsch gemacht?«

Ella schüttelte den Kopf. »Ich weiß auch nicht. Der ist manchmal ein bisschen komisch.«

»Wahrscheinlich weiß er, wer ich bin …«, sinnierte Mary-Ann traurig. Sie spürte einen Stich in ihrem Herzen. Warum sahen die Leute in ihr immer die Tat ihres Vaters?

»Nein, das weiß er bestimmt nicht!«, protestierte Ella da heftig. »Er kennt dich nicht, er weiß höchstens die Geschichte deiner Familie, Mary. Mach dich doch nicht immer gleich verrückt! Lass doch die Leute denken, was sie wollen! Alle Leute, die so denken, kennen dich nicht richtig. Und soll ich dir sagen, warum? Weil sie nur das sehen, was an der Oberfläche liegt. Sie sehen nur: Oh, das ist die Tochter von Michael Barnes! Aber du kannst ihnen getrost ins Gesicht sagen: Bevor du Vorurteile hast, schau lieber erst mal genau hin!«

Mary-Ann schaute betreten zu Boden. Sie wusste, dass Ella recht hatte, doch tief drinnen konnte sie es nicht annehmen. Ihr Verstand wusste es, doch ihr Herz akzeptierte es nicht. Ihrem Herzen war es so wichtig, was andere von ihr dachten!

Da nahm Ella sie in die Arme und drückte sie fest. »Du musst nicht immer anderen gefallen wollen!«

»Hilfst du mir, Ella? Hilfst du mir zu glauben, dass es nicht zählt, was andere denken, sondern nur das, was ich über mich denke?«, bat Mary-Ann.

»Und Gott.«

Verständnislos schaute Mary-Ann Ella an.

»Es ist auch wichtig, was Gott über dich denkt.«

»Was denkt er denn?«, fragte Mary-Ann verwundert.

»Na, dass du einfach toll bist! Er liebt dich, als wärst du seine Tochter.«

Das konnte Mary-Ann nicht verstehen, aber sie würde es versuchen.

Vielleicht wusste Ella tatsächlich mehr über Gott. »Hilfst du mir nun?«, drängte Mary-Ann.

»Aber natürlich! Gerne sogar«, antwortete Ella und sie lächelten sich an. Arm in Arm spazierten sie durch den Garten des Gutes Randolph.

»Da, sieh mal! Das ist Mr Taylor, der Gärtner«, sagte Ella und wies auf einen kleinen Mann, der ungefähr hundert Meter entfernt in einem Rosenbeet arbeitete. Er hatte einen alten Schlapphut auf und trug ein altes verwaschenes Hemd und eine alte Hose. Sogar bis hierher konnte Mary-Ann erkennen, dass er auch nach dem langen Winter braun gebrannt war.

»Komm, wir gehen mal hin«, sagte Ella und rannte voraus.

»Ella! Nein!«, rief Mary-Ann noch, aber Ella drehte sich um und rief: »Doch! Komm schon!« Sie wartete kurz auf Mary-Ann. »Er ist ein netter Kerl. Du wirst ihn mögen.«

Da Ella vorausrannte, blieb Mary-Ann nichts anderes übrig, als ihr zu folgen.

»Guten Tag, Mr Taylor«, begrüßte Ella den Gärtner. Er richtete sich auf und schirmte seine Augen mit den Händen gegen die Sonne. Sein Gesicht war runzelig, wie ein älterer Apfel, gegerbt von der Sonne und der vielen frischen Luft.

»Ah, guten Tag, Ella! Wen hast du mir denn da mitgebracht?« Der Gärtner sprach einen interessanten Dialekt, doch Mary-Ann konnte nicht sagen, woher der Dialekt kam.

»Das ist Mary. Sie ist das neue Dienstmädchen und die Zofe von Mrs Auburn.«

»Ah, schön, Mary. Freut mich, dich kennenzulernen.«

»Ja, freut mich auch«, sagte Mary-Ann.

Sie plauderten ein wenig über belanglose Dinge.

»Also, wir sehen uns sicher bald wieder«, sagte Ella dann und die Mädchen gingen den Weg weiter.

»Ja, ja, bis bald!« Der Gärtner schaute ihnen lächelnd nach und wandte sich dann wieder den Rosenstöcken zu.

»Und? Er ist doch nett, oder?«, fragte Ella mit ihrem typisch rechthaberischen Blick.

»Ja, er ist sehr nett«, antwortete Mary-Ann ein wenig widerwillig.

»Na, siehst du!«, triumphierte Ella und Mary-Ann verzog den Mund zu einer Grimasse.

Die Mädchen waren inzwischen zur Hälfte um das Herrenhaus herumgekommen. Von hinten sah das Gebäude genauso prächtig aus wie von vorne. Mary-Ann erkannte das große Fenster der Suite ihrer Herrin. Eine große Steinterrasse streckte sich weit in den Garten hinein. Die Fliesen reflektierten die Sonne. Obwohl die Terrasse im Moment wegen der Kälte nicht genutzt wurde, war sie blitzblank geputzt. Ein weißer Tisch stand in der Mitte und Figuren von Frauen, Löwen und Pferden waren zur Dekoration aufgestellt.

Weiter, an der linken Seite des Hauses, nahe an der Hecke und weit hinten am Grundstück befand sich eine mächtige Eiche. Jetzt im März waren keine Blätter daran, deshalb konnte man die kräftigen Äste gut sehen.

»Schau, auf den einen dicken Ast kann man wunderbar klettern. Wenn dann die Blätter da sind, sieht man nichts mehr von ihm – und von denen, die draufsitzen«, sagte Ella grinsend.

»Aber ist das nicht ein bisschen hoch?« Mary-Ann musste gegen die Sonne schauen, da der Ast, von dem Ella sprach, sehr weit oben war.

»Ach wo! Ich war schon oft da oben und es ist wirklich schön.«

»Ich bin noch nie auf einen Baum geklettert.«

»Na, dann wird' s aber Zeit! Komm, ich zeig' s dir. Ist ganz einfach.« Ella ging auf den Baum zu.

»Ella, mach das lieber nicht. Ich … wir können doch dann nach oben klettern, wenn die Blätter den Ast verdecken.«

»Sei kein Angsthase, Mary. Ich passe schon auf.«

»Aber du hast doch gar keine richtigen Schuhe an. Und dein Kleid. Es wird schmutzig werden.«

Doch Ella hörte nicht auf die Warnungen. Sie hob ihr Kleid und band es vorne zu einem Knoten, damit es nicht störte. Selbstbewusst und zielsicher zog sie sich an dem ersten Ast hoch. Die Rinde war noch nass und rutschig von dem Schnee, der bis vor Kurzem noch darauf gelastet hatte.

Mary-Ann stand unten am Stamm und verfolgte angstvoll jede einzelne Bewegung Ellas. Ihr Herz klopfte. »Geht's?«, fragte sie besorgt.

»Ja, ja!«, antwortete Ella ein klein wenig genervt. Sie kämpfte sich nach oben, bis sie schließlich an dem besagten Ast angekommen war. Als sie sich draufgesetzt hatte, winkte sie nach unten. »Huhu, Mary! Ich bin oben!«

»Ich sehe es!«

»Es ist fantastisch! Willst du nicht auch hochkommen?«

»Lieber nicht!« Nichts würde sie nach da oben bringen, wenn die Äste so rutschig waren.

Ella blickte sich um und seufzte. »Na gut, dann komm ich eben wieder runter.«

Ella begann ihren Abstieg. Sicher und gekonnt nahm sie eine Astgabelung nach der anderen in Angriff. An der letzten atmete Mary-Ann auf. Ihre Freundin hatte es geschafft! Ella hüpfte auf den Boden, geradewegs in Mary-Anns Arme, die erleichtert lachte.

»Ich hatte ja solche Angst um dich!«

»Ach wo! Ich hab doch gesagt, es ist nicht schwer.«

»Vielleicht, wenn man es schon oft gemacht hat …«

»Du schaffst das schon auch noch. Warte nur, bis die Äste wieder trocken sind, dann schafft das jeder.«

Na, ob sie da nicht ein bisschen übertreibt, dachte Mary-Ann, sagte aber nichts.

Sie gingen weiter zu einer kleinen Holzhütte. Ella öffnete die quietschende Tür. Ein muffiger Geruch schlug ihnen entgegen. Es war sehr dunkel darin, weil es kein Fenster gab und die einzige Lichtquelle die offen stehende Tür war. Mary-Ann konnte schemenhaft einige Holzstapel erkennen, die bis an die Decke reichten.

»Da wird das Brennholz für die Kamine und Öfen gestapelt. Es ist Wahnsinn, wie viel Holz man braucht, um so ein großes Haus zu heizen. Aber es kostet die Herrschaften nicht viel. Sie besitzen schließlich einen großen Teil des Waldes.«

Sie schlossen die Tür wieder.

Langsam wurde es Abend. Die Luft begann kälter zu werden, jetzt, wo die Sonne nicht mehr so stark schien und weit unten am Himmel stand. Der Wind wehte in kühlen Zügen durch den Garten und Mary-Ann fröstelte. Hand in Hand gingen die beiden Mädchen wieder zurück zum Haus. Die Sonne warf lange Schatten, und als die beiden an der Eingangstür angekommen waren, leuchtete der Himmel in den schönsten Farben. Von Blau in Lila, Rosa, Orange und schließlich in ein atemberaubendes Rot. Zusammen betrachteten sie den schönsten Sonnenuntergang, den Mary-Ann je gesehen hatte. In der Stadt hatten die dreckigen Häuser die Sicht versperrt.

Ja, heute war ein schöner Tag. Genauso wie gestern. Und vorgestern.

»Ich bin froh, dass du da bist, Mary«, sagte Ella und Mary-Ann drückte gerührt ihre Hand.

12

Spät am Abend, nachdem Mary-Ann ihren Dienst bei Mrs Auburn beendet hatte, schlich sie sich auf leisen Sohlen durch die Eingangshalle zur Haustüre. Von ihrem Zimmer aus hatte sie gesehen, wie der Mond schien und wünschte sich nun nichts lieber, als ein bisschen frische Luft unter dem Sternenhimmel zu schnappen. Bis auf das Ticken der vielen Uhren im Haus war alles still, nur in der Küche brannte noch Licht und Geschirr klapperte. Mary-Ann huschte vorbei und öffnete das große Portal.

Sie hüpfte die Stufen hinunter und lief den Weg durch die Gärten entlang. Außer dem knirschenden Kies unter ihren Füssen war nichts zu hören. Ab und zu zwitscherte ein Vogel noch.

Der Mond leuchtete hell, sodass Mary-Ann jedes einzelne Steinchen auf dem Weg erkennen konnte, und der Sternenhimmel erstreckte sich klar über ihr. Es roch nach Frühling und nasser Erde. Tief atmete Mary-Ann ein, genoss die gute Abendluft und zog das Tuch, das sie sich gegen die Kälte umgehängt hatte, enger um sich.

Plötzlich sah Mary-Ann einen Schatten auf dem Weg vor ihr. Erschrocken stoppte sie und hielt die Luft an. Wer war das?

Auch der Schatten hatte sie bemerkt und rief: »Wer ist da?«

Irgendwie kam Mary-Ann die Stimme bekannt vor.

»Ich! Ich bin's nur«, stammelte sie.

Der Schatten setzte sich in Bewegung und kam auf sie zu. Jetzt erkannte Mary-Ann ihn. Es war William.

»Und wer ist der ich?«, fragte er lächelnd, als er sie erkannte. Seine weißen Zähne blitzten im Mondschein.

»Ich … Es tut mir leid, ich war erschrocken …«

»Schon gut. Mary-Ann, stimmt's?«, fragte er und bückte sich ein bisschen, um in die vor Verlegenheit herabgesenkten Augen Mary-Anns zu blicken. Sie nickte und errötete.

»Und was machst du hier draußen, wenn ich fragen darf?«

»Ich wollte noch einen kleinen Spaziergang machen. Der Abend ist so schön«, sagte Mary-Ann kleinlaut.

William nickte. »Genau das habe ich auch gerade gedacht.« Nach einer Pause fragte er: »Hast du etwas dagegen, wenn wir den abendlichen Spaziergang zu zweit fortsetzen?«

Mary-Ann blickte überrascht auf. Noch nie hatte ein Mann sie gefragt, einen Spaziergang zu machen. Zögernd nickte sie. Es war ein merkwürdiges Gefühl, so nahe neben dem jungen Mann zu laufen. Ihr kleines Herz klopfte, während sie sich bemühte, ihn nicht anzuschauen. Sollte sie sich jetzt bei ihm bedanken, dass er sie durch den Arzt gerettet hatte? Was sollte sie nur sagen? Jedes Wort des Dankes schien ihr zu gering, um ihre Dankbarkeit auszudrücken.

»Und, gefällt es dir bei uns?«, fing William schließlich ein Gespräch an.

»Oh ja! Und wie! Es ist einfach wunderschön hier. Besonders der Garten gefällt mir.«

»Ich freue mich, dass es dir gefällt.«

Nach kurzem ringen mit sich selbst, sagte Mary-Ann: »Sie können sich gar nicht vorstellen, wie dankbar ich bin, hier zu sein. Ohne Ihre Hilfe wäre ich jetzt wahrscheinlich schon beim lieben Gott.«

Sie blieben stehen und Mary-Ann lächelte William schüchtern an. »Haben Sie tausend Dank. Ich stehe in Ihrer Schuld.«

»Ich habe es gern getan. Du sahst wirklich erbärmlich aus damals«, sagte er und schüttelte ungläubig lachend den Kopf. »Ich hätte dich fast nicht wieder erkannt! Dr. Colins hat gute Arbeit geleistet! Fühlst du dich manchmal noch krank?«

»Manchmal fühle ich mich noch etwas schwach und ich werde schnell müde«, seufzte Mary-Ann. Bis jetzt hatte sie es noch nicht einmal sich selbst gegenüber zugegeben, dass sie vor allem das Waschen oft so sehr anstrengte. Sie musste sich hin und wieder eine Auszeit gönnen, weil ihr Kreislauf sonst zu versagen drohte. »Aber das macht nichts«, fügte sie schnell hinzu, als sie Williams Blick sah. »Das wird sich auch bald wieder legen.«

William sagte nichts, aber etwas in seinem Blick störte Mary-Ann. Forschend suchte er in ihren Augen. Dann lächelte er. »Du bist ein bewundernswertes Mädchen, Mary-Ann.«

Sie hielt seinem Blick stand und sagte mit vollkommener Aufrichtigkeit: »Und Sie ein bewundernswerter Mann.«

Sein Lächeln wurde noch breiter, bis er lachte. Sie konnte sich nicht erklären, was daran jetzt so lustig war, und noch weniger, weshalb sie ein bewundernswertes Mädchen sein sollte, doch sie fand es einfach nur schön und genoss diesen Augenblick. Noch eine Weile spazierten sie durch den Garten, bis Mary-Ann kalt wurde. Sie fröstelte leicht und zog ihr Schultertuch fester um ihre schmalen Schultern.

»Dir ist kalt«, stellte William fest. »Wir sollten ins Haus gehen.«

Als sie an der Eingangstür angekommen waren, hielt er Mary-Ann die Tür auf.

»Vielen Dank«, sagte sie.

»Schlaf gut«, verabschiedete er sich und verschwand im Dunkel der Eingangshalle.

Mary-Ann stieg die Treppe zu ihrem Zimmer hinauf und schlief schließlich mit einem seltsam freudigen Kribbeln im Bauch ein.

Am nächsten Morgen kam Dr. Colins ins Haus, um seinen üblichen Kontrollbesuch bei den Herrschaften zu verrichten. Daraufhin kam er auch bei Mary-Ann vorbei, als sie gerade zusammen mit Molly und Ella in der Waschküche war. Er beobachtete sie und meinte, dass sie sich gut erholt habe, aber dass sie noch sehr vorsichtig sein müsse und sich nicht übernehmen solle. Er beobachtete Mary-Ann noch eine Weile beim Waschen und verabschiedete sich endlich. Es war Mary-Ann nicht gerade angenehm gewesen, dass jede ihrer Bewegungen von dem Arzt verfolgt worden waren.

Nachmittags saß Mary-Ann bei Mrs Auburn zum Malen. Als Mrs Auburn den letzten Schluck Tee getrunken hatte, stellte sie ihre Tasse auf den Unterteller und sah Mary-Ann an. »Ab morgen wirst du nicht mehr beim Waschen, sondern in der Küche mithelfen.«

Erschrocken sah Mary-Ann ihre Herrin an.

»Das bedeutet auch«, fuhr diese unbeirrt fort, »dass du beim Tischdecken und Auftragen der Speisen hilfst.«

»Habe ich etwas falsch gemacht?«, fragte Mary-Ann entsetzt. War sie beim Waschen etwa nicht sorgfältig genug gewesen?

»Ich möchte dich auch vormittags um mich haben. Megan soll nach dem Willen meines Mannes bald vermählt werden und so werde ich umso mehr deine Hilfe benötigen.«

Mary-Ann konnte sich keinen Reim auf die Geschichte machen. Hatte William etwa …?

»Außerdem hat Dr. Colins heute mit mir gesprochen«, beantwortete Mrs Auburn die unausgesprochene Frage. »Er sagte, du müsstest noch sehr geschont werden, sonst könntest du einen Rückfall erleiden. Beim Tischdienst hat man nicht weniger zu tun als beim Waschen. Aber es ist keine so anstrengende Tätigkeit. Also wirst du morgen, nachdem du mich geweckt hast, hinunter zu Mrs Peters gehen und dir dort alle weiteren Anweisungen geben lassen. Sowohl morgens als auch mittags und abends hilfst du der Köchin und dem Butler. Die Waschküche ist nicht mehr dein Platz.«

Mrs Auburn sprach mit ungewöhnlich fester Stimme, sodass Mary-Ann nicht zu widersprechen wagte. Zu gerne würde sie weiterhin zusammen mit Ella waschen. Da war immer Zeit zum Reden. Doch andererseits wollte Mrs Auburn nur ihr Bestes und sie hatte allen Grund, dankbar zu sein.

»Ja, Madam«, sagte sie ergeben.

Mrs Auburn nickte zufrieden. »So, und nun kannst du gehen. Ich bin müde und werde jetzt schon zu Bett gehen. Richte bitte Henry aus, dass ich nicht mehr zum Abendessen erscheinen werde.«

»Wie Sie wünschen, Madam. Und schlafen Sie gut.«

Mary-Ann saß auf dem Sofa in ihrem Zimmer und dachte über ihre neue Stellung im Haus nach. Dr. Colins hatte also gesagt, das Waschen sei zu anstrengend für sie. Es bestand kein Zweifel, dass er mit seinen geschulten Doktoraugen als einziger die Müdigkeit und Schlappheit ihrer Glieder bemerkt hatte, obwohl sie sich bemüht hatte, es zu verbergen. Einerseits war sie sehr froh, die schwere feuchte Wäsche nicht mehr schleppen zu müssen, doch andererseits war sie sich sicher, dass ihr die Arbeitsstunden an der Seite von Ella fehlen würden. Außerdem war da noch diese ständige Angst, sie könne etwas falsch machen, während die Herrschaften dabei sitzen und zuschauen. Sie würde unter dem strengen Blick von Mrs Peters Mahlzeiten zubereiten müssen und unter den scharfen Augen Leonhards und Megans diese Mahlzeiten aufzutragen haben! Sie sah sich jetzt schon mit zittrigen Fingern die Soßen verschütten! Und William! Wie sollte sie ihm unter seinem Blick einschenken? Ach, sie wollte gar nicht daran denken!

Da schweiften ihre Gedanken zu einer anderen Bemerkung des Gesprächs mit ihrer Herrin. Megan würde bald heiraten und somit auch das Haus ihrer Eltern verlassen.

Leichte Freude stieg in Mary-Ann auf. Ein Gesicht weniger, von dem sie gepeinigt zu werden fürchtete. Doch sogleich schämte sie sich für diese Freude, die sie über das Weggehen Megans empfand. Schließlich gehörte Megan zur Herrchaft. William würde seine große Schwester bestimmt vermissen. Und vielleicht liebte sie ihren zukünftigen Gatten gar nicht! Was Mr Auburn wohl für einen Mann für seine Tochter ausgesucht haben mochte? Ob sie ihn schon kannte? Hier auf Gut Randolph hatte Mary-Ann ihn jedenfalls noch nicht gesehen.

Sie stand auf und ging zum Fenster. Es wurde schon dunkel. Gedankenverloren zog sie die Vorhänge zu und zündete die Öllampen an, sodass schummriges Licht die Räume erfüllte.

Mary-Ann ließ sich auf das weiche Sofa fallen. Sie wollte noch nicht schlafen gehen. Dazu war sie jetzt noch zu wach und zu aufgewühlt. Da fiel ihr Blick auf die alte Bibel ihres Vaters, die sie auf das kleine Tischchen vor dem Kamin gelegt hatte. Die hatte sie ja ganz vergessen! Eigentlich hatte sie sich doch vorgenommen, so bald wie möglich darin zu lesen! Sie nahm das alte Buch vorsichtig, schon fast zärtlich in die Hände und schlug es auf. Genau dieses Buch hatte ihr Vater auch einmal in den Händen und in Ehren gehalten, wie ihre Mutter sagte. Auf der ersten

Seite stand etwas mit schwarzer Tinte in krakeliger Handschrift geschrieben. *Dein Wort ist eine Leuchte für meinen Fuß und ein Licht auf meinem Weg. – Psalm 119,105.* Das musste ihr Vater geschrieben haben. Ein Licht auf dem Weg. Ob er wohl das Licht dort, wo er war, noch sehen konnte?

Sie blätterte die dünnen, verblichenen Seiten vorsichtig um bis zum ersten Buch der Bibel und fing an zu lesen. *Am Anfang schuf Gott den Himmel und die Erde. Die Erde aber war wüst und öde, finster war es …*

13

»Nun mach schon! Beeil dich mal ein bisschen. Die Herrschaften warten!«, trieb Mrs Peters sie schon zum fünften Mal zur Eile an. »Nein, nicht dahin! Ich hab dir doch gesagt, das Obst kommt auf diese Platte!«, herrschte sie weiter.

Mary-Ann stand seit einer viertel Stunde in der Küche und schickte sich an, den Befehlen der Köchin nachzukommen. Sie richtete Käse- und Wurstplatten her, schnitt Brot, wusch Obst, machte Wasser heiß. Dabei kam sie nicht weniger ins Schwitzen als beim Waschen. Besonders, weil ihr Mrs Peters die ganze Zeit im Nacken saß. Was wusste Mrs Auburn auch schon von den Plackereien im Waschraum oder eben neben dem Herd in der Obhut dieser Köchin? Sie war schließlich ihr Leben lang nur bedient worden!

Jetzt war es Zeit, das Frühstück aufzutragen. Mrs Peters überprüfte ein letztes Mal, ob Kaffee und Tee auch richtig heiß waren, dann nahmen sie die Tabletts und gingen in den Speisesaal.

An dem glänzenden Marmortisch saßen auf rot gepolsterten Stühlen Mr und Mrs Auburn, Leonhard, Megan und William. Sie waren sehr wortkarg. Mary-Ann hätte es lieber gehabt, wenn es etwas lauter gewesen wäre, denn dann hätte man das Geklapper der Platten, die sie auf den Tisch stellte, nicht so laut gehört. Sie ging noch ein Mal zurück in die Küche und holte einen Korb mit den herrlichsten Früchten.

Als alles auf dem Tisch angerichtet war, stellte sie sich ein wenig abseits an die Wand. Henry und Mrs Peters standen auch dabei. Schweigend aßen die Herrschaften. Plötzlich hob Mr Auburn seine Tasse ein Stückchen. Das Zeichen für die Bediensteten, dem Herren einzuschenken. Mary-Ann eilte an den Tisch, nahm die Kaffeekanne und schenkte Mr Auburn langsam ein. Auch Leonhard wollte nun Kaffee haben und so beeilte sich Mary-Ann, auch ihm einzuschenken. Ihre Finger zitterten leicht.

Wieder stellte sie sich an die Wand. Sie achtete genau darauf, ob es an irgendetwas fehlte, ob die Herrschaften zufrieden waren und ob jemand etwas zu trinken wünschte. William und Megan saßen genau in ihrem

Blickfeld und sie konnte nicht umhin zu bewundern, wie Megan aß. Langsam und bedächtig und unsagbar vornehm.

Und Mary-Ann konnte nicht widerstehen, William zu betrachten. Er sah wie immer perfekt gepflegt aus und war schick in einen modischen Anzug gekleidet, ordentlich mit zugeknöpftem Hemdkragen und goldenen Knöpfen. Er saß aufrecht, aber er blickte nicht von seinem Teller auf, während er aß. Sein dunkelbraunes Haar schimmerte im Glanz des Kronleuchters, der von der hohen Decke herunterhing und Mary-Ann fielen seine langen, wohlgeformten Finger auf.

Da sah er unerwartet auf. Ein verstecktes Lächeln über ihren erschrockenen Gesichtsausdruck umspielte seine Lippen und dann hob er, ohne seinen Blick von dem Mädchen zu wenden, sein Glas, als Zeichen für sie, ihm einzuschenken. Mit klopfendem Herzen und sanfter Röte im Gesicht ging sie zu ihm und nahm den Wasserkrug. Ihre Finger zitterten noch mehr und der Wasserkrug war schwer, doch sie schenkte ihm ein, als hätte sie ihr Leben lang noch nichts anderes getan.

Megan fiel nun auch ein, dass sie durstig war und hob ihr Glas. Mary-Ann goss ihr ein. Da zog Megan das Glas in einer kleinen, schnellen Bewegung ein Stückchen nach rechts, so dass Mary-Ann einen Schwall Wasser auf das Tischtuch goss. Mary-Ann glaubte, ihr Herz setze aus.

Megan ihrerseits tat so, als wäre sie furchtbar erschrocken und sprang entsetzt auf. Sofort standen auch William, Mr Auburn und Leonhard. Mrs Auburn blickte Mary-Ann verwundert an. Diese wusste beim besten Willen nicht mehr, wie ihr geschah und blickte verwirrt auf das triefende Tischtuch, dann auf Megan, dann auf Mrs Peters, die sie mit vorwurfsvollen Blicken bedachte.

Henry war verschwunden.

Boshaft schaute Megan Mary-Ann an. »Willst du dich nicht entschuldigen?«, fragte sie mit ärgerlicher Stimme spitz.

»Es … es tut mir leid, aber …«, stotterte Mary-Ann verwirrt.

»Kein aber. Bring das sofort wieder in Ordnung!«, erwiderte Megan scharf.

Mary-Ann senkte den Blick, schluckte ihre Verwirrung hinunter und knickste. Dann ging sie und versuchte mit zittrigen Fingern die Tischdecke zu trocknen.

Henry tauchte wieder auf, mit einem frischen Tischtuch in der Hand.

Megan thronte herrisch wie eine Königin auf ihrem Stuhl und beobachtete Mary-Ann genau.

Mary-Ann konnte in ihrem Blick sehen, wie sehr sie sich über ihre gelungene Aktion, das Dienstmädchen zu demütigen, freute. Was hatte Megan nur gegen sie? Und wie konnte jemand nur so gehässig und schadenfroh sein, fragte sich Mary-Ann beständig, während sie das frische Tischtuch über die nasse Stelle legte. Sie konnte es einfach nicht verstehen.

Dann hatten alle ihr Frühstück beendet. Megan putzte sich gehalten den Mund und erhob sich.

Wieder standen die Herren sofort auf und wandten sich Megan zu.

»Ich werde ein wenig in den Park gehen«, sagte sie.

»Tu das, mein Mädchen«, erwiderte Mr Auburn höflich.

Mrs Auburn stand auch auf. »Hast du etwas dagegen, wenn ich dich begleite, Megan?«

»Aber nein, gerne«, antwortete Megan und zusammen verließen sie den Saal, Megan hoch erhobenen Hauptes.

Die drei Herren setzten sich noch einmal.

»William, jetzt, wo die Frauen weg sind, möchte ich dir noch etwas sagen«, begann Mr Auburn. Er räusperte sich. »Ich habe nachgedacht und ich bin zu dem Schluss gekommen, dass es an der Zeit ist, dass du in meine Fußstapfen trittst, um später einmal das Geschäft übernehmen zu können.«

Mary-Ann konnte das aufleuchtende Entsetzen in Williams Augen sehen. »Aber, Vater!«

Mr Auburn hob die Hand und gebot Einhalt. »Ich habe lange darüber nachgedacht, mein Sohn, und ich bin mir hundertprozentig sicher, dass dies der beste Weg für dich und für uns alle ist. Einverstanden?«

William schwieg mit zusammengepressten Kiefern, gekrauster Stirn und Blick auf die Tischdecke.

»Du wirst dich damit abfinden müssen, William. Dieses Geschäft ist schon seit Jahrzehnten in unserer Familie. Mein Urgroßvater hat das Geschäft aufgebaut. Du wirst es doch wohl nicht aufgeben wollen!«, meldete sich nun auch Leonhard zu Wort.

William sagte nichts und hielt seinen Blick weiter starr auf das Tischtuch gerichtet.

»Wer schweigt, stimmt zu, mein Sohn. In drei Tagen muss ich wieder auf Geschäftsreise. Du wirst mich begleiten.« Damit stand Mr Auburn auf und verließ mit langen Schritten gefolgt von Leonhard das Esszimmer. William schaute ihnen hinterher. Er stützte seine Stirn in seine Hand und rieb sich die Schläfen. Dann stand er auf und stürzte ohne ein Wort aus dem Raum.

Schockiert über das, was Mary-Ann gerade miterlebt hatte, schaute sie dem jungen Herrn nach.

»Was stehst du da herum und starrst Löcher in die Luft? Dein Auftritt gerade war schon schlimm genug! Los, räum hier auf! Das muss alles in die Küche«, fauchte Mrs Peters.

Mary-Ann ging und trug schmutziges Geschirr, Gläser und halb leere Platten und Krüge in die Küche.

Henry half und flüsterte Mary-Ann im Vorbeigehen zu: »Kann jedem Mal passieren, Kopf hoch!«

Mary-Ann war froh, dass Henry ihr das sagte, aber im Grunde hatte sie ja nicht einmal etwas verschüttet! Das war Megan gewesen! Aber was galt schon ihr Wort gegen das ihrer Herrin? Außerdem wollte sie sich nicht unnötig unbeliebt machen, indem sie Megan beschuldigte das Missgeschick veranlasst zu haben. Kopfschüttelnd versuchte sie den Vorfall zu vergessen. Sie heizte Wasser in einem Kessel über dem Ofen, schüttete das heiße Wasser dann in die Wanne auf dem Tisch unter dem Fenster und blickte hinaus, während sie die Teller, Schüsseln, Messer, Gabeln, Löffel, Gläser und Tabletts abwusch. Es machte ihr Spaß ihre Hände in dem warmen Wasser zu bewegen.

Plötzlich hörte sie Hufgeklapper und sah, wie William auf seinem

Pferd schnell über den Hof zum Tor hinausgaloppierte. Was wohl in ihm vorging? Sie würde ihm gerne helfen, schließlich hatte er ihr auch aus einer aussichtslosen Situation geholfen, aber wie sollte sie das tun?

Sie durfte während den Mahlzeiten nicht mit den Herrschaften sprechen und auch sonst würde Leonhard niemals erlauben, dass sie seinen Enkelsohn ansprach. Nur draußen, im Garten oder außerhalb von Gut Randolph würde ein Gespräch zustande kommen können. Aber im Moment kam sie nicht von hier weg. Vielleicht würde er heute Abend wieder in den Garten gehen?

Gedankenverloren trocknete sie das Geschirr und räumte es dorthin, wo Mrs Peters es haben wollte. Die Köchin war schon wieder dabei, die nächste Mahlzeit vorzubereiten und die Küche wurde von dem herrlichen Duft frisch gebackenen Brotes erfüllt.

Doch durch den Ofen war es auch sehr heiß und Mary-Ann wischte sich den Schweiß von der Stirn. Ungeduldig wartete sie, ob Mrs Peters noch weitere Aufgaben für sie hatte, doch die Köchin hatte ihr den Rücken zugekehrt und war damit beschäftigt, Teig zu kneten.

»Mrs Peters?«

Genervt drehte sich die Köchin um. »Was?«, fragte sie barsch, doch anstatt eine Antwort zu erwarten, redete sie gleich weiter. »Wieso stehst du noch hier herum? Ich brauch dich nicht mehr. Um Punkt zwölf essen die Herrschaften. Sei pünktlich.«

Mary-Ann knickste vor der älteren Dame und wandte sich zum Gehen, da rief Mrs Peters: »Halt!«

Mary-Ann fuhr zusammen.

»Du hast ja noch gar nichts gegessen! Warum sagst du denn nichts! Beinahe hätte ich's vergessen! Da, nimm dir was von dem Brot und der Butter.«

Mary-Ann fiel es erst jetzt auf, dass sie gar kein Frühstück im Bauch hatte. Doch jetzt, als Frau Peters ihr anbot, das frische, duftende Brot zu essen, knurrte ihr Magen. Sie ließ es sich schmecken.

Als Mary-Ann fertig war, stand sie auf, verabschiedete sich höflich von Mrs Peters, was dieser sichtlich gefiel, und machte sich auf den Weg zu Mrs Auburn.

Sie hatte ein mulmiges Gefühl im Bauch. Was, wenn die Dame sie für das Missgeschick bei Tisch strafte? Was sollte sie sagen?

Nervös stand sie vor der Tür der Suite und strich sich die Frisur und das Kleid glatt, dann klopfte sie.

»Herein«, ertönte die Stimme ihrer Herrin. Sie saß auf einem ihrer bequemen Sessel umringt von ihren Katzen und stickte ein Blumenmuster auf eine Tischdecke. Sie lächelte Mary-Ann entgegen. »Setz dich«, sagte sie. Mary-Ann nahm Platz und wartete gespannt, was Mrs Auburn ihr sagen würde. Würde sie das Thema vom Frühstück überhaupt ansprechen?

»Ich habe es gesehen«, sagte sie nur.

Was gesehen?, fragte sich Mary-Ann stumm.

»Es war nicht deine Schuld.«

Mary-Ann begann zu ahnen, was Mrs Auburn meinte, und nickte. »Warum …?«, fing sie an.

»Sie liebt Schadenfreude. Du bist nicht das einzige Dienstmädchen, das sie schikaniert hat. Weißt du«, Mrs Auburn senkte die Stimme ein wenig und hob die Augenbrauen, um ihren Worten Nachdruck zu verleihen, »wenn Menschen auf jemanden eifersüchtig sind, dann versuchen sie manchmal, den anderen schlecht zu machen, um sich selbst besser zu fühlen. Aber letztendlich liegt es an demjenigen selbst, ob er sich schlecht machen lässt. Vergiss das nie!«

Mit großen Augen blickte Mary-Ann ihre Herrin an und nahm sich vor, diese Weisheit fest in ihrem Herzen zu verschließen.

14

William indessen ritt auf den nahe gelegenen Wald zu. Die feuchte Erde und das frische grüne Gras dämpften die Schritte des Pferdes. Die Sonne strahlte warm vom Himmel und eine mächtige, strahlend weiße Wolke türmte sich am Himmel auf wie ein schneebedeckter Berg. Die frische Frühlingsluft wurde von Vogelgezwitscher erfüllt und die Knospen an den Bäumen wurden mehr und mehr von der Sonne ermutigt, sich zu entfalten und irgendwann die Bienen mit ihren Farben und Düften anzulocken. Hier und da sah man sogar schon einen Baum, der voll in weißer oder rosa Blüte stand.

William jedoch bemerkte die herrliche Frühlingsstimmung der Natur nicht. Er hatte einen dicken Kloß im Hals und war restlos verzweifelt. Wie sollte er seinem Vater und seinem Großvater nur erklären, dass er Rechtsanwalt werden und nicht in die Fußstapfen seiner Vorfahren treten wollte? Er wollte Spuren hinterlassen, selbst etwas schaffen, seinen eigenen Weg gehen. Wieso verstand ihn keiner? Wieso hörte ihm nicht einmal jemand zu? Er konnte seinem Vater nicht ins Wort fallen, er konnte ihm nicht widersprechen, er konnte ihm nicht sagen, was er fühlte. Er konnte es einfach nicht. Dazu hatte er viel zu viel Respekt. Vielleicht war auch das der Grund, weshalb er gerade diesen Beruf ergreifen wollte. Damit er endlich einmal sagen konnte, was er dachte, sich durchsetzen konnte. Zugleich wusste er auch, wie viel es seinem Vater bedeutete, dass er das Geschäft weiterführte. William wollte ihn nicht enttäuschen. Aber ging es hier nicht um sein eigenes Leben und nicht um das seines Vaters? Sollte er nicht seinem Herzen folgen? Würde sein Vater das verstehen?

William dachte an Mary-Ann und wie er seinen Vater darum gebeten hatte, sie bei sich aufzunehmen. Damals hatte er es geschafft. Er hatte mit seinem Vater reden können. Er hatte sogar das Gefühl gehabt, dass der Vater ihn verstehen würde. William seufzte. Sollte er es tatsächlich noch einmal wagen?

»Was soll ich tun?« schrie er in den Wald hinein. »Ich weiß es einfach nicht«, fügte er leise hinzu.

Er kam ein Stückchen aus dem Wald heraus und das Pferd trabte auf den nahe gelegenen Bach zu. Das Wasser hörte man schon von Weitem plätschern. Der breite Bach zog sich beständig in sanften Schleifen durch die grünen Wiesen und viele Weiden erstreckten sich in einigem Abstand an dem Ufer. Das Pferd stieg vorsichtig in das kalte Wasser und William ließ es trinken. Hier war sein Lieblingsplatz. Hier konnte er ungestört nachdenken und zur Ruhe kommen. Er stieg ab, lehnte sich an einen Baum, schloss die Augen und hörte einfach nur auf das gleichmäßige Plätschern des Baches.

»Sieh nur!«, sagte Ella zu Mary-Ann. »Die Eiche bekommt schon Blätter!«

Tatsächlich wurde das Braun der Zweige von kleinen hellgrünen Farbtupfern unterbrochen. Die Blätter wagten sich aus den Knospen, die sie bis jetzt vor der Kälte geschützt hatten. Von der Ferne sah es aus, als sei der Baum von einem zartgrünen Schleier umhüllt. Bald schon würde man den dicken Ast, auf den Ella vor einiger Zeit geklettert war, als Versteck benutzen können.

»Oh, ich liebe den Frühling«, schwärmte Ella und roch an den Zweigen eines blühenden Kirschbaums. Die Bienen summten eifrig von einer weißen Blüte zur anderen.

Zufrieden ließ sich Ella ins Gras unter dem Kirschbaum plumpsen. Mary-Ann setzte sich dazu und zupfte Grashalme aus der Wiese. Über ihnen ragten die in weißer Pracht stehenden Zweige in das Blau des Himmels hinein und wiegten sich sanft im Wind. Die Welt schien einfach nur in Ordnung zu sein.

Doch Mary-Ann wusste es besser. Sie grübelte und konnte sich einfach nicht so sehr an den wunderbaren Farben und Düften des Frühlings freuen.

»Meinst du nicht auch?«, fragte Ella gerade.

»Hm?«, fragte Mary-Ann, die nicht zugehört hatte.

Ella setzte sich auf. »Warum hörst du mir nicht zu?«

»Es tut mir leid. Ich muss einfach immer an William denken.«

»An William?«, fragte Ella erstaunt.

»Ja, weil er doch so unglücklich darüber ist, dass er den Beruf seines Vaters ergreifen soll. Er sieht gar nicht gut aus.«

»Finde ich schon.«

»Ja«, sagte Mary-Ann langgezogen, »so meine ich das doch nicht. Ich meine, dass man ihm vielleicht helfen müsste.«

»Mary, komm schon, wie willst *du* ihm denn bitteschön helfen?«, fragte Ella lachend.

»Ich weiß es nicht, das ist doch gerade das Problem.«

Ella setzte sich auf und blickte Mary-Ann in die Augen. »Mische dich lieber nicht in die Angelegenheiten der Herrschaften ein. Das bringt nur Ärger.«

Sie legte sich wieder zurück und blickte in den Himmel.

Mary-Ann seufzte. Wahrscheinlich hatte Ella recht.

Sie stand auf und ging in ihr Zimmer, um die Bibel zu lesen.

Meistens konnte sie es kaum erwarten, sie aufzuschlagen und nahm sich so manche freie Stunde dafür. Sie war begeistert von den wunderschönen Psalmen und den spannenden Geschichten. Es war nicht das erste Buch, das sie in den Händen hielt, aber es war bei Weitem das schönste, denn in den anderen hatten sich niemals Geschichten oder Gedichte gefunden.

Heute las sie Verse im vierten Kapitel des Buches Prediger, die auf ihre Gedanken genau zu passen schienen: *Zwei haben es besser als einer allein: Zusammen erhalten sie mehr Lohn für ihre Mühe. Wenn sie hinfallen, kann einer dem anderen aufhelfen. Doch wie schlecht ist der dran, der allein ist und fällt, und keiner ist da, der ihm beim Aufstehen hilft! Es können sich zwei, die in einer kalten Nacht unter einer Decke liegen, aneinander wärmen. Doch wie kann einer, der alleine liegt, warm werden? Ein Einzelner kann leicht von hinten angegriffen und niedergeschlagen werden; zwei, die zusammenhalten, wehren den Überfall ab.*

Also wollte Gott schon, dass man einem, der allein ist, hilft, überlegte sie. War sie es Gott nicht schuldig, dass sie tat, was ihm gefiel? Er hatte ihr geholfen, als sie ihn darum gebeten hatte, also sollte sie ihm doch jetzt auch gehorchen, oder?

Nun, sie würde ihr Bestes geben, nahm sie sich vor. Gott würde ihr dann schon eine Gelegenheit geben, William zu helfen, wenn er wollte, dass sie etwas unternahm.

Sie erinnerte sich an die vielen Stellen, in denen König David zu Gott sagte: *Ich vertraue auf dich.* Das wollte sie auch tun. Zumindest in diesem Punkt.

Mary-Ann half, köstlichen Braten, Gemüseplatten und Beilagen zum Abendessen aufzutragen. Ein etwas dicklicher Mann von ungefähr dreißig Jahren, den Mary-Ann noch nie gesehen hatte, zählte mit zu der Tischrunde.

William war nicht anwesend.

Mary-Ann nahm den Wasserkrug und schenkte jedem der Anwesenden ein.

Leonhard saß brummig auf seinem Stuhl und schaute dem fremden Mann bissig ins Gesicht. Der jedoch schien davon nichts zu bemerken und erzählte munter Begebenheiten, die sehr lustig zu sein schienen, da Megan bei jedem Satz, den der Herr von sich gab, lachte und ihn bewundernd anblickte.

Mr und Mrs Auburn hörten interessiert zu und warfen sich ab und an vielsagende Blicke zu.

Dann kam auch William in den Saal. Der fremde Herr verstummte und alle schauten den Sohn des Hauses an. Der setzte sich schweigend und legte das weiße Tuch, das für ihn bereitgelegt worden war, auf seine Oberschenkel. Als William in die Runde blickte, ignorierte er die ob seiner Verspätung missbilligenden Blicke seines Vater und Großvaters und wandte sich dem Gast zu: »Lassen Sie sich nicht von mir unterbrechen, Charles«, meinte er höflich.

Ein wenig verunsichert blickte Charles sich um, doch dann begann er wieder zu erzählen und bald war die Stimmung wie zuvor fröhlich und unbeschwert. Alle lachten und redeten ausgelassen. Nur William saß schweigend dabei und antwortete auf Fragen nur mit knappen Worten.

Nach dem Essen bot Mr Auburn dem Gast an, gemeinsam eine Zigarre im Herrensalon zu rauchen.

»Aber gern! Meine Damen«, sagte er und verließ den Raum zusammen mit Leonhard und Mr Auburn.

Mrs Auburn und Megan lachten und kicherten noch ein wenig zusammen.

Dann begann das Gespräch ernster zu werden.

»Was denkst du Megan?«, fragte Mrs Auburn ihre Tochter.

Megans Wangen waren leicht gerötet. »Nun, ich … denke, ich sage ja.«

»Oh, Megan! Ich freue mich für dich! Wirklich!«, rief Mrs Auburn begeistert. Sie stand auf und gab ihrer Tochter einen Kuss auf die Wange. »Nun komm, wir gehen in meine Suite und besprechen alles.«

Damit gingen die beiden Arm in Arm aus dem Saal.

William stand ebenfalls auf.

Nun konnte Mary-Ann alles abräumen. Sie stellte das Geschirr auf den leeren Platten zusammen. Sie war froh, dass Mrs Auburn den Abend mit Megan verbringen wollte, denn dann konnte sie noch ein Bad nehmen, bevor sie ihren Spaziergang durch den Garten unternehmen wollte. Sie beeilte sich mit dem Abwasch und wollte dann auf ihr Zimmer.

Doch vor der Küche hatte Ella schon auf sie gewartet. »Bist du endlich fertig? Ich warte schon seit zehn Minuten auf dich«, sagte sie.

»Na ja, ich musste …«

»Ja, die Küche aufräumen, ich weiß, habe das ja auch schon alles einmal machen müssen. Wollen wir nach den Pferden sehen und dann noch ein wenig spazieren gehen?«

»Aber … eigentlich wollte ich …«

»Komm schon!«

»Aber eigentlich …«

»Bitte«, versuchte Ella sie zu überreden und machte einen Schmollmund.

»Jetzt lass mich doch mal ausreden! Willst du nicht mal hören, was ich eigentlich will?«

»Eigentlich nicht.«

»Ich sag's dir trotzdem! Eigentlich wollte ich heute Abend baden und freue mich schon den ganzen Nachmittag darauf. Aber weil du meine Freundin bist und ich dich sehr gerne mag, gehe ich eben mit dir mit.«

»Super!«, jubelte Ella und wollte losstürmen.

»Warte!«, hielt Mary-Ann sie zurück.

»Unter einer Bedingung: Das nächste Mal *willst* du dir auch unbedingt meine Meinung anhören.«

Ella blickte Mary-Ann mit gerunzelter Stirn an, als müsse sie überlegen, ob sie dieser Abmachung zustimmen wollte. Schließlich sagte sie grinsend: »Aber natürlich, Miss, wollte ich doch schon immer.«

Augenrollend folgte Mary-Ann Ella zum Stall, wo der Kutscher gerade dabei war, die Boxen auszumisten.

»Guten Abend, Mister«, sprach Ella den Mann an. Er drehte sich um. »Wir möchten nur gerne die Pferde ein wenig steicheln.«

Als der Kutscher nichts antwortete, fügte sie noch hinzu: »Wir passen schon gut auf.«

Der Kutscher musterte die Mädchen von oben bis unten. Sie hatten beide gerötete Wangen und die Frisuren waren locker. Beide machten keinen sehr ladyhaften Eindruck.

»Von mir aus«, brummte er achselzuckend und wandte sich dann wieder seiner Arbeit zu.

Die Mädchen hielten sich eine ganze Weile im Stall auf und liebkosten die Pferde, die die Streicheleinheiten zu schätzen wussten. Als Mary-Ann und Ella aus dem Stall traten, ging das helle Himmelblau gerade in ein dunkles Blau über und die Silhouette des Waldes zeichnete sich immer mehr schwarz statt grün am Horizont ab. Einige Sterne funkelten schon und der Wind wehte kühl über die Wiesen. Eine Amsel sang einsam ihr Lied.

Es lag eine friedliche Abendstimmung über dem Land.

»Was denkst du gerade?«, fragte Ella, als sie die Auffahrt hinunterbummelten.

»Dass ich glücklich bin. Aber zugleich auch traurig.«

»Ich auch.«

Schweigen.

»Ich denke an meine Mutter. Und an meinen kleinen Bruder. Und wie es ihnen wohl gehen mag.«

»Vermisst du sie?«, fragte Ella.

Mary-Ann nickte stumm. Tränen stiegen ihr in die Augen.

»Ich vermisse meinen Vater«, sagte Ella.

»Ich meinen auch. Ihm geht es bestimmt nicht gut.«

Sie schwiegen wieder.

»Wollen wir zusammen beten?«, fragte Ella vorsichtig.

»Beten?«

»Ja. Für unsere Familien. Und für uns.«

Mary-Ann zuckte mit den Achseln.

Ella betete. Sie bat Gott, ihre Familien zu beschützen und dankte für sie. »... und bitte hilf auch William mit dem, was ihn bedrückt.«

Mary-Ann horchte auf, als Ella für William betete. Sein Gesicht tauchte vor ihrem geistigen Auge auf. Braune Augen lächelten sie an. Sie lächelte auch.

»... Amen«, beendete Ella ihr Gebet.

»Amen«, sagte auch Mary-Ann.

Die Mädchen gingen zurück. In der Zwischenzeit war es dunkel geworden und der Mond war aufgegangen. Groß und hell leuchtete der runde Ball am Himmel. Es war kalt, und nachdem die Freundinnen in ihre Zimmer gegangen waren, stieg Mary-Ann dankbar in das heiße Wasser in ihrer Badewanne. Ihr Körper wärmte sich auf. Danach beschloss Mary-Ann, trotzdem nochmals kurz in den Garten hinauszugehen.

15

Mary-Ann spazierte zwischen den Blumenbeeten hindurch und hielt dabei Ausschau, ob William in der Nähe war.

»Guten Abend, Mary-Ann«, sagte da plötzlich eine bekannte Stimme.

Sie fuhr herum. Sie sah niemanden.

»Dreh dich um! Lauf gerade aus … und jetzt zwei Schritte nach rechts.«

Mary-Ann kam sich dumm vor, der Stimme zu folgen, tat es aber trotzdem. Sie stand vor der Eiche und aus dem Schatten des Baumstammes trat William hervor. Er grinste.

Sie lächelte.

Er betrachtete sie kurz. Ihr blondes Haar glänzte wie Gold im hellen Mondlicht.

»Wie wär's … mit einem Spaziergang?«, fragte er, als wäre diese Idee etwas ganz Neues.

»Aber gerne«, antwortete Mary-Ann.

»Ich habe auf dich gewartet«, sagte William.

»Woher wussten Sie, dass ich komme?«

»Das hatte ich im Gefühl«, sagte er in vollkommen ernstem Ton.

Mary-Ann betrachtete ihn von der Seite. Sie war sich nicht sicher, ob er das nun ernsthaft gemeint hatte oder nicht. Doch er blickte nur geradeaus. In der Dunkelheit konnte sie das Funkeln seiner Augen nicht sehen.

»Warum wollen Sie das Geschäft ihres Vaters nicht übernehmen?«, fragte Mary-Ann nach einer Weile.

Überrascht schaute William sie an. Er hätte nicht erwartet, dass sie so direkte Fragen stellte. Sein Blick verdunkelte sich und Mary-Ann bekam Angst, dass er sie einfach stehen lassen würde. Doch nichts dergleichen geschah.

William seufzte. Traurig schüttelte er den Kopf. »Ich … ich kann es einfach nicht. Mein Kindheitstraum war schon immer gewesen, Rechtsanwalt zuwerden. Das ist bis heute so. Aber mein Vater will davon nichts hören. Er meint, er habe sehr viel Zeit und Geld in das Geschäft investiert und ich solle die Familientradition fortführen.« Er schwieg eine Weile, aber Mary-Ann spürte, dass er noch nicht fertig war und sagte nichts. »Er hat aus seiner Sicht recht«, fuhr er fort. »Aber ich würde meinen Traum verlieren. Und damit auch einen Teil meines Herzens.«

Mary-Ann schluckte. Sie hätte nicht gedacht, dass William so melancholisch werden konnte. Sie wusste nicht, was sie sagen sollte, das ihn aufbauen könnte, wusste nicht, wie sie ihm helfen sollte, wusste nicht einmal, wie sie ihre Anteilnahme ausdrücken konnte.

Schließlich waren sie wieder an der Haustüre angekommen. Mary-Ann blickte nach oben, um ihm in die Augen zusehen. Sie steckte alle Anteilnahme, alle Liebe, die sie aufbringen konnte, in ihren Blick.

»Leben Sie ihren Traum«, flüsterte sie leise. Dann schlüpfte sie durch die Tür ins Haus.

William sah ihr nach und ging dann ebenfalls ins Haus. Als er schließlich in seinem Bett lag, konnte er lange nicht einschlafen.

Viele Menschen standen um sie herum. Männer, Frauen und Kinder. Sie alle brüllten etwas und schrien sie an. Sie hatten die Hände zu Fäusten geballt und schüttelten damit wild nach ihr. Jemand trat nach ihr. Sie drehte sich um und vor ihr stand ihre alte Schulfreundin Sara. Doch ihr Gesicht war verändert. Sie hatte eine hässliche Maske auf, hämisch grinsend und mit böse funkelnden Augen.

Sie wurde hin und her geschubst, immer wieder, hin und her. Bis sie schließlich auf den kalten Boden fiel. Sie kauerte sich zusammen und hielt die Hände schützend über ihren Kopf. Jetzt konnte sie hören, was die Menschenmenge schrie: »*Mörderin*!«

Mary-Ann schreckte auf. Schweißüberströmt, ihr Gesicht tränennass. Sie zitterte am ganzen Leib.

Es war nur ein Traum gewesen. Sie versuchte ihr rasendes Herz zu beruhigen. Warum träumte sie so etwas? Sie war keine Mörderin. *Aber dein Vater*, sagte eine leise Stimme in ihrem Kopf. Mary-Ann schluckte. Was, wenn er wirklich zu Recht angeklagt und verurteilt worden war? Dann war es berechtigt, sie zu hassen. Dann war sie tatsächlich ein Mörderkind. Ihre Augen füllten sich erneut mit Tränen. Nein, sie durfte es nicht glauben. Sie durfte die Hoffnung nicht aufgeben. Sie durfte einfach nicht. Sie kannte ihren Vater doch! Er hätte so etwas nie getan.

Doch langsam begannen die Erinnerungen zu verblassen. Sein Gesicht verschwamm vor ihrem inneren Auge, seine Stimme konnte sie nur noch von weit, weit her hören. Das, was sie gefürchtet hatte, trat nun ein. Sie begann, ihn zu vergessen.

Hemmungslos weinte sie in ihr Kissen. Ihre Tränen drückten Schmerz und Wut über sich selbst aus.

Irgendwann schlief sie vor Müdigkeit und Erschöpfung wieder ein.

Am nächsten Morgen schleppte Mary-Ann sich ins Bad und wusch sich ihr Gesicht mit kaltem Wasser. Als sie sich im Spiegel sah, schaute sie sofort wieder weg. Ihre Augen waren immer noch geschwollen vom vielen Weinen. Sie fühlte sich schrecklich elend.

Müde schlüpfte sie in ihr Kleid und machte sich an ihre alltägliche Arbeit. Doch heute machte es ihr keine Freude wie sonst. Sie schleppte sich zu ihrer Herrin, um sie zu wecken und zwang sich regelrecht in die Küche zu Mrs Peters.

Ella begegnete ihr zum Glück nur einmal kurz, sodass es nur für ein Lächeln und ein »Hallo« gereicht hatte. Ella wäre sofort aufgefallen, dass es ihr nicht gut ging, und Mary-Ann hätte ihr erzählen müssen, was sie bedrückte. Doch im Moment wollte sie nicht darüber reden.

Aber ihr fielen auch die Blicke von Mrs Auburn auf. Sie hatte gleich bemerkt, dass etwas mit Mary-Ann nicht stimmte, denn das Dienstmädchen hatte sie nicht wie normalerweise fröhlich begrüßt. Doch die Frau sagte in ihrer Klugheit nichts, nicht einmal am Nachmittag, als Mary-Ann ihr Gesellschaft leistete, wofür Mary-Ann ihr sehr dankbar war.

Irgendwann war auch dieser Tag vorüber. Mary-Ann ging am Abend nicht in den Garten, da sie Angst hatte, sie würde William treffen. Sie hätte nicht gewusst, wie sie sich ihm gegenüber in ihrer niedergeschlagenen Stimmung hätte verhalten sollen. Aber einschlafen wollte sie auch nicht. Wenn sie wieder so ein schrecklicher Traum quälen würde? Also stand sie noch lange an ihrem Schlafzimmerfenster und blickte in die Nacht hinaus. Heute kam der Mond nur ab und zu durch die weiße Wolkendecke hindurch. Es sah so aus, als würde das Wetter morgen nicht mehr so schön werden, wie die letzten Tage.

Schließlich legte sich Mary-Ann ins Bett, hielt aber ihre Augen krampfhaft offen, obwohl sie wusste, dass sie irgendwann doch einschlafen würde. Und schon bald fielen die müden Augen zu …

Sie befand sich in einer großen dunklen Höhle. Es stank und sie fühlte sich unbehaglich, sie hatte panische Angst. Sie wollte raus. Es gab mehrere Ausgänge, doch nur bei einem sah sie am Ende ein großes helles Licht. Sie wollte auf das Licht zugehen, aber sie konnte nicht laufen. Große, schwere, dicke Fesseln hingen an ihren Füßen, sodass sie sich keinen einzigen Schritt vorwärtsbewegen konnte. Sie hielten ihre Füße zusammen und schnitten ihr ins Fleisch.

Da begannen die Wände zu wandern, kamen auf sie zu, immer näher, wurden immer enger. Sie wollte wegrennen, aber so sehr sie sich auch anstrengte, sie kam nicht voran. Panische Angst erfüllte ihr Herz.

Doch die Wände kamen unaufhaltsam näher, drohten sie zu zermalmen, wie ein Raubtier mit seinen Zähnen. Sie rannte, ohne dass sie weiterkam, und die Wände kamen näher.

Wieder ein Albtraum, dachte Mary-Ann verzweifelt, nachdem sie schreiend aufgewacht war. Weshalb träumte sie plötzlich so etwas? Früher als kleines Kind, sicher, da hatte sie manchmal Albträume gehabt, aber jetzt?

Was sollte das? Verwirrt und ängstlich rappelte sie sich auf und trat ans Fenster. Einschlafen konnte sie nicht mehr. Dazu war sie viel zu aufgewühlt. Sie beschloss, noch eine Runde im Garten zu drehen, bevor sie sich wieder schlafen legte. Mit einem Blick auf die tickende Uhr zog sie sich ihren Mantel über ihr Nachtgewand und tappte mit offenem Haar durch die Flure. Bald würde es fünf Uhr sein.

Die Luft war fast ein bisschen schwül draußen, wie vor einem Gewitter im Sommer. Der Mond war von den Wolken verdeckt und tatsächlich, bald regnete es sanft auf die Erde. Es war eine warme, angenehme Nässe. Das sanfte Nieseln der Regentropfen beruhigte Mary-Anns Gedanken. Noch eine ganze Weile stand sie an der Hecke, die das Grundstück der Auburns abgrenzte und hielt ihr Gesicht in den Himmel.

Als der Regen aufhörte, war alles still, kein einziger Laut war zu hören. Mary-Ann wollte sich gerade auf den Weg in ihr Zimmer machen, als etwas nahe der Hecke raschelte. Mary-Ann blieb stehen. *Sicher nur ein kleines Tier*, dachte sie, doch seltsamerweise klopfte ihr Herz laut. Wieder raschelte etwas. Sie ging weiter und tat so, als hörte sie nichts. Plötzlich knackte ein Ast. Mary-Ann fuhr herum. Was war das? Da tauchte wie aus dem Nichts eine Gestalt auf. Mary-Anns Herz drohte stehen zu bleiben. Sie wollte rennen, doch keines ihrer Glieder wollte ihr gehorchen. *Wie in meinem Traum*, schoss es ihr durch den Kopf. Der schwarze Schatten kam näher, hob seine Hand – und endlich löste sich Mary-Ann aus ihrer Erstarrung und rannte so schnell sie konnte über den Kies zurück in Richtung Haus.

»Warte!«, rief eine Stimme ihr hinterher. Mary-Ann war erstaunt, dass die Stimme so freundlich und Hilfe suchend klang. Unwillkürlich verlangsamte sie ihre Schritte.

»Warte! Ich tu dir nichts!«, rief die Stimme noch einmal. Mary-Ann drehte sich zu dem Eindringling um. Er kam angelaufen.

»Was willst du?«, fragte Mary-Ann mit einem Hauch von Ärger in der Stimme.

»Ich … ich bringe die Milch«, sagte der Unbekannte entschuldigend.

Mary-Ann schaute die Gestalt verwundert an. Er brachte die Milch? Dann lachte sie leise. Vor ihr stand der Milchjunge und sie hatte das

Schlimmste vermutet. Sie konnte ihn nicht genau erkennen, aber so viel sah sie jetzt doch. Viel Bedrohung ging von ihm nicht aus. Er war etwas kleiner als sie, zierlich und offensichtlich schon weit gelaufen.

»Wo … wo darf ich die Milch hinbringen?«, fragte er schüchtern.

»Komm mit«, forderte Mary-Ann den Jungen auf. Er folgte ihr bereitwillig. Vor der Küchentür blieb Mary-Ann jedoch stehen, denn es drang Geschirrgeklapper aus dem Raum und durch einen kleinen Türschlitz drang Licht heraus.

»Da musst du rein«, sagte sie deshalb leise zu dem Jungen und wartete selbst draußen in der Eingangshalle. Sie wollte nicht wissen, wie Mrs Peters reagieren würde, wenn sie sie mit Nachtgewand unter dem Mantel sah. Seltsamerweise machte Mary-Ann das bei dem Jungen nichts aus. Irgendwie hatte sie Vertrauen zu ihm. Vielleicht, weil er sie ein bisschen an ihren kleinen Bruder Justin erinnerte, mit seinem verstrubbelten Haar und den großen Augen.

Als er aus der Küche heraustrat, lächelte sie ihn warmherzig an und winkte ihn nach draußen vor die Tür. »Woher kommst du denn?«, fragte sie freundlich.

»Von Tainbridge«, antwortete er.

»Und du bist den ganzen Weg bis hierher gelaufen?« Sie bemerkte, dass er keine Schuhe trug.

Der Junge nickte. Er tat Mary-Ann leid. Sie konnte sich noch daran erinnern, wie lang die Fahrt allein schon mit der Kutsche gedauert hatte. »Willst du … willst du vielleicht einen kleinen Schluck zu Trinken, bevor du dich wieder auf den Rückweg machst?«, fragte sie deshalb. Doch der Junge schüttelte nur den Kopf.

»Na dann … Danke, dass du die Milch gebracht hast«, sagte Mary-Ann.

Der Junge legte den Kopf ein wenig schief. So eine dumme Bemerkung. Schließlich war er nicht freiwillig hier. Mary-Ann biss sich auf die Lippe. »Ich meine, komm gut nach Hause.«

Der Junge nickte und wollte davonrennen, da fiel Mary-Ann ein, dass sie ihm eine kleine Botschaft für ihre Familie mitgeben konnte.

»Warte!«, rief sie hinter ihm her. »Ich bin gleich wieder da!«

Mary-Ann flitzte so leise wie möglich auf ihr Zimmer, kramte nach einem Stückchen Papier und kritzelte einen kleinen Gruß darauf. Während sie den Zettel faltete, stürmte sie wieder nach unten und übergab den Brief dem Jungen. Sie erklärte ihm, wo er die Nachricht abzuliefern hatte.

Als er begriff, starrte er sie an. Er betrachtete sie von oben bis unten und schaute ihr zum ersten Mal offen in die Augen. Mary-Anns Herz wollte aussetzten. Daran hatte sie gar nicht gedacht. Wenn er aus Tainbridge kam, kannte er sicher ihre Familie und wollte nichts mit ihnen zu tun haben. Er erschien ihr so unschuldig und liebenswert, doch allen Kindern aus der Stadt, auch wenn sie noch so liebenswert waren, war eingebläut worden, nicht mehr mit den Barnes-Kindern zu reden, geschweige denn zu spielen. Nun wurde ihr auch bewusst, wie sie aussah und was sie trug. Ein Nachthemd mit einem alten Mantel darüber, barfuss in schwarzen Lackschuhen, mit offenem Haar. Alle Leute in der Stadt würden nun etwas zu lachen haben.

Umso mehr war Mary-Ann erstaunt, als der Junge lächelte. Nett lächelte. Keine Schadenfreude, kein Hass war in seinen Augen zu lesen. Er hatte die Angst in ihren Augen aufblitzen sehen. Das wollte er nicht. Er hatte sowieso nie verstanden, weshalb die anderen Kinder die Barnes mieden. Er freute sich, als die Furcht in den Augen des Mädchens wich und einem Lächeln Platz machte.

»Tschüs!«, rief er und rannte davon.

Nachdenklich schaute Mary-Ann ihm hinterher. Von Herzen hoffte sie, er würde niemandem etwas erzählen, sondern einfach stillschweigend die Nachricht abliefern. Ihre Mutter hätte sonst auch noch allerlei böses Gelächter zu ertragen.

Inzwischen war die Morgendämmerung heraufgezogen. Die Vögel zwitscherten und der Himmel hellte sich auf. Jetzt musste sie sich beeilen, sonst würde sie am Ende doch noch jemand im Nachthemd entdecken. Mary-Ann eilte in ihr Zimmer. Nun war es sowieso schon zu spät zum Schlafen. Sie zog sich an und frisierte sich ihr Haar. Dann setzte sie sich an ihren Tisch und schrieb einen ausführlicheren Brief an ihre Mutter.

16

William bereitete sich auf einen zweiten schweren Gang zu seinem Vater vor. Einen sehr schweren.

Er hatte die ganze Nacht nicht schlafen können. Er hatte nachgedacht. Mary-Anns Blick und ihre geflüsterten Worte hatten ihn unglaublich berührt. »Leben Sie Ihren Traum!«, hatte sie gesagt.

William hatte sich überlegt, ob es wirklich sein Traum war. Hatte sich Argumente gesucht und sein Herz geprüft.

Dann war er zu dem Schluss gekommen, dass Mary-Ann recht und er keine Wahl hatte. Er *musste* zu seinem Vater gehen und ihm erklären, was er wollte und was er machen würde. Unter allen Umständen.

Noch in dieser Nacht hatte er ein Schreiben an eine Universität verfasst, in dem er sich um die Aufnahme in die juristische Fakultät bewarb. Ein Bote hatte den Brief an diesem Morgen bereits mitgenommen. Es gab kein Zurück mehr. Und William war froh darüber. Denn nun musste sein Vater seinen Entschluss akzeptieren.

Doch es war schwer, zu seinem Vater zu gehen. Die Angst vor seiner Autorität schnürte ihm die Kehle zu und verursachte ein unangenehmes Gefühl in der Magengegend. Schon immer war sein Vater der Herr im Hause gewesen. Schon immer hatte *er* bestimmt und *seinen* Willen durchgesetzt, egal mit welchen Mitteln. Früher hatte er William auch oft einen Schlag mit dem Rohrstock verpasst. Doch das war nicht das Schlimme gewesen. Den Schmerz konnte man aushalten. Das Schlimmste waren die Worte des Vaters. Wie er ihn angeschrien hatte. Dabei hatte William sich doch nur ein klein wenig Anerkennung dafür gewünscht, wer er war. Nicht immer nur für das, was er Großartiges tat. William wollte einfach nur Sohn sein dürfen. Wie hatte er sich danach gesehnt, von dem Vater in den Arm genommen zu werden! Von ihm gedrückt zuwerden. Doch das war nur sehr, sehr selten geschehen.

Dies alles lag jetzt schon weit hinter ihm zurück. Nun würde sein Vater ihn niemals mehr mit dem Stock schlagen, ihm höchstens vielleicht noch eine Ohrfeige verpassen können. Davor hatte er keine Angst. Doch der Wunsch, von seinem Vater verstanden und ernst genommen zu werden, war unvermindert da, tief unten in seinem Herzen, obwohl er sich das nur sehr ungern eingestand. Jetzt hatte er Angst, sich dem Gegenteil stellen zu müssen. Kein Verständnis für seinen brennenden Wunsch zu erhalten, kein ebenbürtiger Nachfolger für seinen Vater zu sein.

William wand sich innerlich, rang mit sich selbst. Der Gedanke, erst einmal abzuwarten, was auf seine Bewerbung geantwortet werden würde, war verlockend.

Aber er hatte es satt, sich immer anzupassen. Es war besser, es gleich zu sagen. So konnte ihm sein Vater später auch nicht vorwerfen, er hätte ihn nicht rechtzeitig informiert. Seinen Traum konnte und wollte William nicht mehr aufgeben.

Also griff er mit zittrigen Fingern nach dem Türgriff. Er drückte ihn herunter und trat ein. Sein Vater saß an seinem Schreibtisch, gebeugt über unzähligen Blättern voller Zahlen und rechnete.

»Vater?«, sprach William ihn mit belegter Stimme an.

Mr Auburn hob die Hand und murmelte vor sich hin. Nach ungefähr einer Minute des Schweigens versuchte es William noch einmal.

Mr Auburn schaute auf. Er hatte schon wieder vergessen, dass William da stand und wartete.

»Ich muss dir etwas Wichtiges mitteilen. Eigentlich wollte … wollte ich es dir noch nicht sagen, aber … nun weiß ich, es ist besser so.« William zwang sich nicht auf den Boden zu blicken, sondern dem Blick seines Vaters standzuhalten. »Ich werde …« Seine Stimme wollte versagen, doch er befahl sich weiterzusprechen. »Ich werde nicht Kaufmann werden wie du. Ich werde studieren. Ich will Rechtsanwalt werden. Ich weiß, das kommt ein bisschen plötzlich, aber ich wusste schon immer, dass ich das wollte.« Er schluckte. »Ich … ich habe die Bewerbung bereits losgeschickt und rechne damit, dass ich angenommen werde. Es ist auch ein guter Beruf. Ein sehr guter. Ich werde gut verdienen, kann Karriere machen, genauso wie du«, versuchte er zu erklären. »Und dein Geschäft ist auch nicht verloren. Wir … Ich suche dir einen guten Nachfolger. Aber … bitte, Vater … versuche, mich zu verstehen.«

Die Miene des Vaters hatte sich immer mehr verdunkelt und es war nicht schwer zu erraten, dass er innerlich vor Wut kochte, aber noch schwieg er. William wagte es, weiterzusprechen. Seine Stimme wurde eindringlicher. »Ich will kein Kaufmann werden, sondern Rechtsanwalt. Ich muss mein eigenes Leben leben. Meine eigene Geschichte schreiben …« Williams Stimme versagte. Er zitterte, so sehr hoffte er, seine Worte würden das Herz seines Vaters berühren.

Der Vater starrte auf seinen Schreibtisch und rang sichtbar nach Fassung. Jeder Gesichtsmuskel war gespannt. Seine Fäuste waren geballt, als er aufstand. Seine Augen verengten sich zu Schlitzen. »Du willst dich also meinen Plänen widersetzen«, zischte er durch die zusammengebissenen Kiefer.

William nickte nur stumm und wandte seinen Blick von dem zornigen Gesicht seines Vaters.

»Nun gut. Ich schätze, ich kann dich nicht davon abhalten. Du hast es dir ja scheinbar gut überlegt. Aber eines sag ich dir. Erwarte keinerlei Unterstützung von meiner Seite. Du hast es so gewollt, also sollst du es bekommen. Aber du sollst es auch alleine verantworten«, sagte Mr Auburn, während er seinen Sohn mit harten Blicken regelrecht durchbohrte. »Und jetzt geh mir aus den Augen.«

William wollte seinem Vater danken, doch er konnte es nicht. Es war, als hätte Mr Auburn eine unsichtbare Mauer zwischen sich und William errichtet. Mr Auburn stand da, mit den Händen auf den Schreibtisch gestützt und dem Blick abgewandt.

Williams Augen füllten sich mit Tränen.

Dann verließ er mit großen Schritten den Raum.

Mr Auburn hatte seine Hände noch immer zu Fäusten geballt und rang um Fassung. Doch diesmal nicht aus Wut. Tränen drohten zu fließen. Hätte er doch damals auch den Mut aufbringen können, den sein Sohn gerade aufgebracht hatte. Hätte er doch nur seinem Vater gesagt, was er wollte, hätte er doch nur damals seinen eigenen Traum gelebt. Jetzt war es zu spät. Sein Leben war größtenteils gelebt und neigte sich eher dem

Ende zu. Für ihn war es zu spät. Wie hätte er seinem Sohn verbieten können, das zu tun, was er tun musste? Seine Augen füllten sich mit Tränen und sie liefen ihm die rauen Wangen hinunter. Er war so unglaublich stolz auf seinen Sohn. Er hatte es richtig gemacht. Für ihn war es noch nicht zu spät. Ja, aus seinem Sohn würde einmal etwas werden, dessen war er sich sicher.

William war unglaublich froh und erleichtert und zugleich enttäuscht und traurig. Ein Gefühlssturm tobte in seinem jungen Herzen. Tausend Gefühle hatten sich zu einer riesigen Welle vereinigt, gegen die er nicht ankam. Er schaffte es nur sehr schwer, seine Gedanken zu ordnen. Wie gerne würde er den Wall durchbrechen, den sein Vater um sein Herz aufgebaut hatte. Wie gerne würde er einen kurzen Blick in sein Herz werfen. Er wusste, dass es seine Mutter als Einzige geschafft hatte, das harte Herz des Vaters zum Schmelzen zu bringen. Doch William, wollte seinen Vater so gerne einmal *echt* sehen, so wie er wirklich war, ohne die strenge Maske.

Nun hatte er also, was er gewollt hatte. Die Erlaubnis zu seinem Studium. Doch sein Vater war zornig und William wusste nicht, wann sich das wieder legen würde.

Williams Unterlippe bebte, als er seinen goldbraunen Hengst streichelte. Bei ihm suchte er Schutz und Verständnis. Bellafontee hatte ihn noch nie abgewiesen und verstand ihn immer. Zumindest hatte er das Gefühl, aber das reichte ihm für den Moment.

17

Die Hochzeit war nun beschlossene Sache. Charles O' Dwell würde Megan heiraten. Im Monat Mai sollte das Hochzeitsfest auf Gut Randolph stattfinden. Es blieb nicht mehr viel Zeit, um alles vorzubereiten. Die Bediensteten wurden auf Trab gehalten. Das Haus musste auf Hochglanz poliert, der Garten musste hergerichtet und das Essen geplant werden, Megan benötigte neue Kleider.

Mary-Ann blieb nicht viel Zeit zum Nachdenken, denn auch sie musste kräftig mit anpacken. Spät am Abend jedoch, bevor sie sich schlafen legte, ging sie oft in den Garten, obwohl sie sehr müde von den Anstrengungen des Tages und den schlechten Nächten war. Noch immer wurde sie von Albträumen geplagt und wusste nicht, was sie dagegen tun konnte.

Auch heute nach einem arbeitsreichen Tag ging sie an die frische Luft in den Garten der Auburns. Sehr oft hatte sie bei diesen Spaziergängen den Sohn des Hauses getroffen. Sie ertappte sich dabei, wie sie sich auch jetzt nach ihm umschaute. Ja, sie hoffte, er würde da sein. Er war ihr ein Freund geworden. Mary-Ann war sich nicht sicher, ob sie in den Augen anderer überhaupt Freunde sein durften, schließlich war sie nur ein Dienstmädchen, noch dazu die Tochter eines angeblichen Mörders, und er war der Sohn reicher Leute. Doch irgendetwas verband sie. Ein unsichtbares geheimnisvolles Band flatterte zitternd zwischen ihnen im Wind.

»Suchst du mich?«, fragte da eine vertraute Stimme. William kam auf sie zu. Vor einiger Zeit hatte er sie gebeten, ihn ebenfalls mit du anzusprechen.

Warum findet immer er mich und niemals ich ihn?, fragte sich Mary-Ann stirnrunzelnd. »Ehrlich gesagt … ja«, antwortete sie ihm jedoch nur und lächelte. Zusammen setzten sie den gewohnten Spaziergang fort.

»Gibt es etwas Neues von der Universität?«, fragte Mary-Ann. Sie freute sich sehr, dass Gott ihre Gebete erhört hatte und sie William tatsächlich hatte weiterhelfen können, indem sie ihm einfach nur zugehört und gesagt hatte, er solle *seinen* Traum leben. William hatte ihr erzählt, dass er zu seinem Vater gegangen war und auch schon eine Bewerbung losgeschickt hatte. Ja, Gott hatte es gut gemacht. Dafür war sie ihm unendlich dankbar. Jetzt wartete sie fast genauso gespannt wie William auf die Antwort der Universität. Dass darin auch eine Absage stehen könnte, wollte sie nicht hoffen.

»Nein, noch nicht«, erwiderte William. »Wie geht es deiner Familie?«

»Ich denke, gut. Meine Mutter hat ihre frühere Arbeitsstelle wiederbekommen. Da kann sie Justin mitnehmen.«

Sie gingen schweigend nebeneinander her. Es gab nicht viel zu sagen, dazu lebten sie in zwei viel zu verschiedenen Welten. Aber es war schön einfach nebeneinander herzugehen und die Gegenwart des anderen zu spüren.

Mary-Ann dachte mit Schaudern an die vor ihr liegende Nacht. Was würde sie dieses Mal träumen? Langsam begann sie sich zu fragen, ob diese Träume etwas zu bedeuten hatten. Sie verarbeitete ihre Gefühle, sicher, das war ihr klar, aber hatte sie diese Gefühle, die sich in ihren Träumen wiederspiegelten, nicht schon längst bewältigt? Lagen sie nicht weit hinter ihr zurück? Warum kamen diese Ängste und Schuldgefühle auf einmal in ihr hoch? Warum jetzt? Sie seufzte tief.

William blickte sie von der Seite an. »Was ist los?«, fragte er.

Mary-Ann schüttelte den Kopf. »Ich ...« Sollte sie ihm von ihren Träumen erzählen? »Ach, es ist nur, weil ich so oft schreckliche Albträume habe. Sie lassen mir keine Ruhe und ich weiß einfach nicht, was ich machen soll«, sagte sie, ohne weiter nachzudenken. Nach einer kleinen Pause sprach sie weiter. »Ich kann am Abend vor lauter Angst kaum einschlafen, in der Nacht werde ich von ihnen gequält und tagsüber muss ich oft an sie denken. Ich kann froh sein, so viel Arbeit zu haben ...« Es tat noch viel mehr weh, wenn sie mit jemandem darüber sprach. Wenn sie alleine war, konnte sie ihre Gefühle irgendwo in ihrem Herzen vergraben, doch wenn sie sich jemandem mitteilte, dann war es ausgesprochen, dann wollte es raus. Ihre Unterlippe zitterte und sie biss fest darauf. Es war so furchtbar, schwach zu sein. Sie wollte über ihren Gefühlen und Gedanken stehen, über ihren Träumen und über ihrer Vergangenheit. Doch sie schaffte es nicht. Die Erinnerungen waren stärker und sie wurde von ihnen umhergetrieben, ohne dass es irgendwo Halt gab. Sie fühlte sich wie ein kleines verloren gegangenes Schiff auf dem riesigen Ozean, das von den großen Wellen fast verschluckt wurde. Niemand war da, der es rettete, keine Insel war in Sicht, an deren Strand es sich flüchten konnte. Eine kleine Träne der Verzweiflung stahl sich aus dem Auge. Sie ließ sie über ihre Wange laufen. Wenn sie sie weggewischt hätte, dann hätte William sie bemerkt.

»Das ... das tut mir leid. Ich ... hatte nicht gewusst, dass du schlecht schlafen kannst. Ich ... weiß leider auch nicht, was man dagegen tun kann ...«, stammelte William. Es klang so aufrichtig besorgt, dass Mary-Ann am liebsten vor Rührung geweint hätte. Eine zweite Träne rann über ihre Wange, ohne dass sie weggewischt wurde. Sie kitzelte leicht auf ihrer Haut. Was sollte sie nur tun?

William schaute sie von der Seite an. Er sah die Tränen auf ihren Wangen glitzern und hielt sie an. Sanft hob er ihr Kinn hoch.

»Mary-Ann«, sagte er liebevoll. Sie hielt seinem Blick nicht stand und blickte zu Boden, während sie gegen ihre Tränen ankämpfte. Es klang so schön, wie er ihren Namen aussprach! William sprach weiter. »Ich will dir nicht versprechen, dass es wieder gut werden wird, weil ich es nicht weiß und es nicht in meiner Macht steht. Aber ich verspreche dir, dass ich alles mir Mögliche tun werde, damit du dich wieder wohlfühlst.«

Sie nickte mühsam.

»Ich wünsche dir eine *gute* Nacht, Mary-Ann«, sagte William. Und diesmal war es nicht nur eine allgemeine Formel, sondern wortwörtlich gemeint.

Sie wollte ihm etwas erwidern, doch sie brachte keinen Laut aus ihrer Kehle. Sie versuchte ein Lächeln, doch auch das wurde nur zu einer Grimasse. Aber William verstand. Sie drückte gerührt seine Hand, die ihre fest umschlossen hielt, raffte ihren Rock und rannte über den Kies ins Haus. In ihrem Zimmer angekommen, warf sie sich auf ihr Bett und weinte hemmungslos.

Übermorgen sollte die Hochzeit stattfinden. Das Haus wurde festlich geschmückt. An den Treppengeländern wurde Grünzeug befestigt und überall wurden Blumen aufgestellt. Blumenboten eilten durch das ganze Haus und stellten die Blumen da ab, wo Megan und Mrs Auburn sie haben wollten. Das war gar nicht so einfach, denn die Meinung der beiden aufgeregten Frauen änderte sich so schnell, dass keiner so richtig hinterherkam.

Ganz besonders der Festsaal wurde prächtig geschmückt. Ein riesiger Kronleuchter, glitzernd und funkelnd, hing in der Mitte des Saales von der hohen Decke. Die kostbare Wandtäfelung wurde von den Bediensteten gescheuert und poliert, dass man sich beinahe darin spiegeln konnte.

An der einen Seite des Saales wurde das Buffet vorbereitet. An der anderen Seite befand sich die lange Tafel, an der für jeden geladenen Gast ein Platz bestimmt werden musste. Eine große Tanzfläche wurde in der Mitte freigehalten.

Mrs Auburn und Megan standen gerade in der Mitte des Raumes und diskutierten über jede einzelne Kleinigkeit. Sie wiesen das Dienstpersonal an, dies und jenes zu tun, das zu erledigen, hier zu helfen und drehten jede Möglichkeit zweimal herum, bevor sie sich festlegten. Die Wangen von Mrs Auburn waren ebenso gerötet wie die der Braut. Mary-Ann wusste nicht zu sagen, wer von den beiden aufgeregter war. Sie musste gegen ihren Willen zugeben, dass Megan so sehr strahlte und ihre Augen von einem so wunderschönen Glanz erfüllt waren, dass sie unglaublich hübsch aussah. Das blonde Haar, das Ella ihr sorgfältig hochgesteckt hatte, hatte sich aus der Frisur gelöst und fiel ihr in kleinen Strähnchen über die Schultern. Mary-Ann freute sich mit der jungen Braut, obwohl diese ihr nicht gerade freundlich gesinnt war. Bei so einem Glück musste einem einfach das Herz aufgehen, fand sie. Mary-Ann war schon richtig gespannt auf die Hochzeit, denn sie war noch nie auf einer gewesen und nun stieg langsam die Aufregung auch in ihr hoch. Es war wirklich eine Ehre, dabei sein zu können, wenn auch nur als Personal.

Es machte Mary-Ann viel Freude, die Dekoration anzubringen und das Haus zu schmücken. Ella arbeitete immer an ihrer Seite und sie lachten viel. Während des Tages wurde Mary-Ann gut von den Schrecken der Nacht abgelenkt.

Auch der Bräutigam war oft anwesend. Er umgarnte die Frauen mit Lobeshymnen, sodass Mary-Ann und Ella leise kicherten. Er übertrieb einfach. Er konnte nicht alles ernst meinen, was er sagte.

Irgendwann wurden die beiden Dienstmädchen das hochgestochene Geplapper von Charles jedoch leid. Wie hielt Megan das nur aus? Doch wenn man sie ansah, wusste man, dass sie seine Komplimente mochte. Sie errötete, lächelte, schaute verlegen weg oder ihn verliebt an. Entweder sie bemerkte die Verlogenheit von Charles nicht, oder sie war genauso verlogen und tat so, als fühle sie sich geschmeichelt.

Mrs Auburn war nicht anders. Vermutlich wollte sie ihrer Tochter die Laune nicht verderben.

Während Mary-Ann und Ella dabei waren, den Boden zu wienern, sagte Charles mit charmanter Stimme zu den Frauen: »Das Personal ist ja so fleißig! Wie schaffen Sie es nur, so viel Willensstärke aus ihnen zu holen? Das ist eine tolle Leistung und eine gute Wahl der Bediensteten, wenn ich das bemerken darf.«

Er sprach über sie, als wären sie nicht im Raum. Oder als wären sie Mobiliar. Mary-Ann sah, wie sich die temperamentvolle Ella auf die Lippen biss, um Charles nicht ihre Meinung ins Gesicht zu schleudern. *Wie meine Mutter*, dachte Mary-Ann lächelnd.

Mrs Auburn sagte höflich: »Natürlich dürfen Sie das erwähnen.« Aber sie dankte ihm nicht für diese Bemerkung, sondern lächelte ihren Dienstmädchen augenzwinkernd zu. Sie wusste, die Mädchen würden wissen, was sie meinte. Manche Menschen musste man eben einfach erdulden.

Beim Abendessen fiel Mary-Ann auf, dass William mit seinem zukünftigen Schwager nicht besonders glücklich war. Charles versuchte alles, um William in ein freundschaftliches Gespräch zu verwickeln, doch William wich ihm mit knappen Antworten aus. Sie musste lächeln. *Das geschieht diesem protzigen Menschen recht*, dachte sie. *Endlich einer, der sich nicht in seinen schleimigen Komplimenten weidet.*

»Treiben Sie eigentlich Sport, William? Sie sind so schlank und kräftig«, meinte Charles einmal.

»Im Gegensatz zu Ihnen, meinen Sie?«, erwiderte William ernst. Es stimmte, Charles war nicht der dünnste.

Der Bräutigam war völlig aus dem Konzept gebracht und stotterte verwirrt herum.

»Ach wissen Sie, machen Sie sich da mal keine Sorgen«, meinte William. »Laufen Sie das nächste Mal der Kutsche hinterher, anstatt in ihr zu fahren, dann renkt sich das alles wieder ein.« William legte seine Serviette energisch neben den Teller.

»Nun, das … das werde ich mir merken«, erwiderte Charles mit großen Augen auf William gerichtet. So etwas hatte er wirklich nicht erwartet.

Für den Rest des Abends hielt sich Charles zurück und war fast ein wenig wortkarg. Ein Gespräch mit William versuchte er nicht mehr zu beginnen.

Mary-Ann erzählte Ella später davon.

»Geschieht ihm recht, diesem … diesem …« Sie fand vor Empörung keine Worte.

»Es ist da! Es ist da!«, rief William Mary-Ann schon von Weitem zu, als sie sich abends im Garten trafen, und schwenkte mit einem weißen Stück Papier. »Das Schreiben ist da! Von der Universität!«

»Und? Was steht drin?«, fragte sie atemlos.

William lächelte verschmitzt. Dann warf er den Kopf zurück und stieß einen Jauchzer aus. »Ja! Ja, ich werde genommen!« Er lachte vor Freude. Mary-Ann hätte es nicht gewundert, wenn er einen Freudentanz aufgeführt hätte.

»Warte, ich les ihn dir vor«, sagte William eifrig. Bevor Mary-Ann etwas sagen konnte, faltete er das kostbare Dokument mit zittrigen Fingern auseinander und räusperte sich. »Sehr geehrter Herr William George Auburn. Wir bedanken uns recht herzlich, blablabla. Und jetzt:

Es freut uns, Ihnen mitteilen zu dürfen, dass wir Sie gerne an unserer Fakultät aufnehmen. Sie werden am 1. Juni dieses Jahres bei uns in Oxford erwartet.« Er senkte den Briefbogen. »Ist das nicht …« Er suchte nach einem passenden Wort. »… unglaublich?«

»Oh, das ist es! Ich freue mich so für dich. Ehrlich!«, rief Mary-Ann. Sie wusste vor Freude gar nicht, was sie sagen sollte.

Er schwenkte Mary-Ann einmal durch die Luft und sie lachte mit ihm.

»Du weißt gar nicht, wie viel mir das bedeutet, dass ich gehen kann«, sagte er wieder ernster. »Es ist das, was ich immer wollte. Und jetzt wird es in Erfüllung gehen. Obwohl ich die Hoffnung eigentlich schon fast aufgegeben hatte.« Nachdenklich schaute er in den Sternenhimmel. »Aber dann kamst du und hast mir wieder Mut gemacht.« Er drehte sich zu ihr um. »Danke, Mary-Ann. Du … du bedeutest mir sehr viel. Das … das hab ich schon geahnt, als ich dich damals vor dem Bäckerladen gesehen habe. Aber jetzt weiß ich es noch viel mehr.«

Einen kurzen Moment lang glaubte sie, er würde sie küssen. Doch er tat es nicht, sondern sprach weiter. »Jetzt … jetzt werden wir uns aber eine lange Zeit nicht sehen.«

Mary-Ann stutzte. Wieso denn das?

»Ich gehe nach Oxford, um meinen Traum wahr werden zu lassen«, sagte er und schluckte. »Aber ich komme wieder. Bitte vergiss das nie.« Er suchte ihren Blick, als wolle er sich vergewissern, dass sie ihn verstanden hatte.

Sie war geschockt. Daran hatte sie überhaupt nicht gedacht! Er würde weggehen! Weg! Er würde nicht mehr da sein, wenn sie abends in den Garten ging. Ihre ganze Freude war verflogen. »Aber … Aber …«, begann sie, doch sie wusste nicht auszudrücken, was ihr auf dem Herzen lag. Ihr war, als würde sie gerade in ein tiefes Loch stürzen. Ihr Blick wanderte rastlos auf dem Kiesweg umher, als würde sie bei den Kieselsteinen Halt finden.

»Du gehst?«, fragte sie schließlich leise.

William nickte. »Ich habe aber Semesterferien. Wir werden uns immer wieder sehen«, sagte er, fast schon entschuldigend.

Das war nur ein sehr kleiner Trost. Wer würde abends da sein? Wer würde auf seinem Platz am Esstisch sitzen? Er würde ihr fehlen. Sehr sogar. Das wusste sie jetzt schon. Sie musste die Tränen zurückhalten.

»Und ich bin schließlich noch fast vier Wochen hier. Die wollen wir doch nicht mit Trübsalblasen verschwenden, oder?«, fragte er und hob wie schon so oft ihr Kinn. Sie schüttelte den Kopf und blinzelte die Tränen zurück. Nein, sie wollte doch nicht weinen, sondern die restliche Zeit mit ihm genießen. Dennoch fanden sie nicht mehr in ihre anfängliche Fröhlichkeit zurück. Die Angst vor dem Abschied hatte sich tief in ihre Herzen gegraben.

Noch eine Weile unterhielten sie sich, dann gingen beide ins Haus.

18

Heute war der große Tag. Alles war fertig. Die Gäste waren eingeladen, der Pfarrer benachrichtigt, das Haus und die Kirche geschmückt, das Essen vorbereitet. Die Hochzeit. Mary-Ann war schrecklich aufgeregt.

In die Kirche durften die Angestellten nicht mitgehen. Schließlich mussten zu Hause noch die letzten Kleinigkeiten erledigt werden. Aber die Feier konnten sie miterleben.

Ella und Mrs Auburn halfen Megan in ihr kostbares Hochzeitskleid und frisierten sie. Kunstvoll wurden ihre langen blonden Haare nach oben gesteckt, rote Rosen in die Frisur hineingebunden und ein langer Schleier in ihrem Haar befestigt.

Als Mary-Ann die junge Braut, fertig, um in die Kutsche einzusteigen, die breite Treppe in die Eingangshalle herunterschreiten sah, verschlug es ihr den Atem. Sie sah wunderschön aus. Der von Perlen bestickte Stoff umspielte sanft ihre große schlanke Figur und der rote Strauß Rosen in ihrem Arm bildete einen starken Kontrast zu dem reinen Weiß des Kleides. Megan lächelte und ihre Augen strahlten, als sie den stolzen Blick ihres Vaters sah.

Vor der offenen Kutsche waren zwei mit Blumen geschmückte Schimmel angespannt. Der Kutscher saß schon bereit und der stolze Vater half seiner Tochter in die Kutsche. Mutter, Bruder und Großvater würden in einer zweiten Kutsche folgen.

Als sie zurückkamen, saß Megan neben ihrem Bräutigam. Ihnen folgte eine lange Schlange weiterer Kutschen. Mary-Ann hörte irgendwann auf sie zu zählen. Die Frauen trugen prächtige Kleider und die Männer hatten ihre besten Anzüge an.

Die Gesellschaft wurde in den Saal geführt. Genauso wie Henry, Molly und Ella, stand Mary-Ann mit einem Tablett voller Sektgläser in der Eingangshalle und bot sie den Gästen an. Das kleine Orchester, das extra eingeladen worden war, spielte fröhliche Musik.

Als alle Gäste eingetroffen waren, musste das Mittagessen aufgetragen werden. Mary-Ann hatte keine Zeit mehr, sich umzuschauen und die Leute zu beobachten.

Doch als abgeräumt war, konnte Mary-Ann sich in eine Ecke stellen und getrost zuschauen, wie die Gäste das Paar beglückwünschten, lachten und sich unterhielten. Den Abwasch würden heute Frauen aus der Gegend machen, die als Hilfskräfte für diesen Tag angestellt worden waren. Megan sah glücklich aus. Die viele Aufmerksamkeit war genau das, was sie brauchte. Die anderen Frauen gaben ihr gute Ratschläge für ihr Leben als Ehefrau, lachten und tratschten mit ihr, zupften an ihrem Kleid und machten ihr Komplimente. Auch der Bräutigam sonnte sich in Komplimenten, die nun nicht mehr er verteilte, sondern die er empfing. Die Männer lobten die Schönheit seiner Braut, das reichliche Essen, den guten Wein.

Irgendwann wurde die Gesellschaft etwas unruhig und Mr Auburn gab dem Butler diskret ein Zeichen, das Kuchenbuffet auftragen zu lassen. Wieder beluden die Gäste ihre Teller, sodass Mary-Ann sich wunderte, wie viel Menschen essen konnten.

Nach dem Abendessen tanzte das Hochzeitspaar den Hochzeitswalzer. Mary-Ann war hingerissen. Es sah wunderschön aus. *Wenn ich doch auch tanzen könnte*, dachte sie verträumt.

Schließlich wurden auch die Gäste aufgefordert zu tanzen. Ein buntes Treiben herrschte auf der Tanzfläche. Mary-Ann musste hin- und hereilen, um allen Anweisungen von Henry und Molly nachzukommen. Da entdeckte Mary-Ann William. Er tanzte mit einem Mädchen, das Mary-Ann schon vorher aufgefallen war. Sie hatte schwarzes Haar und trug eine edle Perlenkette, die so funkelte und glitzerte, dass sie einfach jedem auffallen musste. Ihr grünes Kleid passte zu ihren grünen Augen. Mary-Ann beobachtete die beiden verstohlen. William konnte gut tanzen, ebenso das Mädchen. Sie unterhielten sich und das Mädchen lachte immer wieder und himmelte William mit bewundernden Augen an. Er hatte Gefallen an ihrem Lachen. Das konnte Mary-Ann an seinen Augen sehen.

Mary-Ann schimpfte sich selbst, weil sie auf das Mädchen neidisch wurde. William war nicht ihr Eigentum. Er konnte tun und lassen, was er wollte. Er konnte sich auch das Mädchen aussuchen, das er wollte. Aber trotzdem konnte sie sich nicht gegen ihre Gefühle wehren. Sie wollte nicht, dass er sich mit diesem reichen Mädchen amüsierte. Wie schön wäre es, wenn er mit ihr in den Garten gehen würde! Sie wandte sich ab, um in die Küche zu gehen. Es stand ihr nicht zu, so zu denken.

Ella, die Mary-Anns Blicke bemerkt hatte, raunte ihr im Hinausgehen zu: »Ist die Tochter von einem reichen Bankier aus der Stadt. Sie tanzt auf allen Festen mit William. Glaub, die Eltern wollen das so.« Dann fügte sie hinzu: »Ihr scheint es nicht viel auszumachen. Ich mag das Mädchen nicht. Viel zu aufgetakelt und unecht. Schau nur, wie sie lacht. Das ist doch gekünstelt, oder?« Sie zuckte die Achseln. »Na ja, mir kanns egal sein.« Mary-Ann nickte. Ihr selbst war es jedoch ganz und gar nicht egal.

Die Gäste schienen nicht müde zu werden. Es wurde getanzt und gelacht bis spät in die Nacht hinein. Mary-Ann war froh, nicht schlafen zu müssen. Sie wollte sich nicht von schrecklichen Albträumen quälen lassen.

Viele Gäste waren an die frische Luft gegangen. Die Männer führten die Frauen, die eifrig mit ihren Fächern wedelten, in den Garten hinaus. Mary-Ann sah, wie William nach draußen gehen wollte, doch da hielt ihn sein Vater am Arm zurück und redete kurz auf ihn ein. Mary-Ann konnte nicht verstehen, was er sagte, doch sie konnte es sich denken, denn Mr Auburn wies mit einer Kopfbewegung fast unmerklich auf das schwarzhaarige Mädchen hin. William drehte sich, wie Mary-Ann glaubte, ein klein wenig widerwillig um, und forderte das Mädchen auf, mit nach draußen zu gehen. Sie strahlte ihn an.

Mary-Ann konnte nicht anders. Auch sie schlüpfte nach draußen und folgte ihnen. Der Springbrunnen plätscherte leise und die Sterne funkelten am Himmel.

Plötzlich sehnte sie sich danach, alleine zu sein und weg von allen Leuten zu kommen. Sie lief auf die große Eiche zu. Die jungen Blätter raschelten leise im Abendwind. Mary-Ann setzte sich an den mächtigen Stamm und lehnte ihren Kopf daran.

Sie konnte immer noch nicht fassen, dass William weggehen würde. Dass Megan von nun an nicht mehr in ihrem Elternhaus leben, sondern zu ihrem Ehemann ziehen würde, machte ihr nichts aus. Ganz im Gegenteil, sie war erleichtert und froh. Nun musste sie ihre Sticheleien nicht mehr aushalten.

Aber William würde sie vermissen. Sie hatten über alles reden können. Über ihre Ängste, Sorgen und Wünsche. Sie hatten miteinander gelacht. Bei ihm hatte sie sich sicher und geborgen gefühlt. Wenn er in ihrer Nähe war, fürchtete sie sich nicht mehr. Sie dachte an seine haselnussbraunen Augen, die so herrlich zwinkern und funkeln konnten. Sie dachte an sein Lächeln und an sein Lachen. Alles an ihm hatte sie so lieb gewonnen und sie wollte es nicht verlieren. Aber jetzt warf sich ihm diese Bankierstochter an den Hals!

Ein Rascheln hinter ihr riss sie aus ihren Gedanken.

Es war Ella.

»Ich dachte mir, dass du hier bist«, sagte sie. »Darf ich mich zu dir setzen?«

Mary-Ann nickte.

»An was denkst du?«, fragte Ella nach einer Weile.

»Ach, nichts Wichtiges.«

»Findest du es nicht auch toll, dass Megan jetzt weg ist? Sie und dieser Charles haben sich ehrlich verdient!«

Mary-Ann lachte. »Ja, sie passen gut zusammen. Megan kann sich in seinen Komplimenten sonnen und er wird vielleicht etwas zurechtgebogen.«

Sie schwiegen und lauschten dem fernen Stimmengemurmel der Hochzeitsgesellschaft.

»Ella?«, fragte Mary-Ann vorsichtig.

»Hm.«

»Ich … ich werde William vermissen.«

»Du magst ihn sehr, nicht wahr?«

Mary-Ann nickte stumm.

»Aber weißt du, jetzt kann er endlich das tun, was er immer wollte, wenn ich richtig verstanden habe, was du mir erzählt hast. Und … na ja, vielleicht ist es für euch beide gar nicht so schlecht, wenn ihr euch eine Zeit lang nicht seht.«

»Wie meinst du das?«

»Ich meine, dass ihr beide euch klar darüber werden könnt, ob ihr … ob ihr euch mehr als nur mögt.«

Mary-Ann war erstaunt. »Du meinst, das geht?«

»Was soll gehen?«

»Na ja, weil … weil … Er ist doch ein Sohn von … von reichen Leuten und ich bin bei seiner Familie angestellt und … und noch dazu die Tochter eines Mörders!«

»Eines *angeblichen* Mörders.«

Mary-Ann nickte zu Ellas Berichtigung. Aber sie war sich nicht sicher, ob sie wirklich noch glaubte, dass ihr Vater unschuldig war.

»Das kommt in den besten Familien vor! Wenn William schon den Beruf, den sein Vater für ihn ausgesucht hatte, nicht ergreift, kann er sich auch die Frau nehmen, die er will.«

»Hm. Vielleicht hast du recht.«

»Würdest du denn Ja sagen?«

Diese Frage überrumpelte Mary-Ann. Würde sie Ja sagen? »Ich … ich … weiß nicht.«

»Siehst du, deshalb meine ich, dass es vielleicht ganz gut ist, wenn ihr euch eine Zeit lang nicht seht. Dann könnt ihr beide darüber nachdenken. Außerdem bist du sowieso noch viel zu jung.«

»Genau wie du«, neckte Mary-Ann.

»Ja, genau wie ich«, wiederholte Ella.

Sie muss wirklich immer das letzte Wort haben, dachte Mary-Ann und wusste nicht, ob sie sich darüber ärgern oder ob sie lachen sollte. Sie entschied sich fürs Lachen. Als Ella sie fragend anschaute, sagte sie: »Ach, ich hab dich einfach zu gern, Ella!«

Ella stimmte in das Lachen mit ein.

»Willst du denn nie heiraten, Ella?«, fragte Mary-Ann.

Ella zuckte die Achseln. »Wenn der Richtige kommt, schon.« Sie stand auf. »Ich glaub, ich geh lieber wieder rein. Sie werden uns bald vermissen. Komm besser auch bald nach.«

Mary-Ann blieb noch einen Augenblick sitzen und schaute ihrer Freundin hinterher. Sie besaß wirklich Weisheit. Wenn sie auch manchmal etwas ungehalten war und auch nicht immer alles stimmte, was sie sagte, besaß sie eine Weisheit und einen Frieden, den Mary-Ann sich nicht erklären konnte. Aber dieses Wissen, dass Ella etwas besaß, das sie nicht hatte, weckte in ihr das Verlangen, herauszufinden, was es war und wie sie es auch bekommen konnte. Vielleicht lag es auch nur daran, dass Ella älter war als sie?

Erschrocken fuhr Mary-Ann zusammen, als sie neben sich eine Bewegung wahrnahm. William!

Mary-Anns Herz machte einen freudigen Satz, als sie ihn erkannte.

»Sieh mal einer an. Wen treffe ich denn hier?«, sagte er grinsend. »Erlauben Sie mir, mich neben Ihnen niederzulassen, Miss?«

»Aber sicher, mein Herr.«

William setzte sich. »Wie gefällt dir die Hochzeit?«

»Sie ist wunderschön. Vor allem das Tanzen gefällt mir.«

»Tanzt du gerne?«, fragte er.

»Ich würde gerne«, meinte sie seufzend, »aber ich habe es nie gelernt.«

»Dann kannst du es doch jetzt lernen.«

Mary-Ann war erstaunt.

»Ich kann es dir zeigen. Es ist ganz einfach!« Voller Tatendrang sprang er auf die Füße und zog sie hoch.

Geduldig zeigte er ihr, wie sie ihre Arme zu halten hatte. »So, und jetzt machst du einfach das, was ich dir sage.« Er setzte einen Fuß nach vorne und Mary-Ann ging unwillkürlich zurück. Er zeigte ihr die weitere Schrittfolge und sie versuchte zu verstehen. Sie lachten viel, bis Mary-Ann wusste, was sie zu tun hatte. Nach einiger Zeit des Übens trat sie ihm nicht mehr auf seine Schuhe. Es machte Spaß und sie tanzten gemeinsam um die Eiche. Dann besann sich Mary-Ann und löste sich widerstrebend aus Williams Armen.

»Ich muss zurück. Sicher suchen sie mich schon!«

»Einen Augenblick noch, Mary-Ann«, hielt William sie zurück und deutete auf den Sternenhimmel.

»Siehst du diesen Stern da oben? Den kleinen, rechts neben dem hellen da?« fragte William und zeigte mit seinem Zeigefinger in die Richtung. Mary-Ann suchte und nickte dann.

»Wenn ich in Oxford bin, dann werde ich jeden Abend diesen Stern anschauen und mir vorstellen, ich wäre bei dir hier im Garten. Und wenn du ihn auch anschaust, dann werden wir miteinander verbunden sein, auch ohne dass wir uns sehen.«

Mary-Ann stiegen die Tränen in die Augen. »Ich werde ihn ganz sicher anschauen. Jeden Abend werde ich ihn suchen und daran denken, dass du auch gerade diesen Stern anblickst«, sagte Mary-Ann trotz des dicken Kloßes, der in ihrem Hals zu stecken schien.

»Ich muss jetzt auch zurück. Meine Tischdame vermisst mich sicherlich schon«, sagte William und zog eine Grimasse. Mary-Ann war froh, dass er keine Lust hatte zu gehen. Er ging nur aus Pflichtgefühl zu dem Mädchen zurück.

»Gute Nacht wünsch ich dir! Wenn du dann irgendwann ins Bett kommst« sagte er und ging.

»William?«, rief Mary-Ann ihm hinterher. Er drehte sich noch einmal um. »Danke für den Tanz!«

Er lächelte. »Es war mir ein Vergnügen.«

Schnell eilte Mary-Ann Richtung Küche und hoffte, dass ihr Verschwinden im Trubel nicht bemerkt worden war.

Kurz darauf wurde das Brautpaar verabschiedet. Charles und Megan O'Dwell stiegen in die geschmückte Hochzeitskutsche und entschwanden in die Nacht. Nachdem die Kutsche unter vielen Glückwünschen und Abschiedsrufen verabschiedet worden war, machten sich auch die Gäste auf den Heimweg. Einer nach dem anderen fuhr zum Tor hinaus, bis nur noch Mr und Mrs Auburn, Leonhard, William und die Bediensteten zurückgeblieben waren.

Mary-Ann sah eine Träne im Augenwinkel ihrer Herrin glitzern. Liebevoll wurde sie von ihrem Mann ins Haus geführt und die Herrschaften gingen zu Bett. Molly schickte Mary-Ann und Ella ebenfalls auf ihre Zimmer. Morgen würde das große Aufräumen beginnen.

19

Mary-Ann konnte sich am nächsten Morgen kaum aus dem Bett erheben. Die Augen wollten und wollten sich einfach nicht öffnen und wehrten sich dagegen, etwas zu sehen. Ihre Hände fühlten sich an wie Gummi und ihre Beine hatten schwerste Mühe sie zu tragen. Sie hatte zwar ausnahmsweise einmal gut geschlafen, doch ihre Nachtruhe war nur von kurzer Dauer gewesen. Drei Stunden Schlaf waren ihr gegönnt worden. Mary-Ann riss die Fenster auf, um sich von der kalten Morgenluft wecken zu lassen, und wusch sich mit eiskaltem Wasser.

Mrs Auburn hatte ihr aufgetragen, sie nicht zu wecken.

Also ging Mary-Ann gleich nach unten, wo Molly schon mit dem Aufräumen begonnen hatte. Die Frau tat Mary-Ann leid. Ihr Rücken war gebeugt und die Schultern hingen schlaff herunter. *Sie muss schrecklich erschöpft sein*, dachte Mary-Ann und versuchte, ihre eigene Müdigkeit zu unterdrücken.

»Guten Morgen, Molly«, sagte sie und bemühte sich um einen fröhlichen Ton.

Molly richtete sich auf und hielt sich den Rücken, während sie Mary-Ann begrüßte. »Hast du gut geschlafen?«

»Ja, sehr gut sogar«, erwiderte Mary-Ann. »Was soll ich machen?«

Molly wies sie in ihre Aufgaben ein und Mary-Ann machte sich mit dem größten Eifer, den sie aufbringen konnte, an die Arbeit.

Ella kam kurz darauf in den Festsaal. Verschlafen und langsam begann auch sie, die Blumengestecke, die Essensreste, die schmutzigen Tischdecken und alles andere, was am gestrigen Abend stehen gelassen worden war, aufzusammeln und anschließend die Räume zu fegen und zu putzen.

Die drei arbeiteten schweigend Seite an Seite, bis Mary-Ann bemerkte, wie ihr Magen knurrte. Sie hatte sich inzwischen an das regelmäßige Essen gewöhnt.

Sie legte den Putzlappen beiseite und ging in die Küche, wo Mrs Peters einen Brunch für die Herrschaften vorbereitete.

»Guten Morgen!«, begrüßte Mary-Ann die Köchin.

»Morgen!«, brummte Mrs Peters. Auch sie hatte nur kurz geschlafen und war deshalb nicht gerade in bester Laune. Mary-Ann schnitt sich eine Scheibe von dem frisch gebackenen Brot ab und nahm sich dazu etwas Käse. Mit einem Glas Milch in der Hand setzte sie sich dann an den kleinen Tisch und frühstückte schweigend.

»Ich brauch dich jetzt hier«, sagte Mrs Peters kurz angebunden, als sich Mary-Ann auf den Weg zurück in den Festsaal machen wollte.

Mary-Ann nickte zustimmend. »Ja, ich komme gleich, ich sage nur noch Molly Bescheid, dass ich in der Küche gebraucht werde.«

Sie war gerade mit dem Anrichten der Speisen fertig geworden, als William in den Raum kam. Sie sah, wie er sich suchend umblickte. Sobald er bemerkte, dass niemand sonst da war, flüsterte er gut gelaunt einen Gruß. »Hast du gut geschlafen?«

Sie nickte zustimmend. »Recht kurz, aber ich habe so gut geschlafen, wie schon lange nicht mehr.«

Er schaute sich auf dem reichgedeckten Tisch um und rieb sich die Hände. »Ich habe einen Bärenhunger!« Er setzte sich. »Ich fürchte, meine restliche Familie wird undiszipliniert«, meinte er scherzend.

»Dann fang doch einfach an«, schlug Mary-Ann vor, doch William lachte leise. »Dann würde ich morgen nicht mehr hier sitzen. Aber du darfst mir schon einmal einen Kaffee einschenken.«

Mary-Ann tat wie ihr geheißen.

»Danke«, sagte William. Mary-Ann war erstaunt. Dafür musste er sich doch nicht bedanken! Wie oft hatte sie ihm oder einem seiner Familienmitglieder schon eingeschenkt – ohne ein Wort des Dankes? Schließlich wurde sie für ihre Dienste bezahlt!

Sie verschwendete keinen weiteren Gedanken daran, denn Leonhard kam ins Zimmer. Sofort veränderte sich die Miene Williams. Er blickte ernst und fast ein wenig arrogant.

»Guten Morgen, Großvater«, sagte er ehrerbietig.

»Guten Morgen, mein Junge«, antwortete Leonhard mit derselben Arroganz in der Stimme, die sich auch in seiner Mimik zeigte.

Leonhard bedeutete Mary-Ann, ihm Kaffee einzuschenken.

»Wo ist dein Vater, William?«, fragte Leonhard.

»In seinem Arbeitszimmer.«

»Und Elisabeth?« Leonhard nannte Williams Mutter immer mit Vornahmen, obwohl dieser nicht oft benutzt wurde.

»Ich denke, sie ruht noch.«

Leonhard klingelte mit der Glocke, mit der er den Butler rufen konnte. Henry kam auch sofort.

»Sie wünschen, Sir?«, fragte er.

»Geben sie Mr Auburn Bescheid, dass wir ihn im Esszimmer erwarten.«

»Jawohl, Sir«, sagte Henry und machte sich auf den Weg. Kurze Zeit später betrat der Hausherr den Raum.

»Guten Morgen, Vater. Guten Morgen, William«, begrüßte er die Anwesenden. Als er saß, begannen die Herren zu essen. William aß wie die beiden anderen auch langsam und bedächtig, obwohl er großen Hunger hatte, wie Mary-Ann wusste. Wie immer konnte sie nicht anders, als ihn still und heimlich zu beobachten. Und wie immer erwischte er sie dabei. Er lächelte ihr zu. Sie lächelte zurück. Doch ihr Lächeln erstarb, als auch George Auburn aufblickte. Rasch schaute sie zu Boden. Mr Auburn blickte von ihr zu William und wieder zurück. Dann runzelte er die Stirn und aß stumm weiter.

Mrs Auburn ließ Mary-Ann erst gegen zwei Uhr rufen. Mary-Ann bereitete ihr ein Bad und wartete, bis Mrs Auburn die Katzen gefüttert hatte. Sie schaute zu, wie die Dame jede einzelne ausführlich kraulte.

Amy, die kleine weiße Katze, kam schnurrend zu Mary-Ann und strich ihr um die Beine. Mary-Ann bückte sich hinunter und streichelte ihr weiches Fell. Seit sie dem Kätzchen zusammen mit Ella im Gang begegnet war, hing Amy sehr an Mary-Ann. Es kam oft vor, dass Amy ihr folgte, wenn sie in die Küche gehen musste. Mrs Peters gefiel das allerdings weit weniger als Mary-Ann.

Mrs Auburn setzte ihren Kater Loui auf den Boden und richtete sich auf.

»Ich habe Ihnen ein spätes Frühstück gerichtet«, sagte Mary-Ann und wies auf den Tisch im Wohnzimmer, gleich neben den großen Fenstern. Sonnenlicht strahlte in den Raum und erhellte den Tisch, auf dem liebevoll Geschirr und Speisen angerichtet waren. In einer Vase in der Mitte befand sich sogar ein Strauß mit den schönsten Wiesenblumen, die Mary-Ann extra gepflückt hatte.

»Oh, ist das schön!«, rief Mrs Auburn aus. »Danke. Du bist wahrlich eine Bereicherung für unser Haus!«

Nun dankt sie mir auch noch, dachte Mary-Ann verwundert, aber erfreut.

»Setz dich doch zu mir!«, forderte Mrs Auburn Mary-Ann auf.

Sie begann zu essen und fragte Mary-Ann, wie ihr die Hochzeit gestern gefallen hatte.

»Es war wunderschön! Ich werde diesen Tag und diese Nacht niemals vergessen«, sagte Mary-Ann aufrichtig.

»Ja. Ich bin froh, dass das Fest so gelungen ist. Ich habe Megan seit langem nicht mehr so glücklich gesehen. Nur bin ich jetzt furchtbar traurig, dass sie nicht mehr hier ist. Ich würde am liebsten gar nicht aus meinen Zimmern kommen, aber das ist schließlich auch keine Lösung. Ich werde mich eben dran gewöhnen müssen«, seufzte Mrs Auburn.

Mary-Ann nickte stumm. Sie konnte ihrer Herrin schließlich nicht sagen, dass sie im Gegensatz zu ihr recht froh war, dass Megan nicht mehr in diesem Haus wohnte. Sie würde sicher oft zu Besuch kommen, und so konnte Mary-Ann ihrem spitzen Blick und ihrer scharfen Zunge nicht für immer entkommen, doch wenigstens sah sie sie nicht mehr jeden Tag.

»Ja, und William wird uns auch bald verlassen«, klagte Mrs Auburn weiter.

»Ich weiß gar nicht, was ich hier ohne meine Kinder machen soll. Aber es ist gut, dass William geht. Ich hätte es nicht gern gesehen, wenn er genau dasselbe machen würde wie sein Vater. Die ganze Zeit hinterm Schreibtisch sitzen! Das hätte ihn bestimmt nicht glücklicher gemacht als George. Ach, Mary-Ann, ich sollte dir das alles gar nicht erzählen. Aber manchmal braucht man einfach jemanden, der einem einfach zuhört.

Wenn man nur mit Katzen redet, kann das ziemlich eintönig sein.« Sie lächelte.

Schüchtern lächelte Mary-Ann zurück. »Ich verstehe das sehr gut, Madam.« Sie stand auf und räumte das gebrauchte Geschirr beiseite. »Wünschen Sie noch etwas?«

»Nein, du kannst gehen. Ich werde ein wenig im Garten spazieren gehen.«

Mary-Ann knickste und verließ den Raum. Sie war froh, nicht bei ihrer Herrin bleiben zu müssen. Es gab Tage, und das waren die meisten, da liebte sie die Gesellschaft der Dame, doch an Tagen wie heute wollte sie am liebsten einfach nur alleine sein. Als sie aus der Küche trat, wo sie das Geschirr von Mrs Auburn abgespült hatte, kam Molly auf sie zu.

»Mary-Ann? Ich muss einige Erledigungen in der Stadt machen. Möchtest du mitkommen und deine Familie besuchen?«

Mary-Anns Herz klopfte schneller. Und wie sie das wollte! Das Heimweh überkam sie wie eine Welle.

»Liebend gerne, Molly«, antwortete sie. »Aber ich muss noch Mrs Auburn fragen, ob …«

»Nicht nötig. Ich habe schon mit ihr gesprochen.«

Mary-Ann hätte die Haushälterin am liebsten stürmisch umarmt.

Molly lächelte. »In fünf Minuten fährt die Kutsche!«

Mary-Ann rannte in ihre Suite und richtete ihre Frisur. Sie betrachtete sich im Spiegel. Hatte sie sich verändert? Tiefe Augenringe zeichneten sich unter ihren türkisfarbenen Augen ab, aber sonst hatten ihre Wangen an Farbe gewonnen. Sie sah um vieles gesünder und kräftiger aus als an dem Tag, an dem sie auf Gut Randolph angekommen war.

Am liebsten wäre sie zur Kutsche gerannt, doch dann wäre ihre Frisur abermals locker geworden. Also ging sie in gemächlichem Schritt, wie es sich gehörte. Diese Entscheidung erwies sich als sehr vorausschauend, denn auf der Treppe begegnete sie Leonhard. Sie knickste, als sie auf einer Höhe mit ihm war, doch er schenkte ihr keinerlei Beachtung. Es war ihr auch egal. Im Moment konnte nichts ihre Vorfreude auf das Wiedersehen mit ihrer Mutter und Justin mindern.

Die Pferde trabten viel zu langsam. Als die Häuser und Kirchen von

Tainbridge in Sicht kamen, konnte Mary-Ann vor Aufregung kaum mehr still sitzen. Was würde das für eine Überraschung sein, wenn sie plötzlich vor ihrer Mutter stand! Sie hatte Glück, dass heute Samstag war, denn da hatte der Laden, in dem ihre Mutter arbeitete, geschlossen.

Endlich, nach einer halben Ewigkeit, wie es Mary-Ann vorkam, hielt die Kutsche auf dem zentralen Marktplatz der Stadt. Der Kutscher öffnete ihnen die Tür und half zuerst Molly, dann auch Mary-Ann, heraus.

»Du kannst jetzt deine Familie besuchen, während ich die Besorgungen erledige. In zwei Stunden treffen wir uns wieder hier«, sagte Molly.

Mary-Ann wollte protestieren, dass die Zeit viel zu kurz war, doch dann riss sie sich zusammen.

Sie konnte froh sein, ihre Mutter und ihren Bruder überhaupt besuchen zu können.

Ob Justin sich wohl verändert hatte? Schließlich hatte sie ihn nun seit über zwei Monaten nicht gesehen. Und ihre Mutter? Wie es ihr wohl ging? Sicher, Mary-Ann hatte Briefe von ihr bekommen, doch manches Mal kann man in Briefen einfach nicht ausdrücken, was einem auf dem Herzen liegt.

Mary-Ann rannte fast den ganzen Weg zu ihrem Haus hin – trotz ihrer Frisur. Ihre Mutter und Justin mochten sie sowieso wie sie war, wen also kümmerte dann ihre Frisur?

Einige Leute drehten sich nach ihr um. Wahrscheinlich waren sie einfach überrascht, sie plötzlich wiederzusehen. Es hatte sich wohl schon herumgesprochen, dass Mary-Ann nun bei den Auburns arbeitete. Die meisten kümmerten sich nicht darum. Es war allgemein bekannt, dass die einflussreiche Familie Auburn ihren eigenen Kopf hatte und oft andere Wege einschlug, als die Gesellschaft es von ihr erwartete.

Atemlos stand Mary-Ann vor der Haustür. Sie konnte es kaum fassen, so ganz plötzlich und überraschend wieder hier zu sein. Jetzt erst merkte sie, wie sehr sie alles vermisst hatte. Ein Teil ihres Herzens war doch noch hier, wenn sie das Gut Randolph auch schon ein wenig als ihre neue Heimat betrachtete.

Mary-Ann verschwendete keine Zeit damit, zu klopfen, sondern trat sogleich ein. Die Mäntel hingen an ihren Haken und die Schuhe standen an ihrem gewohnten Platz. Es roch nach der Gemüsesuppe, die ihre Mutter schon immer mit Vorliebe gekocht hatte.

Mary-Ann öffnete die Tür zum Wohnzimmer. Justin saß an dem Tisch und malte eifrig auf ein paar Blättern weißen Papiers. Seine Zunge ruhte an seiner Oberlippe.

Lucy Barnes saß in dem knarrenden Schaukelstuhl und las mit einer Lesebrille auf der Nase Zeitung. Sie blickte erschrocken auf, als sich die Tür öffnete. Die Brille rutschte ihr von der Nase in den Schoß.

»M … Mary-Ann! Liebes!«, rief sie aus, als sie ihre Tochter erkannte. Sie sprang aus dem Schaukelstuhl auf und eilte auf sie zu. Sie umarmte Mary-Ann und küsste ihr Haar. Tränen der Freude liefen ihr über die Wangen.

Justin kam auf seine Schwester zugerannt und umarmte mit seinen Ärmchen ihre Beine. Er war ein ganzes Stück gewachsen, aber dennoch reichte er Mary-Ann auch jetzt erst bis zum Bauch. Er drückte sie fest und schaute freudestrahlend zu ihr hoch.

Mary-Ann lachte und weinte zugleich. Es war einfach zu schön, um wahr zu sein.

Als die drei sich nach einiger Zeit aus der Umarmung lösten, sagte Lucy: »Ich bin ja so froh, dich wiederzusehen!« Sie hielt Mary-Ann mit ausgestrecktem Arm von sich, um sie anzuschauen. »Gut siehst du aus! Richtig rote Bäckchen hast du bekommen! Und kräftiger siehst du auch aus! Haben sie dich nicht so sehr schuften lassen, ja? Hast dich auch noch ein bisschen erholen können, oder?«

»Ja, anfangs musste ich Berge von Kleidern und Bettwäsche waschen, das war schon sehr anstrengend. Aber dann kam Dr. Colin und hat gemeint, ich solle leichtere Aufgaben zu erledigen haben. Jetzt arbeite ich in der Küche mit. Und ich bin auch Mrs Auburns Zofe. Sie ist wirklich eine liebe Frau. Ich bin gern bei ihr. Und sie überanstrengt mich wirklich nicht.«

»Was hat der Doktor gesagt?«, fragte Justin neugierig. Er hatte das Wort »Doktor« aufgeschnappt und musste nun unbedingt alle Einzelheiten wissen.

»Er hat gesagt, dass ich mich schon sehr gut erholt habe, aber dass ich nicht so anstrengende Sachen machen soll wie zum Beispiel Wäsche waschen«, erklärte Mary-Ann bereitwillig.

»Und was ... hat er noch gemacht?«

»Er hat mich untersucht, wie du's das letzte Mal auch schon gesehen hast.«

»Aha«, sagte Justin zufriedengestellt.

»Jetzt setz dich doch erst mal«, forderte Lucy Mary-Ann auf. Sie holte Tee und goss ihnen ein. Justin bekam ein Glas Milch.

»Das ist aber schön, dass du mir einschenkst, Mama«, sagte Mary-Ann lächelnd. »Normalerweise bin ich immer diejenige, die andere bedient.«

»Dann werde ich dich heute mal so richtig verwöhnen.«

Mary-Ann lachte vergnügt. »Wenn du willst!« Es tat so gut, sich wieder einmal bemuttern zu lassen!

»Guck mal, Mary! Ich hab was gemalt. Für dich«, sagte Justin und streckte Mary-Ann ein Papier mit zwei Menschen darauf entgegen.

»Oh, danke, Justin. Da freu ich mich aber!« Mary-Ann betrachtete das Bild und erkannte in dem einen Männchen den Arzt und in dem anderen einen Patienten. Da erklärte Justin auch schon: »Das da bist du, als du krank warst und das da ist der Doktor. Und der gibt dir gerade deine Mezi.«

Mary-Ann lachte. »Na, das ist ja spitze, dass du das festgehalten hast!« Sie nahm ihn in den Arm.

»Jetzt erzähle uns doch mal, wieso du so plötzlich bei uns auftauchst«, drängte Lucy ungeduldig.

Mary-Ann holte weit aus und erzählte zuerst in allen Einzelheiten von der Hochzeit und anschließend wie es zu dem überraschendem Besuch gekommen war. Danach erzählte sie von Ella, die ihr eine Freundin geworden war, von Molly und Henry, von dem Gärtner, von Mrs Peters, der Köchin, von Mr und Mrs Auburn und ihren Katzen, von Leonhard Auburn, Megan und William. Nicht einmal ihre Albträume verschwieg sie. Sowohl Lucy als auch Justin hörten aufmerksam zu.

Als Mary-Ann fertig erzählt hatte, fiel ihr noch jemand ein. »Sagt mal, habt ihr neulich eine kleine Nachricht von mir bekommen? Von einem kleinen Milchjungen?«

»Ja, er hat uns deinen Gruß gegeben.«

»Er hat sie euch einfach so gegeben? Nichts weiter gesagt?«

»Er meinte, er hätte dich auf Gut Randolph getroffen und du hättest ihm das mitgegeben. Warum fragst du?«

Mary-Ann errötete leicht. »Na ja, ich war noch im Nachtgewand und muss wohl ziemlich verschlafen ausgesehen haben. Ich war in den Garten gegangen, weil ich nicht schlafen konnte. Es war noch ziemlich früh am Morgen …«

Lucy lächelte. »Ach so. Nein, davon hat er nichts gesagt. Und um dir gleich Antwort auf die Frage zu geben, die du jetzt stellen willst: Nein, in der Stadt gibt es keine Gerüchte.«

Mary-Ann war erleichtert.

Jetzt war Lucy dran zu erzählen. Es ging ihnen gut. Ihre Lage hatte sich sehr verbessert, seit Mary-Ann bei den Auburns arbeitete. Lucy brachte Justin in ihrer freien Zeit das Schreiben und Lesen bei und im Laden das Rechnen. Er half dort auch schon tüchtig mit. Von ihrem Mann und Mary-Anns und Justins Vater hatten sie keine Nachricht erhalten. Das war aber nicht ungewöhnlich. Der einzige Termin, an dem er schreiben oder Grüße empfangen durfte, war Weihnachten.

So unterhielten sie sich noch eine ganze Weile, bis Justin unruhig wurde und Mary-Ann drängte, mit ihm zu spielen. Er hatte seine kindliche Art behalten, worüber Mary-Ann sehr froh war. Er würde noch früh genug erwachsen werden müssen.

Die zwei Stunden, die Mary-Ann bei ihrer Familie verbringen durfte, vergingen wie im Flug. Der Abschied fiel ihnen schwer, aber dennoch waren alle froh, diese Zeit gehabt zu haben.

Justin und Lucy begleiteten Mary-Ann bis zur Kutsche und winkten ihr hinterher, als sie sich wieder auf den Weg in ihre neue Heimat machte. Mary-Ann beugte sich diesmal aus dem Fenster, winkte und warf ihnen die letzten Küsse zu. Schließlich bog die Kutsche um eine Straßenecke und Lucy und Justin waren wieder für eine lange Zeit aus ihrem Blickfeld genommen.

20

Eine Woche später ging Mary-Ann am späten Nachmittag in den Stall, um dem Kutscher eine Nachricht zu überbringen. Da er gerade nicht da war, beschloss Mary-Ann, im Stall auf ihn zu warten und sich solange mit den Pferden zu beschäftigen. Sie ging von einer Box zur nächsten, streichelte jedes einzelne Pferd und sagte ihm ein paar freundliche Worte. An der Box von Bellafontee hielt sie sich am längsten auf. Er benahm sich ihr gegenüber sanft und freundlich, doch man spürte ihm ab, dass er voller Stolz und Kraft war. Mary-Ann streichelte seinen Kopf und flüsterte leise Worte in seine Ohren. Er schien ihre Streicheleinheiten zu genießen.

Dann betrat jemand den Stall. Mary-Ann wandte sich um, im Glauben, es sei der Kutscher, doch es war William, der zu seinem Hengst wollte.

»Du verstehst dich gut mit Bellafontee?«, begrüßte er sie.

»Ja, er ist faszinierend. Du kannst stolz auf ihn sein.«

»Das bin ich. Hast du … gerade Zeit? Ich wollte dich nämlich sowieso fragen … also … ich würde dir gerne etwas zeigen.«

Mary-Anns Herz klopfte schneller. »Na ja, eigentlich sollte ich dem Kutscher die Nachricht überbringen, dass Mr und Mrs Auburn auszufahren wünschen. Und dann muss ich Mrs Auburn noch frisieren, aber danach …?«

»Ja, gut, dann warte ich hier auf dich.«

»In Ordnung«, sagte Mary-Ann erfreut.

Nun machte sie sich auf die Suche nach dem Kutscher. Sie hatte ihn auch bald gefunden. Er war gerade dabei gewesen, die Kutsche zu putzen. Sie kündigte ihm die Fahrt an und ging dann zurück zu Mrs Auburn.

»Wo hast du denn so lange gesteckt?«, fragte Mrs Auburn.

»Oh, es tut mir leid, ich wusste nicht, dass Sie schon auf mich gewartet haben«, antwortete Mary-Ann erschrocken.

»Was hat dich denn so lange aufgehalten?« Mrs Auburn setzte sich auf den Stuhl vor der großen Spiegelkommode. Mary-Ann begann ihre Frisur zu öffnen und ihre Haare vorsichtig zu kämmen, während sie erzählte. »Nun, ich ... Der Kutscher war nicht im Stall und so habe ich die Pferde ein bisschen gestreichelt. Und dann ...« Sie stockte. Durfte sie ihr von dem Gespräch mit William erzählen? »Und dann kam allerdings anstatt des Kutschers Ihr Sohn. Wir haben uns ... über sein Pferd unterhalten und dann habe ich mich auf die Suche nach dem Kutscher gemacht. Er hält die Kutsche rechtzeitig bereit.«

»Gut.« Mrs Auburn lächelte. »Bellafontee ist ein prächtiges Pferd, nicht wahr?«

Mary-Ann nickte. »Pferde faszinieren mich. Ich verbinde immer Freiheit mit ihnen.« Sie fing an, einzelne Strähnen mit Kämmen hochzustecken und nach und nach entstand eine schöne Frisur.

Mrs Auburn war zufrieden. Sie verschwand im Ankleideraum und als sie wieder heraustrat, hatte sie ein schönes tiefblaues Kleid an. Mary-Ann half ihr es zu schließen und reichte ihr ihre Handtasche.

»Vielen Dank, Mary-Ann.«

»Einen schönen Abend, Madam«, verabschiedete Mary-Ann ihre Herrin und folgte ihr nach unten.

Mr Auburn erwartete seine Frau schon. Als die beiden abgefahren waren, machte sich Mary-Ann mit einem seltsamen Kribbeln im Bauch auf den Weg zum Stall. Sie wusste nicht, ob sie dieses Gefühl ignorieren oder genießen sollte.

William sattelte gerade Bellafontee. Als er sie sah, sagte er: »Ich sattle nicht oft selbst, das macht normalerweise der Kutscher. Aber ich mag es, Bellafontee nahe zu sein, wenn ich ihn sattle.«

Mary-Ann verstand. Sie streichelte die weichen Nüstern des Hengstes. Er schnaubte. Er wusste, dass er sich gleich bewegen durfte.

»Was ... was möchtest du denn machen?«, fragte Mary-Ann vorsichtig.

William lächelte. »Ich möchte dir einen ganz besonderen Platz zeigen, an dem ich oft bin, wenn ich alleine sein möchte. Diesen Platz kennt sonst niemand, aber ich möchte ihn dir zeigen, bevor ich gehe.«

»Das ... das ist eine große Ehre für mich. Wirklich. Ich danke dir.«

Er lächelte wieder und zeigte auf eine schwarze Stute, die schon fertig gesattelt auf Mary-Ann wartete.

»Traust du dir zu, auf ihr zu reiten?«

Unschlüssig zuckte Mary-Ann mit den Schultern.

William half ihr in den Damensattel und schwang sich dann auf Bellafontees Rücken.

»Wir reiten nicht zum Tor hinaus, sondern durch eine Lücke in der Hecke, damit mein Großvater uns nicht sieht. Er ist nicht sehr begeistert, wenn ich mit einem Dienstmädchen ausreite«, erklärte William, während er die Zügel aufnahm.

Mary-Ann fragte sich unwillkürlich, ob er wohl schon einmal mit einem Dienstmädchen ausgeritten war. Etwa mit Ella?

Aber da sprach William schon weiter. »Nicht, dass ich das schon einmal gemacht hätte, ich bin mir nur ziemlich sicher, dass es ihm nicht gefallen würde.«

Mary-Ann war erleichtert.

Sie ritten los. Mary-Ann hatte keine Schwierigkeiten, sich den Bewegungen des Pferdes anzupassen. Die schwarze Stute folgte Bellafontee von alleine.

»Wie heißt mein Pferd eigentlich?«, fragte Mary-Ann, als sie über das Feld hinter der Hecke ritten.

»Sie heißt Abigail. Ich nenne sie meistens einfach nur Abbie«, erklärte William.

»Abbie«, wiederholte Mary-Ann.

»Kannst du schneller?«

»Schneller was?«

»Schneller reiten.«

»Ich … ich weiß nicht …«

»Du musst gar nicht viel machen. Abbie geht immer hinter Bellafontee.« Ohne auf eine Antwort zu warten, gab er seinem Pferd ein fast unmerkliches Signal. Der Hengst machte einen freudigen Satz und galoppierte los.

William stieß einen Jauchzer aus, wie Mary-Ann es von einem Indianer erwartet hätte. Doch ihr blieb keine Zeit dazu, Pferd und Reiter zu bewundern, denn Abbie folgte Bellafontee mit einem fast ebenso großen freudigen Satz nach vorne. Mary-Ann musste darauf achten, dass sie nicht herunterfiel. Krampfhaft klammerte sie sich am Sattel fest. Die Stute versuchte, den Abstand zwischen dem Hengst und ihr zu verringern. Der Wind trieb Mary-Ann die Tränen in die Augen. Das Gras, die Steine und die sandige Erde flog unter den Hufen der Pferde vorbei, fast schien es so, als berührten sie den Boden nicht einmal mehr. Bald hatte Mary-Ann es heraus, wie sie sich den Bewegungen des Pferdes anpassen musste und begann, das unglaubliche Gefühl zu genießen. Ja, das war es, wofür sie die Pferde immer beneidet hatte. Und jetzt durfte sie es erleben.

Sie merkte, wie Abbie langsamer wurde. Sie passte sich ihr an und ging mit ihren Bewegungen mit. Sie wusste, jetzt würde sie Pferde noch viel mehr lieben als zuvor.

Bellafontee verfiel in ein langsames Tempo. Abbie machte es ihm nach und ging nun auf gleicher Höhe mit ihm. Mary-Ann strahlte William an. »Das war wundervoll!«, rief sie. Ihre Backen waren gerötet von dem Wind und ihre Frisur war fast vollständig aufgelöst, sodass ihr das lange blonde Haar über die Schultern fiel. »Ich werde das nie vergessen. Es ... es war so schön!« Sie lachte glücklich.

William hatte sie noch nie richtig lachen gehört. Ihr Lachen klang betörend in seinen Ohren und er schaute sie bewundernd an. Sie sah wunderschön aus mit den offenen Haaren und dem glücklichen Gesicht. Die Stute, die er für sie ausgesucht hatte, passte zu ihr.

»Es war hoffentlich nicht das letzte Mal, dass du galoppiert bist«, erwiderte er ihr mit leuchtenden Augen.

Sie ritten durch ein kleines Waldstück und kamen schließlich zu dem Platz, an den William sie führen wollte. Sie mussten sich unter ein paar tief hängenden Zweigen auf die Pferdehälse bücken und eine kleine Lichtung tat sich vor ihnen auf. Es war ein friedlicher Ort. Der Wald hielt den Platz fast ganz geschützt, nur nach vorne hin erstreckten sich Wiesen.

Ein Bach schlängelte sich durch die Lichtung und plätscherte leise und beruhigend. Die Bäume wiegten sich im leichten Wind, die Sonne schien warm und die Vögel zwitscherten jeder sein eigenes Lied.

William stieg ab und führte die beiden Pferde an den Bach, wo sie trinken durften. Er half Mary-Ann vom Pferd.

»Oh William, es ist wunderschön hier«, sagte Mary-Ann, während sie sich umschaute.

Sie standen da und ließen die Umgebung einfach auf sich wirken.

»Wie oft war ich schon hier und habe einfach nur nachgedacht«, sagte William nachdenklich.

»Danke, dass du mir diesen Platz gezeigt hast. Wann immer ich hier einmal sein werde, werde an dich denken.«

William nickte. »Komm, wir setzen uns hier auf das Gras.«

Sie saßen eine ganze Weile schweigend an einen Baum am Bach gelehnt da und lauschten auf die Geräusche der Natur.

Das Schweigen war ganz und gar nicht drückend, es war einfach nur passend an diesem friedlichen Ort.

Mit der Zeit wurde es kühler und der Abendwind glitt durch das hohe Gras. Am Horizont hinter den Bäumen konnte man den Sonnenuntergang erahnen.

Glücklich machten sie sich auf den Rückweg.

Kurz bevor sie wieder auf Gut Randolph ankamen, fragte William: »Kümmerst du dich ein wenig um Bellafontee, wenn ich weg bin? Du bist die Einzige, die er richtig an sich heranlässt. Und er genießt die Streicheleinheiten.«

Mary-Ann war überwältigt. Sie wusste nicht, was sie sagen sollte. Sie starrte ihn einfach nur sprachlos an. William brachte die Pferde in den Stall, während Mary-Ann vor dem Stall wartete. Als er hinaus kam, sagte sie: »Ich weiß nicht, wie ich dir jemals danken kann.«

William schüttelte den Kopf. »Es ist Geschenk genug, dass du einfach nur hier bist.« Er blickte ihr tief in die Augen. »Gute Nacht, Mary-Ann.« Er wollte gehen, drehte sich jedoch noch einmal um. »Warte noch kurz, bevor du ins Haus gehst.«

Sie nickte und schaute ihm nach. »Gute Nacht«, flüsterte sie, aber er konnte sie nicht mehr hören.

21

Dem 9. Juni hatte Mary-Ann mit Angst und Bangen entgegengesehen. Heute sollte William abreisen. Seit gestern schon standen seine Koffer gepackt in der Eingangshalle und nun stand die Kutsche bereit.

Es war sehr früh am Morgen, als sich William und Mary-Ann ein letztes Mal an der großen Eiche trafen. Die Sonne war gerade aufgegangen und der Tau glitzerte in kleinen Perlen auf dem Gras.

Sie standen sich gegenüber und wussten, dass sie sich jetzt verabschieden mussten.

Mary-Ann brachte kein Wort hervor.

»Ich werde an dich denken, Mary-Ann«, sagte William.

Aus Mary-Anns Auge stahl sich eine Träne. Warum musste er gehen? Warum musste sie sich immer von den Menschen, die ihr am liebsten waren, trennen? Zuerst ihr Vater, dann ihre Mutter und Justin, jetzt William! Wie sie diese Abschiede doch hasste!

William wischte ihr liebevoll die Träne von der Wange und nahm sie kurz in den Arm. Doch dadurch wurde sie nur noch trauriger und sie löste sich aus der Umarmung.

William blickte sie traurig an und meinte: »Ich muss jetzt gehen.« Er küsste sie zärtlich auf die Wange. »Leb wohl!«

»Leb wohl, William«, flüsterte sie mit tränenerstickter Stimme.

Er drückte ihre Hand und ging.

Mary-Ann konnte ihre Tränen nicht mehr zurückhalten und ließ sie ungehindert über ihr Gesicht laufen. Williams Gestalt verschwamm vor ihren Augen. Als er aus ihrem Blickfeld verschwunden war, atmete sie tief durch. Sie durfte sich nicht so gehen lassen!

Sie riss sich zusammen, wischte die Tränen mit ihrer Schürze von ihrem Gesicht und strich sich die Frisur glatt. Energisch schluckte sie die restlichen Tränen hinunter und ging ins Haus zurück. Dort wusch sie sich nochmals das Gesicht, bevor sie zu Mrs Auburn ging, um diese zu wecken.

Eine halbe Stunde danach begleitete sie die Dame hinunter in die Eingangshalle. Es waren schon alle versammelt – einschließlich der Bediensteten. Sogar Megan war am Abend vorher gekommen, um ihren Bruder zu verabschieden.

Jeder Einzelne wünschte William eine angenehme Reise und einen guten Einstieg ins Studium. Mr Auburn schien nun sogar recht stolz darauf zu sein, dass William an einer der berühmtesten Universitäten studieren würde. Leonhard war zwar etwas einsilbig und kurz angebunden, aber von ihm wurde auch nichts anderes erwartet.

Megan und Mrs Auburn hielten William lange in ihren Armen und es fielen einige Tränen. William hatte für jeden ein liebes Wort übrig. Als Mary-Ann an der Reihe war, ihm noch eine gute Reise zu wünschen, schaute er sie freundlich an. Sie blickte auf den Boden. Wenn sie ihm in die Augen sehen würde, würde sie wieder zu weinen anfangen. »Gute Reise, Mr Auburn. Und danke für alles«, sagte sie und bemühte sich um eine gefasste Stimme.

»Gerne – und weiterhin eine gute Zeit dir hier auf Gut Randolph«, erwiderte William höflich. Er ging weiter zu Ella und schließlich begleiteten ihn alle zur Kutsche, die ihn zum Zug bringen sollte.

William stieg ein und winkte seiner Mutter und seiner Schwester, die ihm ihrerseits weinend mit Taschentüchern zuwinkten. Sein Blick streifte Mary-Ann, als die Kutsche anfuhr.

Das war das letzte Mal, dass sie ihn für viele Monate sah. Die Kutsche fuhr aus dem Tor hinaus und wurde auf der Straße immer kleiner, bis sie nur noch ein schwarzer Punkt war und schließlich ganz verschwand.

Mary-Ann gewöhnte sich nur sehr widerstrebend daran, dass sie von nun an abends alleine im Garten war. Ein kleiner Trost war der Stern, den ihr William gezeigt hatte, und der Gedanke, dass William ihn vielleicht auch gerade ansah.

Oft besuchte sie Bellafontee im Stall. Sie sprach mit ihm und liebkoste ihn. Wenn sie bei dem Hengst war, hatte sie immer ein bisschen das Gefühl, William wäre auch da. Doch je mehr Mary-Ann an William dachte, desto trauriger wurde sie.

Albträume und düstere Gedanken des Selbstmitleids, gegen die sie sich nicht wehren konnte, machten ihr das Leben schwer. Sie wurde immer bedrückter und bald erledigte sie die Arbeiten bei den Auburns ohne jegliche Freude.

Ein wenig Kraft schöpfte sie aus dem täglichen Lesen in der Bibel. Manchmal konnte sie sich in einer Person wiederfinden und sprach verzweifelt ihre Gebete.

Die einzigen Lichtblicke waren die Stunden mit Ella, oder wenn ein Brief ihrer Mutter ankam.

So verstrichen Tage und Wochen, ohne dass etwas Besonderes geschah. Doch Mary-Anns Seele wurde immer schwerer vor Sehnsucht nach ihrer Familie und nach William.

Eines Nachmittags, als Mrs Auburn einen Besuch in der Stadt machte, gingen Ella und Mary-Ann ein wenig spazieren. Es war ein heißer Julitag und die Mädchen lenkten ihre Schritte in den Wald, um sich von den weit ausladenden Bäumen Schatten spenden zu lassen.

Sie redeten über dies und jenes, belanglose Dinge, die nicht hätten erwähnt werden müssen. Ella lenkte das Gespräch schließlich auf tiefere und persönlichere Dinge. »Du siehst blass aus, Mary. Das ist mir schon länger aufgefallen. Geht es dir nicht gut?«

Mary-Ann seufzte. Was nützte es, wenn sie es bestritt? Sie hatte die ganzen Wochen, seit die Albträume sie plagten, versucht, ihre innersten Gefühle und ihre Verzweiflung zu vertuschen. Nie war ein bitteres Wort über ihre Lippen gekommen. Doch Ella hatte sie trotzdem durchschaut. Was nützte es, wenn sie eine Maske aufzog?

»Ich kann nicht gut schlafen«, seufzte sie. »Ich habe schreckliche Albträume. Ich träume von meinem Vater, manchmal sogar, dass ich selbst jemanden umbringe. Oft will ich einfach nur wegrennen, aber ich kann mich nicht von der Stelle bewegen, weil Fesseln an meinen Füßen sind.« Sie machte eine Pause und überlegte, ob sie weitersprechen sollte. »Meistens geht dieses furchtbare Gefühl selbst am Tag nicht weg«, fügte sie leise hinzu.

Ella schüttelte mitleidig den Kopf. »Kein Wunder, dass du so müde aussiehst. So kann das doch nicht weitergehen. Am Ende wirst du noch krank.«

»Was soll ich denn machen?«, fragte Mary-Ann verzweifelt. »Was will man schon gegen Albträume machen?«

Am liebsten würde sie einfach nur noch weglaufen, weg von ihrem ganzen Leben und ihre Vergangenheit hinter sich lassen. Doch sie wusste, sie würde immer und immer wieder eingeholt werden.

Alle aufgestauten Gefühle brodelten in ihr hoch und Wut, Verzweiflung, Angst und Frustration sprudelten wie bei einem Vulkanausbruch an die Oberfläche. »Nichts, nichts, kann man tun!«, rief sie und rannte davon.

Unbewusst war Mary-Ann zu dem Platz am Bach gerannt – Ella ihr treu auf den Fersen. Erst jetzt wurde Mary-Ann bewusst, wo sie sich befand. Es war ihr egal, dass Ella nun den geheimen Ort kannte.

Sie ließ sich erschöpft auf den Boden sinken. »Man kann nichts machen«, sagte sie entmutigt zu sich selbst.

Ella war ihr gefolgt und nahm sie liebevoll in den Arm.

»Stimmt, *man* kann nichts machen. Aber *er* kann etwas machen«, sagte Ella sanft.

»Wer?«, schluchzte Mary-Ann.

»Gott. Du sagst selbst, dass du dich nicht von den Fesseln an deinen Füßen lösen kannst. Genauso wenig kannst du dich von den Fesseln um dein Herz lösen. Die Unsicherheit, ob dein Vater schuldig oder unschuldig ist, der Zorn auf die Menschen, die dir das alles angetan haben und alles andere, was dich belastet, liegen wie schwere Fesseln, die du nicht alleine abschütteln kannst, um dein Herz. Aber Gott hat einen Weg geschaffen. Er hat vor zweitausend Jahren seinen Sohn Jesus auf die Erde geschickt, damit du und alle Menschen, die wollen, frei werden können. Jesus hat alle Lasten auf sich genommen. Alles, was du falsch gemacht hast, alle deine Sorgen, alles, was du nicht in deinem Herzen haben möchtest, kann er dir nehmen, wenn du ihn darum bittest.«

Mary-Ann lauschte Ellas Worten, während ihr Kopf auf Ellas Schulter ruhte und Ella sie fest in den Armen hielt.

»Wenn du wirklich befreit werden willst, dann kannst du ihn bitten, dir deine Lasten zu nehmen und dir dafür seinen Frieden, sein Licht, seine Liebe und vor allem seine Freundschaft zu geben. Sag ihm einfach alles, was dich bedrückt und er wird dich verstehen! Das habe ich selbst schon oft erfahren.«

Vielleicht sollte ich es tatsächlich einmal probieren, dachte Mary-Ann. Sie schluckte und holte tief Luft. »Gott«, schluchzte sie leise. »Bitte hilf mir. Ich kann nicht mehr. Meine Vergangenheit erdrückt mich! Die Menschen, die mich verachten, verfolgen mich. Ich weiß nicht mehr, ob mein Vater wirklich unschuldig ist und deshalb fühle ich mich schuldig. Ich will einfach nicht mehr kämpfen. Ich will, dass es endlich vorbei ist. Ich mag mich nicht mehr wie der letzte Dreck fühlen, wie die, die niemand mehr will. Ich kann einfach nicht mehr. Wenn du mich wirklich liebst, dann tu etwas und hilf mir! Bitte, hilf mir!«

Mary-Anns ganzer Körper bebte. Ihr heftiges Weinen endete in verzweifeltem Schluchzen. Sie war selbst erstaunt, was alles aus ihr herausgebrochen war. Sie war sich ihrer Gefühle nicht einmal richtig bewusst gewesen. Aber es hatte alles gestimmt, was sie gesagt hatte. Allerdings fühlte sie noch immer diesen dumpfen Schmerz in ihrem Herzen, der sie nicht loslassen wollte und gegen den sie schon so lange kämpfte. Noch immer fühlte sie sich wertlos und allein.

Ella streichelte ihr sanft über den Rücken. »Gott liebt dich und er hat dir schon Hilfe verschafft. Du musst sie nur noch annehmen. Gott liebt dich, wie ein guter Vater seine Kinder liebt, und er wünscht sich nichts mehr, als dass du endlich wieder richtig leben kannst – ohne Schmerz, Trauer und Angst.«

Mary-Ann weinte erneut. Plötzlich spürte sie ganz tief in ihrem Herzen einen leisen Trost. Gott liebte sie! Er war wirklich da und nicht nur irgendwo, sondern ganz nah bei ihr in ihrem Herzen. Es war ein überwältigendes Gefühl und um nichts in der Welt wollte sie es wieder missen.

»Wie … wie nehme ich denn seine Hilfe an?«, fragte sie, während ihre Tränen Ellas Kleid nässten.

»Sag ihm, dass du an ihn glaubst und dass du sein Freund sein willst. Sag ihm, dass du lernen möchtest, ihm zu vertrauen und ihm alles zu geben. Alles. Deine Wünsche, deine Träume, deine Gedanken, deine Zukunft und deine Vergangenheit, dein ganzes Leben. Sag ihm, dass es dir leidtut, was du falsch gemacht hast in deinem Leben, und dass du dich schämst für das, was die Leute deinem Vater anhängen. Und sag ihm, dass du dir wünschst, dass er mit seinem Licht und seinem Frieden in dein Herz kommt, damit du nicht mehr von Angst geplagt wirst.«

Unter Tränen vertraute Mary-Ann Gott ihr Leben an. Sie spürte, wie eine tiefe Liebe und ein tiefer Friede sie erfüllte, wie sie es noch nie zuvor erlebt hatte. Sie konnte es nun selbst in ihrem Herzen glauben, dass sie geliebt wurde und dass Gott ihr alles vergeben hatte. Er hatte sie von den Schmerzen und Verletzungen ihrer Vergangenheit geheilt und von den Lasten, die sie fast erdrückt hätten, befreit und hatte ihr dafür seine Liebe gegeben, die ihr nichts und niemand wieder nehmen konnte. Der Schmerz und die Verzweiflung waren weg. Sie fühlte sich, als hätte ihr jemand für Monate und Jahre die Luft abgedrückt – doch nun konnte sie endlich wieder aufatmen.

Mary-Ann wischte sich die Tränen von den Augen und schaute Ella an. Sie atmete tief ein und aus. Zuerst lächelte sie schüchtern, dann lachte sie. Sie lachte vor Freude und Dankbarkeit und führte mit Ella einen ausgelassenen Freudentanz auf. Sie sprangen über die Wiese und drehten sich im Kreis. Nach genau dieser Freiheit hatte Mary-Ann sich immer gesehnt. Sie spürte, wie neue Lebenskraft und neue Lebensfreude in ihr aufstieg.

Niemals würde sie Gott wieder aus ihrem Leben lassen. Er war ihr so spürbar nah gewesen, dass sie weder an seiner Existenz zweifelte noch daran, dass ihr alles zum Besten diente. Für ihn allein wollte sie ab jetzt leben. Er war der Einzige, der es würdig war. Plötzlich war alles andere um sie herum nicht mehr so wichtig. Es war ihr egal, was die Menschen von ihr dachten. Es zählte doch allein, was Gott über sie dachte. Und er liebte sie mit einer unglaublich starken Liebe, die nichts erschüttern konnte. Es war ihr nicht einmal mehr so wichtig, ob ihr Vater tatsächlich jemanden umgebracht hatte oder nicht. Gott wusste es und sie hatte ihm auch diese Angelegenheit anvertraut.

Mary-Ann und Ella ließen sich nach ihrem Freudentanz ins hohe Gras fallen und betrachteten die Wolken, die über ihnen am Himmel zogen.

»Danke, Gott«, sagte Mary-Ann überwältigt. Sie erinnerte sich an einen Bibelvers, den sie neulich in den Psalmen gelesen hatte. »Seine Güte reicht so weit, wie die Wolken ziehen.« Jetzt hatte sie richtig verstanden, was dies bedeutete. »Ella, danke. Danke, dass du mir gezeigt hast, wie Gott wirklich ist. Und dass du mir geholfen hast, meinen Blick auf das Wichtige zu lenken. Nämlich Gott. Ich fühle mich … wie … neugeboren.« Sie lachte.

Jetzt stahl sich auch aus Ellas Auge eine kleine Freudenträne. Wie hatte sie für ihre Freundin gebetet! Nun war ihr Gebet erhört worden. *Danke, Gott,* jubelte sie in ihrem Herzen, während sie sich gemeinsam mit Mary-Ann auf den Nachhauseweg machte.

Am Abend ließ Mary-Ann die Ereignisse des Tages noch einmal an sich vorüberstreichen. Alle Personen, die ihr Unrecht getan hatten, kamen ihr plötzlich in den Sinn. All die Bewohner von Tainbridge, die sie nicht mehr beachtet hatten; das Gericht, das gegen ihren Vater entschieden hatte; ihre Verwandten und Freunde, die sie nicht mehr sehen wollten; der Bäcker, der sie so ungerecht behandelt hatte; ihre Lehrerin, die nichts gegen das Verhalten ihrer Klassenkameraden unternommen hatte; selbst Leonhard und Megan tauchten vor ihrem inneren Auge auf.

Mary-Ann spürte keine Wut und keinen Hass mehr gegen sie alle. Sie konnte ihnen vergeben, wenn sie auch immer noch traurig und enttäuscht war. Sie konnte jede einzelne Person loslassen und war sich sicher, dass sie ihnen freundlich ins Gesicht schauen konnte, wenn sie ihnen wieder begegnen sollte. Da schweiften ihre Gedanken zu ihrer alten Freundin Sara. Von ihr war sie am meisten verletzt worden. Tränen quollen ihr aus den Augen, als sie an die vielen Situationen dachte, in denen Sara sie im Stich gelassen hatte. Es tat so weh in ihrem Herzen! Und dennoch war es ein vollkommen anderer Schmerz als vorher, den sie jetzt in ihrem Herzen spürte. Sie hegte keinen Groll mehr gegen Sara. Keine

Bitterkeit war unter ihren Gefühlen. Mary-Ann war entsetzlich traurig über ihre zerbrochene Freundschaft, aber sie konnte Sara verzeihen und wünschte sich nichts mehr, als sie wieder zur Freundin zu haben. Sie würde sie wieder in den Arm nehmen können, ohne zornige und bittere Gedanken.

Mary-Ann weinte leise und legte Jesus erneut ihre Traurigkeit hin. Und wieder erfüllte sie ein tiefer Friede. Es war, als wische Jesus ihr sanft die Tränen von ihrem Gesicht und richte ihren Blick auf zu sich, als blicke er sie an und gebe ihr neue Hoffnung.

In dieser Nacht schlief Mary-Ann so gut, wie schon lange nicht mehr. Gott hielt sie in seinen starken Armen. Die Fesseln an ihren Füßen hatten sich gelöst und sie war endlich frei.

Auch Ella schlief wesentlich besser in dieser Nacht. Nun musste sie sich keine Sorgen mehr um Mary-Ann machen, sondern konnte sicher sein, dass sie gut in Gottes Händen aufgehoben war.

22

Mary-Ann wurde von dem frühen Tageslicht geweckt, das durch ihr Fenster fiel. Mit einem zufriedenen Lächeln auf den Lippen reckte und streckte sie sich behaglich. Sie war gut ausgeruht und hatte das Gefühl, richtig ausgeschlafen zu sein, obwohl sie immer noch viel Schlaf nachzuholen hatte. Sie fühlte sich pudelwohl. *Keine Albträume zu haben ist herrlich*, dachte sie. Sie wusste ganz genau, wem sie das zu verdanken hatte. Deshalb begann sie den Tag mit einem kurzen Gebet an ihren Retter.

Mary-Ann ging ins Bad, um sich zu waschen, und öffnete die Fenster. Ein erfrischender Wind wehte durch die Zimmer. Sie schaute aus dem Fenster. Es war bewölkt und die Wolken bildeten bombastische Türme und Figuren am Himmel. Doch sie wurden durch den starken Wind gleich weitergeschoben und so entdeckte sie ab und zu ein kleines Fleckchen blauen Himmels.

Nachdem Mary-Ann sich angezogen hatte, fand sie sogar noch ein wenig Zeit, um ein paar Verse in der Bibel zu lesen.

Mary-Ann weckte Mrs Auburn mit einem freudigen »Guten Morgen«. Sie spielte mit den Katzen, während sie das Futter bereitstellte und machte sich anschließend leise singend auf den Weg zu Mrs Peters. Auch für sie hatte sie ein freundliches »Guten Morgen«.

Die Köchin hob verwundert den Kopf und schaute Mary-Ann erstaunt zu, wie sie sich voller Eifer an ihre Aufgaben machte.

»Was ist denn mit dir heute los, Mädchen?«, fragte sie kopfschüttelnd und wandte sich wieder dem Brotteig zu, den sie gerade knetete.

»Mit mir? Oh, Mrs Peters, ich kann endlich wieder gut schlafen! Und … ach, mir geht es einfach gut!«

Mrs Peters brummte etwas Unverständliches.

Da kam Ella in die Küche. »Guten Morgen!«, begrüßte sie die beiden.

»Guten Morgen!«, rief Mary-Ann und umarmte Ella überschwänglich. Ella lachte. »Na, dir gehts heute aber gut!«

»Und wie«, grinste Mary-Ann verschmitzt.

Mrs Peters schüttelte immer noch verwundert den Kopf. »Da, Mädchen, das kannst' schon mal raustragen!«

Mary-Ann nahm den Brotkorb entgegen und ging damit, gefolgt von Ella, in den Speiseraum.

Leonhard, Mr und Mrs Auburn warteten schon. Mary-Ann blieb, um den Herrschaften einzuschenken und Ella ging, noch weitere Körbe und Platten zum Frühstück zu holen.

Nach dem Essen begleitete Mary-Ann Mrs Auburn nach oben in ihre Suite. Sie steckte ihr die Haare hoch und half ihr in ihr Sonntagskleid. Sie hatte nie verstanden, warum Mrs Auburn nicht gleich zum Frühstück das Kleid anzog, das sie auch später tragen wollte. »Hol mir bitte noch meinen weißen Hut aus dem Ankleidezimmer, Mary-Ann!« Nachdem der Hut richtig saß, ging Mrs Auburn nach unten und fuhr zusammen mit ihrem Mann und Leonhard in die Kirche.

Mary-Ann beobachtete von ihrem Zimmer aus, wie die Kutsche langsam die Allee entlang fuhr. Heute dachte sie zum ersten Mal daran, dass auch sie gerne den Gottesdienst besuchen würde. Sehnsüchtig schaute sie der Kutsche nach. Irgendwann, sagte sie sich, würde auch sie wieder einmal in die Kirche gehen.

Sie wandte sich vom Fenster ab und eilte wieder in die Küche, um Mrs Peters behilflich zu sein. Die Köchin brummte etwas vor sich hin und lächelte fast ein bisschen gutmütig, als Mary-Ann an den Herd trat und den Duft der Soße schnuppernd in sich aufnahm.

Zusammen mit Ella, die heute in der Küche mitarbeitete, war Mary-Ann bald mit ihren Aufgaben fertig. Die beiden Mädchen gingen hinaus zu der Eiche. Die Blätter waren nun in ihrer vollen Größe ausgefaltet und die grünen Zweige wiegten sich sanft im Wind. Den dicken Ast, auf dem Ella im Winter gesessen war, konnte man nicht mehr sehen. Ella stand mit abschätzendem Blick vor der mächtigen Eiche.

Mary-Ann ahnte, was Ella vorhatte und äugte ängstlich zu ihr herüber. »Was ...?«

»Jetzt könnten wir es eigentlich probieren, oder?«, fragte Ella, ohne ihre Frage abzuwarten und ging entschlossen auf den Baum zu. Sie griff nach einem Ast, stemmte ihre Füße gegen den Stamm und zog sich hoch. »Jetzt du!«, rief sie Mary-Ann zu. Diese atmete tief durch und ging langsam auf den Baum zu. Sie machte Ella alles nach, was sie beobachtet hatte, Ella half ihr ein bisschen und siehe da, sie hatte es geschafft. Jetzt kletterten sie Ast für Ast nach oben, bis sie auf dem Platz saßen, an dem man sie nicht mehr sehen konnte. Es war ein herrliches Gefühl und Mary-Ann genoss den Ausblick durch ein kleines Loch in dem Blätterdach. Es schien ihr, als könne man meilenweit schauen.

»Na, bist du froh, dass ich dich mit hierher geschleppt habe?«, fragte Ella schelmisch.

Mary-Ann nickte dankbar und war Ella nicht einmal böse wegen des typisch rechthaberischen Tons in ihrer Stimme.

»Weißt du was? Ich würde auch gerne wieder zum Gottesdienst gehen«, sagte Mary-Ann.

»Wir können doch auch mal eine Hausandacht machen«, schlug Ella vor. »Unsere eigene. Ja, das ist die Idee!« Sie begeisterte sich immer mehr dafür. »Und dann laden wir auch noch Henry und Molly und Mrs Peters ein. Und Mr Taylor!«

Mary-Ann wusste nicht so recht, ob das wirklich das war, was sie wollte, aber sie nickte einfach mal. Wenn sie es ausprobiert hatten, würden sie ja sehen, ob es eine gute Idee war.

Sie sahen wie die Kutsche in den Hof einfuhr und Henry die Tür öffnete.

»Komm, wir müssen gehen«, drängte Mary-Ann. »Die Auburns sind von der Kirche zurück. Nächsten Sonntag machen wir dann unsere Hausandacht.«

»Oh ja! Wir müssen gleich heute alle einladen, damit sie sich auch die Zeit nehmen und kommen und, ach, wir müssen ja alles vorbereiten. Den Bibeltext und die Lieder zum Singen ...« Ella hörte nicht auf zu reden bis Mary-Ann sie in die Rippen stieß, weil sie inzwischen in die Eingangshalle getreten waren, wo Leonhard seine Pfeife rauchte. Ella räusperte sich und Mary-Ann sagte höflich: »Guten Tag, Sir.«

Sie liefen schnell weiter und brachen in unterdrücktes Gelächter aus, als sie die Küchentür hinter sich geschlossen hatten.

Warum mussten sie bei diesem Mann immer lachen?

Als sie sich wieder beruhigt hatten, stibitzten sie etwas aus den Kochtöpfen.

»Hm ... schmeckt das gut ...«, schwärmte Ella und langte sofort noch einmal in den Topf mit der Bratensoße. Dabei kleckste sie einen braunen Soßentropfen auf ihre weiße Schürze.

Mary-Ann lachte. Ella drehte kichernd ihre Schürze um und Mary-Ann band sie ihr hinten zu. *Das Leben kann so schön sein, wenn man es genießt*, dachte sie im Stillen, als sie das Essen in das Esszimmer trug.

So vergingen die Tage, bis es wieder Sonntag war. Alle Bediensteten bis auf den Kutscher hatten zu der Hausandacht zugesagt, die Mary-Ann und Ella sorgfältig vorbereitet hatten.

Nachdem die Herrschaften sich auf den Weg zur Kirche gemacht hatten, versammelten sich Molly und Henry, Mrs Peters, Mr Taylor, Ella und Mary-Ann in dem Essensraum für das Personal hinter der Küche.

Ella begann. »Ich freue mich sehr, dass Sie alle gekommen sind. Ich beginne mit einem kurzen Gebet.« Sie räusperte sich. »Lieber Vater im Himmel, wir danken dir, dass du uns die Möglichkeit schenkst, hier bei der Familie Auburn zu arbeiten und dass wir jetzt hier alle zusammen sind. Bitte sei du bei uns und lehre uns heute ein bisschen mehr von dir und von dem, wie du bist. Amen.«

»Amen«, wiederholten alle gemeinsam als Zustimmung für das, was Ella gesagt hatte.

Mary-Ann schlug ihre alte Bibel auf, die sie mitgebracht hatte und las laut einen kleinen Bibeltext vor.

Der Herr ist mein Licht und mein Heil – vor wem sollte ich mich fürchten? Der Herr beschützt mich vor Gefahr – vor wem sollte ich erschrecken? Wenn böse Menschen kommen, um mich zu vernichten, wenn meine Feinde und Verfolger mich angreifen, dann werden sie stolpern und stürzen. Ein mächtiges Heer umzingelt mich, dennoch fürchte ich mich nicht. Auch wenn sie mich angreifen, bleibe ich voller Zuversicht.

Sie schloss die Bibel wieder. »Das waren die ersten Verse aus Psalm 27, den König David geschrieben hat. Ich möchte euch kurz erzählen, warum mich dieser Psalm so sehr anspricht.« Sie räusperte sich. »Wie ihr, denke ich, alle wisst, komme ich aus einer Familie, die ... keinen guten Ruf hat. Mein Leben war nicht immer einfach und manches Mal habe ich zu Gott um Hilfe geschrien. Wie ich jetzt im Nachhinein sehen kann, hat er mir auch tatsächlich geholfen.« Sie lachte leise. »Doch das größte Erlebnis, das mein Leben verändert hat, hatte ich vor nicht allzu langer Zeit. Ich weiß nicht, ob ihr die Veränderung in mir gemerkt habt, aber ... ich jedenfalls sehe die Auswirkungen davon in vielen Dingen.« Wieder räusperte sie sich. »Ich war ... ich denke, Gott hat mich einfach in Ruhe gelassen, bis ich so verzweifelt war, dass ich gemerkt habe, dass ich alleine einfach nicht leben kann und ... dass ich von alleine zu ihm gekommen bin. Ich war wirklich schrecklich verzweifelt. Ich bin mit meinem ganzen Leben nicht mehr klargekommen. Ich konnte mich selbst nicht annehmen und noch dazu wurde ich von furchtbaren Albträumen geplagt, die, wie ich jetzt weiß, das Innerste meiner Seele widergespiegelt hatten. An diesem besagten Tag also war es besonders schlimm. Ich hatte das Gefühl, dass ich wirklich nicht mehr konnte und habe schon fast aufgegeben, als Ella mir von Gott erzählte.« Sie schaute lächelnd zu Ella. »Sie hat mir Gott auf eine Art nahegebracht, dass ich ihn ganz nah in meinem Herzen spüren konnte. Das war ... Das ist eine Sache, die ich gar nicht richtig beschreiben und ... nicht erklären kann. Ich ... wusste einfach, dass er da war, auch wenn ich ihn nicht sehen konnte. Er war einfach da, tief in meinem Herzen bei mir. Ich spürte, dass er mich kannte, ganz genau kannte, wie kein Mensch mich je kennen wird – und trotzdem hatte ich überhaupt keine Angst! Dann habe ich begriffen, dass ich Gott zum Freund haben kann, dass ich ihm vertrauen darf und dass er mich niemals alleine lassen wird. Als ich ihm schließlich gesagt hab, dass es mir leid tut, was ich falsch gemacht habe in meinem Leben und dass ich ihm alles anvertrauen will, was mich bewegt und was in meinem Leben ist, meine Vergangenheit und meine Zukunft, da war es, als würde mir eine riesige Last genommen, die auf mir gelegen hatte. Stattdessen wurde ich von einem Frieden und einer Liebe erfüllt, die ich noch nie zuvor erlebt hatte. Ja, und seitdem kann ich wieder richtig lachen und das Leben genießen. Und meine Albträume sind weg!« Sie lachte glücklich. »Gott ist zu meinem Licht geworden und jetzt weiß ich, das, selbst wenn alle gegen mich sind, doch Gott für mich ist – und dann kann mir nichts mehr geschehen, was mir schadet. Er allein gibt mir diese Kraft zum Leben.« Als sie ihre kleine Ansprache beendet hatte, waren ihre Augen von einem besonderen Glanz erfüllt. Sie blickte in die kleine Runde. »Und ich wünsche jedem, dass auch Sie diesen Frieden finden, den die Welt nicht geben kann, sondern nur Gott«, fügte sie hinzu. Sie sah, wie Mrs Peters Augen verdächtig glitzerten.

23

»Da ist was für dich, Mädchen«, begrüßte Mrs Peters Mary-Ann eines Morgens und deutete auf einen Brief, der auf dem Küchentisch lag. »Peter hat ihn gebracht.«

»Welcher Peter?«

»Der Milchjunge!«

Mary-Ann stürzte sich begeistert auf den Brief. Er war etwas dicker als sonst. Was ihre Mutter wohl geschrieben hatte? Gab es Neuigkeiten von ihrem Vater? Sie schaute zu Mrs Peters, die mit dem Rücken zu ihr stand. Ohne dass ein Wort gefallen wäre, nickte die Köchin zustimmend mit dem Kopf. Inzwischen kannten sich die beiden so gut, dass sie sich auch ohne Worte verstanden. Mary-Ann hätte am Anfang nie geglaubt, dass sie einmal so gut mit der mürrischen Köchin klarkommen würde.

Sie flitzte hinauf auf ihr Zimmer, wo sie ungestört den Brief lesen konnte. Vorsichtig riss sie den Umschlag auf und zog ein Stück beschriebenes Papier und nochmals einen Briefumschlag heraus. Die Schrift auf dem zweiten Umschlag kam Mary-Ann bekannt vor, doch sie wusste sie nicht gleich zuzuordnen. Neugierig öffnete sie den zweiten Brief und überflog den Briefbogen. Ihr Herz begann zu klopfen, als sie sah, wer unterzeichnet hatte. William hatte ihr geschrieben! Wie kam er denn dazu? Sie konnte es gar nicht fassen. Das Einzige, was sie über ihn erfahren hatte, war, dass er gut angekommen war, weil sich die Herrschaften eines Abends beim Essen darüber unterhalten hatten.

Nun hielt sie einen persönlichen Brief von ihm in der Hand, einen Brief nur für sie. Sie faltete ihn mit zitternden Fingern auseinander und las:

Liebe Mary-Ann,
damit ich dir Nachricht von mir geben kann, ohne dass es jemand bemerkt, der den Briefkontakt falsch verstehen und unserer Freundschaft anschließend schaden könnte, schicke ich dir diesen Brief über deine Mutter, weil ich glaube, dass ich ihr vertrauen kann. Es tut mir leid, dass es nicht anders geht, aber ich möchte auf jeden

Fall vermeiden, dass jemand in meinem Haus davon erfährt. Ich denke, du verstehst, weshalb.

Meine Zeit an der Universität ist bis jetzt sehr gut verlaufen. Es ist alles neu und interessant hier und ich habe mich gut eingelebt. Das Lernen macht mir Spaß und ich bin so froh, hier zu sein, weil ich weiß, dass es mein Weg ist und dass es richtig ist.

Doch es ist auch nicht immer leicht. Das Großstadtleben ist sehr verwirrend und anders.

Das Studentenheim, in dem ich wohne, hat eine kleine Parkanlage hinter dem Haus. Hier bin ich jeden Abend und denke an mein Zuhause und an dich. Erinnerst du dich noch an den Stern, den ich dir damals gezeigt hatte? Ich sehe ihn jeden Abend an und stelle mir vor, wie ich bei dir im Garten bin und wie wir reden und lachen.

Ich vermisse dich. Deshalb fällt es mir auch umso schwerer, dir jetzt schreiben zu müssen, dass ich diesen Sommer nicht nach Hause kommen werde. Das Studium lässt es nicht zu. Die ersten Prüfungen laufen in dieser Zeit und bei denen darf ich nicht fehlen. Bitte sei nicht allzu enttäuscht, denn der Gedanke daran, dich und meine Familie nicht schon bald wiederzusehen, ist so schon schwer genug.

Sei gegrüßt,
dein William

Eine Träne stahl sich aus dem Augenwinkel Mary-Anns und suchte sich ihren Weg über die Wange bis zum Mund. Eine zweite folgte und tropfte auf Williams Brief. Sie vermisste ihn ja so! Ihr fehlte sein Lachen und seine Stimme. Sie vermisste die Gespräche am Abend mit ihm. Sie wollte ihm erzählen, dass sie wieder gut schlafen konnte und was Gott für sie getan hatte, und wollte ihre neue Lebensfreude mit ihm teilen.

Warum war er nur so weit weg? Die Sehnsucht zerrte an jeder Faser ihres kleinen Herzens und drohte es zu zerreißen. Sie las den Brief ein zweites und ein drittes Mal und war so dankbar für ihn. Sie presste ihn an ihr Herz und betete leise für ihren Freund, der so weit weg war, und bat Gott, ihn zu beschützen. Er sollte heil und so, wie er gewesen war, wieder zurückkommen. Vielleicht reifer und erwachsener, aber nicht negativ verändert von der Welt in der Großstadt.

Langsam wurde sie ruhiger. Tief durchatmend blickte sie auf den Brief. *Wenn ich ihm doch wenigstens zurückschreiben könnte,* dachte sie traurig.

Weshalb eigentlich nicht? Natürlich konnte sie ihm zurückschreiben! Sofort wurde sie von neuer Energie erfüllt. Sie würde den Brief einfach dem Milchjungen, Peter, geben und er sollte ihn dann an William verschicken! Sie lächelte zufrieden. Ja, so würde sie es machen. Mit neuem Mut machte sie sich an den Brief, den ihre Mutter gesendet hatte. Sie schrieb, dass William sie in einem kurzen Schreiben gebeten hatte, den Brief an Mary-Ann weiterzuleiten und dass er ihr hundertfach dafür gedankt hatte. Neugierig wie sie war, konnte sie sich die Frage, was denn in dem Brief stand, nicht verkneifen. Mary-Ann grinste. Lucy Barnes erzählte von den Fortschritten, die Justin beim Lesen, Schreiben und Rechnen machte. Er sei noch immer darauf versessen, einmal Arzt zu werden und lerne deshalb umso fleißiger. Mary-Ann seufzte lächelnd, als sie an ihren kleinen Bruder dachte. Seit sie ihn gesehen hatte, waren schon wieder über vier Wochen vergangen. Die Zeit raste nur so dahin und doch verstrich sie so langsam.

Mary-Ann sprang entsetzt auf, als die kleine Uhr an der Wand halb zehn schlug. Sie war so in Gedanken versunken gewesen, dass sie die Zeit ganz vergessen hatte. Sie wischte sich über die Augen und rannte hinunter in die Küche, wo sie Ella traf, die gerade mit einer Schale Obst auf dem Weg zum Esszimmer war.

»Ich trage gerade deine Tabletts auf«, flüsterte sie zwinkernd. »In der Küche steht noch eins.«

Mary-Ann warf ihr ein dankbares Lächeln zu und beeilte sich, den Herrschaften ihr Essen zu bringen. Sie war froh, dass sie nur einen strengen Blick von Leonhard erntete, Mr Auburn befand sich wieder einmal auf einer Geschäftsreise.

Noch an diesem Abend schrieb sie einen langen Brief an William. Sie dankte ihm für seinen Brief und vor allem erzählte sie ihm von Gott und dem, was sie mit ihm erlebt hatte. Sie wünschte ihm genau denselben Frieden und dieselbe Freude, auch wenn er nicht in so großen Schwierigkeiten steckte, wie sie gesteckt hatte. Sie schrieb ihm auch, dass sie ihn vermisste und sich jeden Abend auf den Tag freute, an dem er wiederkommen würde. Bevor sie den Brief faltete, hauchte sie einen Kuss auf das Papier und steckte ihn lächelnd in den Umschlag. Dann stieg sie in ihr Bett. Morgen würde sie früh aufstehen müssen, um Peter noch zu erwischen.

Seit Mary-Ann wusste, dass der Brief auf dem Weg zu William war, konnte sie es kaum erwarten, die Antwort zu erhalten. Morgen für Morgen kam sie erwartungsvoll in die Küche und blickte auf den Tisch, ob ein Brief darauf läge.

Die Wochen verstrichen. Mary-Ann arbeitete fleißig und in ihrer freien Zeit las sie die Bibel. Sie dachte oft an ihren Vater und wurde immer mehr von der Hoffnung erfüllt, dass er noch lebte und vor allem, dass sie ihn irgendwann einmal wiedersehen würde. Der Glaube daran gab ihr neuen Mut und neue Kraft.

Sie bemerkte, dass sie, je mehr sie Gott vertraute, viel mehr lebte als vorher. Sie konnte so viele kleine und unscheinbare Dinge genießen, die sie vorher nicht einmal bemerkt hatte. Sie freute sich über die köstlichen Düfte in der Küche, über den Sonnenschein, ja sogar über den Regen, der mal sanft, mal kräftig auf die Erde fiel. Auch wenn nicht immer alles einfach war, lernte sie, ihre Gefühle und Gedanken ganz Gott hinzulegen, der sich darum kümmerte. In der Tiefe ihres Herzens fühlte sie sich verstanden und geliebt, auch wenn an der Oberfläche so manche Stürme tobten. Der Grund, das Fundament, war fest gegründet und ihre Wurzeln fest verankert in Jesus Christus.

Außerdem spürte sie, wie sie mehr und mehr von einer Liebe auch für andere erfüllt wurde. Mary-Anns Misstrauen gegenüber anderen Menschen war dabei, langsam zu verschwinden. Es war, als würde die Liebe, die sie für sich selbst hatte, auch auf andere übergehen. Sie wünschte sich, den Leuten zu helfen, denen es vielleicht so ähnlich ging, wie es ihr gegangen war. So wuchs der Wunsch in ihr immer mehr, ihre Mutter wieder einmal zu besuchen. Sie wollte ihr erzählen, was sich in ihrem Leben verändert hatte, damit auch sie Hoffnung und Frieden und Freiheit von Ängsten und von Bitterkeit erfahren konnte. Sehnsüchtig wartete sie auf den Tag, an dem Molly sie wieder mit in die Stadt nehmen würde.

Dieser Tag kam schließlich ausgerechnet an Mary-Anns sechzehntem Geburtstag.

Früh am Morgen wachte Mary-Ann zur gewohnten Zeit auf. Schlagartig fiel es ihr ein. Heute wurde sie sechzehn Jahre alt! Sie sprang aus dem Bett und wusch sich. Dann nahm sie sich seit langem wieder einmal die Zeit, sich genau anzuschauen. Sie setzte sich vor den Spiegel und kämmte bedächtig ihr Haar. Ihre langen blonden Locken fielen ihr über die Schultern, wie eh und je. Aber sie war kräftiger geworden. Und erwachsener. Ihre Schultern hielt sie aufrecht und ihre türkisfarbenen Augen leuchteten. Aus ihnen sprach Reife und Freude am Leben, Frieden und ein kleines bisschen Würde. Wenn sie es mit früher verglich, hatte sich der Ausdruck ihrer Augen stark verändert. Es gefiel ihr. Ihre Haut war geschmeidig und sie war nicht mehr blass, sondern von einem zarten rosa Hauch. *Wenn ich es mir recht überlege, schaue ich doch gar nicht so schlecht aus*, dachte sie zufrieden und hob ihr Kinn ein Stückchen. Sie griff zu einer Haarnadel und begann sich ihr Haar Locke für Locke nach oben zu stecken.

Als Mary-Ann wie gewohnt in die Küche kam, wurde sie von Ella, Molly, Henry, Mrs Peters und Mr Taylor mit Gesang empfangen. Sie strahlten sie allesamt herzlich an und schienen sich so sehr mit dem Geburtstagskind zu freuen, dass Mary-Ann gerührt die Tränen wegblinzeln musste. Sogar Mrs Peters lächelte.

Nach dem Geburtstagslied traten alle zur Seite und gaben den Blick auf einen wunderschön verzierten Geburtstagskuchen mit Kerzen darauf frei. Mary-Ann staunte. So etwas hatte sie nun wirklich nicht erwartet! Als sie näher zu dem Tisch trat, auf dem der Kuchen stand, leuchteten ihre Augen erneut auf. Neben dem Kuchen lag ein Brief! Sie drehte sich zu ihrer Freundin Ella um und umarmte sie. Diese Leute, die vor ihr standen, waren ihr zu einer zweiten Familie geworden. Sie liebte jeden so, wie er war. Jeder hatte seine besonderen Eigenarten und gerade die machten ihn zu etwas Besonderem.

»Vielen Dank! Ich danke Ihnen so sehr. Sie können sich gar nicht vorstellen, wie sehr ich mich freue!«, sagte sie immer wieder.

»So, und jetzt die Kerzen ausblasen!«, ordnete Ella aufgeregt an.

Mary-Ann blies und schaffte fast alle mit einem Mal.

Sie lachten ausgelassen und anschließend schnitt Mary-Ann den Schokoladenkuchen feierlich an. Jeder bekam ein Stück, gemeinsam ließen sie es sich schmecken. Dabei wurde nicht mit Komplimenten an die Köchin gespart, sodass Mrs Peters förmlich aufblühte. Mary-Ann lächelte liebevoll über die alte mürrische Dame.

Dann wurde es aber höchste Zeit, sich wieder an die Arbeit zu machen. Ella, Mary-Ann, Henry und Mrs Peters gingen die Speisen servieren und Molly und Mr Taylor gingen ebenfalls an ihre jeweiligen Aufgaben.

Nachmittags, als Mary-Ann gerade bei Mrs Auburn eingetreten war und sich daran machte, Tee einzuschenken, sagte ihre Herrin: »Ich gratuliere dir herzlich zu deinem Geburtstag, Mary-Ann.«

Mary-Ann war überrascht. »Woher wissen Sie …?«

Mrs Auburn winkte lächelnd ab. »Ich halte eben meine Augen und Ohren offen. Wenn ein ganzer Chor von Dienstpersonal in der Küche ein Geburtstagslied singt …«

»Sie haben uns gehört?«

»Nein, ich selbst nicht, aber mein Schwiegervater.«

Mary-Ann nickte langsam. Sie wusste nicht, ob sie das nun gut finden sollte oder nicht.

»Wie wäre es, wenn du heute in die Stadt fährst und deine Familie besuchst?«, unterbrach da Mrs Auburn ihre Überlegungen.

Mary-Anns Kopf fuhr in die Höhe. »Wirklich?«

»Aber natürlich.«, nickte Mrs Auburn lächelnd.

Mary-Ann konnte es kaum fassen. »Das wäre, das wäre ja, … Danke, Mrs Auburn. Ich danke Ihnen vielmals.« Am liebsten hätte Mary-Ann ihre Herrin auch noch umarmt, beließ es aber dann doch bei den Worten.

»Schon gut, mein Kind. Henry muss in die Stadt und wird dich mitnehmen«, sagte Mrs Auburn gutmütig.

Mary-Ann knickste dankbar und eilte nach unten, um Henry zu suchen. Sie fand ihn auch bald. Außer Atem rief sie ihm zu: »Ich komme gleich. Nur einen Augenblick noch!« Und schon machte sie wieder kehrt und lief auf ihr Zimmer, um sich umzuziehen. Sie wusch sich ihr Gesicht und ihre Hände, zog die Nadeln aus ihrem Haar und steckte sich ihre Frisur neu zusammen. Als sie zufrieden war, warf sie schnell einen Blick aus dem Fenster. Der Kutscher spannte gerade die Pferde vor den Wagen.

Mary-Ann lief hinunter in die Küche und packte die restlichen Schokoladenkuchenstücke für ihre Mutter und Justin ein. Als sie vor die Haustüre trat, war die Kutsche startbereit. Henry half ihr einzusteigen und dann waren sie auch schon auf dem Weg nach Tainbridge.

Mary-Ann genoss die Kutschenfahrt und die Vorfreude auf das Wiedersehen. Der Kutscher ließ Mary-Ann direkt vor der Haustüre aussteigen und Henry versicherte ihr, sie dort auch wieder abzuholen.

Mary-Ann stieg aus und wollte in ihr altes Haus eintreten, doch die Tür war abgeschlossen. Mary-Ann ging eilig zu dem einzigen Fenster an der Straßenseite und schaute hinein. Es war niemand zu sehen. Sie überlegte. Sollte sie hier warten oder sich auf die Suche nach ihrer Mutter und Justin machen? Sie beschloss in dem Laden nachzusehen, in dem ihre Mutter arbeitete.

Mary-Ann lief die Straßen entlang. Es waren viele Leute unterwegs, denn es war schönes Wetter. Die Sonne schien heiß auf die gepflasterten Straßen, die Kutschen rollten an den Menschen auf den Gehsteigen vorbei. Kleine Mädchen liefen mit Zuckerstangen an den Händen ihrer Mütter und kleine Jungen spielten ausgelassen. Die grauen Häuser ragten hoch in den blauen Himmel hinauf. Es schien einfach ein friedliches kleines Städtchen zu sein, doch Mary-Ann wusste es besser. Es lief nicht immer alles so schön, auch wenn es für einen Außenstehenden so aussehen mochte. Jede Häuserecke, jedes Gebäude erinnerte sie an frühere Zeiten, an ihre Kindheit, die sie hier verbracht hatte. Oft waren es keine schönen Erinnerungen. Etwas wehmütig schaute sie sich um, während sie sich einen Weg bahnte. Sie kam an ihrer Schule vorbei und blieb am

Zaun, der den Pausenhof umgab, stehen. Gerade hatte der Gong geläutet, der die Schüler von den Schulbänken befreite. Mädchen und Jungen rannten laut schwatzend aus dem Schulgebäude und verstreuten sich in alle Richtungen. Mary-Ann beobachtete sie und ließ die Situation auf sich wirken. Es war lange her, dass sie auch einmal hier im Pausenhof gespielt hatte und sich im Klassenzimmer gewünscht hatte, den Gong läuten zu hören. Doch jetzt wünschte sie sich, wieder unter den Schülern zu sein und dazuzugehören und lernen zu können. Sie ließ ihren Blick über das Schulgelände streifen. Ihr Blick blieb an dem großen Baum in der Mitte des Pausenhofs hängen. Hier waren die Kinder ihrer Klasse damals auf sie losgegangen und hatten sie beschimpft und geschubst. Sie senkte traurig den Blick. In dieser Hinsicht war es gut, dass sie nicht mehr auf der Schule war. Doch wenn es gar nicht so gekommen wäre ...

Sie wollte gerade weitergehen, um sich diesen nichtsnützenden Gedanken zu entziehen, als sie stutzte. Ihr Blick ruhte auf einem Mädchen, das ungefähr in ihrem Alter war. Sara. Sie war von einigen Mädchen umringt und unterhielt sich angeregt. Mary-Ann wurde plötzlich von Neid erfüllt. Sara durfte hier zur Schule gehen und war beliebt unter ihren Freunden. Sie führte ein unbeschwertes Leben und konnte sich schon auf ihre Zukunft freuen, denn bald würde für sie die Schulzeit hier auch zu Ende gehen. Das war nicht fair!

Mary-Ann beobachtete ihre alte Schulfreundin und sah zu, wie sie mit ihren Freundinnen auf das Tor zuging.

»Wo gehen wir denn jetzt hin?«, fragte ein Mädchen mit goldbraunen Haaren gerade. Offensichtlich war Sara die Anführerin in der Gruppe.

»Ich schlage vor, wir gehen zu Mrs Tulp und gönnen uns ein Eis«, rief Sara. Alle waren begeistert und jubelten. Sara gefiel sich in ihrer Rolle als Anführer.

»Äh, Sara?«, fragte da ein kleines Mädchen hinter Sara schüchtern und hielt einen Bleistift in der Hand.

Sara drehte sich um.

»Den hast du verloren«, sagte das Mädchen und hielt ihn ihr hin.

»Gib her!«, rief Sara unwirsch und riss dem Mädchen den Bleistift aus der Hand. »Verschwinde jetzt!«

Das Mädchen schaute Sara entsetzt an und rannte davon. Sara warf ihr Haar zurück und wandte sich wieder ihren Freundinnen zu.

Mary-Ann war wütend. Was war nur aus ihrer Freundin geworden? Plötzlich war sie ganz und gar nicht mehr eifersüchtig auf sie. Nein, da hatte sie es schon besser. Sollte Sara doch hier die große Angeberin spielen, Mary-Ann wollte lieber ihr Herz und ihr Gewissen bewahren. Außerdem hatte sie inzwischen auch Freunde.

Sie wandte sich zum Gehen. Da hörte sie eine Stimme hinter sich. »Ach, schaut mal, wer da ist! Unsere Mördertochter!« Mary-Ann drehte sich um. Eine ehemalige Mitschülerin, schaute sie mit selbstgefälligem Blick an. *Sie hat sich kein bisschen verändert*, schoss es Mary-Ann durch den Kopf. Am liebsten hätte sie ihr eine Ohrfeige gegeben und wäre davongelaufen.

»Sara, komm doch mal her!«, rief sie, ohne Mary-Ann aus den Augen zu lassen.

Sara drehte sich genervt um und wollte rufen, sie solle sie in Ruhe lassen, da erkannte sie Mary-Ann. Sara erstarrte. Ihre Augen verengten sich zu kleinen Schlitzen. Mary-Anns Herz raste. Was würde sie tun? Die alte Angst kroch in ihr hoch. Sie fühlte sich klein und schrecklich allein. Sara öffnete den Mund, um etwas zu sagen.

Gott, bitte hilf mir, sandte Mary-Ann ein Stoßgebet nach oben. In dem Moment schloss Sara den Mund wieder. Sie drehte sich um und ging schweigend in die andere Richtung davon. Die Gruppe der Schülerinnen, die sich um sie gereiht hatten, um zu sehen, was Sara tat, löste sich langsam wieder auf.

Ein Mädchen zischte ihr im Vorbeigehen ins Ohr: »Lass dich hier nur nicht wieder blicken!«

Mary-Ann schaute ihnen hinterher und dankte Gott erleichtert, dass sie heil davon gekommen war. Dass sie hier nicht erwünscht war, brauchte man ihr nicht mehr zu sagen.

Wieder wandte sie sich zum Gehen und wieder wurde sie aufgehalten.

»Mary-Ann? Mary-Ann!«

Suchend blickte sie sich um. Wer rief sie da schon wieder? Da erkannte sie ihre Mutter, die mit ausgestreckten Armen auf sie zulief. Sie fielen sich in die Arme. »Oh, mein großes, großes Mädchen! Wie hab ich dich vermisst!«, rief Lucy. »Ich wünsche dir alles, alles Gute zu deinem 16. Geburtstag, mein Schatz!«

»Danke, Mama! Es tut so gut, dich zu sehen! Wo ist Justin?«

»Er ist noch in der Schule.«

»In der Schule?«

»Ja, in der Schule. Der kleine Bursche ist so lernbegierig, dass ich ihn einfach in die Schule stecken musste. Ich bin mit meinem Einmaleins auch bald zu Ende.« Lucy lachte.

»Aber ... was ist mit der Lehrerin? Und den anderen Kindern?«, fragte Mary-Ann zweifelnd.

»Es ist eine neue Lehrerin gekommen. Ich wusste es bis vor wenigen Tagen auch nicht, aber ich habe Leute über sie reden hören. Da dachte ich, ich schaue mir sie doch mal an und hab Justin gleich mitgenommen. Tja, und er versteht sich prächtig mit ihr, wirklich. Er sitzt jetzt immer bis nach Schulschluss in der Schulbank und rechnet.« Lucy lachte wieder. »Er ist einfach zu süß.«

Mary-Ann lächelte sanft.

»Die neue Lehrerin ist ganz anders, Mary-Ann. Sie liebt ihre Schüler, jeden einzelnen, das sieht man ihr an. Und ich habe ihr unsere Familiensituation erzählt. Sie war sehr verständnisvoll. Ich glaube, bei ihr ist Justin gut aufgehoben. Und ... vielleicht wird eines Tages doch sein Traum einmal wahr.«

Lucys Augen wurden feucht. Mary-Ann nahm ihre Mutter in den Arm. *Sie hat es wirklich nicht leicht*, dachte sie bei sich.

Lucy löste sich aus der Umarmung. »Komm, wir holen Justin ab.«

Mary-Ann erkannte, dass ihre Mutter recht hatte. Die neue Lehrerin war anders. Sie war noch jung und keineswegs streng und herrisch, sondern freundlich und gutmütig. Justin umarmte seine große Schwester und zeigte ihr stolz seine Schulbank. Mary-Ann bewunderte alles ausgiebig. Dann verabschiedeten sie sich von der Lehrerin und gingen zu ihrer Wohnung. Mary-Ann packte den restlichen Kuchen aus und alle ließen es sich schmecken.

»Hm, so etwas köstliches habe ich schon lange nicht mehr gegessen«, schwärmte Lucy.

Plötzlich sprang Justin auf. »Mama«, rief er, »das Geschenk!«

Lucy lachte. »Ja, ja, das bekommt sie schon noch. Aber mit diesen Schokoladenfingern kannst du es ihr nicht überreichen!«

Sofort war Justin auf dem Weg zum Händewaschen.

Mary-Ann beugte sich zu ihrer Mutter. »Mama, ein Geschenk?«, fragte Mary-Ann fast ein wenig vorwurfsvoll. Sie wusste, dass ihre Mutter und Justin nicht viel Geld hatten, obwohl ein Teil des Lohns von Mary-Ann immer an die Mutter geschickt wurde.

Lucy nickte. »Na, warte es mal ab, es wird dir gefallen.«

Justin kam mit sauberen Fingern und einem Paket wieder. Er trug es feierlich zum Tisch und legte es auf Mary-Anns Schoß.

»Danke, Justin«, sagte Mary-Ann gerührt. Sie wickelte das Papier auf und zum Vorschein kam ein neues Kleid. Es war ein einfacher, aber schöner hellblauer Stoff. Mary-Ann staunte. Die Ärmel und der Saum des Kleides waren mit feinen Stichen bestickt worden.

»Hast du das selbst gemacht, Mama?«

Lucy nickte.

»Es ist wunderschön. Einfach wunder-wunderschön. Hab vielen Dank.«

Mary-Ann umarmte ihre Mutter herzlich.

»Du musst es anziehen«, drängelte Justin.

»Soll ich wirklich?«, fragte Mary-Ann und er nickte eifrig.

Mary-Ann zog sich im Schlafzimmer um. Sie betrachtete sich im Spiegel, bevor sie hinaustrat. Es passte wie angegossen! Der Stoff legte sich eng um ihre Taille und es war nicht zu kurz an den Ärmeln und an den Beinen. Wie hatte ihre Mutter das nur ohne Abmessen so genau hinbekommen? Die blaue Farbe des Stoffes betonte ihre Augen. Mary-Ann war glücklich. Stolz ging sie zurück in die Wohnstube.

Justin hüpfte aufgeregt um sie herum. »Schön! Schön!«, rief er die ganze Zeit. Mary-Ann lachte und tanzte mit ihm im Kreis. Lucy betrachtete ihre Tochter stolz.

»Es passt, nicht wahr?«, sagte sie. »Es steht dir, wie ich vermutet habe.

Du bist wunderschön, Mary-Ann. Richtig erwachsen bist du geworden. Aufgeblüht bist du. Nicht nur in dem Kleid, sondern überhaupt. Deine Augen strahlen. Ich bin stolz auf dich.« Lucy streckte ihre Arme aus und Mary-Ann ließ sich hineinsinken.

Sie sah die Gelegenheit, ihrer Mutter von ihrer Herzensveränderung zu erzählen, gekommen. »Mama«, fing sie an »das hat vor allem etwas mit meinem Inneren zu tun, dass ich aufgeblüht bin. Mir geht es wieder gut. Ich werde nicht mehr von den Erinnerungen an früher geplagt. Und weißt du, wer mir die Sorgen und Ängste genommen hat?«

Zu Mary-Anns Erstaunen nickte Lucy. »Wer?«, fragte Mary-Ann.

»Gott. Oder?«

»Woher weißt du das?«

»Es gab einmal eine Zeit, als dein Vater noch da war, da habe ich Gott auch vertraut. Ich habe zusammen mit ihm gelebt und aus ihm heraus gelebt. Aber dann, als dein Vater gehen musste und die Lage für uns immer schlimmer wurde, da wurde ich so wütend auf Gott. Und ich wollte ihm nicht mehr alles anvertrauen, weil ich dachte, ich könnte es besser alleine schaffen. Aber das war nicht so. Es wurde alles immer schlimmer. Das sehe ich wohl ein. Mary-Ann, ich bin so froh, dass du den richtigen Weg gefunden hast. Dein Vater wäre stolz auf dich, das weiß ich genau, und ich bin es auch. Und … ich werde mit Gott auch wieder ins Reine kommen müssen.« Lucy schluckte und strich Mary-Ann übers Haar. Sie schüttelte den Kopf und eine Träne rann leise ihre Wange hinunter. »Oh, mein Gott und mein Herr, es tut mir so leid. Bitte verzeih mir, dass ich so viele Jahre vor dir weggelaufen bin. Ich möchte wieder zu dir zurück«, brach es aus Lucy, als ob sie die Anwesenheit von Mary-Ann und Justin vergessen hätte. Mary-Ann konnte vor Rührung kaum sprechen: »Mama, Gott nimmt dich wieder auf. Er freut sich, dass du wieder zu ihm kommst. Und er vergibt dir, weil er sieht, dass du es bereust, vor ihm weggelaufen zu sein.«

Lucy nickte. Dann wischte sie sich ihre Tränen vom Gesicht.

Mary-Ann blickte ihre Mutter an. Lucy lächelte und ihr Gesicht strahlte. Sie hatte wieder etwas von ihrer alten Schönheit gewonnen.

»Du bist so groß geworden, Mary-Ann«, sagte Lucy lächelnd und wieder nahmen sie sich in den Arm. Justin saß am Boden und beobachtete das Ganze. Mary-Ann wandte sich ihm zu. »Komm, Justin, wir lesen etwas zusammen. Ich habe nämlich ein ganz tolles Buch dabei. Das hat einmal unserem Papa gehört.« Mary-Ann zog ihre Bibel aus der Tasche. Zusammen mit Justin las sie die Schöpfungsgeschichte. Er war begeistert und las sogleich die nächste Geschichte. Mary-Ann stand auf. Die Schatten draußen auf der Straße wurden länger. Bald würde sie gehen müssen. »Mama, behalte du doch die Bibel. Ich frage Mrs Auburn, ob ich mir eine Bibel von ihr ausleihen darf.«

Lucy nickte dankbar. »Danke, Mary-Ann, dass du mir von der Veränderung in deinem Leben erzählt hast und dass du Justin die Bibel ans Herz gelegt hast. Danke.«

Mary-Ann nickte. »Du kannst dir gar nicht vorstellen, wie froh ich bin, zu wissen, dass du mit dir selbst und mit Gott im Reinen bist. Und dass Justin auch gut aufgehoben ist. Einen schöneren Geburtstag hätte es nicht geben können.«

Dann mussten sie sich verabschieden. Mary-Ann zog sich rasch um, nahm ihr Geburtstagskleid und winkte zum Abschied.

Auf dem Weg zurück zum Gut Randolph wurde Mary-Ann bewusst, dass sie jetzt tatsächlich ihre Kindheit hinter sich zurückgelassen hatte.

24

Liebe Mary-Ann,

ich danke dir für deinen Brief. Du kannst dir nicht vorstellen, wie sehr ich mich gefreut habe. Es ist so gut, zu wissen, dass du mich nicht vergessen hast. Manchmal fühle ich mich doch etwas einsam hier in dieser fremden Stadt, wobei sie jetzt eigentlich gar nicht mehr so fremd ist.

Da sind mir deine Briefe eine große Hilfe, denn sie geben mir das Gefühl, nicht alleine zu sein und einen festen Platz zu haben, zu dem ich zurückkommen kann.

Zu meiner, und ich schätze auch zu deiner großen Freude, kann ich dir mitteilen, dass auch ich zum wirklichen Glauben gefunden habe. Einer von meinen neuen Freunden an der Universität hat mir von seinem Gott erzählt oder besser davon, wie er unseren Glauben lebt, denn eigentlich glaubte ich ja an denselben Gott wie er. Er hat mir nahegelegt, die Bibel zu lesen und selbst herauszufinden, was der richtige Weg, der richtige Gott und der richtige Glaube für mich ist. Das tat ich dann auch, denn mein Freund schien etwas zu haben, was ich nicht hatte und was meine Neugier weckte. Während ich also meist spät abends die Bibel las, merkte ich, wie mein Herz immer mehr aufging und die Worte mich trafen. Und dann habe ich zum ersten Mal in meinem Leben ernsthaft gebetet. Ich sagte zu Gott, dass er sich mir irgendwie zeigen sollte, wenn es ihn tatsächlich gab, damit ich richtig glauben konnte. Doch es geschah erst mal nichts. Ich hatte schon fast wieder aufgegeben und die Bibel beiseite gelegt, als dein Brief ankam. Ich kannte deine Verzweiflung, ich habe sie oft genug in deinen traurigen Augen gesehen. Ich wusste, wenn Gott dich wiederherstellen konnte, einfach so, von einem Tag auf den anderen, und du nun wieder glücklich bist, dann musste etwas an der ganzen Sache dran sein. Ich begann also, wieder die Bibel zu lesen, und eines Abends wusste ich plötzlich, dass es stimmte, was ich da las, nämlich, dass Gott nicht nur in der Kirche war, sondern auch bei mir ist, wenn ich es will. Ich habe erkannt, dass ich mein Leben aus falschen Motivationen heraus gelebt habe, und ich habe Gott mein Leben anvertraut. Ihm allein soll es gehören, denn dazu wurde ich erschaffen! Jetzt versuche ich, aus seiner Kraft allein zu leben, damit er mich so verändert, wie er mich eigentlich von Anfang an gedacht hat. Das gibt meinem Leben wieder neuen Sinn.

Es tut so gut, zu wissen, dass wir nun beide auf einem festen Felsen, Jesus

Christus, stehen. Es freut mich ganz besonders, dass du nun wieder ruhig schlafen kannst, und ich wünschte, ich wäre bei dir und könnte mich mit dir unterhalten.

Gott segne dich,
dein William

Molly hatte Ella und Mary-Ann gerade auf die kleine Obstbaumplantage hinter dem Pferdestall geschickt, wo die Äpfel reif und saftig an den Bäumen hingen oder auch schon auf den Boden gefallen waren. Beide hatten einen großen Korb unterm Arm und machten sich mit Hilfe einer Leiter an die großen runden Früchte. Nebenher aßen sie einen der Äpfel, anstatt ihn in den Korb zu stecken. Sie schmeckten wunderbar frisch und süß. Mary-Ann hätte am liebsten ihrer Mutter und Justin einen kleinen Korb voller knackiger Äpfel geschickt. Ob das wohl ging? Sie würde Molly fragen. Sie könnte den Korb dann Peter mitgeben. Der kleine Milchjunge aus Tainbridge war eine große Hilfe geworden. Er transportierte Nachrichten, Päckchen und Briefe viel schneller als irgendeine Post es könnte. Er machte es gerne, das konnte man an seinen leuchtenden Augen sehen, wenn er wieder einen Auftrag bekam. Mary-Ann lächelte, als sie an das Sommersprossengesicht und den braunen Wuschelkopf des Jungen dachte. Und sie grinste, als sie daran dachte, wie sie sich das erste Mal begegnet waren. Das alles lag nun schon weit zurück.

»Wie weit bist du?«, rief Ella von dem Baum neben ihr.

»Ungefähr die Hälfte. Und du?«, antwortete Mary-Ann.

»Ja, auch so.«

Die Sonne schien heiß auf den Rücken und auf die Köpfe der Mädchen. Nur gut, dass es schon auf den Abend zu ging und die Sonne langsam aber sicher längere Schatten warf. Das Gras unter ihnen war jetzt im September gelb und verdorrt von den vielen Tagen der Hitze im August.

»Meine Arme werden langsam schwer«, rief Ella Mary-Ann zu. »Ich kann bald nicht mehr.«

»Noch kurz, dann hören wir auf«, übernahm Mary-Ann das Kommando.

Sie stiegen schließlich von ihren Leitern und füllten ihre Körbe.

Mit vereinten Kräften schleppten sie die vollen Körbe nacheinander in die Küche zu Mrs Peters.

Molly war auch da. »Molly, könnte ich wohl meiner Mutter und Justin einen kleinen Korb voller Äpfel schicken?«, fragte Mary-Ann.

»Aber sicher. Warte, ich hol dir ein kleines Körbchen und dann nimmst du einfach die Äpfel, die schon auf den Boden gefallen waren. Wir können sowieso nicht alle verwenden und die Herrschaften haben bei dieser reichen Ernte bestimmt nichts dagegen, wenn du ein paar nimmst.«

Kurz darauf reichte sie Mary-Ann ein Körbchen und die beiden Mädchen gingen noch einmal zu den Obstbäumen. Sie fanden tatsächlich noch einige gute Äpfel und Mary-Ann stellte den Korb auf das Fensterbrett in die Küche. Sie legte einen kleinen Zettel hinein, auf dem stand, dass Peter den Korb für ihre Mutter und Justin mitnehmen sollte.

Mary-Ann beeilte sich dann, sich zu waschen und ein frisches Kleid anzuziehen, da sie wieder bei Mrs Auburn gebraucht wurde. Die Dame war zusammen mit Leonhard und Mr Auburn bei Megan zum Dinner eingeladen. Sie brachte ihrer Herrin das passende Kleid – inzwischen wusste sie schon, für welchen Zweck Mrs Auburn welches Kleid am liebsten trug – und steckte ihr die passende Frisur. Sie begleitete sie zur Kutsche und hatte dann freie Zeit. Ella trat von hinten an sie heran. »Was hältst du davon, wenn wir am Bach baden gehen? Es ist noch warm genug.«

Mary-Ann stimmte freudig zu.

Bald darauf waren die Freundinnen unterwegs.

»Sag mal, Mary-Ann, hast du mal wieder was von William gehört?«

Mary-Ann wurde rot. In letzter Zeit war ihr Briefwechsel sehr intensiv geworden, doch es wusste ja – zum Glück – niemand, dass bei den Briefen ihrer Mutter immer auch ein Brief von William dabei war. Ja, sie wusste genau, wie es ihm ging und was er tat.

»Na ja, Mrs Auburn spricht eigentlich mehr über Megans Schwangerschaft als über William und Mr Auburn und Leonhard sind ohnehin sehr schweigsame Leute«, wich Mary-Ann der Frage geschickt aus.

»Hm. Ich wüsste gerne, wie ihm das Studium gefällt«, sagte Ella. »Du nicht?«

»Doch. Schon.« *Es gefällt ihm sehr gut. Er schwärmt regelrecht davon.*

»Und ob er schon Freunde gefunden hat. Glaubst du, er vermisst seine Familie sehr? Weißt du, mir tat er manchmal ein bisschen leid, weil er doch hier niemanden in seinem Alter hatte. Er war ja auch auf keiner öffentlichen Schule, es kam immer nur sein Privatlehrer.«

Mary-Ann nickte. *Ja, das hat er auch gesagt. Es war am Anfang ziemlich seltsam und schwer für ihn, mit anderen Leuten zu lernen, aber jetzt macht es ihm so viel mehr Spaß. Und er hat eine Gemeinde gefunden, wo auch sein Studienfreund hingeht, der ihm von seinem Glauben erzählt hat. Da gefällt es ihm sehr gut. Er genießt richtig seine Beziehungen und merkt, was er in seinem Leben eigentlich verpasst hat. Er würde sein Kind, wenn er eines hätte, auf eine öffentliche Schule schicken und nicht in seinem Haus einschließen, wie er es erlebt hat.*

»Was denkst du?«, riss Ella Mary-Ann aus ihren Gedankengängen.

»Ich? Ach nichts. Ich denke nur, dass ich mein Kind nicht mit einem Privatlehrer ins Haus einschließen würde. Beziehungen sind das, was das Leben füllt.«

Ella nickte zustimmend.

Sie kamen an dem Bach an und suchten sich eine breite, flache Stelle, wo das Wasser nicht ganz so schnell floss. In Unterwäsche sprangen sie in das kalte Wasser. Es war wunderbar erfrischend und abkühlend. Sie ließen sich von dem Strom treiben und schwammen dann wieder gegen den Strom. Es war schwer, aber man konnte es schaffen.

Als sie wieder aus dem Wasser gestiegen waren und sich zum Trocknen in die Sonne gelegt hatten, sagte Mary-Ann: »Das Wasser ist wie das wirkliche Leben. Manchmal kann es richtig wehtun und wild und reißend sein, aber dann ist es auch wieder erfrischend und tut gut. Und es ist sehr, sehr schwer gegen den Strom zu schwimmen, doch man kann es schaffen, wenn man wirklich will. Und dann kann man sich wieder treiben lassen.«

Ella nickte zustimmend. Sie lächelte. »Ich hab dich lieb, Mary-Ann.«

Mary-Ann lächelte zurück. »Ich hab dich auch lieb.«

Nachdem ihre Unterwäsche getrocknet war, zogen sie ihre Kleider wieder an und machten sich auf den Heimweg. Die Sonne ging langsam unter und die Grillen zirpten ihr abendliches Lied, als Mary-Ann und Ella am Herrenhaus ankamen.

Dem Abend folgte die Nacht, der Mond ging auf und die Sterne leuchteten. Auch der kleine Stern, der William und Mary-Ann verband, erstrahlte in seinem kleinen, aber hellen Licht.

25

Der Spätsommer verging und machte dem Herbst Platz. Die Sonne schien in goldenem Licht auf die bunt gefärbten Blätter. Die drückende Hitze verschwand und es wurde zunehmend kühler. Der Wind wehte stärker über die weiten Wiesen und Felder und rauschte in den Bäumen. Er riss die Blätter herunter, sodass über dem Waldboden eine dicke Blätterdecke entstand. Auch die Eiche und die Obstbäume der Auburns verloren ihre Blätter. Mary-Ann und Ella wurden mehrmals damit beauftragt, dem Gärtner zu helfen, das viele Laub zusammenzurechen.

Megan erlebte eine schwierige Schwangerschaft. Mrs Auburn war nun oft bei ihrer Tochter, sodass Mary-Ann viel Zeit mit Briefe schreiben und manchmal auch mit Besuchen bei ihrer Familie verbringen konnte.

Eines Tages, an einem besonders stürmischen Novembertag, an dem Mrs Auburn wieder einmal bei Megan war, kam ein Brief von William.

Mary-Ann machte es sich wie immer, wenn sie einen Brief las, auf dem Sofa vor dem Kamin bequem. Als Mary-Ann das Ende des Briefes las, jauchzte sie laut auf. Sie hielt sich die Hand vor den Mund. William würde zu Weihnachten kommen. Sicher, das waren noch fast zwei Monate hin, aber wenn man die lange Zeit betrachtete, die sie sich nicht gesehen hatten, war es doch eine große Freude, ihn kurz vor Weihnachten hier begrüßen zu können. Sie schrieb ihm sogleich zurück, dass sie es jetzt schon kaum erwarten könne, ihn wiederzusehen.

Treffen wir uns dann an der Eiche?, fragte sie ihn in dem Brief, doch William hatte eine bessere Idee. Bei Bellafontee im Stall, da sei es wärmer.

Angesichts des baldigen Wiedersehens und der Vorfreude darauf, schrieben sich Mary-Ann und William noch häufiger. Sie erzählten einander von vollkommen unwichtigen Sachen, aber auch von ihren Gedanken und Gefühlen. Manches Mal diskutierten sie auch über eine Bibelstelle. Mary-Ann war erstaunt, dass William und sie sich durch die Entfernung so nahegekommen waren. Es war so anders, wenn sie ihm schrieb, als wenn sie ihrer Mutter schrieb oder sich mit Ella unterhielt. Es war nicht schlechter und nicht besser, nur anders und schön. Es machte es zu etwas Besonderem.

Wäre William nicht gegangen, hätten sie keine Briefe geschrieben, in denen sie sich über so persönliche Fragen, Gedanken und Wünsche ausgetauscht hätten. Mary-Ann wusste nicht, ob das auch im Gespräch möglich gewesen wäre. Sie war überwältigt davon, wie Gott aus dem, was ihr schlimm vorgekommen war, etwas Gutes hatte entstehen lassen.

Gleichzeitig spürte sie neben der Freude auf William auch ein beängstigendes Gefühl. Konnten sie so reden wie früher? Würde es anders sein? Was sollte sie sagen, wenn sie ihn sah? Sie hatte ihn durch die Briefe so viel besser kennengelernt. Er hatte ihr oft sein Herz gezeigt, genauso, wie sie ihm. Sie hatte das Gefühl, eine der Personen zu sein, die ihn am besten kannte. Doch es war manchmal etwas seltsam, diese Person, die sie in den Briefen kannte und der sie geschrieben hatte, dem William zuzuordnen, der sie damals aus Tainbridge zu seiner Familie geholt hatte. Vielleicht lag es daran, dass sie sich beide in der Zeit verändert hatten, in der sie sich nicht gesehen, sondern einander nur geschrieben hatten. Sie beide hatten zu Gott gefunden und sie beide waren reifer und erwachsener geworden. Sie waren nicht mehr die, die sie früher gewesen waren. Das war sehr gut so und dennoch ungewohnt. Einerseits kannte sie William gut, andererseits überhaupt nicht mehr. Doch das sollte sich nun schon bald ändern! Ein nervöses Kribbeln erfüllte Mary-Anns Magengegend.

Ähnlich fühlte William, der hunderte von Kilometern entfernt war. Er konnte es kaum erwarten, seine Familie zu sehen, aber noch mehr freute er sich auf Mary-Ann. Es überraschte ihn fast ein bisschen und doch auch wieder nicht. Er hatte sie schon immer gemocht, doch jetzt waren sie trotz der Entfernung gute Freunde geworden. Er erzählte keinem Menschen so viel wie ihr und er teilte mit keinem anderen Menschen diese Gedanken, die er ihr schrieb. Sicher, er erzählte ihr nicht alles und es gab immer noch vieles, was er nicht von ihr wusste, doch sie standen sich nahe, das konnte man nicht leugnen.

Wenn er sie vor seinem geistigen Auge sah, wusste er jedoch, dass er nicht mehr dieses Mädchen vor sich sehen würde. Sie hatte sich sehr verändert, das konnte er aus ihren zuversichtlichen Worten herauslesen. Er wollte auch keine andere vorfinden, als die, die ihm das letzte halbe Jahr geschrieben hatte, doch er wusste nicht, wie er sich ihr gegenüber verhalten sollte. Letztendlich kam er zu dem Schluss, es einfach auf den Moment ankommen zu lassen.

Der Herbst wurde von dem frostigen Winter vertrieben. Die Äste der Bäume ragten kahl in den grau bewölkten Himmel, der schon bald Schnee bringen würde. Mary-Ann würde in die Stadt gehen und ihren angesparten Lohn für einen warmen Mantel und neue Winterstiefel ausgeben müssen.

Doch Mary-Ann wurde der Winter immer sympathischer. Sie durfte zusammen mit Mrs Peters und Ella herrliches Weihnachtsgebäck backen und das Feuer in den Kaminen verbreitete Wärme in den Zimmern. Außerdem rückte der Tag, an dem William kommen würde, immer näher. Mary-Ann hatte mit Erstaunen festgestellt, dass Mrs Auburn die Nachricht erst nach ihr erfahren hatte. Sie fühlte sich dadurch geehrt, dass er ihr öfter schrieb, als seiner Mutter und seinem Vater.

Schließlich war der Tag gekommen. Henry fuhr zum Bahnhof, um William abzuholen.

Mary-Ann war schrecklich aufgeregt. Ihr Herz klopfte bis zum Hals und ihre Hände schwitzten. *Warum bin ich nur so aufgeregt?,* fragte sie sich ständig, doch im Grunde wusste sie es. Sie freute sich darauf, ihn zu sehen. Wie würde er wohl aussehen? Hatte er sich stark verändert? In einem guten halben Jahr könnte das schon sein. Ungefähr zum hundertsten Mal schaute sie in den Spiegel, zupfte hier an ihrem Kleid, klammerte eine Haarsträhne fest. Als sie das Geräusch der einfahrenden Kutsche hörte, schoss ihr das Adrenalin durch den Körper. Sie ging hinunter in die Eingangshalle und versuchte krampfhaft, sich zu fassen und ruhig zu werden. Mrs und Mr Auburn standen bereits dort und erwarteten ihren Sohn. Da öffnete Henry die Eingangstür. Ein scharfer Windstoß stob herein, dann trat William ein. Er war immer noch groß und schlank, sein Haar immer noch dunkelbraun, doch sein Gang war aufrechter und selbstbewusster. Seine Augen blickten sich aufmerksam in der Eingangshalle um. Mary-Ann blickte schnell zu Boden. Er lächelte kurz, als er Mary-Ann sah, als wäre er erleichtert, sie hier tatsächlich vorzufinden.

Zuerst begrüßte er seine Eltern und dann seinen Großvater Leonhard, der dazukam, ausgiebig.

»Willkommen zu Hause«, sagte Molly, alle Bediensteten des Hauses vertretend, als sich William ihnen zuwandte. Jedes der Dienstmädchen machte einen höflichen Knicks. »Ich freue mich wieder hier zu sein«, sagte William.

Seine Augen ruhten kurz auf Mary-Ann. Sie lächelte ihn an. William lächelte zurück, zwang sich aber, sich von ihr abzuwenden und zusammen mit seiner Familie in den Salon zum Tee zu gehen.

Mary-Ann fiel es schwer, das heiße Getränk beim Einschenken in Williams Tasse nicht zu verschütten. Ihre Finger zitterten. Doch sie vergoss nichts.

Als sie nach dem Abendessen und Küchendienst entlassen wurde, legte sie sich auf ihr Bett und atmete erst mal tief durch.

Als die kleine Uhr an der Wand zehn Uhr schlug, holte sie ihr hellblaues Kleid aus dem Schrank, sie zog es an und steckte sich ihr Haar hoch. Anschließend setzte sie sich vor den Spiegel und betrachtete sich. Ihre Wangen waren rot von dem Dampf in der Küche, aber sie konnte zufrieden sein mit ihrer Erscheinung. Leise schlich sie nach unten und ging zum Stall. Der Mond wurde von den grauen Wolken bedeckt und es war eisig kalt. Deshalb beeilte sie sich, in den warmen, hellen Stall zu gelangen. Sie öffnete das quietschende Stalltor und trat ein. Pferde- und Heugeruch schlug ihr entgegen. Sie schaute sich nach der Box von Belafontee um und ging darauf zu. Da erkannte sie William neben dem Hengst. Sie stoppte.

Er war wirklich da! Sie konnte es noch gar nicht glauben. Wie lange hatte sie schon auf diesen Augenblick gewartet? Und jetzt war es soweit!

William schien ihre Gegenwart zu spüren und wandte ihr seinen Kopf zu. Sie lächelte schüchtern. William stockte der Atem. Die Farbe ihres Kleides brachte ihre Augen förmlich zum Strahlen, dass man sie selbst aus der Entfernung nicht übersehen konnte. Ihre Backen waren gerötet. Gesund sah sie aus, einfach gesund und glücklich. Sie war nicht mehr das verhärmte Mädchen von früher, sie war eine junge Frau geworden. Mary-Anne war nicht mehr nur hübsch, sie war schön. Jetzt, als er nicht mehr die Blicke seiner Familie im Rücken spürte, fiel ihm das umso mehr auf.

Sie schauten sich lange an. Mary-Ann sah den freudigen Ausdruck auf seinem Gesicht, doch es war, als könnte sie sich nicht rühren, um auf ihn zuzugehen. Etwas verlegen standen sie da. William räusperte sich. Der Zauber des ersten Augenblicks war verschwunden.

»Das Kleid steht dir fabelhaft«, sagte William lächelnd.

»Danke«, erwiderte Mary-Ann. Er war eigentlich andere Kleider an Damen gewohnt, das hatte sie im Hinterkopf. Aber es war besser als die Dienstmädchentracht. »Meine Mutter hat es genäht«, erzählte sie stolz. William kam auf sie zu. Sie lächelte ihn an und er lächelte zurück. Dann lachten sie beide und fielen sich in die Arme. Was sollte das förmliche Gerede? Sie waren zwei gute Freunde, die sich endlich wiedersahen!

»Es tut so gut, dich zu sehen«, sagte Mary-Ann.

»Es tut so gut, *dich* zu sehen«, betonte William.

Sie lachten. Eine Weile standen sie sich gegenüber und wussten nicht, wie sie sich verhalten sollten. Dann lachte William verlegen.

»Also, ich muss gestehen, bis vor einer Stunde hätte ich schwören können, dass ich gar nicht aufhören kann, zu erzählen, wenn wir uns wiedersehen, aber jetzt … weiß ich gar nicht, was ich sagen soll.«

Mary-Ann stimmte zu. »In den Briefen war es irgendwie einfacher. Manchmal hat mir meine Hand richtig wehgetan, weil mir so viele Sachen eingefallen sind, die ich dir mitteilen wollte.«

»Jedenfalls«, sagte William nach einer Pause, »hast du Bellafontee gut getröstet. Er schaut gut aus.« William streichelte den Kopf seines Pferdes.

»Na ja«, sagte Mary-Ann bescheiden, »ich war bei ihm, sooft ich konnte. Aber ich glaube, dass er gut aussieht, hat er nicht mir zu verdanken, sondern so ist er eben nun mal.«

William ging nicht weiter darauf ein. »Wie geht es deiner Mutter?«

»Gut. Sie hat … sie ist wieder zu Gott zurückgekehrt. Sie sagt, jetzt ist alles viel einfacher. Die Probleme sind zwar immer noch da, aber sie kann besser mit ihnen umgehen. Und Justin geht jetzt zur Schule. Er will später Arzt werden.«

»Wirklich?«, fragte William erstaunt.

»Ja, seit er gesehen hat, wie Dr. Colins mir helfen konnte.«

»Und hast du Nachricht von deinem Vater?«

Mary-Ann schüttelte traurig den Kopf. »Leider nein. Ich hoffe, sie kommt noch. Sonst hat er immer zu Weihnachten geschrieben.«

»Es sind ja noch ein paar Tage bis Heiligabend«, tröstete William sie. »Wie … Ich meine, was hat er eigentlich getan? Was wurde ihm vorgeworfen?«, fragte William vorsichtig.

Seltsamerweise machte es Mary-Ann nichts aus, dass er fragte. Sie war sogar froh darum, dass er sich dafür interessierte.

»Er wird beschuldigt, den Sohn seines früheren Arbeitgebers ermordet zu haben«, antwortete sie.

»Er wird beschuldigt? Das heißt, du glaubst es nicht?«

Zögernd schüttelte Mary-Ann den Kopf. Doch dann antwortete sie bestimmt. »Nein, ich glaube es nicht. Ich kann mich noch an ihn erinnern. Er war immer freundlich und hilfsbereit. Nie hat er herumgeschrien. Und außerdem war ihm Gott sehr wichtig. Nein, er konnte niemanden ermorden.«

»Wie soll es denn passiert sein?«

»Das Opfer, Abraham Howard-Smith, wurde in der Werkstatt erstochen, in der mein Vater gearbeitet hatte.«

»Das sagt aber noch nichts.«

Mary-Ann zuckte die Achseln. »Ich fürchte, ich war damals noch zu jung, um den gesamten Gerichtsablauf zu verstehen.«

William runzelte die Stirn. »Und du bist felsenfest davon überzeugt, dein Vater wäre es nicht gewesen?«

Diesmal nickte Mary-Ann sofort und ohne Zögern.

»Wo ist er jetzt genau?«, fragte William weiter.

»Das wissen wir nicht. Er wurde einige Male von einem Arbeitslager in ein anderes gebracht. Irgendwann haben wir aufgegeben, zu erkunden, wo er ist. Jedenfalls ist er irgendwo in Australien.«

William biss nachdenklich auf seiner Unterlippe herum und starrte zu Boden.

»Woran denkst du?,« fragte Mary-Ann nach einer Weile, als sie das Schweigen nicht mehr aushalten konnte.

Williams Kopf fuhr in die Höhe, als hätte er ihre Anwesenheit ganz vergessen. »Was? Ach, nichts. Das heißt … ich denke, vielleicht kann ich an die Unterlagen zu dem Fall deines Vaters kommen. Dann lese ich mir alles durch, vielleicht kann man ja noch was machen. Vielleicht ist etwas schiefgelaufen bei der Verhandlung …«

In Mary-Anns Augen leuchtete ein Hoffnungsschimmer auf. »Oh, das wäre toll!«

William nickte. »Ich werde sehen, was sich machen lässt. Sobald ich wieder in Oxford bin.«

Mary-Ann schaute ihn dankbar an. Ach, es war so schön, dass er wieder hier war!

26

Für das Weihnachtsfest wurde das Haus festlich geschmückt. Megan und Charles wurden eingeladen und alle freuten sich auf das kommende Fest.

Ella fuhr für eine Woche nach Hause zu ihrem Vater und seiner neuen Frau, ihrer Stiefmutter. Als sie sich verabschiedete, sagte Ella: »Und vergiss an Weihnachten nicht unseren gemeinsamen Freund!«

Mary-Ann wusste nicht, was sie meinte. William etwa? Sie konnte sich gegen diesen Gedanken einfach nicht wehren. Doch er konnte wohl nicht gemeint sein. Fragend blickte sie ihre Freundin an.

»Na, das Geburtstagskind!«, sagte Ella vorwurfsvoll.

Mary-Ann verstand. »Ach so! Ja, natürlich vergesse ich ihn nicht!«

Dieser Gedanke bewegte Mary-Ann. Natürlich hatte sie gewusst, dass man an Weihnachten die Geburt von Jesus feierte, doch es war ihr nie wirklich bewusst gewesen. Dass man ihn in die Feier auch mit einbezieht, wäre ja eigentlich selbstverständlich, denn das Fest gab es ja nur wegen ihm! Mary-Ann war beschämt über die Tatsache, dass sie so viele Jahre lang Weihnachten gefeiert hatte, ohne an ihn zu denken, geschweige denn mit ihm zu reden. Auf jeden Fall wollte sie das dieses Mal ändern, selbst wenn sie nicht mit zur Kirche gehen konnte. Sie hatte ja gelernt, dass man ganz und gar nicht in der Kirche stehen musste, um Gemeinschaft mit Gott zu haben. So nahm Mary-Ann die Herausforderung an, für sich und das übrige Personal eine kleine Andacht an Heiligabend zu gestalten – diesmal ohne Ellas Hilfe.

Als es dann so weit war, die Auburns in der Kirche saßen, die Bediensteten alles vorbereitet hatten und sich nun alle in dem kleinen Raum hinter der Küche, der für das Personal gedacht war, eingefunden hatten, stand Mary-Ann auf. Es war etwas seltsam, dass gerade sie als die Jüngste vor den Erwachsenen sprach. Als Ella noch da war, war ihr das gar nicht so aufgefallen.

»Ich freue mich, dass wir an diesem besonderen Abend zusammen sein können. Leider sind nicht alle da, aber ich bin sicher, sie feiern gerne in ihren Familienkreisen. Ich wollte … diese Andacht machen, weil … Ella hat mich darauf aufmerksam gemacht, dass der Mittelpunkt von Weihnachten eigentlich Jesus ist, weil er da geboren ist. Ich muss gestehen, dass ich das die anderen Weihnachtsfeste nicht so beachtet habe, wie man es vielleicht sollte. Aber dieses Mal möchte ich es anders machen.«

Sie neigte den Kopf und sprach zum Anfang ein Gebet. Dann schlug sie die Bibel auf und las laut und deutlich die Weihnachtsgeschichte. Als sie geendet hatte, war es still im Raum. Jeder ließ die Geschichte auf sich wirken und machte sich seine Gedanken dazu.

»Ich denke ...«, setzte Mary-Ann vorsichtig an. Sie wollte die älteren Leute, mit denen sie zusammen saß, nicht in ihren Gedanken unterbrechen. »Ich denke, wir sollten Gott wirklich einmal so richtig danken. Er hat uns so vieles geschenkt durch seinen Sohn Jesus.«

So dankten sie alle gemeinsam Gott. Es wurde ein langes Gebet. Sobald einer geendet hatte, fiel einem anderen noch etwas Neues ein. Schließlich stimmten sie fröhliche Weihnachtslieder an. Nach einiger Zeit sang sogar Mrs Peters aus vollem Halse mit. Ab und zu musste die Köchin aufstehen, um nach dem Braten in der Röhre zu schauen, doch sonst war alles schon vorbereitet für das Festessen der Herrschaften. Sie sangen und lachten gemeinsam und so endete die Andacht in fröhlicher Stimmung. Als die Kutsche die Auburns wieder nach Hause brachte, standen die Bediensteten auf und machten sich bereit.

Mary-Ann war erstaunt, noch zwei weitere Kutschen in den Hof einfahren zu sehen. Die eine gehörte zu Megan, doch die andere kannte Mary-Ann nicht. Wenn Ella da gewesen wäre, hätte sie sie gefragt, wer noch eingeladen war, doch so blieb ihr nichts anderes übrig, als die fremde Kutsche gespannt zu beobachten.

Zuerst stiegen die Auburns guter Laune aus und kamen ins Haus. Mrs Auburn lachte laut über irgendetwas und ließ sich von Henry aus dem Mantel helfen, der gleichzeitig den Hut von Mr Auburn entgegennahm.

Megan mit sichtbar gerundetem Leib und Charles folgten den beiden, sobald der Kutscher ihnen die Türen geöffnet hatte.

Dann kam die letzte Kutsche zum Stehen. Der Kutscher half einer Dame in prächtigem Kleid aus der Kutsche. Ein Mann stieg ebenfalls aus. Mary-Ann hatte die beiden schon einmal gesehen, wahrscheinlich auf Megans Hochzeit, konnte sie jedoch keinem Namen zuordnen. Sie wollte sich schon gleichgültig umwenden, als der Kutscher nochmals die Hand in das Innere des Wagens streckte.

Eine weiß behandschuhte Hand ergriff die des Kutschers und ein junges Mädchen mit schwarzem Haar stieg aus. Mary-Ann zog die Luft tief ein. Dieses Mädchen kannte sie doch! Die Tischdame von William. *Na, das kann ja ein herrlicher Abend werden*, dachte sie ironisch. Das junge Mädchen – es war zu Mary-Anns Bedauern wirklich sehr hübsch – folgte ihren Eltern und lud sogleich ihren Umhang bei Mary-Ann ab. Widerwillig nahm Mary-Ann ihn entgegen. *So ein hochnäsiges Ding*, dachte sie sauer, doch gleich wies eine innere Stimme sie zurecht. Es war nicht recht, so etwas zu denken. Das Mädchen war weder besser noch schlechter als sie selbst. Und Mrs Auburn ließ sich genauso bedienen wie das Mädchen.

Mr Auburn führte die Gesellschaft in das Esszimmer, das festlich gedeckt war. Mary-Ann wurde in der Küche gebraucht. Schnell legte sie den Umhang ab und begann, in der Küche ihre Aufgaben zu erledigen. Sie trug die Speisen in das Esszimmer, und als die Herrschaften zu essen begannen, stellte sie sich wie immer an die Seite und beobachtete die Leute.

Ihr fiel auf, dass der Glanz aus Megans Augen gewichen war, wenn sie Charles ansah. Er schmiss immer noch mit Komplimenten um sich, doch Megan schien mit der Zeit eines Besseren belehrt worden zu sein. Charles war bestimmt nicht immer so, wie er sich gab.

Megans Leib war schon ziemlich gewölbt. Bald würden sie das Kind bei sich begrüßen können. Mary-Ann schmunzelte, als sie daran dachte, wie aufgeregt Mrs Auburn schon von ihrem Enkel oder ihrer Enkelin erzählte.

Leonhard war, obwohl Weihnachten ja ein frohes Fest war, nicht sehr gesprächig, sondern aß brummig seinen Braten und starrte vor sich hin. Mary-Ann verspürte Mitleid mit dem alten Mann. Es würde ihm bestimmt einmal gut tun, etwas zu lachen, doch das schien er einfach verlernt zu haben.

Ihre Augen wanderten immer wieder zu dem jungen Mädchen, das mit Bridget angesprochen wurde und William auch heute Abend wieder schöne Augen zu machen versuchte.

»Bridget, Liebes?«, sprach die Mutter, Mrs Dashwood, ihr einziges Kind an, als alle mit dem Essen fertig waren. »Möchtest du nicht etwas auf deiner Geige vorspielen?«

Bridget nickte huldvoll.

»George, lass doch bitte ihre Geige holen. Sie spielt nämlich wunderbar! Sie hat richtiges Talent. Das macht nicht nur der Geigenlehrer …« Bridgets Mutter hörte nicht auf, das Talent ihrer Tochter zu loben. Mary-Ann wäre am liebsten aus dem Saal gegangen. *Da tun einem ja die Ohren weh,* dachte sie im Stillen, denn Mrs Dashwood sprach mit einer Stimme, die bei jedem Satz schrill endete. Sie sah, wie auch Megan verärgert ihren Blick hob.

Henry kam mit dem Geigenkasten wieder und brachte ihn Bridget. Diese stand auf und stimmte ihre Geige vor. Mrs Dashwood war noch immer nicht mit ihrem Loblied zu Ende. »Ja, und da hat sie tatsächlich den ersten Preis gewonnen! Von so vielen Schülerinnen. Ich sage immer, das ist schon eine Leistung. Ja, unsere Bridget. Ihr müsst auf ihre Hände achten! Wie geschmeidig sie den Bogen führt …«

Kein Wunder, dass Bridget eingebildet ist, bei so einer Mutter …, dachte Mary-Ann seufzend.

Dann begann Bridget zu spielen. Sie spielte ohne Noten und doch waren es herrliche Melodien. Mary-Ann konnte Bridgets Mutter nun fast ein bisschen verstehen. Es klang wirklich bezaubernd. Nachdem Bridget eine Weile gespielt hatte, war sie vollkommen versunken in ihren Melodien. Ihr Gesicht hatte einen abwesenden, verträumten Ausdruck, als wäre sie in einer ganz anderen Welt. Gebannt hörten alle zu. Kurz blickte Mary-Ann zu William. Auch er schien fasziniert zu sein. Das gab Mary-Ann einen schmerzhaften Stich. Warum konnte sie so etwas nicht? Sie schaute wieder auf Bridget und hörte zu. Langsam wurde das Lied leiser und schließlich hörte Bridget auf. Alle applaudierten. Bridget wurde rot. Irgendwie freute sich Mary-Ann dann doch mit ihr.

Mr Auburn gab dem Personal ein Zeichen, den Tisch abzuräumen. Bridget begann danach, auf die Aufforderungen der begeisterten Zuhörer hin, noch einmal zu spielen. Mary-Ann hörte durch die Wände in der Küche den leisen Klang der Geige. Mrs Peters kam auch in die Küche und half Mary-Ann mit dem Anrichten der Nachspeise.

»Sie spielt toll, oder?«, fragte Mary-Ann ohne eine Antwort zu erwarten. »Ich wünschte, ich könnte auch so spielen.«

»Du hast ihre Mutter doch gehört. Das muss einem schon in die Wiege gelegt worden sein, damit man so etwas kann«, wiederholte Mrs Peters, ohne es ernst zu meinen. »Nein, ich glaube, man muss einfach schon früh anfangen zu üben, sonst ist es schwer, es zu lernen.«

»Ja, wahrscheinlich haben Sie recht.«

Schweigend setzten sie ihre Arbeit fort.

Als Mary-Ann und Mrs Peters in den Speisesaal zurückkehrten, spielte Bridget immer noch. Sie spielte ein bekanntes Weihnachtslied, zu dem alle – bis auf Leonhard – leise mitsangen. Mrs Dashwood sang fast genauso schrill, wie sie auch sprach. Mary-Ann versuchte, ihr Gesicht nicht wegen der hohen Töne zu verziehen.

Nachdem Bridget ihr Geigenspiel beendet hatte, wurden Geschenke verteilt. Jeder überreichte seinen Familienangehörigen feierlich ein Geschenk, worauf sich der andere herzlich bedankte.

Irgendwann standen Mr Auburn und Leonhard auf.

»Meine Herren«, sagte Mr Auburn. »Darf ich sie zu einer Zigarre in der Bibliothek einladen?« Charles und Mr Dashwood nahmen die Einladung gerne an. Auch William stand auf. Im Vorbeigehen blickte er Mary-Ann kurz vielsagend an. Mary-Ann wurde rot. Was hatte denn jetzt dieser Blick zu bedeuten gehabt?

Die Damen blieben sitzen und unterhielten sich angeregt weiter. Bridget saß etwas verloren daneben. Offensichtlich war sie verletzt, dass William sie alleine gelassen hatte. Mary-Ann verkniff sich ein schadenfrohes Lächeln, aber in ihren Augen tanzte es triumphierend.

Zusammen mit Mrs Peters und Molly wusch sie das Geschirr und räumte die Küche auf. Als sie fertig waren, verabschiedete sich Mrs Peters und ging zu Bett. Sie war für diesen Abend fertig mit ihrer Arbeit.

Mary-Ann beneidete sie darum, denn sie spürte, wie sie langsam auch müde wurde. Es war ein langer Abend gewesen. Jetzt sehnte sie sich nach ihrem Bett, um die müden Arme und Beine ausstrecken und die Augen schließen zu können. Doch sie wartete pflichtbewusst, ob einer der Auburns oder einer der Gäste noch etwas brauchte.

Endlich – Mary-Ann erschien es wie eine Ewigkeit – kamen die Männer aus der Bibliothek zurück. Das war das Zeichen für die Frauen, dass der Abend damit beendet war. Die Herrschaften verabschiedeten sich. Mary-Ann blickte verstohlen zu Bridget und William hinüber.

»Es war schön, Heiligabend mit dir feiern zu können. Dein Geigenspiel ist wirklich sehr beeindruckend«, sagte William gerade. Bridget tat, als fühlte sie sich furchtbar geschmeichelt und winkte verlegen mit einer eleganten Handbewegung ab.

Mary-Ann atmete auf, als die Gäste endlich wieder in ihre Kutschen stiegen und nach Hause fuhren. Besonders, als Bridget sich bei William für den wunderschönen Abend bedankt hatte und seine Hand wieder losgelassen hatte, war sie froh gewesen. *Sie kommt genau nach ihrer Mutter*, dachte Mary-Ann.

Sie geleitete Mrs Auburn in ihre Suite, öffnete und kämmte ihr Haar, brachte ihr das Nachtgewand, wünschte ihr frohe Weihnachten und legte sich dann endlich auch schlafen. Doch sie konnte nicht wie erwartet gleich einschlafen, sondern überdachte im Bett nochmals den vergangenen Tag. Es war ein anstrengendes, aber schönes Weihnachten gewesen. Gerne hätte sie auch ihre Familie und Ella bei sich gehabt, doch die kleine Andacht war auch mit Mrs Peters, Molly und Henry schön gewesen. Bridget hatte sie ein wenig geärgert, doch wie sollte sie ihr an Weihnachten böse sein? Das Fest war viel zu schön, um sich zu ärgern. Dann wanderten ihre Gedanken zu William. Gerne hätte sie am Abend mit ihm gesprochen, doch das war unmöglich gewesen. Hatte er etwa mit dem Blick, den er ihr zugeworfen hatte, sagen wollen, dass sie sich treffen könnten? Sollte sie jetzt noch in den Garten oder zum Stall hinausgehen und nachsehen, ob er wartete? Mary-Ann erwog diesen Gedanken, doch dann übermannte sie die Müdigkeit und sie schlief ein.

27

Ein paar Tage später war eine Nachricht von Lucy für sie angekommen. Ihr Vater hatte sich gemeldet. Ein kleiner Gruß war auf ein Stückchen Papier gekritzelt worden mit seiner Unterschrift. Sie wussten nicht, wie es ihm ging, wo er war, was er tat, doch er lebte. Weinend hielt Mary-Ann den Brief ihrer Mutter in den Händen. Sie war Gott so dankbar, dass er ihren Vater am Leben hielt. Unter Tränen bat sie Gott um Schutz und Kraft für ihn. Er sollte durchhalten und irgendwann wieder nach Hause kommen. Mary-Ann wusste, dass dies eigentlich unmöglich war, doch genauso, wie ihr Verstand das wusste, glaubte sie in ihrem Herzen, dass Gott nichts unmöglich war. Außerdem war da noch William. Er war ein kleiner Funke Hoffnung auf die Rettung ihres Vaters. Er hatte gesagt, er schaue sich den Fall einmal an. Mary-Ann betete, dass es etwas nützen würde und dass William ihrem Vater helfen konnte.

Die Auburns waren an diesem Tag außer Haus und so war Mary-Ann damit beschäftigt, das Haus gründlich zu putzen und andere wichtige Sachen zu erledigen. Sie war sich sicher, dass ihr am Abend alle Muskeln wehtun würden.

Später am Abend zog sich Mary-Ann trotz Müdigkeit ihren warmen Mantel an und eilte hinaus in den Garten zu der großen Eiche am Grundstücksrand. Sie war erstaunt, William schon von Weitem am Baumstamm lehnen zu sehen. Dass er da war, wunderte sie nicht, aber dass sie ihn zuerst sah und nicht er sie, war nie so gewesen, bevor er zum Studieren gegangen war.

»Guten Abend«, sagte sie schüchtern, als sie vor ihm stand.

»Guten Abend«, erwiderte er den Gruß und trat ihr entgegen.

Mary-Ann überlegte krampfhaft, was sie sagen könnte. William schien es nichts auszumachen, dass Stille zwischen ihnen herrschte.

Endlich fiel Mary-Ann etwas ein. »Mein Vater hat geschrieben. Nicht viel, nur einen Weihnachtsgruß und … dass er uns lieb hat.« Mary-Ann bemühte sich, nicht wieder Tränen in die Augen steigen zu lassen.

»Das ist doch ein gutes Zeichen. Wie gesagt, ich werde alles tun, was in meiner Macht steht, um das zu klären. Ich bin mir ziemlich sicher, dass ich an die Unterlagen zu dem Fall herankomme. Einer meiner Professoren stammt von hier. Er kann mir da sicher weiterhelfen.«

Mary-Ann nickte dankbar.

»Aber … Mary-Ann, bitte mach dir nicht zu große Hoffnungen«, sprach William weiter und trübte die Hoffnung, die in Mary-Anns Herzen aufgestiegen war. »Es könnte immer noch sein, dass … dass doch richtig entschieden wurde und dass … dass … dein Vater schuldig ist.« Er sprach sanft und suchte ihren Blick. Er wollte ihr nicht zu nahe treten, geschweige denn sie verletzen.

Mary-Ann blickte zu Boden und nickte traurig. Wieder herrschte Stille zwischen ihnen.

»Ich muss übermorgen schon wieder nach Oxford zurückgehen«, sagte William plötzlich.

Mary-Anns Kopf fuhr in die Höhe. »Aber du bist doch gerade erst gekommen!«

»Ich weiß. Aber die Pflicht ruft. Ich würde gerne noch hier bleiben. Wirklich. Ich würde viel lieber schon fertig sein mit dem Studium und bei dir sein und … und …« Williams Worte verstummten. Er wusste genau, was er sagen wollte, doch er brachte die Worte nicht über die Lippen. Mary-Ann blickte ihn an. Auch sie wünschte sich nichts mehr, als mit ihm zusammenzusein. *Für immer*, schoss es ihr durch den Kopf. Sie wollte mit ihm gehen, ihn unterstützen in dem, was er tat, hinter ihm stehen, ihn begleiten, an seinem Leben teilhaben und ihr ganzes Leben mit ihm teilen.

Diese Gedanken schossen ihr wie Blitze durch den Kopf, als sie jetzt in seine Augen blickte. Ganz plötzlich wurde ihr bewusst, dass sie ihn liebte. Sie hatte ihn nicht nur als einen Freund sehr gern, sondern sie liebte ihn, und zwar von ganzem Herzen. In diesem einen Moment erkannte sie dies.

Auch William schaute Mary-Ann voller Liebe an. Er liebte sie mehr, als nur eine gute Freundin. Er sehnte sich danach, sie zu küssen, aber er wagte es nicht. Er wusste, dass er übermorgen wieder gehen musste und dass es noch Jahre dauern würde, bis er sie versorgen konnte. Wie könnte er sie jetzt anrühren? Er hatte Respekt und Achtung vor ihr, wollte ihr die Freiheit lassen, sich später vielleicht anders zu entscheiden, auch, wenn es ihm schwerfallen würde.

Er sah die Sehnsucht, die in ihren Augen geschrieben stand, aber er riss sich zusammen. Es war einfach noch nicht der richtige Zeitpunkt.

Er beugte sich zu ihr hinunter und küsste sie sanft auf ihr Haar.

Mary-Anns Unterlippe zitterte, als sie zusah, wie er den Weg entlang zum Haus eilte.

Am nächsten Tag bediente Mary-Ann William und verhielt sich ihm gegenüber vollkommen reserviert in der Gegenwart anderer.

Als es Abend wurde, die Sonne untergegangen war und der Mondschein den Schnee auf dem Rasen glitzern ließ, ging sie mit Herzklopfen zur Eiche. Wie sollte sie sich jetzt ihm gegenüber verhalten?

Doch sie hatte sich umsonst Gedanken darüber gemacht, denn William war nicht da. Mary-Ann fiel ein, dass Mr und Mrs Auburn auf einen Ball gegangen waren. Vermutlich hatte er seine Eltern doch noch begleitet.

Sie lehnte ihren Kopf an den Baumstamm. Sie wollte ihn doch so gerne noch verabschieden!

Noch eine Weile wartete sie, ob er nicht vielleicht doch auftauchte. Aber er kam nicht.

Enttäuscht ging sie auf ihr Zimmer. Spät in der Nacht kamen die Herrschaften von dem Ball zurück. Mary-Ann hatte sich angezogen auf ihr Bett gelegt, um Mrs Auburn behilflich zu sein. Dann wünschte sie ihr eine gute Nacht.

Eigentlich wollte Mary-Ann sich jetzt endgültig schlafen legen, doch plötzlich durchfuhr sie ein Gedanke: Was, wenn William jetzt bei der Eiche auf sie wartete? Sie konnte nicht anders. Sie musste nachsehen. Leise schlich sie sich aus dem Haus.

Tatsächlich! William stand bei der Eiche.

»Ich hatte gehofft, dass du kommst«, sagte er leise.

Mary-Ann nickte, ohne ihm in die Augen zu sehen. Sie wollte ihn nicht gehen lassen! Aber sie wusste, dass es dumm war, so zu denken. Er musste gehen, wenn er sein Studium beenden wollte.

Sie hasste sich dafür, dass ihr die Abschiedstränen über die Wangen liefen.

William wischte sie ihr wie schon manches andere Mal zärtlich weg, nur dass wieder neue nachkamen. Mary-Ann wünschte, er würde damit aufhören. Sie hob den Kopf und sagte einfach: »Ich warte auf dich.«

In Williams Ohren hätte nichts schöner klingen können.

Am nächsten Morgen kehrte William wieder nach Oxford zurück. Am Abend zuvor hatte er Mary-Ann die Abschiedstränen von den Wangen gewischt, jetzt durfte er ihr nur noch einen Blick aus der Kutsche schenken.

Mary-Ann zitterte und wollte am liebsten an einen ruhigen Ort gehen, wo sie in Ruhe nachdenken konnte.

Aber Mrs Auburn wies ihre Zofe an, den Tee zu holen. So saß sie bei Mrs Auburn und wünschte sich, die Frau würde sie gehen lassen, damit sie sich ungestört ausweinen konnte. Doch diese Möglichkeit kam erst am Abend, als sie zu Bett ging. *Jetzt wäre ich eigentlich zusammen mit William draußen,* dachte sie traurig und schaute aus ihrem Fenster dem leise rieselnden Schnee zu. Dicke Flocken fielen sanft zu Boden und bedeckten die Erde mit einer neuen weißen Schicht.

Da entdeckte sie den Stern, den William ihr einmal gezeigt hatte. Ihr Herz tat weh. *Er ist gerade erst gegangen und schon vermisse ich ihn so fürchterlich. Wie soll ich das nur aushalten? Ach, William, du bist so weit weg,* seufzte sie.

Langsam ließ sie sich unter die warme Bettdecke gleiten und schloss die mit Tränen gefüllten Augen. Sie blickte einem neuen Tag entgegen, an dem sie William nicht sehen würde. Doch sie würde sich dem morgigen Tag ohne ihn stellen müssen, ob sie die Tatsache, dass er weg war, akzeptierte oder nicht.

Sie durfte nicht die ganze Zeit Trübsal blasen. Davon würde er schließlich auch nicht schneller kommen. Immerhin war Ella jetzt wieder da!

Die Wochen vergingen, in denen der treue Briefwechsel zwischen Mary-Ann und William wieder aufgenommen wurde. Bei jedem Brief, den Mary-Ann von ihm las, liebte sie ihn mehr und der Wunsch in ihr wurde immer größer, ihr ganzes Leben mit ihm zu verbringen. William ging es nicht anders.

Ella arbeitete wieder Seite an Seite mit Mary-Ann sooft es ging. Mary-Ann wollte ihrer Freundin von William erzählen, doch William hatte sie gebeten, mit niemandem über ihn zu reden und ihre Beziehung als ein strenges Geheimnis zu betrachten. Zumindest vorläufig, hatte er hinzugefügt.

Das war schwer für Mary-Ann. Sie dachte die ganze Zeit an ihn. So vieles erinnerte sie an William. Die Eiche, Bellafontee, der Bach, Bewegungen, die auch sein Vater ständig machte. Oftmals biss sie sich auf ihre Lippen, um nicht von ihm zu erzählen.

Der Winter dauerte dieses Jahr lange. Draußen stürmte und schneite es schon seit Tagen, obwohl der Monat März schon begonnen hatte. Das Osterfest würde kalt werden. Mary-Ann wartete sehnsüchtig auf einen Brief von William. Schon seit drei Wochen hatte sie keinen Brief mehr von ihm erhalten, was sehr ungewöhnlich war. Vielleicht war der Brief verloren gegangen? Noch während Mary-Ann darüber nachdachte und in die Küche eintrat, sah sie einen weißen Umschlag auf dem Küchentisch liegen. Ihr Herz jubelte.

»Deine Mutter hat schon wieder geschrieben«, brummte Mrs Peters und deutete auf den Tisch. *Schon wieder?*, dachte Mary-Ann verwundert, doch sie verschwendete keine weiteren Gedanken mehr daran und steckte den Brief in ihre Schürzentasche. Später würde sie ihn lesen. Jetzt musste erst einmal die Arbeit getan werden.

In der Küche war es schön warm und summend kochte Mary-Ann Kaffee und legte Gebäck auf einen Teller. Mrs Auburn aß die Plätzchen immer gerne zum Frühstück.

Ella kam in die Küche gestürzt. »Guten Morgen«, rief sie keuchend. »Entschuldigt bitte, ich habe ein wenig verschlafen.«

»Das ist ja nichts Neues«, schalt Mrs Peters.

»Es ist so schwer aus dem warmen Bett zu kommen, wenn es draußen noch dunkel ist«, versuchte sich Ella zu entschuldigen.

»Jetzt bist du ja da, Ella«, versuchte Mary-Ann die Situation zu retten. »Hier, trag das schon einmal in das Esszimmer!«

Ella nahm dankbar das Tablett und verschwand aus der Küche.

Als Mary-Ann den Brief las, saß sie in dem Raum für das Personal und knabberte an einigen warmen Butterkeksen, die Frau Peters gerade gebacken hatte. Geschirrgeklapper von der Küche drang gedämpft zu ihr herüber.

... Ich habe die Unterlagen zu dem Fall deines Vaters gefunden! Leider hatte ich noch keine Zeit, sie mir durchzulesen, doch sie liegen sicher bei mir in der Aktentasche. Natürlich bringe ich sie mit, wenn ich wiederkomme, dann können wir sie zusammen lesen. Auch mit meinem Vater möchte ich darüber sprechen, wenn dir das recht ist.

Ich komme schon bald! Zu Ostern bekomme ich frei! Sogar sehr lange: Fast drei Wochen! Ich freu mich schon, dich zu sehen, denn ich vermisse dich schrecklich!

Dein William

Mary-Ann hätte die ganze Welt umarmen können. Am liebsten hätte sie geschrien vor Freude. Doch sie unterdrückte einen Freudenschrei und küsste stattdessen den Brief.

28

Am nächsten Tag wurde Mary-Ann aufgetragen, Williams Räume abzustauben und gründlich zu putzen. Anscheinend hatten seine Eltern die Nachricht von seiner Ankunft dieses Mal gleichzeitig mit ihr erfahren. Mary-Ann hatte seine Zimmer vorher noch nie betreten. Aufgeregt holte sie Putzeimer, Putzlappen und Staubwedel und machte sich auf den Weg zu seiner Suite.

Sie öffnete die Tür und trat leise ein. Der Raum war dunkel, da die schweren Vorhänge vor den großen Fenstern zugezogen waren. Mary-Ann ging und zog sie auf. Das Tageslicht flutete herein. Fast ehrfurchtsvoll blickte Mary-Ann sich um. Das Zimmer, in dem sie stand, war in demselben Stil wie das ganze Haus eingerichtet. Die Besonderheit bestand darin, dass ein großes Portrait von William über dem Kamin hing. Verträumt schaute sie es an.

Sie fröstelte plötzlich. Das ganze Zimmer war kalt, weil schon lange keiner mehr ein Feuer darin gemacht hatte. Mary-Ann beschloss, bevor sie an die Arbeit ging, ein Feuer anzuzünden.

Bald schon flackerten Flammen in dem großen Marmorkamin und wärmten den Raum.

Sie begann den Kamin, Kommoden, Fensterbretter, Tische und Stühle feucht abzuwischen. Als sie fertig war, war ihr warm geworden. Es führten zwei weitere Türen links und rechts in die nächsten Zimmer. Mary-Ann ging durch die linke Tür.

Auch hier zog sie zuerst die Vorhänge auf.

Mary-Ann staunte, als sie den Raum im Tageslicht erblickte. Die Wände waren voll mit hohen Regalen. Hunderte von Büchern standen darin! In der Mitte des Raumes befand sich ein großer Schreibtisch mit vielen Schubladen und zwei gepolsterten Stühlen.

Sie ging an eine Wand und zog eines der Bücher heraus.

Shakespeare, Hamlet. Sie steckte es zurück und ging zu der nächsten Wand. Willkürlich nahm sie eines der Bücher heraus. Ein Gedichtband. Sie war begeistert. Vielleicht konnte sie sich hier ja etwas ausleihen und darin lesen? Das wäre einfach wunderbar!

Nun ja, dafür würde später Zeit sein, rief sie sich von ihren Träumereien zurück und machte sich weiter an die Arbeit. Als sie zum Schreibtisch kam, bewunderte sie die wertvollen Gegenstände, die darauf standen. Einige leere Blätter befanden sich auf dem Tisch und Mary-Ann überlegte, ob sie William eine kleine Nachricht schreiben sollte. Doch sie verwarf den Gedanken gleich wieder. Sollte irgendjemand dies lesen, wäre alles aus. Ein leiser Seufzer entfuhr ihr. Warum mussten sie ihre Liebe zueinander verheimlichen? Es war wieder einmal ungerecht!

Sie entdeckte ein Buch, das mitten auf der ledernen Schreibunterlage lag. Interessiert schlug Mary-Ann es auf. Zu ihrem Erstaunen waren es handschriftliche Eintragungen in Williams Schrift. Mary-Ann las ein Datum und stutzte. Dies hier war sein Tagebuch! Williams Tagebuch! Sofort schlug sie das kostbare Stück wieder zu. Sie würde sich nicht anmaßen, es jemals ohne seine Erlaubnis zu lesen, so sehr es sie auch reizte. Schnell wischte sie den Schreibtisch ab und ging zurück in den Raum mit dem Portrait an der Wand.

Sie schaute kurz zu ihm auf und nahm nun die rechte Tür. Sie befand sich im Schlafzimmer. Mary-Anns Herz begann zu klopfen und sie errötete, obwohl niemand außer ihr da war. Es kam ihr unschicklich vor, dass sie in Williams Schlafzimmer stand. Auf dem Nachtkästchen lag ein Buch, das er wohl gelesen hatte, bevor er gegangen war.

Sie beeilte sich mit dem Putzen und machte sich zum Schluss an das Bad. Als sie fertig war, schwitzte sie und zog noch das Bett ab, um es dann frisch zu beziehen. Mit rotem Gesicht von der Anstrengung trug sie die Bettlaken in den Waschraum und brachte neue mit. Flink bezog sie das Bett und legte frische Handtücher ins Bad.

Schließlich nahm sie ihre Putzsachen und wollte Williams Suite verlassen.

Sie drehte sich aber nochmals kurz um, schaute das Portrait an der Wand an und flüsterte ihm zu: »Ich freue mich schon auf dich, William.« Dann schloss sie leise die Tür hinter sich und ging.

Mary-Ann war aufgeregt, wie sie jedes Mal aufgeregt war, wenn sie William nach Monaten wiedersehen sollte. Nervös stand sie vor dem Spiegel, doch ihr Haar wollte einfach nicht so fallen, wie es sollte.

Der Kutscher hatte sich mit Williams Vater bereits auf den Weg gemacht, William vom Bahnhof abzuholen. Nun würden sie schon bald wiederkommen müssen. Mary-Ann schaute bestimmt alle zehn Sekunden aus dem Fenster, ob die Kutsche bald in den Hof einfahren würde.

Die Stürme draußen hatten aufgehört und ein strahlend blauer Himmel wartete auf den heimkehrenden Sohn des Hauses. Der viele Schnee war durch die eisige Kälte gefroren und knirschte bei jedem Schritt, den man darauf lief. Die Sonne stand hoch am Himmel, aber noch konnten ihre Strahlen die Erde nicht so recht wärmen. Henry hatte seine Mühe, den Schnee wegzuschaufeln.

Während Mary-Ann sehnsüchtig auf Williams Ankunft wartete, saß der junge Mann in der Kutsche und hatte begonnen, seinem Vater von dem Fall Michael Barnes, Mary-Anns Vater, zu erzählen. George hörte aufmerksam zu und interessierte sich zu Williams Freude sehr an diesem Fall. Keiner bemerkte, wie auch der Kutscher vorne am Bock durch die Klappe, durch die Anweisungen erteilt wurden, mithörte und die Ohren spitzte.

»Ich habe die Akten im Zug hierher gelesen. Auf den ersten Blick ist mir nichts Seltsames aufgefallen, doch das mag ja noch nichts heißen.«

»Hm, ich kann mich noch an den Prozess erinnern. Es wurde viel Aufhebens darum gemacht, obwohl alles dann erstaunlich schnell abgewickelt wurde. Ich bin aber nie zu den Verhandlungen gegangen. Nun, wenn du nichts dagegen hast, würde ich mir die Unterlagen gerne mal anschauen. Vielleicht zusammen mit einem zukünftigen Rechtsanwalt?«

William lachte glücklich. »Vater, ich würde nichts lieber tun.«

Endlich fuhr der Kutscher vor die Villa.

Wie in Trance lief Mary-Ann in die Eingangshalle. Die Tür ging auf und William trat ein. Er konnte nicht verhindern, dass sein Blick sofort Mary-Ann suchte. Da stand sie, mit leuchtenden Augen. Sie war so wunderschön! Wie eine Rosenblüte, die immer mehr zur Entfaltung kam.

Er zwang sich, seinen Blick von ihr abzuwenden, begrüßte seine Mutter und seinen Großvater und schließlich alle anderen, die in der Eingangshalle bereitstanden. Mary-Ann hätte sich ihm am liebsten an den Hals geworfen, doch sie knickste höflich vor ihm und sagte ein einfaches »Willkommen«, wie sie es schon so oft getan hatte.

Doch spät am Abend lief Mary-Ann hinaus zur Eiche und rannte auf William zu. Er fing sie auf und drehte sie schwungvoll. Er hielt sie fest und stellte sie langsam wieder auf den Boden. Ihre Augen lösten sich nicht voneinander.

»Ich liebe dich, William«, sprach Mary-Ann jetzt, wo sie ihm endlich wieder gegenüber stand, aus, was sie nicht einmal in den Briefen gewagt hatte zu schreiben.

William sah die aufrichtige Liebe in ihren Augen und wusste, dass nichts Falsches in ihrer Liebe war. Deshalb beugte er sich zu ihr hinunter und küsste sie. Ganz sanft und vorsichtig, fast ein bisschen unsicher, berührten seine Lippen die ihren. Mary-Ann schloss die Augen und genoss die Wärme und Liebe, die sie durchflutete. Nie hätte sie gedacht, dass ein Kuss so schön sein konnte. Er war so süß und rein …

Als sie sich voneinander lösten, riss die Wolkendecke auf und das Mondlicht fiel auf die Eiche.

Sie bemerkten beide nicht, dass zwei finster blickende Augen sie aus der Dunkelheit beobachteten.

Die Tage, an denen Mary-Ann William beim Essen bedienen konnte, waren schön, aber auch anstrengend. Mary-Ann fürchtete mehrmals, dass jemand die tiefe Beziehung zwischen ihnen bemerkte. Es wurde immer schwerer, es zu verstecken.

Die späten Abende, an denen sie wahrhaft und echt sein konnten, waren noch schöner. Bei jedem heimlichen Treffen beteten sie gemeinsam am Anfang und am Ende, wenn sie wieder auseinandergingen. Das gab ihrer Beziehung eine Kraft und eine Sicherheit und Standhaftigkeit, die sie nicht beschreiben, aber dennoch fühlen konnten. Es verband sie einfach noch viel mehr, wenn sie Gott in ihre Beziehung mit hineinnahmen und ihm die Sorge um ihre gemeinsame Zukunft hinlegten.

Gemeinsam gingen sie Hand in Hand über die weiße Schneedecke spazieren und genossen die Frische, die in der Winterluft lag. Es war kalt, aber um nichts in der Welt wollten sie sich wegen der Kälte jetzt trennen und diese wenigen Stunden am Abend verpassen, in denen sie Zeit füreinander hatten und ungestört zusammen sein konnten.

»Möchtest du die Akten von deinem Vater sehen?«, fragte William vorsichtig.

»Natürlich!«

»Macht es dir etwas aus, wenn ich sie zuerst meinem Vater zeige? Er wirkte so interessiert und ich möchte das nutzen. Irgendwie habe ich Angst, dass sein Interesse schwinden könnte.«

»Nein, nein, das ist schon in Ordnung. Besprecht ihr sie erst und lasst euch Zeit. Ich kann wahrscheinlich sowieso nicht viel damit anfangen. Es reicht, wenn ich sie mir, bevor du gehst, einmal durchlesen darf.«

William nickte dankbar. Mary-Ann war verständnisvoll, gütig und liebenswürdig. Sie war so voller Würde und eleganter als die reichen Mädchen, die er kannte, obwohl Mary-Ann keinen prächtigen Schmuck und teure Stoffe trug. Das war es, was er so an ihr schätzte. Er bewunderte sie in ihrer Art zu lächeln, zu reden und zu gehen. Er liebte sie und wollte sie um nichts in der Welt verlieren. Er drückte ihre Hand, worauf sie zu ihm aufblickte. Sie verstanden sich auch ohne Worte. Sie gehörte zu William und er zu ihr, das wusste Mary-Ann in solchen Momenten.

Am Ostersonntag, der als erster Tag die schwachen Anzeichen von Frühling zeigte, ging Mary-Ann, um neues Holz aus der Hütte zu holen, damit das Kaminfeuer in Mrs Auburns Zimmern in Brand blieb. Sie konnte ihren Atem in der kalten Luft sehen, aber die Sonne schien ein bisschen kräftiger zu scheinen und die Strahlen schienen mehr und mehr durchzudringen. Bald schon würde es warm werden.

Mary-Ann lief um die Hütte herum, um zuerst den Stapel hinter der Hütte aufzubrauchen, und schichtete sich das Holz auf den Arm.

Plötzlich spürte sie eine Hand auf ihrem Mund, die ihren Kopf zurückriss und sie unsanft umdrehte. Entsetzt und starr vor Angst ließ sie die Holzscheite fallen. Jemand drückte sie an die Wand der Holzhütte, sodass ihr die Luft wegblieb. Mit weit aufgerissenen Augen starrte sie den Mann vor ihr an. Er hatte sich eine Mütze über den Kopf und sein Gesicht gezogen, sodass sie ihn nicht erkennen konnte. Er roch nach einer seltsamen Mischung aus Pferdestaub, billigem Rasierwasser und Kaffee.

Mit krächzender Stimme flüsterte der Mann: »Hör mir gut zu! Du wirst mir die Akten von dem Fall deines Vaters bringen, und zwar noch heute Abend. Hier hinter der Hütte unter diesen Holzscheit hier«, er deutete auf einen, »wirst du die Unterlagen legen. Erzähle niemandem davon, was du erlebt hast! Niemandem, hörst du? Und wenn doch, wenn irgendetwas schiefgehen sollte, du die Akten nicht herbringst oder du etwas ausplauderst, dann …« Sie konnte ahnen, wie er unter seiner Mütze hämisch grinste, »werde ich den Herrschaften von deiner Liebschaft mit ihrem Herrn Sohn erzählen.«

Damit ließ er Mary-Ann los und verschwand. Mary-Ann dachte nicht einmal daran, nachzusehen, wohin er ging. Erschöpft und vor Aufregung zitternd lehnte sie sich gegen die Wand und sank zu Boden. Was sollte sie tun? Woher wusste dieser Mensch von William und ihr? Sie konnte ihm die Unterlagen doch nicht bringen! Dann wäre jegliche Hoffnung auf die Befreiung ihres Vaters zerstört! Doch was, wenn die Herrschaften – vor allem Leonhard – dann von ihrer Beziehung zu William erfuhren? Das durfte nicht passieren!

Sie saß in der Falle. Verzweiflung stieg in ihr auf. Sie vergrub ihr Gesicht in ihren Händen und weinte vor Angst und Erschöpfung.

29

Mary-Anns Gedanken rasten und ihr Herz klopfte noch immer.

Sie musste irgendwie an die Unterlagen kommen und sie dem Unbekannten bringen, aber ohne, dass er etwas anrichten konnte. William brauchte die Akten dringend, um weiterarbeiten zu können! Vielleicht … vielleicht konnte sie das Wichtigste abschreiben? Nein, das würde viel zu lange dauern.

Ihre Gedanken schweiften zu dem Fremden, der sie bedroht hatte. Irgendetwas war ihr an ihm bekannt vorgekommen. Vielleicht war er doch nicht so fremd, wie sie glaubte! Aber so sehr sie auch überlegte, sie wusste nicht, wer er sein könnte.

Sie stand auf und strich sich den Rock glatt. Er war nass von dem Schnee, auf dem sie gesessen hatte.

Mrs Auburn erwartete sie sicher schon und sie musste sich noch umziehen, denn mit dem nassen Rock konnte sie sich unmöglich sehen lassen!

So schnell sie konnte, schichtete sie das Holz, das von dem Stapel heruntergefallen war, wieder auf und nahm einen Arm voll mit ins Haus. Währenddessen überlegte sie krampfhaft, wo sie die Akte finden würde.

Schließlich konnte sie sie nicht von William fordern, denn sie hatte ihm ja gesagt, er solle sich Zeit lassen.

Sie stutzte, als sie an das Gespräch zurückdachte. *Natürlich*, ging es ihr auf. George Auburn wollte doch die Akten lesen! Bei ihm würde sie sie bestimmt finden! Doch wie sollte sie unbemerkt in Georges Auburns Zimmer gelangen und es durchsuchen können? *Oh Gott, bitte hilf mir*, flehte sie im Stillen.

Sie zog sich flink um und ging zu Mrs Auburn.

Die Dame saß mit einer Stickerei vor dem Kamin, umgeben von ihren Katzen. Mary-Ann legte Holz in das Feuer und Mrs Auburn sah auf.

»Komm, setz dich«, wies sie das junge Mädchen an.

Mary-Ann war gar nicht nach einem gemütlichen Gespräch, doch sie folgte der Aufforderung. Ihre Gedanken waren immer noch dabei, wie sie an die Unterlagen über den Fall ihres Vaters kam und die Akte noch lesen konnte, bevor sie sie an den Unbekannten weitergeben musste. Fortwährend schrie sie innerlich zu Gott um Hilfe. Er hatte doch alles in seiner Hand, so musste er das auch regeln können, oder etwa nicht?

Plötzlich unterbrach Mrs Auburn ihre Gedanken. »Ach, Mary-Ann, bring doch bitte dieses Buch hier zu meinem Mann in sein Arbeitszimmer, ja?«

Mary-Ann konnte ihr Glück kaum fassen! *Jetzt müsste Mr Auburn nur noch nicht da sein und ich muss so schnell wie möglich die Unterlagen finden. O Gott, lass mich nicht im Stich.*

Sie nahm das Buch und ging damit zu Mr Auburns Suite. Sie klopfte und trat ein. Kein Mr Auburn. Aufgeregt eilte sie zum Schreibtisch und ließ ihren Blick darüber schweifen. Keine Akte.

Sie legte das Buch auf den Tisch und beschloss die Zeit zu nutzen, in der Mr Auburn nicht da war. Schnell wollte sie das Zimmer durchsehen, ob nicht irgendwo die Mappe mit dem Fall zu finden war. Sie eilte zu einer Kommode hinüber und traute ihren Augen kaum. Da lag eine Ledermappe, aufgeschlagen und auf dem ersten Stück Papier stand tatsächlich in Großbuchstaben *Akte Michael Barnes.* Hastig ließ sie die Unterlagen unter ihrer Schürze verschwinden.

In dem Moment flog die Tür auf und Mary-Ann fuhr erschrocken herum. Mr Auburn trat in den Raum. Vor Schreck bekam sie kein Wort heraus.

Mr Auburn blickte sie verwundert an. Dann schweifte sein Blick zu seinem Schreibtisch, auf dem er das Buch entdeckte.

»Ah, da ist es ja«, sagte er.

»… was?«, stotterte Mary-Ann und hätte sich gleich darauf ohrfeigen können.

Mr Auburn hob verwundert die Augenbrauen und sagte, während er sich an seinen Tisch setzte, um mit der Arbeit fortzufahren: »Na, das Buch, das du mir von meiner Frau gebracht hast.«

»Ja, natürlich«, stammelte Mary-Ann und schlüpfte mit der kostbaren Mappe aus dem Raum.

Mit schlechtem Gewissen verstaute sie die wertvolle Akte in ihrem

Zimmer unter ihrem Kopfkissen. War es richtig, was sie tat? Aber was blieb ihr auch schon übrig? Sie seufzte tief und eilte zu Mrs Auburn zurück. Von ganzem Herzen hoffte sie, ihre Herrin würde sie heute eher entlassen, damit sie die Akte noch lesen konnte, bevor es Abend wurde.

Mrs Auburn entließ Mary-Ann nicht früher, aber dennoch hatte sie noch Zeit, die Akte durchzulesen. Der Fremde hatte schließlich nicht gesagt, wann sie am Abend die Unterlagen bringen sollte. Nun, sie würden am späten Abend am vereinbarten Platz liegen.

Sie zündete sich eine Öllampe an und las aufmerksam, was vor drei Jahren um ihren Vater verhandelt worden war. Mit den meisten Informationen konnte sie nichts anfangen, doch einige Dinge waren interessant. Ihr Vater hatte zum Beispiel nicht alleine in der Werkstatt der Howard-Smiths gearbeitet. Es waren auch noch andere Angestellte dort gewesen. Michael Barnes war von einem der anderen über den toten Abraham Howard-Smith gebeugt gefunden worden.

Als sie zu Ende gelesen hatte, war sie froh, sich diese Zeit noch genommen zu haben, doch wesentlich klüger war sie jetzt auch nicht. Es schien alles so perfekt ineinanderzupassen. Was sollte sie da noch ausrichten können? Aber die Tatsache, dass jemand unbedingt an die Unterlagen kommen wollte, bedeutete doch wohl, dass etwas nicht stimmte.

Mary-Ann nahm die Mappe und schlich sich zu der kleinen Holzhütte. Vorsichtig blickte sie sich um. Das Herz klopfte ihr bis zum Hals aus Angst, irgendjemand würde sie wieder erschrecken.

Sie steckte die Akte unter den Holzscheit und nahm noch ein wenig Holz mit, sodass es nicht auffallen würde, dass sie zur Hütte gegangen war. So schnell sie konnte, eilte sie wieder ins Haus und war froh, als sie die Tür hinter sich schließen konnte.

Sie war schrecklich müde und wollte nichts lieber, als in ihr Bett zu gehen. Zudem wusste sie nicht, wie sie sich William gegenüber nun verhalten sollte. Was, wenn er merken würde, dass sie die Unterlagen einem Fremden gegeben hatte?

Mary-Ann beschloss daher, heute nicht zum Treffpunkt zu gehen. Es war ohnehin schon sehr spät und William würde verstehen, wenn sie sagte, dass sie müde gewesen war.

Am nächsten Morgen wachte Mary-Ann auf und öffnete das Fenster. Es war tatsächlich wärmer geworden. Der Schnee begann zu schmelzen.

Sie hatte unruhig geschlafen und fühlte sich schlecht. Wie würde das Ganze weitergehen? Und vor allem: Wo würde es enden?

Schweren Herzens machte sie sich an ihre täglichen Aufgaben.

Als sie in die Küche kam, stand Ella am Ofen. Mrs Peters war nicht zu sehen.

»Guten Morgen, Mary!«

»Morgen«, erwiderte Mary-Ann.

Ella drehte sich um, als sie Mary-Anns traurige Stimme hörte. »Was ist passiert?«

Mary-Ann hätte wissen müssen, dass Ella bemerkte, dass etwas nicht stimmte. Innerlich rang sie mit sich selbst, denn eigentlich durfte sie niemandem erzählen, was vorgefallen war. Aber das Mädchen, das da vor ihr stand, war ihre beste Freundin, der sie vertraute.

Ella nahm Mary-Ann liebevoll in die Arme und Mary-Ann war wieder einmal so dankbar, eine Freundin wie Ella zu haben. Sie seufzte. »Ach Ella. Es ist wegen meines Vaters. Du weißt doch, dass er verurteilt wurde und …« Oh, wie sie es hasste ihre Worte selbst vor ihrer Freundin gut auswählen zu müssen! »William hat die Akte … zufällig … gefunden und … hat sie mitgenommen. Nun … und jetzt … hat wohl irgendjemand etwas dagegen, dass William sich die Akte anschaut und … Ach, eigentlich dürfte ich es dir nicht sagen, Ella!«

»Mary-Ann, du weißt genau, dass ich niemandem auch nur ein Wort über das sagen werde, was du mir anvertraust. Aber wenn es besser ist, dass du es nicht erzählst, dann bin ich dir auch nicht böse, wenn du schweigst.«

»Ich will es aber erzählen! Ich habe es so satt, alles zu verheimlichen! Du musst mir nur versprechen, dass niemand erfahren wird, dass du davon weißt!«

»Ich verspreche es.«

»Also. Gestern, als ich Holz holen war, bedrohte mich ein Mann.«

»Bedrohte dich?« Ella war entsetzt. »Hat er dir etwas getan?«

Mary-Ann schüttelte den Kopf.

»Kanntest du ihn?«

Wieder schüttelte Mary-Ann mit dem Kopf.

»Und … wieso hat er dich bedroht?«

»Er sagte, ich solle ihm die Akten bringen, oder er …« Mary-Ann saß schon wieder in der Falle. Aber irgendwie war ihr das jetzt plötzlich egal. Hier ging es um zu viel! »Ella? Bitte, behalte für dich, was ich dir jetzt sage.«

Ella nickte geduldig.

Mary-Ann holte tief Luft.

William, verzeih mir, bitte, flehte sie in Gedanken. »William hat mich geküsst. Wir …«

»Was? Geküsst?«, entfuhr es Ella. »Das ist nicht dein Ernst!«

Mary-Ann sah erschrocken auf. »Nicht so laut, Ella!«

»Das ist ja … fantastisch!«, fuhr Ella fort. »Oh, du weißt gar nicht, wie ich mich für dich freue!«

»Freu dich lieber nicht so sehr. Wir müssen alles verheimlichen. Selbst dir durfte ich es eigentlich nicht erzählen! Es wäre besser gewesen, ich hätte mich in einen anderen verliebt und William würde sich nicht für mich interessieren!«

»Aber Mary-Ann! Was sagst du denn da? Es ist wunderbar, dass ihr euch gefunden habt. Ich könnte mir keinen besseren Mann für dich vorstellen.«

»Wirklich?«, fragte Mary-Ann zweifelnd. Doch trotz des Zweifelns in ihren Augen war da ein Glitzern. Eigentlich wollte sie William um nichts in der Welt hergeben. Keinen könnte sie so sehr wollen, wie ihn.

»Glaub mir!«, sagte Ella felsenfest überzeugt.

»Na ja, jedenfalls sagte er, wenn ich die Unterlagen nicht bringe, würde er den Herrschaften verraten, dass William mich geküsst hat. Und dann wäre alles aus!«

Ella nickte verständnisvoll.

»Ich habe ihm jetzt die Unterlagen gebracht. Und jetzt sind sie weg! William kann ohne die Akte nicht arbeiten! Dann wird mein Vater niemals zurückkommen können. Wie soll ich William je wieder unter die Augen treten? Ich habe nur aus Liebe zu ihm gehandelt, aber ich weiß nicht, ob er das versteht. Und was ist mit meinem Vater? Ich habe ihm jegliche Chance auf Befreiung genommen!«

»Die Akte ist weg, das lässt sich jetzt nicht mehr ändern. Mary, ich glaube fest daran, dass sich das alles regeln wird. Irgendwie.«

»Na, du hast gut reden! Du sitzt ja nicht in der Patsche.«

»Ich werde beten. Mary-Ann, weißt du noch, was ich dir sagte, als du so verzweifelt warst und dann zu Gott gekommen bist? Ich sagte, du musst lernen Gott zu vertrauen.«

»Aber es ist so schwer, ihm zu vertrauen.«

»Ich weiß. Es ist nicht immer einfach, im Gegenteil, es ist oft schwer, mit Gott zu leben. Doch dafür werden wir stark. Unser Charakter wird in solchen Krisen geformt. Wenn du sie überstanden hast, dann hast du ein Stückchen mehr Weisheit und ein Stückchen mehr Kraft.«

Mary-Ann schluckte.

»Siehst du, im Neuen Testament schreiben mehrere, dass Prüfungen kommen werden. Zeiten, in denen Gott uns zeigen will, was wirklich in unserem Herzen ist, damit wir ein bisschen mehr wachsen und näher zu ihm kommen können.« Ella drückte Mary-Anns Hand. »Gib nicht auf.«

Mary-Ann wischte sich eine Träne weg, die über ihre Wange gerollt war. »Danke«, flüsterte sie.

Ella nahm sie noch einmal in ihre Arme und es tat so gut! »Ich glaube, du solltest William die Sache mit dem Mann erzählen, Mary.«

»Das kann ich nicht, Ella. Was ist,wenn der Unbekannte etwas davon erfährt?«

»Das Risiko musst du in Kauf nehmen. Bitte, Mary.«

30

Mary-Ann rang sich schließlich dazu durch, mit William zu reden.

Sie hoffte, dass er sie verstehen würde.

Ein wenig kleinlaut ging sie am Abend zu der Eiche und William eilte ihr entgegen.

»Wo warst du gestern?«, fragte er besorgt.

»Es tut mir leid, William. Ich wusste nicht, was ich dir sagen soll.«

»Was du mir sagen sollst?«, lachte William.

Mary-Ann seufzte. »Komm, lass uns erst mal hier vom Grundstück gehen, bevor wir weiterreden.«

»Aber …«

»Komm. Bitte.«

Erstaunt folgte William Mary-Ann und wartete ungeduldig, dass sie anfing zu reden.

Nach einer Weile, als sie sich sicher genug fühlte, sprach sie weiter. »Also. Ich weiß nicht, ob du schon bemerkt hast, dass die Akte meines Vaters …«

»Du weißt, dass sie weg ist?«, unterbrach er sie ungläubig.

Mary-Ann nickte. »Ich habe sie genommen.«

William schien ein Stein vom Herzen zu fallen. »Gott sei Dank! Ich dachte schon, sie wäre verloren!«

»Sie ist verloren, William.«

»Was? Aber ich dachte, du hast sie!«

Sie schüttelte traurig den Kopf. »Ich musste sie einem Fremden geben. Er hat mir gedroht, wenn ich ihm die Unterlagen nicht …«

»Er hat was?«

»Er hat mir gedroht, dass …«

»Wer war das?«

»Das weiß ich nicht. Jedenfalls hat er gesagt, wenn ich ihm die Akte nicht bringe, würde er die Sache mit dem Kuss verraten.«

»Mit welchem Kuss?«

»Na ja, mit unserem …«, sagte Mary-Ann unwillig.

»Mit uns …« William begriff. »Woher weiß er …?«

»Ich habe keine Ahnung. Deshalb habe ich auch gebeten, dass wir vom Grundstück weggehen. Irgendjemand muss uns schon einmal gesehen haben.«

»Und die Akte …?« fragte er.

»Ist weg.«

William wusste nicht, was er denken sollte. Die Akte, die er so mühevoll herausgesucht hatte und die er so dringend benötigte, um weiterzukommen, war in den Händen eines Fremden. Und die Waffe dieses Unbekannten war ihr Kuss gewesen!

»O Gott«, stöhnte er. »Das kann doch nicht wahr sein! Weißt du, welche Schwierigkeiten ich bekomme, wenn ich die Akte nicht mehr zurückbringe?«

»Oh, William, es tut mir so leid. Bitte verzeih mir. Ich …«

»Wie konntest du sie nur weggeben?«, unterbrach er sie.

»Ich wollte sie lieber weggeben als dich, William! Ich wollte nicht, dass der Fremde unsere Beziehung zerstört. Verstehst du das nicht?«, fragte sie verzweifelt.

William sah sie an. Was hatte er da nur getan? Er hätte sie nie küssen dürfen. Nicht so früh. Jetzt war die Akte verschwunden, nur weil er einen Moment lang geglaubt hatte, er dürfte dieses Mädchen lieben.

Mary-Ann weinte.

Frustriert schaute William zur Seite. Was sollte er jetzt tun? Ohne die Akte konnte er nichts ausrichten! Und Mary-Ann … Da stand sie, und vergrub weinend ihr Gesicht in den Händen.

Ich hätte es einfach nicht so weit kommen lassen dürfen, warf er sich wütend vor.

Doch Vorwürfe brachten ihn jetzt auch nicht weiter.

Seufzend nahm er sie in die Arme.

»Es tut mir leid«, schluchzte Mary-Ann und vergrub ihr Gesicht in seinem Mantel.

»Ist schon gut«, meinte William, klang aber nicht sehr überzeugt.

Mary-Ann weinte noch heftiger.

Er seufzte wieder und holte tief Luft. »Es ist schon gut. Ich bin dir nicht böse«, sagte er in sanfterem Ton.

Sie hörte auf zu weinen. »Wirklich nicht?«

Er nickte.

»Was sollen wir denn jetzt machen?«, fragte Mary-Ann und hob den Kopf.

»Ich weiß es nicht«, meinte William resigniert. »Mir fällt nichts Besseres ein als abzuwarten. Vielleicht … finden wir ja den Unbekannten und können die Papiere zurückfordern.«

»Es wäre ein Wunder, wenn das geschehen würde.«

»Ja«, seufzte William.

Mary-Ann drückte ihn fest an sich und kuschelte sich in seine Arme. »Lass uns beten«, schlug sie vor und das taten sie dann auch.

William fühlte sich danach nicht viel besser. Abwarten war nichts für einen Mann wie ihn.

Am nächsten Morgen wurde Mary-Ann aufgetragen, dem Kutscher Bescheid zu geben, die Pferde anzuspannen, da Mrs Auburn sich wieder einmal aufmachen wollte, ihre hochschwangere Tochter zu besuchen. Schon bald würde sie, wenn alles gut ging, ein Enkelkind in den Armen halten können. Charles lobte bereits in den höchsten Tönen, wie prächtig sein Kind doch einmal sein werde und was er alles mit ihm vorhatte. Mary-Ann tat das Kind jetzt schon leid.

So ging sie also warm in ihren Mantel eingepackt in den Stall. Der Kutscher stand mit dem Rücken zu ihr in einer der Boxen und mistete aus. Mary-Ann räusperte sich unbehaglich und der Mann drehte sich um.

Ein Schauer lief ihr über den Rücken, obwohl sie nicht sagen konnte, weshalb. In der Gegenwart dieses Menschen hatte sie sich noch nie wohl gefühlt.

»Mrs Auburn wünscht in einer halben Stunde zu den Herrschaften O'Dwell gefahren zu werden.«

Der Kutscher nickte mit mürrischer Miene.

Mary-Ann wusste nicht, was mit ihr geschah, doch sie starrte den Kutscher unentwegt an und konnte ihren Blick nicht von ihm wenden. Was war es, das sie so verwirrte?

»Noch was?«, fragte der Kutscher grob.

Mary-Ann versuchte sich zu fassen und stotterte. »Nein. Nein, das ist alles.« Sie drehte sich um und wünschte sich nur, so schnell wie möglich aus dem Stall zu gelangen.

Draußen lehnte sie sich gegen die Wand neben der Stalltür und atmete tief durch. Irgendetwas stimmte nicht, doch was war es? Sie schüttelte den Kopf über sich selbst.

Da kam der Kutscher aus dem Stalltor und fuhr den Pferdemist weg, ohne sie zu bemerken. Sie schaute ihm nach und schlagartig fiel es ihr ein. Der Unbekannte mit der Mütze über dem Gesicht! Er erinnerte sie an den Kutscher! Er hatte denselben seltsamen Geruch wie der Kutscher gehabt – eine Mischung aus Pferdegeruch, billigem Rasierwasser und kaltem Kaffee. Mary-Anns Herz begann auf einmal laut zu klopfen. Das hieße ja, der Kutscher hätte die Unterlagen verlangt. Hatte der Kutscher etwa etwas mit der Mordgeschichte um ihren Vater zu tun? Wenn etwas an der Sache dran wäre, bestünde dann noch Hoffnung für ihren Vater?

Mary-Ann rannte zum Haus zurück. Sobald Mrs Auburn bei Megan war, würde sie Ella suchen.

Mary-Ann geleitete Mrs Auburn zur Kutsche. Der Kutscher saß auf dem Kutschbock und starrte geradeaus. Mary-Ann war sich nun sicher. Er war es tatsächlich gewesen! Sie konnte sich zwar nur noch dunkel an die Umrisse des Unbekannten erinnern, doch was sie wusste, stimmte überein. Dasselbe breite, hervorstehende Kinn, dieselbe große Nase, die sich durch die Mütze abgezeichnet hatte und dieselbe Statur!

Als die Kutsche aus dem Tor hinausgefahren war, ging Mary-Ann schnell zu Ella in die Waschküche.

»Ella! Schnell, zeig mir bitte, wo der Kutscher sein Zimmer hat!«

»Wieso denn das?«

»Er ist es! Der Fremde, der mir gedroht hat! Er ist es!«

»Bist du sicher?«, fragte Ella zweifelnd.

»Ganz sicher«, rief Mary-Ann ungeduldig. »Komm, bitte, sag mir, wo er wohnt!«

»Er wohnt über dem Stall in zwei kleinen Zimmern. Du musst die Holzleiter hinauf und über den Heuboden gehen, dann kommst du an eine Tür, die zu seinen Zimmern führt.«

»Danke«, rief Mary-Ann und wollte schon losrennen, als Ella sie zurückrief. »Mary-Ann! Was hast du jetzt vor?«

»Ich durchsuche seine Zimmer nach der Akte, bevor er zurückkommt!«

»Warte, ich komme mit!«, rief Ella und warf das Handtuch beiseite, das sie gerade noch aufhängen wollte.

Gemeinsam rannten sie zum Stall.

»Ich werde an der Heuleiter Wache stehen, während du oben suchst, in Ordnung?«, schlug Ella beim Hinrennen vor.

Mary-Ann nickte zustimmend.

»Ich pfeife laut, wenn Gefahr droht«, rief Ella Mary-Ann hinterher, als diese schon an der Tür zu der Wohnung des Kutschers stand.

»Ja!«, schrie Mary-Ann über die Schulter zurück und drückte vorsichtig die Türklinke hinunter. *Hoffentlich lässt sie sich öffnen,* flehte sie innerlich. Die Tür ging quietschend auf. Mary-Ann fiel ein Stein vom Herzen. Sie ließ die Tür offen stehen, damit sie das Pfeifen Ellas hören würde, falls jemand kam.

Nun stand sie in der Wohnung. Ihr Blick schweifte hastig umher. Ein kleines Dachfenster war die einzige Lichtquelle in dem kleinen Raum und das Sonnenlicht, das da durch hineinfiel, ließ den Staub sichtbar werden, der in dem Zimmer war. Ein einfacher Teppich lag auf dem Fußboden, auf dem vereinzelt Heuhalme zu sehen waren, die die Stiefel des Kutschers vermutlich mit hineingebracht hatten. Ein Holztisch mit einem wackligen Stuhl, über dem eine Jacke hing, stand in der Mitte und an der einen Wand war ein gusseiserner Herd zum Kochen. Das Geschirr stand auf einem Holzregal darüber aufgestapelt. Es roch stark nach kaltem Kaffee.

Das war alles, was sich in diesem Zimmer befand. Sie ging zu dem Tisch und durchsuchte die Jacke, doch darin war bis auf ein zerknittertes

Taschentuch nichts zu finden. Auch unter dem Teppich und beim Herd war keine Akte.

Schnell ging sie ins nächste Zimmer. Dort stand ein ungemachtes Bett mit einem Nachtkästchen und ein Kleiderschrank. Eine große Truhe war an die Wand geschoben und darüber hing ein Spiegel.

Mary-Ann eilte sofort zu der Truhe und versuchte sie zu öffnen, doch der Deckel klemmte. Sie zog und stemmte sich dagegen, doch der Deckel rührte sich nicht.

Sie wandte sich ab, um ihre kostbare Zeit nicht an der Truhe zu verschwenden, lief zu dem Bett und suchte unter der Matratze, unter dem Kopfkissen, ja sogar in dem Kopfkissen schaute sie nach. Unter dem Bett war auch nichts zu finden. Sie drehte sich um und riss die Schubladen des Nachtkästchens auf. Ein kleines Buch und eine Schachtel. Sie öffnete sie und stutzte. Ein Photo von einer Frau lag darin. Darunter Briefe. Ohne zu überlegen steckte sie das Schächtelchen unter ihre Schürze.

Weiter ging die hastige Suche. Sie schaute hinterm Spiegel und schließlich im Kleiderschrank. Sorgfältig hob sie die gefalteten Kleidungsstücke hoch, um keine Unordnung zu hinterlassen. Nichts. Wieder wandte sie sich der Truhe zu.

Mit aller Kraft zog sie an dem Deckel. *Ich muss diese Akte finden!* Eine leise Angst beschlich sie. Was, wenn der Kutscher die Akte gar nicht gewollt hatte und sie ihn zu Unrecht verdächtigte? Dann suchte sie vergebens!

Da fiel ihr auf, dass die Truhe ein Schloss hatte. *Wo ist dieser elende Schlüssel? – Hinterm Spiegel!* Dort hatte sie einen gesehen. Sie fingerte danach und schob einen der drei Schlüssel in das Schloss. Er passte nicht. Also der nächste. Sie drehte herum und der Deckel sprang auf.

Eine mufflige Pferdedecke lag darin. Schnell hob sie sie hoch. Eine Zigarrenschachtel, weitere Bücher. Ganz unten war eine lederne Mappe. Die Akte! Mary-Anns Erleichterung war riesengroß. Eilig nahm sie sie, schlug den Deckel der Truhe zu und schloss ab – Ella pfiff! Mary-Ann sprang auf. Sie hängte den Schlüssel an seinen Platz und stürmte aus der Wohnung. Sie zog die Tür hinter sich zu und sah Ella, wie sie sie hinter einen Heuballen winkte. So schnell ihre Beine sie trugen, rannte Mary-

Ann zu ihrer Freundin und hockte sich keuchend zu ihr. Hoffentlich hatten sie ein sicheres Versteck!

Schritte wurden in der Stallgasse lauter. Mary-Ann versuchte den Atem anzuhalten. Ihr Herz raste vor Angst, sie könnten entdeckt werden. Die Schritte wurden von einem seltsamen Geräusch begleitet – Leonhard Auburn war im Stall!

Mary-Ann atmete auf, doch Ella bedeutete ihr, dass sie möglichst schnell verschwinden mussten.

Sie stiegen so leise und schnell wie möglich vom Heuboden, als Leonhard Auburn im hinteren Teil des Stalls war, und schlüpften unbemerkt zur Tür hinaus.

Mary-Ann konnte fast nicht mehr, aber hastete Ella hinterher, die bis in die Waschküche lief und sich dort auf den Boden fallen ließ.

Mary-Anns Beine gaben nach. Erschöpft sank sie neben Ella auf die kalten Fliesen.

Sie waren in Sicherheit!

Mary-Ann konnte es noch nicht richtig glauben und schielte immer wieder zur Tür, ob jemand sie verfolgt hatte. War sie jemals schon so voller Angst und Aufregung gewesen?

Nach einer Minute des Verschnaufens, setzte Ella sich auf. »Das war knapp.«

Mary-Ann richtete sich ebenfalls auf. »Mein Herz schlägt immer noch wie wild!«

»Aber du hast es geschafft. Du hast die Akte tatsächlich gefunden! Ehrlich gesagt, hätte ich nicht geglaubt, dass sie wirklich beim Kutscher ist!«

»Er war es! Ich habe es gewusst!« Da fiel ihr ein, dass sie das Kästchen noch immer in ihrer Schürzentasche hatte. Sie zog es heraus und zeigte es Ella.

»Was ist denn das?«

»Das lag im Nachtkästchen.«

»Und du hast es einfach mitgenommen?«

»Ich weiß nicht. Ich habe wohl nicht richtig nachgedacht«, entschuldigte sich Mary-Ann verlegen.

Ella öffnete es und zog ein altes, verblichenes Photo heraus. »Hm ... Vielleicht seine verstorbene Frau.«

»Woher weißt du, dass sie verstorben ist?«

»Ich denke es mir halt. Er hat ja jetzt keine mehr.«

»Denkst du dir«, sagte Mary-Ann und grinste. Ella verdrehte ihre graugrünen Augen und nahm den obersten Brief.

»*An Mr Drake*«, las Ella vor. Sie räusperte sich. »*Mein allerliebster Desmond. Der letzte Abend war der schönste meines Lebens. Noch nie habe ich mich in den Armen eines Mannes so wohl gefühlt wie bei dir* – also doch seine Frau.«

»Oder zumindest die Geliebte.«

»*Ich wünschte, wir könnten für immer zusammen sein. Das Leben ist ungerecht und hart und mein Mann* – also doch nicht die Frau ...«

»... sondern die Liebschaft ...«

»*– ist ein strenger Herr. Mehr als alles andere wünsche ich mir, zu dir zu gehören, mein Liebster, doch das Leben lässt uns nur die heimlichen Abende, an denen wir uns lieben können.* Aha. Nun ja, das geht jetzt hier immer noch so weiter ... und weiter ...« Sie drehte das Stück Papier um. »*Deine allerliebste Beatrice.*«

»Beatrice also ist die ...«

»Liebschaft«, half Ella.

»Und wer ist Beatrice?«

Ella zuckte die Achseln. »Keine Ahnung.«

»Und wer ist Desmond Drake?«

»Ich schätze der Kutscher.«

»Du weißt nicht wie er heißt?«

Ella schüttelte den Kopf. »Ich sage immer nur der Kutscher.«

Die Tür zum Waschraum flog auf und Molly kam herein. Blitzschnell ließ Ella das Schächtelchen und den Brief im Wäschekorb verschwinden.

»Ella! Was hast du in der ganzen Zeit getrieben? Es hängen ja gerade mal vier Handtücher an der Wäscheleine und der Rest liegt hier noch in den Körben!«, schalt Molly. »Und was machst du hier, Mary-Ann? Warum hast du dich nicht bei mir gemeldet?«

Mary-Ann erschrak und lief vor Scham rot an. Sie wusste nicht, wie sie die Situation erklären sollte.

»Sie wollte mir helfen!«, half Ella ihr schnell.

»Nun, daraus ist wohl nicht viel geworden! Ihr beide liegt faul auf dem kalten Boden und lasst die Wäsche liegen! Auf jetzt! Beeilt euch! In zehn Minuten möchte ich kein einziges Stück Wäsche mehr hier in den Körben sehen!« Damit knallte sie die Tür hinter sich zu.

»Puh!«, stöhnte Ella und ließ sich auf den Boden zurückplumpsen.

Mary-Ann sprang auf und zog Ella hoch. »Komm, wir müssen uns wirklich beeilen, wenn wir in zehn Minuten fertig sein wollen!«

Zusammen hängten sie die Wäsche auf die Wäscheleine, die quer durch die Waschküche gespannt war. Das Schächtelchen mit den Briefen und die Akte befanden sich versteckt unter Mary-Anns Schürze.

Als Molly wieder kam, war alles ordentlich aufgeräumt und die beiden Freundinnen schwitzten trotz der Kühle in der Waschküche.

»Gut«, lobte Molly die beiden zufrieden. »Dann könnt ihr mir ja jetzt mit den Fliesen in der Eingangshalle helfen.«

Ella und Mary-Ann konnten sich ein Stöhnen nicht verkneifen.

31

Gegen Abend erwartete Mary-Ann Mrs Auburn wieder zurück, doch als die Kutsche vorfuhr, kam sie ohne die Hausherrin. Stattdessen trat der Kutscher vor den erstaunten Henry, der die Eingangstüre geöffnet hatte.

»Mrs O'Dwell hat entbunden. Es ist ein gesunder Junge, soll ich ausrichten. Mrs Auburn bleibt die Nacht bei ihrer Tochter.«

»Ich werde den Herrschaften die freudige Nachricht überbringen«, sagte Henry und schloss die Tür wieder. Mary-Ann hörte die Aufregung und Freude in seiner Stimme und bewunderte ihn einmal mehr darum, dass er jeden Menschen – auch solche wie Megan – liebte, mit ihnen lachte und weinte und ihnen mit Freuden diente.

Nach dem Abendessen, als Mary-Ann alleine in ihrem Zimmer Zeit für sich hatte, holte sie die Schachtel mit den Briefen heraus und begann zu lesen, während sie krampfhaft versuchte, ihr schlechtes Gewissen zu beruhigen.

Als es klopfte, fuhr sie erschrocken auf. Schnell versteckte sie die Briefe unter einem Kissen.

»Herein!«, rief sie laut und stand mit pochendem Herzen auf.

Die Tür öffnete sich und Ella schlüpfte ins Zimmer. »Hast du schon weitergelesen?«

»Ja, gerade«, meinte Mary-Ann erleichtert.

»Und, was stand drin?«, fragte Ella gespannt.

»Nichts Besonderes. Es sind eben Liebesbriefe. Ella, ich glaube, wir sollten sie wieder zurückbringen. Es ist nicht recht, sie einfach zu lesen. Ich möchte schließlich auch nicht, dass jemand meine liest.«

»Hast du denn welche?«

»Na, die von William halt!«

»Ach so.« Nach einer Pause meinte sie weiter: »Jetzt, wo wir sie haben, können wir sie auch zu Ende lesen. Wenn etwas drin steht, das auf den Mordfall hinweist, dürfen wir es nicht verpassen. Und es steht doch jetzt fest, dass der Kutscher irgendetwas – was auch immer – damit zu tun hat.«

Mary-Ann nickte. »Aber wohl fühl ich mich nicht.«

»Na komm. Wir lesen sie zusammen.«

Ella setzte sich zu ihrer Freundin und nahm den nächsten Brief aus der Schachtel. »Das ist ja schon der letzte«, rief sie erstaunt.

»Zum Glück!«

»Der ist vom fünften August.«

»Das war drei Tage vor dem Mord«, stellte Mary-Ann fest.

»Hier steht. *Mein Geliebter. Etwas Schreckliches ist geschehen. Mein Sohn hat herausgefunden, dass wir uns treffen und hat mich zur Rede gestellt. Er war so wütend, wie ich ihn noch nie erlebt habe. Er sagte, wenn ich die Beziehung zu dir nicht sofort abbräche, würde er zu seinem Vater gehen! Das darf auf keinen Fall passieren! Es wäre unser Ende! Oh, mein Liebster, was sollen wir tun? Ich bin verzweifelt! Mein Herz schreit nach dir und doch sagt mein Verstand, wir müssen uns trennen – für immer. Sei mir nicht böse, denn ich liebe dich, aber gerade deshalb breche ich die Beziehung ab. Wir werden uns nicht mehr sehen. Gib auf dich acht, dass mein Sohn dir in seinem Zorn nichts antut! Mein Herz gehört auf ewig dir! Deine Beatrice.*« Ella ließ das Schriftstück auf ihren Schoß sinken.

«Könnte es sein, dass …?«

»Ich habe keine Ahnung, aber es ist eine Spur! Diesen Brief behalten wir. Den Rest bringen wir wieder zurück!«, ordnete Ella an.

»Was machen wir eigentlich, wenn der Kutscher bemerkt hat, dass das Kästchen und die Akte fehlen?«

»Ich würde sagen, das wäre eine Katastrophe«, meinte Ella nüchtern.

»Nicht sehr ermutigend«, meinte Mary-Ann resigniert. »Und wann bringen wir es zurück?«

»Wenn der Kutscher morgen zu den O'Dwells fährt.«

So war es beschlossene Sache. Sie wünschten sich eine gute Nacht und Ella ging in ihr Zimmer.

Mary-Ann machte sich auf, um zu dem neuen Treffpunkt für sie und William außerhalb des Grundstücks zu gelangen.

William hatte seine Hände in den Manteltaschen vergraben und starrte in den Nachthimmel. Wie sollte er sich nur Mary-Ann gegenüber verhalten? Er war sich plötzlich gar nicht mehr sicher, ob es richtig war, was er tat. Sollten sie lieber aufhören, sich zu treffen? Wenn sie tatsächlich jemand gesehen hatte, wenn irgendjemand von ihm und Mary-Ann erfahren sollte, was würde dann geschehen? Er hatte Angst vor der Antwort. Wäre es nicht besser, er würde die Beziehung gleich abbrechen, wenn sie doch keine Zukunft hatte? Oder hatte sie etwa eine? War es möglich, dass er Mary-Ann irgendwann heiraten konnte? Er hatte noch nie wirklich darüber nachgedacht. Und selbst wenn es möglich wäre, wollte er das wirklich? Es gäbe ohne jeden Zweifel Komplikationen, das war ihm klar, sobald er nur an seinen Großvater dachte. Wollte er das in Kauf nehmen? Hätte man ihm diese Frage vor zwei Tagen gestellt, so hätte er wahrscheinlich Ja geantwortet. Doch nun war er sich einfach nicht mehr sicher.

»William?«, sprach ihn eine leise Stimme an und riss ihn aus seinen Gedanken. Es war Mary-Ann.

Er drehte den Kopf und schaute sie an.

»Ich weiß jetzt, wer es war. Der Kutscher wollte die Akte!«, sagte Mary-Ann aufgeregt und trat zu ihm.

»Der Kutscher? Woher weißt du das denn auf einmal?«

»Ich war im Stall und da ist es mir aufgefallen. Es war der Kutscher, hundertprozentig! Und …« Mary-Ann zog die Akte unter ihrer Schürze hervor und hielt sie ihm triumphierend vor die Nase.

Die Akte! William fiel ein Stein vom Herzen. »Wo hast du die her?« fragte er erleichtert und nahm die braune Ledermappe entgegen.

»Aus seiner Wohnung«, meinte Mary-Ann stolz.

»Du warst in seiner Wohnung?« Ein dunkler Schleier legte sich über seine erleichterten Gesichtszüge.

»Was … ist denn?«, fragte Mary-Ann verunsichert.

William holte tief Luft, um in einem ruhigen Ton sprechen zu können. »Das hättest du nicht tun sollen.«

»Aber warum denn nicht?«

»Hör mal, Mary-Ann.« Er wurde es langsam leid, mit ihr zu streiten. Verstand sie denn gar nicht, worum es hier ging? »Wenn der Kutscher tatsächlich derjenige war, der die Akte verlangt hat, dann bedeutet das, dass er irgendetwas mit dem Mord zu tun hat. Und das wiederum bedeutet, dass er gefährlich ist. Wer sagt denn, dass nicht noch einmal ein Mord geschieht? Keiner weiß das. Ein Mörder bleibt ein Mörder, das ändert sich nicht auf einmal. Wer einmal jemanden umgebracht hat, scheut nicht davor, es wieder zu tun, besonders nicht, wenn er etwas verbergen muss.«

»Aber das war doch …«

»Kein aber«, unterbrach William sie grob. »Es war gefährlich. Und ich möchte nicht, dass du irgendetwas unternimmst, das du vorher nicht mit mir besprochen hast. Das hier ist kein Kinderspiel. Es geht um einen Mord. Du kannst froh sein, dass nichts passiert ist. Was wäre denn gewesen, wenn der Kutscher gekommen wäre?«

»Aber Ella hat doch Wache gestanden.«

»Ach. Und du glaubst, einer, der in einen Mord verwickelt ist, wird nicht mit zwei leichtsinnigen Mädchen fertig?«

Mary-Ann schaute zu Boden. Leichtsinnig? Sie war gekränkt und wütend. Warum machte er alles so kompliziert? Sie hatte doch nur helfen wollen!

»Mary-Ann.« William legte seine Hand auf seine Stirn. Wie sollte er sich nur ausdrücken, dass sie verstand, was er meinte? »Bitte. Ich wollte nicht … Ich will doch nur, dass dir nichts passiert. Und das vorläufig niemand von unsrer Beziehung erfährt.« Seine Stimme zitterte.

Mary-Ann sagte nichts.

»Bitte. Ich wollte dich nicht kränken.« Er seufzte. »Hör zu, ich … Ich werde morgen in die Stadt fahren und mich mal bei der Werkstatt umsehen, in der dein Vater gearbeitet hat. Das heißt, dass ich morgen nicht da bin und ich würde mir wünschen, dass du … mir versprichst, keine Alleingänge mehr zu machen. Ich will dich nicht einengen oder dir sagen, was du tun und lassen sollst, aber ich habe Angst, verstehst du? Mary-Ann. Bitte. Es tut mir leid.«

Sie spürte, wie ihr Herz gegen ihren Willen weich wurde, und sie nickte langsam.

William atmete auf.

»Ich habe noch etwas«, sagte Mary-Ann kühl und holte das Kästchen aus der Tasche. »Das sind Liebesbriefe, die in der Wohnung des Kutschers waren. Sie sind von Beatrice Howard-Smith.«

William riss die Augen auf. »Du meine Güte!«

»Und dieser letzte hier ist interessant.« Sie streckte ihm den Brief entgegen und William nahm ihn. Er schaute auf den Umschlag und stutzte. »An wen soll der sein?«, fragte er.

»An den Kutscher dachte ich.«

»Aber der Kutscher heißt nicht Drake.«

»Nicht? Wie denn?«

»Harrison. Sein Name ist Donovan Harrison.«

Mary-Ann stöhnte. »Aber warum lagen dann die Briefe bei ihm?«

»Keine Ahnung«, meinte William und öffnete den Brief.

Als er mit dem Lesen fertig war, sprach Mary-Ann weiter. »Der Brief wurde drei Tage vor dem Mord geschrieben und es geht um diesen Abraham, den Ermordeten. Vielleicht hatten Abraham und der Kutscher – also, ich meine derjenige, an den die Briefe geschrieben wurden – einen Streit.«

»Schon möglich.« William atmete fest aus. »Das wird ja immer komplizierter.«

»Morgen wollte ich mit Ella das Kästchen wieder zurückbringen, damit er nicht merkt, dass es fehlt. Der Kutscher muss deine Mutter abholen, also ist er nicht da. Ich muss das Kästchen ja nur in das Nachttischchen zurücklegen und Ella steht Wache.«

»Hm. Vielleicht ist das wirklich besser, damit er keinen Verdacht schöpft. Aber diesen Brief behalte ich.«

Mary-Ann nickte. »Kannst du den Kutscher nicht zur Rede stellen und ihn fragen, wem die Briefe gehören?«, fragte sie bittend.

William überlegte und schüttelte dann den Kopf. »Ich will nichts überstürzen. Zur Anklage fehlen die Beweise. Ich werde mich morgen in der Werkstatt umschauen und dann sehen wir weiter, in Ordnung?«

Mary-Ann nickte.

»Ich vertraue dir«, sagte sie leichthin.

»Pass morgen gut auf, ja?«

»Versprochen.«

William kaute auf seiner Unterlippe herum. Er wusste einfach nicht, was er tun oder sagen sollte.

»Wann darfst du denn deinen kleinen Neffen sehen?«, wechselte Mary-Ann das Thema.

Er zuckte die Schultern. »Vielleicht in ein paar Tagen.«

»Wie heißt er denn?«

»Luke Charles William.«

»Oh, er ist nach dir benannt«, meinte Mary-Ann in gespielter Bewunderung.

»Na ja, der dritte Name …« erwiderte William, aber man konnte sehen, dass er stolz war.

Mary-Ann verwickelte ihn in ein Gespräch, bis sie an der Hecke ankamen, aber William blieb einsilbig.

An der Hecke, die das Gut Randolph abgrenzte, blieben sie stehen.

»Fahr morgen nicht mit der Kutsche zur Werkstatt. Es wäre nicht gut, wenn der Kutscher wüsste, dass du eine Spur hast«, sagte Mary-Ann. »Sehen wir uns morgen Abend?«

William überlegte. »Nein«, antwortete er zögernd und küsste sie zart auf die Wange.

»Warum denn nicht?«, fragte sie traurig.

»Ich kann morgen nicht«, log er. »Gute Nacht«, wünschte er dann und lief eilig voraus zum Haus.

Mary-Ann blieb zurück und wurde das unangenehme Gefühl nicht los, dass er ihr aus dem Weg gehen wollte.

32

William saß in einem einfachen Sessel, der als Sitzgelegenheit in der alten Küche hinter der Werkstatt diente. Ein großer, breitschultriger Mann stand mit dem Rücken zu ihm am Herd und versuchte mit ungeschickten Händen Tee in zwei Tassen zu gießen.

»Entschuldigen Sie bitte«, meinte der Mann, als er William eine von den Tassen reichte. »Er wird nicht ganz heiß.«

Ächzend ließ er sich gegenüber von William auf einen Holzhocker sinken. »Also. Was wollen Sie wissen?«

William war froh, endlich beginnen zu können. »Es geht um den Fall Michael Barnes, der hier vor einigen Jahren gearbeitet hat. Können Sie sich erinnern?«

Der Mann nickte. »Natürlich. So etwas vergisst man nicht so schnell. Ich war derjenige, der die Leiche des Jungen fand.« Er fluchte leise.

»War Michael Barnes der einzige, der damals hier gearbeitet hat?«, fuhr William unbeirrt fort.

»Nein. Damals … haben mehrere Personen hier gearbeitet. Fragen Sie mich aber nicht wie viele.«

»Wie viele?«

Wieder fluchte der Mann leise. »Warten Sie einen Moment. Ich muss hier noch irgendwo Unterlagen haben, wo alles aufgezeichnet ist.« Er erhob sich und verschwand polternd aus der Küche.

William stand auf und schaute sich um. Es gab nichts Besonderes zu sehen. Es war eben eine kleine Küche, die dem Verwalter der Werkstatt gehörte. Keine Bilder oder Ziergegenstände hingen an der Wand. Das einzige Fenster neben der Tür wies zu der Werkstatthalle hin. William sah, wie der Mann zurückkehrte.

Er ließ sich wieder auf dem Sessel nieder und nahm seinen ersten Schluck von dem braunen Gebräu in seiner Tasse. Der Tee war lauwarm und schmeckte alles andere als gut.

Die Tür öffnete sich und der bärtige Mann kam mit einigen Unterlagen unterm Arm herein.

Stumm schaute er sich die Aufzeichnungen an. »Hier«, meinte er schließlich. »Zu der Zeit lief das Geschäft noch nicht so gut. Ist ja auch nur eins von vielen«, sagte er als müsse er sich entschuldigen. »Fünf Personen waren's insgesamt.«

»Haben Sie die Namen?«

Er suchte weiter in den Unterlagen. Dann zog er ein Stück Papier heraus und reichte es dem jungen Mann gegenüber von ihm.

»Lesley Dicksen, Eddy McLean, Michael Barnes, Desmond Drake, Bruce Garfield«, las William vor. *Drake!* Sein Herz begann zu klopfen.

»Und hier ist die Anwesenheitsliste vom Mordtag.« Wieder wurde William ein Dokument gereicht.

Erstaunt blickte er auf. »Nur drei Personen?«

»Die anderen waren wahrscheinlich krank. Was weiß ich ...«, brummte der Mann.

»Barnes, Drake und McLean«, murmelte William nachdenklich. »Darf ich die Aufzeichnungen behalten?«

Der Mann nickte brummend. William steckte sie ein.

»Wie kam es, dass Abraham Howard-Smith an dem Unglückstag in der Werkstatt war?«, fragte er weiter.

»Er kam öfter hierher. Schätze, sein Vater hat ihn geschickt, um nachzusehen, ob alles in Ordnung ist.« Er brummte noch etwas anderes in seinen Bart und William war froh, es nicht verstehen zu müssen.

»Wie haben Sie die Leiche vorgefunden?«

»Der Junge lag am Boden, blutverschmiert. Ein Messer steckte ihm in der Brust und Barnes war über ihn gebeugt.« Er fluchte. Es gefiel ihm offensichtlich nicht, über dieses Thema zu reden.

»Was war es für ein Messer?«

»Eins von der Werkzeugbank.«

»Hatten Sie etwas gehört, zum Beispiel einen Streit oder einen Kampf?«

»Ja. Ich war hier und hatte das Fenster offen, weil es heiß war. Dann hab ich von der Werkstatt aus eine Rangelei gehört. Offensichtlich stritten sich welche. Abraham hab ich heraus gehört. So schnell ich konnte, bin ich nach draußen geeilt und als ich in die Werkstatt kam, war Barnes über ihn gebeugt und Drake stand daneben.«

»Wo war McLean?«

»Material holen. Er kam wenig später dazu.«

»Wie ging es dann weiter?«

»Ich habe Barnes zurückgestoßen. Er war vollkommen erschrocken. Ha! Und dann hab ich Drake gesagt, er soll die Polizei rufen. Der war auch ganz geschockt. Aber schließlich ist er dann gegangen und kam mit der Polizei wieder. Die haben Barnes dann mitgenommen und Drake hat noch ausgesagt. Dann hat er gekündigt. Wollte wohl nicht mehr in einer Werkstatt arbeiten, wo jemand umgebracht wurde.« Er spuckte auf den Boden.

»Dieser Drake. Was hat er ausgesagt?«

Der Mann zuckte die Achseln. »Der Junge sei wie sonst auch in die Werkstatt gekommen, als er und Barnes an dem Gerät standen. Dann sei Barnes auf den Jungen losgegangen und als er sich wehrte, hätte er ihm den Dolch in den Bauch gestoßen. Er hätte gar nichts tun können.«

William nickte wissend. So war es auch im Protokoll gestanden. »Wissen Sie, wo dieser Drake dann hingegangen ist?«

Der Mann schüttelte mit dem Kopf.

»Können Sie mir sagen, wie er aussah?«

Verdutzt schaute der Mann William an. »Na ja. Normal.«

»Wissen Sie keine Details? Hatte er einen Bart?«

Der Mann schien zu überlegen. »Nein. Keinen Bart.«

»Groß, klein?«

»Normal.«

»Wie alt war er ungefähr?«

»Mann, Sie stellen vielleicht Fragen! Ich habe keine Ahnung. Mittleren Alters schätze ich mal.«

William nickte und notierte alles. Er überlegte, wie er mehr über das Aussehen dieses Drake erfahren konnte.

»Sagen Sie, arbeiten noch Männer von damals hier?«

»Ja. Einer. Garfield.«

»Ist er heute da?«

Der Mann nickte und führte William in die Werkstatt. Lautes Klopfen und Hämmern drang ihnen schon entgegen.

Der bärtige Mann führte William durch die Werkstatt und blieb schließlich vor einer Werkzeugbank stehen. Ein kleiner dünner Mann mit weißen Haaren stand über einen Plan gebeugt. Er schien überhaupt nicht in diese raue Werkstatt hineinzupassen.

»Garfield«, bellte der Verwalter. »Hier ist ein Herr, der Sie sprechen möchte.«

Der weißhaarige Mann drehte dich um.

»Guten Tag, Mr Garfield. Mein Name ist William Auburn. Ich komme wegen des Mordfalls vor einigen Jahren«, sagte William laut, um den Lärm zu übertönen.

Der kleine Mann nickte nur.

»Können Sie sich an den Mann Namens Desmond Drake erinnern?«

Wieder nickte der Mann.

»Könnten Sie ihn mir kurz beschreiben?«

Garfield überlegte. »Er war groß und kräftig, hatte dunkelbraunes, fast schwarzes Haar, buschige Augenbrauen, eine Hakennase und ein außergewöhnlich großes Kinn.«

»Danke«, sagte William verdutzt über eine so ausführliche Beschreibung.

»Ähm, können Sie mir bitte zeigen, wo der Mord genau stattgefunden hat?«, fragte William wieder an den Verwalter gewandt.

»Hier«, meinte der und zeigte direkt vor ihnen auf den schmutzigen Boden. »Hier lag er. Und hier drüben hat Barnes gearbeitet.« Er deutete auf ein großes Laufwerk fünf Meter weiter.

»Wo haben die anderen beiden gearbeitet?«, fragte William laut, um den Lärm zu übertönen.

»Auch da!«, bekam er zur Antwort.

William runzelte die Stirn. Er ging zu dem Werkzeugtisch. Hammer, Hebel und Messer lagen dort herum.

»Eines von solchen Messern, ja?«, fragte er.

Der Verwalter nickte.

William nahm eines davon. Es war groß. Und scharf. Eine Gänsehaut lief seinen Rücken hinunter, als er sich vorstellte, wie ein solches Gerät in der Brust eines Mannes steckte. Er legte es wieder zurück.

»Können Sie sich irgendeinen Grund vorstellen, weshalb Barnes den Jungen umgebracht haben sollte?«

Der Verwalter schaute William verblüfft an. Dann schüttelte er den Kopf und spuckte auf den Boden.

William schaute sich noch kurz um, beschloss aber, dass es hier nichts weiter zu sehen gab, und ging mit dem Mann nach draußen. Er blinzelte, als er hinaustrat. Die Halle hatte das helle Sonnenlicht ausgesperrt.

»Haben Sie vielen Dank, Mister …«

»Fullerton.«

»Mr Fullerton. Dürfte ich wiederkommen, wenn ich noch Fragen hätte?«

Der Mann nickte widerwillig.

»Vielen Dank. Noch einen schönen Tag. Und danke für den Tee!«, rief William und schwang sich auf sein Pferd. Er gab ihm die Sporen und trabte davon.

Der junge Mann ritt nicht gleich zurück nach Gut Randolph, sondern lenkte sein Pferd durch den Wald hin zu dem geheimen Platz am Bach. Dort ließ er die Zügel seines Hengstes fallen und setzte sich ins hohe Gras an einen Baum. Jetzt musste er nachdenken.

Er holte seine Notizen, die er während des Gespräches mit dem Verwalter gemacht hatte und ging sie mit gerunzelter Stirn durch. Desmond Drake. Dieselbe Person, an die die Liebesbriefe mit der Mutter des Opfers adressiert waren. Er zog den letzten Brief aus seiner Tasche und las ihn erneut durch. Wer bewies ihm, dass Barnes den Mord begangen hatte und nicht Drake? Schließlich konnte Drake mit Abraham gestritten haben, und als er ihn niedergeschlagen hatte, beugte sich Barnes über den Jungen, um ihm zu helfen. William war sich inzwischen sogar ziemlich sicher, dass es so gewesen war. Diese ganze Angelegenheit war zu seltsam. Mary-Ann, die felsenfest davon überzeugt war, dass ihr Vater niemals jemanden umgebracht hätte. Der Kutscher, der die Unterlagen verlangt und versteckt hatte und die Liebesbriefe, die auf einen möglichen Streit hinwiesen. Doch wie konnte er das beweisen? Dazu musste er diesen Drake zur Rede stellen. Doch wer war Drake? Wo war er? Er musste ihn finden. Vielleicht könnte er ihn dann über seine Verbindungen in Oxford vor Gericht stellen und den Fall noch einmal aufrollen.

William las sich die Personenbeschreibung durch, die Garfield und der Verwalter ihm gegeben hatten. Kein Bart, mittlere Größe, mittleres Alter, groß – das konnte er wohl kaum ernst nehmen bei Garfield, der selbst so klein war – dunkelbraunes, fast schwarzes Haar, buschige Augenbrauen, Hakennase, großes Kinn. Aber das war vor fast vier Jahren gewesen. Vielleicht hatte er jetzt einen Bart.

Seine Gedanken schweiften zu seinem Kutscher. Was hatte er mit der ganzen Angelegenheit zu tun? Unwillkürlich verglich er den Kutscher mit der Beschreibung. Mittlere Größe, mittleres Alter. Aber ein Bart. Dunkelbraunes Haar? Ja. Hakennase? Ja. Großes Kinn? Ja.

Ein Schauder lief seinen Rücken hinunter. Die Beschreibung passte.

Aber was war mit seinem Namen? Er hieß doch Donovan Harrison.

Einen Namen kann man leicht ändern, schoss es ihm durch den Kopf. Wieder schauderte es ihn. Sollte es tatsächlich so sein, dass der Kutscher in Wahrheit nicht Donovan Harrison war, sondern Desmond Drake, der Mörder von Abraham Howard-Smith? Ein Betrüger?

Nun, die Personenbeschreibung passte – bis auf den Bart. War das nicht Beweis genug?

William wusste langsam, was er als Nächstes zu tun hatte. Er musste den Kutscher entlarven, aber er durfte ihm nicht durch die Lappen gehen. Sein Herz klopfte. Er ging verschiedene Möglichkeiten durch, doch keine erschien ihm sinnvoll. Wer einmal die Flucht ergriffen hatte, würde nicht scheuen, es noch einmal zu tun – und das nächste Mal vielleicht nicht nur wenige Kilometer weiter.

Da fiel sein Blick auf den Brief in seiner Hand. Was war eigentlich aus Beatrice geworden? So weit er wusste, war sie noch immer mit Sir Howard-Smith verheiratet. Sie kamen immer zusammen zu gesellschaftlichen Anlässen.

Trafen sich der Kutscher und sie womöglich immer noch heimlich? Sollte er es daher zuerst bei Mrs Howard-Smith versuchen? Eine Frau konnte er vielleicht leichter überzeugen, dass das Spiel ausgespielt war. Selbst wenn die Beziehung tatsächlich beendet worden war, könnte sie ihm immer noch gestehen, dass ihr Ex-Geliebter nicht Donovan Harrison hieß.

Mit diesem Plan war William zufrieden. Er beschloss, der Dame gleich morgen einen Besuch abzustatten.

Ein gespanntes Kribbeln erfüllte seine Sinne. Er war auf dem Weg zum Ziel!

Beschwingt stieg er auf sein Pferd und machte sich in der Dämmerung auf den Weg zurück zum Gut.

33

Am nächsten Tag erlebte er allerdings eine Enttäuschung. Als er an der Haustüre der Howard-Smiths klopfte, öffnete ein Diener, der ihm mitteilte, dass die Hausherrin für zwei Tage verreist sei und erst übermorgen wiedererwartet würde.

So musste sich William gedulden. Er zog in Erwägung, seine Pläne zu ändern, sagte sich aber, dass es sinnvoller wäre, zu warten und den Kutscher im Glauben zu lassen, alles wäre in Ordnung.

In der Zwischenzeit besuchte er seine Schwester und seinen kleinen Neffen. Er war sehr angetan von dem kleinen Luke, doch als er nach Hause kam, war er sehr besorgt um seine Schwester, obwohl seine Mutter ihm versichert hatte, dass sie sich jetzt schnell erholen würde. Mrs Auburn hatte beschlossen, noch einige weitere Tage bei Megan zu verbringen, was ihm aber eher noch einen weiteren Grund zur Besorgnis gab. Er versuchte sich damit zu beruhigen, was sein Vater zu sagen pflegte: »Lass nur die Frauen! Das ist eine andere Welt, die wir wohl nie verstehen werden.«

Abends ging William zu ihrem Treffpunkt. Er wusste, dass er nicht einfach wegbleiben konnte, auch wenn er das im Moment vielleicht am liebsten gemacht hätte. Aber das wäre Mary-Ann gegenüber nicht fair gewesen.

Zu seiner Erleichterung war sie noch nicht da, als er an dem Ort ankam, wo sie sich immer trafen.

O Gott, sag mir doch, was richtig ist. Gib mir die richtigen Worte, wenn ich mit ihr spreche, flehte er still.

Er sah, wie schwaches Licht auf den Kies vor der Eingangstür fiel und wieder verschwand.

Er stellte sich in den Schutz der Hecke, als sich ihm leise Schritte näherten. Von dort aus beobachtete er, wie Mary-Anns zierliche Gestalt auf ihn zukam. Irgendetwas regte sich in seinem Herzen.

Warum war er eigentlich so verwirrt? Mary-Ann war die beste Freundin, die er je gehabt hatte! Ihr hatte er mehr erzählt, als irgendjemand anderem. Sie war diejenige gewesen, die ihm Mut gegeben hatte, wenn er nicht mehr weitergewusst hatte. Welches Mädchen könnte er mehr lieben als sie?

Sein Herz begann zu klopfen. Oh ja, jetzt war er sich sicher. Für Mary-Ann würde er jede Schwierigkeit in Kauf nehmen! Ihre Liebe war rein und süß, nichts Falsches war darin.

Als Mary-Ann an ihrem Treffpunkt angekommen war, trat William hinter der Hecke hervor.

Mary-Ann fuhr erschrocken herum.

»Ich bins nur«, sagte William beruhigend. Er trat nahe an sie heran, hob ihr Kinn und sah ihr in die Augen. »Ich liebe dich, Mary-Ann.«

Mary-Anns Herz machte einen Satz, als sie diese Worte aus seinem Mund hörte. Plötzlich war jegliche Unsicherheit gegenüber William und jeder Gedanke, den sie sich seit ihrem letzten Treffen gemacht hatte, wie weggeblasen. Sie wollte antworten, doch kam nicht dazu, denn William beugte sich zu ihr herunter und küsste sie.

Obwohl Mrs Auburn nicht anwesend war, hatte Mary-Ann nicht weniger zu tun. Die Zeit, die sie sonst bei ihr gewesen war, verbrachte sie nun mit Fenster putzen, kehren und wischen. So gutmütig Molly auch war, sie hatte es nicht gern, wenn die Mädchen faul herumstanden und »im Nichtstun versauerten«, wie die Haushälterin zu sagen pflegte.

Schließlich kam der Tag, an dem William sich erneut auf den Weg zu Beatrice Howard-Smith machte. Es wurde auch langsam Zeit, denn seine Ferien näherten sich dem Ende zu.

Er klopfte an der Haustüre, wurde eingelassen und wartete in der großen, kühlen Eingangshalle. Andere hätten wohl das kunstvolle Treppengeländer und die schweren Teppiche bewundert, doch William war an solch einen Reichtum gewöhnt.

Endlich kam Beatrice mit raschelnden Röcken in die Halle und begrüßte den jungen Herrn.

»William Auburn! Welch eine Ehre«, meinte sie hocherfreut und William küsste der älteren Dame die Hand. »Komm doch bitte mit in den Salon.«

William folgte Beatrice und setzte sich auf ein Sofa. Beatrice nahm ihm gegenüber Platz.

»Möchtest du gerne eine Tasse Tee?«

William schüttelte den Kopf.

»Was führt dich denn zu mir?«, fragte Beatrice.

»Nun. Es geht ... um eine Angelegenheit, die ... schon mehrere Jahre zurückliegt. Es fällt mir nicht leicht, darüber zu sprechen, aber ... in gewisser Weise betrachte ich es als meine Pflicht. Wie Sie vielleicht wissen, studiere ich derzeit in Oxford Jura.«

»Ja, ich habe davon gehört.«

William holte tief Luft. »Ich bin dabei, den Fall um Ihren Sohn nochmals aufzugreifen.« Er wartete auf die Reaktion der Dame.

Sie schnappte nach Luft. »Oh nein! Nicht noch einmal!«

»Es tut mir leid, doch es scheint, dass damals einiges schiefgelaufen ist. Eventuell ist manchen Leuten großes Unrecht angetan worden. Ich komme zu Ihnen, da ich denke, dass Sie vielleicht mehr über den Mordfall wissen – oder erahnen – als alle anderen.«

William sah, wie die Dame schluckte und versuchte, nicht ihre Fassung zu verlieren. Er fuhr fort: »Darf ich Sie bitten, mir einige Fragen zu beantworten?«

Beatrice nickte stumm.

»Ich möchte nicht lange um den heißen Brei herumreden. Ich hege den dringenden Verdacht, dass nicht Michael Barnes Ihren Sohn umgebracht hat, sondern einer seiner damaligen Arbeitskollegen mit Namen Desmond Drake.« William beobachtete das Gesicht von Beatrice genau. Er spürte, wie sich ihre Muskeln anspannten. Er war auf der richtigen Spur.

»Sagt Ihnen der Name etwas?«, fragte er mit fester Stimme.

Beatrice sagte nichts.

»Ich möchte Sie bitten, mir zu antworten. Diese Angelegenheit hat das Leben einiger Menschen sehr durcheinander gebracht.«

Beatrice atmete tief ein und öffnete den Mund, doch es kam nur ein kläglicher Laut aus ihrer Kehle.

William nahm sich zurück. Vielleicht sollte er ein wenig sanfter mit der älteren Frau umgehen.

»Hören Sie. Es wird Ihnen nichts geschehen. Ich bitte Sie lediglich, mir bei der Lösung dieses Falls zu helfen.«

Beatrice nickte. Sie brauchte noch einen Moment, um antworten zu können. »Ich kannte Mr Drake«, sagte sie schließlich mit zitternder Stimme.

»Können Sie sich vorstellen, dass Desmond Drake den Mord an Ihrem Sohn begangen hat und nicht Michael Barnes?«

William sah, dass Beatrice den Tränen nahe war, doch davon durfte er sich nicht beeindrucken lassen.

Beatrice schüttelte energisch den Kopf.

»Was macht Sie so sicher?«, fragte er forschend.

»Oh, William! Musst du einer alten Dame so etwas antun?«, rief sie verzweifelt.

»Können Sie es sich vorstellen?«, beharrte William auf seine Frage.

Beatrice schluchzte hysterisch auf. Sie wusste, dass sie keine Kraft mehr hatte, das Spiel weiterzuspielen. Zitternd hob sie ihr Spitzentaschentuch an ihre Lippen. Mit leerem Blick starrte sie auf den Boden. »Ich weiß es sogar sicher.«

William konnte seine Aufregung, die dieses Geständnis verursachte nicht verbergen, als er die nächste Frage stellte. »Sie behaupten also zu wissen, dass Desmond Drake Ihren Sohn Abraham umgebracht hat?«

Beatrice nickte. Sie schien von einem Moment auf den anderen eine gebrochene Frau zu sein.

»Wissen Sie, wo Desmond Drake jetzt ist?«

Beatrice nickte.

»Wo?«

Aufschluchzend verbarg die Dame ihr Gesicht in ihren Händen.

William wartete, bis sie sich wieder im Griff hatte.

Beatrice tupfte sich die Augen mit ihrem Taschentuch. Ihren Blick zur Seite gerichtet sagte sie: »Er nennt sich jetzt Donovan Harrison.«

Jetzt schaute sie William herausfordernd an. Was würde er dazu sagen, dass der eigentliche Mörder sein eigener Kutscher war?

»Ich habe es mir gedacht«, sagte William in seiner nüchternen Art.

Beatrice schnappte nach Luft. »Wie bitte? Du hast es schon gewusst?«

»Ich brauchte nur noch jemanden, der es mir beweisen konnte«, antwortete William.

»Jetzt ist alles aus«, sagte die Dame leise. »Werden Sie ihn jetzt verhaften?«

William zuckte die Achseln. »Nun, ich werde ihn vor Gericht bringen.« Forschend sah er die Frau vor sich an. »Mrs Howard-Smith? Woher wissen sie eigentlich die Wahrheit?« William wusste, was jetzt kommen würde. Wenn sie es ihm nicht sagen würde, würde er das Geständnis vor Gericht aus dem Kutscher herauskitzeln. Mit hängenden Schultern flüsterte sie: »Desmond Drake war mein Liebhaber.«

William nickte und zog den Brief aus seiner Tasche. Er reichte ihn der Dame und stand auf. Mit zitternden Händen faltete Beatrice den Brief auseinander und las die Worte, die sie selbst einst geschrieben hatte. Ein Blick voller Schmerz lag in ihren Augen. »So fallen die Sünden der Jugend also wieder auf einen zurück«, meinte sie bitter.

William war sich zwar sicher, dass sie zu der Zeit nicht mehr so jugendlich gewesen war, doch er ahnte, was sie meinte.

»Jetzt wird es bald jeder wissen, einschließlich meines Mannes …« Leise begann sie zu weinen.

Sie tat William leid, doch er konnte nichts tun. Sie hatte es sich selbst eingebrockt. »Es tut mir leid, Mrs Howard-Smith«, sagte er mit so viel Mitleid in der Stimme, wie er aufbringen konnte.

»Begeh nicht denselben Fehler, mein Junge!«

William nickte und steckte den Brief wieder ein. »Sie werden vermutlich bald vor Gericht aussagen müssen …«, sagte er vorsichtig.

Beatrice nickte. »Ja. ich weiß.«

»Und, Mrs Howard-Smith? Darf ich Sie um einen großen Gefallen bitten?«

Beatrice blickte ihn fragend an.

»Sprechen Sie mit niemandem darüber, bis die Verhandlung begonnen hat. Wenn Sie jemandem davon erzählen – oder gar Mr Drake warnen –, dann könnte es sehr schlimme Folgen haben.« William verschwieg, dass er damit meinte, dass Mr Drake sich womöglich für immer aus dem Staub machen und die ganze Sache niemals aufgeklärt werden könnte.

»Ich werde schweigen«, antwortete die Dame. »Ich kann nicht mehr mit dem Wissen leben, dass der Mörder meines Sohnes frei herumläuft«, meinte sie mehr zu sich selbst, als zu dem jungen Mann, der ihr gegenüber stand.

»Auf Wiedersehen, Mrs Howard-Smith«, verabschiedete sich William und ließ eine zerschlagene, gedemütigte alte Dame zurück.

In der Stadt schickte William sofort ein langes Telegramm nach Oxford, um seinem Professor mitzuteilen, dass er jemanden anklagen wollte – vielleicht schon als Rechtsanwalt der Familie Barnes.

Dann ging alles sehr schnell. Schon am nächsten Tag erhielt William ein Telegramm von dem Professor zurück, in dem stand, dass er als Assistent vor Gericht mitarbeiten dürfe – als Vorübung.

Mr Ferrier, ein befreundeter Rechtsanwalt des Professors, war bereit, aus Oxford zu kommen, um William dem Gericht als Assistent zu präsentieren. Die wenigen Tage der Ferien, die William noch hatte, wurden verlängert auf die Dauer des Verfahrens.

Mr Ferrier, ein älterer Mann mit nur noch sehr wenigen Haaren und einer kleinen Nickelbrille, unter der seine Augen mal lustig hervorzwinkerten, mal in aller Strenge schauten, kam zwei Tage später mit dem Zug. William verstand sich auf Anhieb mit ihm.

Der erfahrene Rechtsanwalt wurde vorerst nicht auf Gut Randolph einquartiert, damit der Kutscher keinen Verdacht schöpfen konnte. Desmond Drake war noch immer in dem Glauben, dass die Akte sicher in seiner Truhe lag. Sie konnten von Glück – oder Gottes Hilfe – sprechen, dass er nie nachsah.

William und Mr Ferrier nahmen sich zwei Tage Zeit, um alles vorzubereiten. Sie sprachen mit dem Richter der Stadt Tainbridge. Es war inzwischen ein neuer Richter da, der den Fall nicht kannte und nach Prüfung des Antrags entschied, den Fall noch einmal aufzurollen. Um sich den wichtigsten Zeugen zu sichern, wurde ein Haftbefehl ausgestellt und die Polizei kam zum Gut Randolph.

William hatte seiner Familie und den Bediensteten Bescheid gegeben, sodass alle zu ihrer eigenen Sicherheit im Haus waren. William und sein Vater führten die Polizisten zum Stall, wo der Kutscher gerade einen Sattel reinigte.

»Mr Desmond Drake!«, sprach einer der beiden Polizisten den Kutscher mit seinem wahren Namen an.

Sein Kopf flog herum. Diesen Namen hatte er schon seit längerem nicht mehr gehört.

»Sie sind wegen des dringenden Tatverdachts, einen Mord begangen zu haben, verhaftet.«

Der andere Polizist ging zum Kutscher und legte ihm bereits Handschellen an.

»Was?«, schrie der Kutscher wütend und versuchte sich zu wehren. »Das muss ein Irrtum sein! Mr Auburn, Sir, sagen Sie den Polizisten, wie treu ich Ihnen gedient habe!«

»Nun, Donovan Harrison hat mir tatsächlich treu gedient. Aber nicht Desmond Drake …«

Der Kutscher schnaubte wütend und verlangte seine Sachen mitnehmen zu dürfen. Dies wurde ihm gestattet. Was er mitnahm, war die Truhe, in die er seine restlichen Sachen mit hineingestopft hatte.

Als die Polizeikutsche endlich vom Hof des Gutes rollte, atmeten alle auf. Besonders Mary-Ann, die alles, so weit es ihr möglich war, von dem Küchenfenster aus beobachtet hatte.

Leonhard hatte seine Haltung Mary-Ann gegenüber geändert, seit fest stand, dass William den Fall neu aufrollte. Vielleicht war sie doch nicht die Tochter eines Mörders – sondern die Tochter eines Mannes, der zu Unrecht verurteilt worden war und dazu ein Mädchen, das dieses Schicksal mit größter Fassung getragen hatte.

In der Stadt sprach sich die Nachricht wie ein Lauffeuer herum. Wenn extra ein Rechtsanwalt aus Oxford angereist war, um den Fall zusammen mit dem Sohn der Familie Auburn noch einmal vor Gericht aufzurollen, und ein anderer möglicher Mörder verhaftet worden war, musste das gute Gründe haben.

Die Leute schauten Lucy gespannt hinterher und tuschelten. Doch die Blicke waren nicht mehr bösartig, sondern interessiert und neugierig.

Justin war stets eifrig dabei gewesen, auch in den Pausen im Klassenzimmer zu bleiben und weiterzurechnen und zu schreiben, denn auf dem Pausenhof wollte sowieso keiner mit ihm spielen. Jetzt fragten ihn die anderen Jungen jedoch neugierig nach seinem Vater aus.

Der Verhandlungsbeginn wurde auf den vierten April festgesetzt.

William und Mr Ferrier bereiteten alles auf den besagten Tag vor.

Alle Zeugen waren vorgeladen worden.

34

Am vierten April wachte Mary-Ann nach einer unruhigen Nacht mit klopfendem Herzen auf. Vielleicht würde schon heute die Unschuld ihres Vaters bewiesen werden. Sie konnte es kaum erwarten. Dann würden endlich alle Leute sehen, dass sie Unrecht gehabt hatten!

Bevor sie ging, um Mrs Auburn zu wecken, schlug sie noch ihre Bibel auf, um den Tag mit Gott zu beginnen. Sie dankte ihm von ganzem Herzen, dass die Verhandlung so schnell möglich gewesen war. Vor wenigen Monaten hätte sie dies nicht zu träumen gewagt.

»Gott segnet die, die nach Gerechtigkeit hungern, denn sie werden im Überfluss erhalten«, las Mary-Ann in dem Bibeltext vor sich. Was für eine Verheißung an dem Tag, der vor ihr lag!

»Gott segnet die Barmherzigen, denn sie werden Barmherzigkeit erfahren.«

Das wollte sie sich für die nächsten Tage selbst vornehmen.

William war nicht weniger aufgeregt als Mary-Ann, war er doch noch nie direkt an einer Gerichtsverhandlung beteiligt gewesen. Doch heute sollte er zum ersten Mal vor dem Richter und allen anderen stehen und ihnen die Unschuld von Michael Barnes – und die Schuld des Kutschers – darlegen. Er war froh, dass er Mr Ferrier an seiner Seite hatte. Mr Ferrier hatte mit ihm und dem Richter besprochen, dass William in der Verhandlung das Wort führen sollte – da würde er weit mehr lernen, als wenn er zusah, oder an der Universität lernte.

Auch William hatte die Bibel am Morgen zur Hand genommen und gelesen, was Gott ihm sagen wollte.

Er war ermutigt von der Tatsache, dass Gott zu ihm stand – und so Tausende gegen ihn sein könnten. Gott würde für Gerechtigkeit sorgen. Mit dieser Hoffnung und dem damit verbundenen Frieden wurde er an der Seite seiner Familie und Mary-Ann von ihrem inzwischen neu eingestellten Kutscher zum Gericht gefahren.

Als sie dort ankamen, hatten sich bereits viele Leute eingefunden. Alle waren neugierig und wollten das seltene Ereignis einer Gerichtsverhandlung um einen Mord nicht verpassen. Die Frauen standen in Grüppchen zusammen und tauschten lautstark ihre Meinung darüber aus, wer wohl der wahre Mörder sei. Auch die Männer diskutierten. Für Lucy Barnes war es keine angenehme Situation. Mary-Ann hatte sie am Rande der Menge mit Justin an der Hand entdeckt.

Die Kinder, die heute nicht zur Schule mussten, da es ein Samstag war, liefen aufgeregt herum und spielten zwischen den vielen Erwachsenen Fangen und Verstecken.

William wurde schon von Mr Ferrier erwartet. Er wollte Mary-Ann noch ermutigend zuzwinkern, doch sie war schon zu ihrer Mutter geeilt, sobald die Türen ihrer Kutsche geöffnet worden waren.

Die beiden Rechtsanwälte bahnten sich einen Weg durch die aufgeregte Menschenmenge und wurden an einem Seiteneingang eingelassen. Bis jetzt waren die Türen noch nicht für jedermann geöffnet.

Um zehn Uhr öffneten sich dann die Tore zu dem großen Saal. Man hatte schon vermutet, dass man für möglichst viele Leute Platz schaffen musste. Die Stadtbewohner strömten herein, bis der Saal brechend voll war und die Türen geschlossen wurden. Der Rest musste draußen bleiben. Als der Richter die Verhandlung begann, verstummte das allgemeine Gemurmel.

Der Kutscher saß mit grimmigem Gesicht an einem kleinen Tisch direkt vor dem Richterstuhl. Seine Miene veränderte sich nicht während des Prozesses.

Mr Ferrier war derjenige, der als erster das Wort ergriff. Er sprach jedoch nur kurz, dann bedeutete er William, sich zu erheben und fortzufahren. William legte dem Richter die Beweise vor, dass Abraham *nicht* von Michael Barnes ermordet worden war. Dazu rief er einige Zeugen auf. Zuletzt Mrs Howard-Smith, die William mit zittriger Stimme auf dieselben Fragen dieselben Antworten gab, wie vor Kurzem in ihrem Zuhause.

Ein Raunen ging durch die Reihen, als sie die Liebschaft zugab.

Sir Howard-Smith sprang auf. »Was?«, schrie er mit hochrotem Kopf. »Mit diesem Mann? Du?«

Beatrice klammerte sich an ihren Stuhl.

Sir Howard-Smith wollte nach vorne eilen, doch der Richter hielt ihn zurück, indem er mit seinem Hammer auf den Tisch vor sich klopfte. »Setzen Sie sich«, forderte er den erregten Mann mit strenger Stimme auf.

Sir Howard-Smith gehorchte, doch nicht, ohne einen Schwall von Gemeinheiten auf den Angeklagten loszuwerden.

»Und schweigen Sie!«, rief der Richter, worauf Sir Howard-Smith verstummte. Die Menge flüsterte leise weiter.

»Ruhe im Saal!«, schrie der Richter erbost und klopfte energisch mit seinem Hammer auf den Tisch. Es wurde leise. »Fahren Sie bitte fort«, sagte der Richter zu William gewandt.

William fragte Mrs Howard-Smith weiter aus. Es war schwer, die Menge ruhig zu halten bei den Geheimnissen, die nach so langer Zeit endlich herauskamen.

William spürte die gespannten Blicke aller auf sich ruhen. Die Menge hing an den Lippen des jungen Herrn. Es schien alles so einleuchtend, was er da vorne erzählte – genauso, wie es vor vier Jahren ebenso einleuchtend geklungen hatte. William entdeckte auch Megan und Charles in der Menge. Megan hatte sich tatsächlich schnell von der Geburt erholt. Der kleine Luke war jedoch nicht dabei, sondern in der Obhut seiner Kinderfrau.

Als sich Mrs Howard-Smith wieder setzen durfte, waren alle Blicke auf die Dame und ihren Ehemann gerichtet. Was würde er tun? Doch er tat nichts. Seine Frau setzte sich schweigend und gequält unter den neugierigen Blicken zu ihm auf die Bank und der Richter ordnete eine Mittagspause an. Die Menschen strömten aus dem stickigen Saal heraus, um an die frische Luft zu gehen, sich angeregt über die Geschehnisse zu unterhalten und etwas zu essen.

William ließ sich geschafft auf seinen Stuhl fallen.

»Sehr gut gemacht, William«, lobte ihn Mr Ferrier. »Aus Ihnen wird einmal ein guter Rechtsanwalt.«

»Danke, Mr Ferrier. Ich hatte nicht geahnt, wie nervenaufreibend so eine Verhandlung ist.«

Mr Ferrier lachte. »Nur keine Sorge. Da gewöhnt man sich schnell dran.«

Da kam Mrs Auburn auf ihren Sohn zugelaufen. »Mein Junge«, rief sie gerührt und drückte ihn an sich. »Ich bin ja so stolz auf dich.«

Mr Auburn schenkte William einen lobenden Blick und klopfte ihm anerkennend auf die Schulter. »Gut gemacht, mein Junge.«

Megan gesellte sich mit Charles dazu und schenkte ihm ein Lächeln. William entging jedoch nicht die tiefe Traurigkeit und Schwäche, die in ihren Augen lag.

»Oh, William, ich bin begeistert! Ich kann stolz sein, einen so prächtigen Schwager zu haben«, lobte Charles.

»So, ich werde dann mal sehen, wo ich etwas zu Essen auftreiben kann«, unterbrach Mr Ferrier die Familie und setzte sich seinen Hut auf.

»Kommt gar nicht in Frage! Sie werden mit uns essen«, lud Mr Auburn den Rechtsanwalt in einem Ton ein, der keinen Widerspruch duldete.

Gemeinsam gingen sie in ein Restaurant in der Stadt, während Mary-Ann zu Hause saß und einen schnell erwärmten Eintopf löffelte.

»Ich weiß gar nicht, was ich sagen soll, mein Schatz«, meinte Lucy.

»Ich auch nicht, Mama. Es scheint so … so unwirklich zu sein. Wenn es wirklich wahr werden würde, dass Papa dann wieder nach Hause kommen kann …«

»Noch ist die Verhandlung ja nicht vorbei. Ich bin gespannt, was Mr Drake zu seiner Verteidigung sagen wird.«

Mary-Ann nickte bedächtig. »Komm, lass uns beten«, schlug sie dann vor und gemeinsam falteten sie die Hände, um Gott nicht zum ersten Mal die Angelegenheit ans Herz zu legen.

Danach machten sie sich wieder auf zum Gerichtssaal. Sie mussten sich nicht beeilen, da William ihnen einen Platz gesichert hatte.

Der Saal war schon wieder fast bis auf den letzten Platz besetzt, als sie eintraten. Lautes Stimmengemurmel erfüllte den Raum, bis der Richter einige Male mit seinem Hammer geklopft hatte. Er forderte William auf, den Angeklagten zu befragen.

William erhob sich. »Mr Desmond Drake, stimmen Sie der Aussage von Mrs Beatrice Howard-Smith zu, dass Sie eine geheime Liebschaft hatten, von der nur Abraham Howard-Smith etwas wusste?«

Der Kutscher nickte.

»Antworten Sie laut und deutlich, bitte«, forderte der Richter ihn auf.

»Ja.«

»Hatten Sie und Abraham Howard-Smith eine Auseinandersetzung, als Abraham die Werkstatthalle betrat?«

»Ja.«

»Was hat diese Auseinandersetzung herbeigeführt?«

»Abraham kam in die Halle. Ich denke, er wusste nicht, dass ich da war. Als er mich sah, ging er auf mich los.«

»Was wollen Sie damit sagen: Er ging auf Sie los?«

»Er hat mich beschimpft und … ich weiß nicht mehr genau, was er sagte, doch er warf mir an den Kopf, ich hätte seine Mutter … verführt.«

»Was haben Sie daraufhin getan?«

»Ich … habe es mir nicht gefallen lassen und mich gerechtfertigt. Mit Worten.«

»Weiter.«

»Dann … hat er mich angegriffen.«

»Drücken Sie sich bitte deutlicher aus.«

»Er hat mich an den Schultern gepackt, mich geschüttelt, an die Wand gepresst und mir ins Gesicht geschlagen. Na ja, und dann hab ich mich eben zur Wehr gesetzt.«

»Wie haben Sie sich zur Wehr gesetzt?«

»Zuerst mit Händen und dann mit dem Werkzeug, das mir in die Finger kam.«

Die Menge begann zu flüstern.

Das war das Geständnis gewesen! William warf dem Richter einen fragenden Blick zu, ob er weitermachen sollte. Der Richter nickte. »Ruhe!«, rief er.

»Ein Messer?«, fuhr William fort.

Der Kutscher nickte, doch verbesserte sich gleich selbst. »Ja«, antwortete er.

»Wollen Sie damit sagen, dass Sie Abraham Howard-Smith nur aus

Notwehr ermordet haben oder ist nicht doch ein wenig Zorn mitgeschwungen?«

Der Kutscher wand sich innerlich unter den Worten.

»Antworten Sie wahrheitsgemäß«, erinnerte ihn William.

»Es schwang wohl auch etwas Zorn mit«, gab er gepresst zur Antwort.

»Normalerweise ist es so, dass ein Mensch vor einem Messer zurückschreckt. Darf ich annehmen, dass das Abraham Howard-Smith auch getan hat?«

Der Kutscher knurrte erbost. Dieser junge Mann, den er oft herumkutschiert hatte, war geradewegs dabei, ihm sein Argument wegzunehmen, auf das er sich die ganze Zeit gestützt hatte. Notwehr.

»Geben Sie ihm eine Antwort«, erinnerte der Richter mit lauter Stimme.

»Ja, er ist zurückgewichen«, sagte der Kutscher widerwillig.

»Und Sie haben ihm das Messer trotzdem in die Brust gerammt?«

Jetzt war es aus mit der Beherrschung des Kutschers und er schrie die nächsten Worte. »Er hat mich gereizt! Provoziert! Er hat mir ins Gesicht gespuckt und gerufen, ich würde mich niemals trauen, Beatrices Sohn zu töten!«

William blieb ruhig. »Aber Sie haben sich doch getraut?«

»Jawohl, das habe ich.«

Wieder ging ein Raunen durch die Reihen. Der Richter klopfte auf den Tisch. Es wurde still und der Richter gab William ein Zeichen, weiterzumachen.

William wusste nicht, was er noch weiter tun sollte. Jetzt war doch alles gesagt! Hilflos schaute er sich um, doch Mr Ferrier hatte sich schon erhoben.

»Mr Drake. Sie haben gerade gestanden, dass Sie Abraham Howard-Smith ermordet haben und somit vor vier Jahren im Gericht nicht die Wahrheit gesagt haben. Euer Ehren«, sagte Mr Ferrier und reichte dem Richter das Protokoll des Verfahrens vor vier Jahren. »Mr Drake hat ausgesagt, er sei daneben gestanden und hätte nichts tun können, als Michael Barnes Abraham umgebracht hat.«

Der Richter nickte.

»Außerdem haben Sie, Mr Drake, vier Jahre lang unter einem falschen Namen gelebt. Sie gaben sich als Donovan Harrison aus und arbeiteten bei Familie Auburn als Kutscher. Leugnen Sie das?«

»Nein«, sagte der Kutscher mit leiser, belegter Stimme und räusperte sich. »Nein«, wiederholte er.

»Geben Sie zu, dass Michael Barnes nichts weiter mit dem Mord zu tun hat, als dass er dabei war und sich anschließend über den Toten beugte, um zu sehen, ob er helfen könne?«

Der Kutscher atmete tief durch. Seine Schande war schon so groß, sie konnte nicht mehr schlimmer werden. »Ja«, sagte er schließlich mit beherrschter Stimme.

Betretene Stille herrschte im Raum.

»Euer Ehren, keine weitere Fragen«, schloss Mr Ferrier an den Richter gewandt und verbeugte sich.

»Das Gericht wird über den Fall beraten. Morgen um zehn Uhr wird das Urteil über Mr Donovan Drake … über … über Desmond Drake«, verbesserte er sich schnell, »verkündet. Michael Barnes wird hiermit freigesprochen. Er darf so bald wie möglich nach Hause kommen. Die Sitzung ist geschlossen.« Der Richter schlug mit dem Hammer auf den Tisch und Mary-Ann und Lucy fielen sich vor Erleichterung in die Arme. Tränen liefen ihnen ungehindert übers Gesicht.

»Ich kann es noch gar nicht glauben! Es ist wirklich wahr!«, rief Mary-Ann und lachte ihren Bruder an. »Justin! Unser Papa darf zurückkommen!«

Justin sprang aufgeregt herum. »Juhu! Juhu!«, schrie er laut und landete in den Armen von William, der sich einen Weg zu den Barnes gebahnt hatte. Verdutzt schaute er den Mann an, der dort vorne so lange geredet hatte. »Hallo«, meinte William lachend und reichte dann Lucy die Hand. »Glückwunsch, Mrs Barnes«, sagte er freudig lächelnd.

»Der Glückwunsch gilt Ihnen, Mr Auburn«, wehrte Lucy ab und schämte sich nicht ihrer Tränen. »Ich hätte nie gedacht, dass es so schnell gehen würde.«

»Ich auch nicht«, lachte William. »Ich auch nicht.«

Dann wandte er sich zu Mary-Ann.

»Danke. Vielen, vielen Dank«, flüsterte sie gerührt und drückte ihm die Hand, obwohl sie ihn am liebsten umarmt hätte. Er erwiderte ihre Geste und lächelte. »Gerne geschehen.«

Mr Ferrier klopfte William von hinten auf die Schulter. »Junger Mann«, sagte er. »In meiner gesamten Berufszeit habe ich noch nie erlebt, dass ein Mörder so schnell überführt wurde.«

William zuckte die Achseln. »Er war es wohl auch leid, in Lügen zu leben.«

»Vielleicht«, lachte Mr Ferrier. »Aber der Richter möchte Sie gerne sprechen. Er ist ganz angetan von Ihnen.«

Erstaunt ließ sich William von Mr Ferrier in einen kleinen Raum hinter dem Saal führen, wo der Richter in einem Sessel saß und einen Tee trank.

»Ah, da ist er ja«, rief er, als er William sah. »Setzen Sie sich doch bitte.«

William tat wie ihm geheißen. Er wusste nicht, was ihn erwartete.

Der Richter seufzte. »Wissen Sie«, begann er. »Ach, möchten Sie auch einen Tee?«

»Ja, gerne. Vielen Dank.«

Jemand reichte ihm eine Tasse.

»Wissen Sie«, begann der Richter erneut. »Ich hatte mich wirklich auf einen längeren Prozess eingestellt. Bei einem Mord dauert es oft Wochen, bis ein Urteil gefällt werden kann.«

»Nun ja, der Fall wurde ja schon einmal verhandelt und der Angeklagte hatte sich keinen Anwalt besorgt ...«, versuchte William zu erklären.

»Trotzdem«, widersprach der Richter. »Ich ... Sagen Sie, wie weit sind Sie eigentlich schon in Ihrem Studium?«

»Leider noch nicht sehr weit. Ich beginne mit dem vierten Semester, wenn ich nach Oxford zurückkehre.«

»Mit dem vierten? Da sind Sie ja erst am Anfang!«

William nickte.

»Dafür haben Sie sich aber schon sehr gut geschlagen. Einen Mörder an einem Tag ...«

William zuckte verlegen die Achseln.

»Hören Sie, mein Junge, was halten Sie davon, wenn ich Ihnen … ein Empfehlungsschreiben verfasse?«

»Ein Empfehlungsschreiben?«

»Ja, für Ihre künftige Stelle als Rechtsanwalt – wenn Sie ihr Studium abgeschlossen haben.«

»Oh«, sagte William nur.

Der Richter setzte sich an seinen Schreibtisch und begann zu schreiben … »Wie lautet Ihr genauer Name?«

»William George Auburn.«

Die Leute, die im Gerichtsaal gewesen waren, zerstreuten sich langsam in alle Richtungen. Beschämt schlichen sie an den Barnes vorbei. Manche trauten sich sogar schon, Lucy die Hand zu drücken. Manche waren so ehrlich, dass sie eine kleine Entschuldigung hervorbrachten.

Ein Klassenkamerad von Justin rief im zu: »Bis Montag in der Schule!«

Mary-Ann spürte viele Blicke auf sich ruhen. Ehemalige Klassenkameraden und andere Stadtbewohner. Einen Moment lang, stieg der Zorn in Mary-Ann hoch, den sie auch früher schon empfunden hatte. Jetzt waren sie endlich still!

Doch dann erinnerte sie eine leise, sanfte Stimme in ihrem Kopf: *Gott segnet die Barmherzigen, denn sie werden Barmherzigkeit erfahren.* Ab da betrachtete sie die Menschen mit anderen Augen. Gott hatte ihr vergeben und sie war sein Kind. Er war barmherzig zu ihr gewesen – also wollte sie es ihm gleichtun. Sie beobachtete die Menschen, die mit beschämten Blicken an ihnen vorüberzogen und sprach leise für sich: *Ich vergebe euch. Ich vergebe euch. Ich vergebe euch.* Mit jedem Mal, als sie es aussprach, erfüllte sie mehr und mehr ein tiefer Friede in ihrem Herzen.

Ihr Blick wanderte zu Mrs Howard-Smith. Die Leute warfen ihr verurteilende Blicke hinterher. Mary-Ann wusste aus eigener Erfahrung, wie verletzend so etwas sein konnte. Die Dame war vollkommen aufgelöst und stieg zitternd in ihre Kutsche. Ihr Mann setzte sich neben sie und schweigend verließen sie den Platz. Die Szene erfüllte Mary-Ann mit Traurigkeit. Scheinbar hatten die Menschen aus dieser Situation nichts gelernt. Mary-Ann hing ihren Gedanken nach, als plötzlich Sara vor ihr stand. Das Mädchen hielt den Blick gesenkt. Es sah so aus, als wäre sie den Tränen nahe. »Ich … ich …«, stotterte Sara mit brüchiger Stimme. »Ich habe nicht gewusst …«

Mary-Ann schluckte. Sara. Oh, wie sehr hatte sie ihre Freundin geliebt. Wie sehr hatte sie sie dann gehasst – und wie froh war sie, dass sie nun wieder vor ihr stand. Sie selbst drohten die Tränen zu übermannen. »Es ist in Ordnung, Sara. Ich habe dir schon längst verziehen.«

Als ihre ehemalige Freundin nun ihren Blick hob, sah Mary-Ann die Tränen in ihren braunen Augen glitzern. Saras Lippen bebten. »Danke«, brachte sie hervor.

Sie standen sich gegenüber und keiner wusste so recht, was er sagen sollte. Dann konnte Mary-Ann nicht anders und sie nahm Sara in die Arme. Sie spürte, wie Saras Schultern bebten. Eine ganze Weile ließ sie Sara weinen und auch ihr liefen die Tränen die Wangen hinunter.

Als sie sich wieder losließen, wischte sich Sara die Tränen vom Gesicht. »Wenn … wenn du das nächste Mal in der Stadt bist, dann … komm doch mal vorbei, ja?«

»Ja. Gerne«, erwiderte Mary-Ann strahlend und weinend zugleich. Ach, so eine Versöhnung war befreiend! Sie lachte und wieder fielen sie sich in die Arme.

Sie ließen sich erst wieder los, als Mary-Ann zurück in die Kutsche steigen musste, und Sara winkte ihr zusammen mit Lucy und Justin nach.

35

Am nächsten Tag sprach der Richter das Urteil.

»Desmond Drake. Ich verurteile Sie wegen vorsätzlichen Mordes und Betrugs zu lebenslänglicher Haft im Tower von London. Die Sitzung ist geschlossen.«

Der Sekretär des Richters kam auf Lucy zu, als sie sich zur Tür wenden wollte, um aus dem Rathaus zu gehen. »Mrs Barnes?«

»Ja?«, sie wandte sich zu der Stimme um.

»Das Arbeitslager, in das Ihr Mann vor vier Jahren geschickt worden ist, wurde geschlossen. Die Gefangenen wurden auf verschiedene Lager im Land verteilt. Daher könnte es etwas länger dauern, bis wir ihn gefunden haben. Es tut mir leid.«

Lucy schluckte und nickte enttäuscht. Wenn ihm doch so kurz vor seiner Freilassung nur nichts geschehen würde!

Mary-Ann hätte die ganze Zeit nur singen können. Ihr Vater war freigesprochen! Er war tatsächlich kein Mörder! Ihr ewiges Hoffen hatte sich ausgezahlt! Sie war sich ganz gewiss, dass ihr Vater gefunden wurde – Gott hatte sie so weit gebracht, er würde ihn auch noch ganz aus seiner Sklaverei befreien.

Ach, wenn ich Papa doch nur jetzt schon von seiner Freiheit erzählen könnte!

Williams Ansehen war bei den Einwohnern der Stadt Tainbridge sehr gestiegen, seit er den Mordfall noch einmal aufgerollt hatte. Vor allem die Mädchen warfen ihm bewundernde Blicke zu und tuschelten aufgeregt, wenn er ihren Weg kreuzte. Bridget war nicht die einzige, die William Komplimente machte. William ließ sich nichts anmerken, ob es ihm gefiel.

Er kehrte am Tag nach dem Urteilsspruch nach Oxford zurück, um nicht zu viel von den Vorlesungen zu verpassen.

Lucy ging nun regelmäßig nach der Arbeit zum Rathaus und fragte nach, ob sie ihren Mann schon gefunden hatten. Es hatte sich als gar nicht so leicht erwiesen. Die Gefangenen waren offenbar im letzten halben Jahr mehrere Male verlegt worden, da immer mehr Arbeitslager geschlossen wurden. Sie wurde oft enttäuscht. Die einzige Hoffnung bestand aus den Sätzen, die der Sekretär immer zu sagen pflegte: »Wir sind ihm auf der Spur. Wir werden ihn finden.«

Eines Tages klopfte es an Lucys Tür. Sie stand auf, um zu sehen, wer es war. Vor ihr stand Mrs Howard-Smith.

»Guten Tag, Mrs Barnes. Ich bin gekommen, um … um mich für die vielen Jahre zu entschuldigen, die ich geschwiegen habe und … mich genauso schrecklich verhalten habe, wie die, die nur das Urteil des Richters damals kannten. Ich habe am meisten Schuld von allen. Ich hoffe, Sie können mir verzeihen …« Bevor Lucy etwas erwidern konnte, sprach sie weiter. »Ich habe Ihnen etwas mitgebracht als kleines Zeichen meiner aufrichtigen Entschuldigung.« Sie streckte Lucy einen Korb entgegen. Als Lucy das Tuch hochhob, das über den Inhalt ausgebreitet worden war, kamen frische Brötchen, würzig duftender Speck und bester Käse zum Vorschein.

»Vielen Dank«, stammelte Lucy. »Wollen Sie … Wollen Sie vielleicht hereinkommen?«

»Oh nein, das kann ich nun wirklich nicht annehmen.«

»Aber warum denn nicht? Kommen Sie nur!« Lucy trat zur Seite und ließ die Dame herein. Diese zog sich die Handschuhe aus und ließ sich von Lucy in die einfache Wohnstube führen. Lucy bot ihr einen Stuhl an. Sie sah den schockierten Gesichtsausdruck der reichen Dame nicht.

»Wissen Sie«, begann Lucy, als sie sich mit einer Kanne Tee und zwei Tassen zu der Dame setzte, durch deren Schweigen ihr Mann verurteilt worden war. »Ich habe Ihnen schon längst verziehen. Ihnen allen. Glauben Sie im Ernst, ich hätte sonst all die Jahre des Bangens überlebt?« Lucy lächelte und schüttelte den Kopf. »Natürlich ... gab es eine Zeit, in der ich wegen meiner Angst und ... meiner Bitterkeit das Leben nur schwer ertragen konnte. Ich lebte nur noch in einer Welt voller Hass und Zorn. Verstehen Sie?«

Mrs Howard-Smith nickte.

»Und dann ... wurde auch noch meine Tochter sterbenskrank und ich dachte, jetzt hätte sich alles gegen mich verschworen. Aber so war es nicht! Ganz und gar nicht! Denn dadurch, dass meine Tochter krank wurde, kam sie zu Familie Auburn. Und der Sohn der Auburns rollte den Fall erneut auf – außerdem war der wahre Mörder auch bei diesen Herrschaften, wo Mary-Ann arbeitete. Aber ... das eigentlich Ausschlaggebende war, dass Mary-Ann dort ein anderes Dienstmädchen kennenlernte, das ihr von ihrem Glauben an Gott erzählte. Von Jesus, der alles neu machen kann. Als Mary-Ann dann – völlig verändert – mir davon erzählte, habe ich gemerkt, wie falsch ich doch gelegen hatte! Gott wollte uns auch durch diese furchtbare Zeit hindurchtragen und wollte uns lehren, was es heißt, ihm wirklich zu vertrauen. Als ich das verstanden hatte, da kehrte wieder Friede und Freude in mein Herz ein – und ich konnte vergeben.«

Mrs Howard-Smith hatte still zugehört. Sie war sehr bewegt von den Worten dieser Frau.

»Ich ... ich habe auch ... sehr lange in ... Lüge gelebt«, sagte sie dann. »Zuerst habe ich meinen Mann betrogen und dann ... hab ich das Wissen, das ich über den Tod meines Sohnes besaß ... tief in mir vergraben. Bis vor kurzem hab ich geglaubt, dass ... ich es erfolgreich verdrängt hatte ... und dass es hinter mir lag, aber dann kam William Auburn zu mir und... alles ist wieder hochgekommen.«

Lucy hörte still zu.

»Ich habe dann beschlossen, dass ich zu müde bin zum Lügen. Ich hatte es so satt! Und ich denke, Desmond ... also Mr Drake ging es ebenso. Jetzt sitzen wir beide also unsere Strafe ab.«

»Mrs Howard-Smith. Auch Sie können diesen Frieden bekommen, den ich gefunden habe. Davon ändern sich bestimmt nicht die Umstände. Die Leute werden Sie wohl weiterhin verachten ... und Mr Drake hat seine Strafe trotzdem abzusitzen, doch Sie werden alles aus einer anderen Perspektive sehen.«

Überrascht blickte Mrs Howard-Smith auf. »Wie ... wie bekommt man denn diesen Frieden?«

»Wenn Sie sich Gott zuwenden, erkennen, dass Sie falsch gehandelt haben und Gottes Vergebung annehmen, dann wird er zu Ihnen kommen. Und wenn er kommt, dann wird das Ihr ganzes Leben verändern. Zum Guten natürlich!«

Mrs Howard-Smith nickte.

»Wissen Sie, eigentlich leben wir hier alle zu Gottes Ehre«, erklärte Lucy. »Er hat uns Menschen geschaffen, damit er jemanden hat, den er lieben kann. Wir sollen Freunde Gottes sein. Das Problem ist nur, dass ... Gott heilig ist und wir nicht. Aber deshalb hat Gott seinen Sohn Jesus auf die Erde geschickt und er ist für uns gestorben, damit wir zu Gott kommen können. Durch sein Blut werden wir heilig und rein – alle unsere Fehler werden tief ins Meer geworfen, heißt es in der Bibel. Aber wir müssen dieses Geschenk auch annehmen. Es nützt schließlich auch nichts, wenn ... Sie mir zum Beispiel einen Korb voller Lebensmittel bringen, ich ihn aber nicht nehme, weil ich zu stolz bin und denke, ich könne mich schon selbst versorgen. Genauso ist es auch bei Gott. Wir müssen erkennen, dass wir ihn brauchen. Erst dann kann er zu uns kommen und uns das nehmen, was uns bedrückt und uns sich geben. Seinen Frieden und seine Freude.«

»Ich ... ich glaube, ich habe sehr viel falsch gemacht in meinem Leben. Das ... wissen Sie doch am besten. Glauben Sie wirklich, dass ... Gott mich da noch will?«, fragte Mrs Howard-Smith zögernd. Es war vollkommen neu für sie, was diese Frau ihr erzählt hatte.

»Oh ja! Ich bin mir ganz sicher, Mrs Howard-Smith, dass Gott nur darauf gewartet hat, dass Sie zu ihm kommen. Er ist ein liebender Gott. Stellen Sie sich doch nur vor: Er hat seinen Sohn auf diese Welt geschickt und ihn sterben lassen! Wenn ich daran denke, dass ich meinen Justin hergeben müsste ...«

Mrs Howard-Smith dachte an den Schmerz, als sie ihren Sohn verloren hatte.

»Jesus hat genau an Sie gedacht, als er am Kreuz hing. An Sie und an mich.«

»Sie glauben das wirklich, nicht wahr?«, fragte Mrs Howard-Smith leise.

»Oh ja, das tue ich«, erwiderte Lucy aus tiefstem Herzen.

Mrs Howard-Smith lächelte. »Dürfte ich Sie ... Ich meine, ... hätten Sie Lust, mich einmal zu besuchen? In meinem Haus?«

Verblüfft schaute Lucy auf. »Aber gerne. Sicher.«

»Wann darf ich Sie denn dann einladen?«

Lucy zuckte die Achseln. »Wann Sie wollen!«

»Morgen Abend?«

Lucy nickte. Da fiel ihr Justin ein. »Was ist mit meinem Sohn?«, fragte sie vorsichtig.

»Bringen Sie ihn nur mit! Mein Mann wird nicht da sein. Er ist geschäftlich unterwegs.«

Mrs Howard-Smith stand auf und nahm ihre Handtasche. Lucy beeilte sich, ihr die Handschuhe zu bringen. »Ich danke Ihnen«, sagte Mrs Howard-Smith. »Das war ... der schönste Nachmittag seit ... langem.«

Lucy nickte lächelnd. »Ich habe mich gefreut, dass Sie da waren!«

»Bis morgen Abend dann«, meinte die Dame und stieg in die Kutsche, die vor der Tür gewartet hatte.

Bevor Lucy sich am nächsten Tag zu dem Haus der Howard-Smiths aufmachte, ging Sie noch beim Rathaus vorbei.

Sie bemerkte, wie der Sekretär sie bewundernd anblickte. Sie hatte ihr bestes Kleid angezogen, eines, das sie nur sehr selten aus dem Schrank holte und die Haare hatte sie sich zu einer hübschen Frisur hochgesteckt. Justin war fein gekämmt und hatte seine besten Hosen an. Die Schuhe waren auf Hochglanz geputzt und sein Gesicht glänzte gewaschen.

»Wie geht die Suche voran?«, fragte Lucy.

»Heute habe ich gute Nachrichten für Sie. Wir haben ihn endlich gefunden!«

»Sie haben ihn wirklich gefunden?«, Lucys Puls erhöhte sich.

Der Sekretär nickte. »Wir haben ihn. Es gibt noch einige Schwierigkeiten wegen der Papiere … aber die sind nicht weiter der Rede wert. Sobald dann die Überfahrt geregelt ist – und ich versichere Ihnen, wir bemühen uns, dies so schnell wie möglich zu erledigen –, ist Ihr Mann auf der Heimreise. Morgen … denke ich, kann ich Ihnen sagen, wann Sie ihn erwarten können.«

»Vielen Dank«, stammelte Lucy und lief wie in Trance aus dem Rathaus.

Draußen angekommen schwang sie Justin einmal durch die Luft. Der Junge jubelte und Lucy nahm sich die Zeit, sich mit ihrem Sohn auf die Stufen des Rathauses zu setzen, den Blick in den Himmel zu richten und ein Dankgebet zu sprechen.

36

»Guten Tag«, sagte Lucy zu der dicken Haushälterin, die ihr geöffnet hatte. »Mrs Howard-Smith erwartet mich.«

Die mürrische Frau nickte stumm und ließ sie eintreten. Lucy stockte der Atem beim Anblick der herrlichen Ausstattung des Hauses. Und die Besitzerin hatte bei ihr Tee getrunken! Was sie wohl gedacht hatte, als sie ihre primitive Wohnung betreten hatte?

»Mama, sieh nur!,« rief Justin und riss sich von der Hand seiner Mutter los.

»Justin! Bleib hier«, rief ihn Lucy zurück und wollte seine Hand wieder fassen, doch Justin war schon weiter gerannt. Er stand in der Mitte der Eingangshalle und streckte seinen Kopf nach oben. Ein funkelnder Kronleuchter hing über dem kleinen Jungen.

Lucy eilte zu ihm. »Das ist toll, was?«

Justin nickte.

»Mary-Ann wohnt auch in einem solchen Haus.«

»Ehrlich?«

»Ja, das glaubt man gar nicht, nicht wahr?«

Justin schüttelte den Kopf und rannte weiter.

»Justin, du sollst hier bleiben!«, rief Lucy.

Da öffnete sich eine Tür und Mrs Howard-Smith kam in die Halle.

»Guten Tag, Mrs Barnes. Guten Tag, Justin. Kommt doch bitte mit herein«, forderte die Dame ihre Gäste auf. Sie führte die staunende Lucy und den aufgeregten Justin in das Esszimmer. Lucy musste Justins Hand fest umklammern, damit er sich nicht losriss.

Auf einer langen Tafel waren drei Gedecke angerichtet. Kerzen brannten überall und zwei Bedienstete standen im Raum.

»Setzen Sie sich doch bitte.«

»Danke«, meinte Lucy und flüsterte Justin zu, er solle sich ruhig auf seinen Hosenboden setzen. Justin tat wie ihm geheißen, sah sich aber mit großen Augen um.

»Ich bin froh, dass Sie so bald kommen konnten, Mrs Barnes«, sagte Mrs Howard-Smith.

»Oh, nennen Sie mich doch bitte Lucy.«

»Gut. Und ich heiße Beatrice.«

»Danke, Beatrice. Sie haben ein wunderschönes Haus.«

Beatrice lachte. »Greifen Sie bitte zu«, sagte sie und deutete auf das Essen, das vor ihnen stand. Eine große Platte mit weich gekochtem Gemüse, eine Platte mit einem saftigen Braten und ein Korb voll weichem Brot.

Lucy gab zuerst Justin auf den Teller und dann nahm auch sie sich von den Gerichten. Der Braten verbreitete herrliche Düfte.

Nach ihnen nahm sich auch die Gastgeberin. »Wie steht es um die Suche nach Ihrem Mann?«, erkundigte sie sich.

»Oh, gerade heute habe ich erfahren, dass sie ihn endlich gefunden haben.«

»Das freut mich.«

»Morgen kann mir der Sekretär des Richters sagen, wann ich ihn erwarten kann.«

»Wie wundervoll«, sagte Beatrice erfreut und Lucy merkte, dass sie es aufrichtig meinte.

Sie schwiegen eine Weile und aßen genüsslich die Abendmahlzeit. Justin war es, der das Schweigen brach.

»Ich habe Durst«, sagte er laut und deutlich.

Lucy entschuldigte sich mit einem Blick bei Beatrice. Doch die lachte vergnügt. Sie winkte einem der Butler und er schenkte dem Jungen ein. Justin schaute mit großen Augen zu. Der Mann mit den weißen Handschuhen gefiel ihm. »Hallo«, sagte er zu dem Butler, der ihm einschenkte.

Der Butler lächelte ihm zu, sagte jedoch nichts.

»Hallo«, sagte Justin erneut.

»Hallo«, erwiderte der Mann schließlich schmunzelnd und Justin lachte.

Er beobachtete, wie der Mann wieder auf seinen Platz zurückging. Dann trank er, so schnell er konnte, sein Glas leer und rief: »Noch mal!«

»Justin«, ermahnte Lucy ihren Sohn, aber Beatrice gefiel der kleine Junge.

»Lassen Sie ihn nur«, beruhigte sie die Mutter und sagte zu Justin: »Das ist unser Butler Murphy.«

»Hallo, Butler Murphy!«, rief Justin begeistert.

»Hallo, Justin«, erwiderte Murphy den Gruß und schenkte ihm ein. »Du musst das Glas aber nicht so schnell austrinken.«

Justin nickte.

»Sie haben einen wirklich aufgeweckten Sohn«, bemerkte Beatrice.

»Ja. Das kann auch ganz schön anstrengend sein.«

Beatrice lachte.

Als sie mit dem Essen fertig waren, führte Beatrice ihre Gäste in ihr Wohnzimmer.

»Murphy, nehmen Sie doch bitte Justin und zeigen Sie ihm die alten Spielsachen von Abraham«, wies sie ihren Butler an und der machte sich Hand in Hand mit Justin auf den Weg durch das große Haus.

»So«, meinte Beatrice und die beiden Frauen setzten sich. »Jetzt können wir ungestört ein wenig plaudern. Möchten Sie einen Kaffee?«

»Nein, Danke. Das Essen war zu gut.«

»Ich freue mich, dass es Ihnen geschmeckt hat.«

»Ich habe schon lange nicht mehr so gut gegessen.«

Beatrice nickte.

»Wissen Sie, Lucy … Ihre Gesellschaft tut mir unglaublich gut. Ich dachte schon, ich würde jetzt für immer alleine in meinem Wohnzimmer sitzen, wo doch alle von meiner Schande wissen … Aber dass Sie mir vergeben haben – von Ihnen wäre es ja wohl am wenigsten zu erwarten! – das ist schon ein kleines Wunder.«

»Das stimmt.«

»Ich … habe noch mal über Ihre Worte gestern nachgedacht. Und ich … also, ich habe mir gedacht, dass wohl etwas dran sein muss an der Sache mit Ihrem Gott, wenn *Sie* mir vergeben können.«

Lucy nickte.

»Ich wollte Sie gerne bitten, ob Sie … vielleicht mit mir beten könnten.«

»Aber gerne. Was möchten Sie denn, dass wir beten?«

»Nun ja. Eigentlich das, was Sie mir gestern erklärt haben. Wenn mich Ihr Gott wirklich noch annehmen will, dann … würde ich gerne zu ihm gehören und sein Freund sein. Wie Sie.«

»Ich freue mich sehr, dass Sie das wollen. Und Gott freut sich noch viel mehr. In der Bibel steht, dass wenn wir unsere Schuld bekennen, dann ist er treu und gerecht und vergibt sie uns. Und es heißt auch, dass alle, die an ihn glauben und ihn lieben, Kinder Gottes sind. Das heißt, sie gehören dann zu Gott und werden von seinem Licht erfüllt. Können Sie das verstehen und glauben?«

»Ich … glaube ja. Lucy, können Sie vielleicht zuerst beten? Ich traue mich noch nicht so recht.«

Lucy nickte und lächelte ermutigend. »Aber Gott nimmt Sie an, wie Sie sind. Sie brauchen sich nicht zu fürchten. Denken Sie immer daran.«

Beatrice nickte.

Zusammen senkten sie die Köpfe und Lucy begann zu beten. »Herr, du siehst Beatrice und wie sie ihre Schuld mit sich herumträgt. Ich weiß, dass du sie liebst und dass du allen vergibst, die umkehren wollen und von Neuem anfangen wollen. Genau das möchte Beatrice. Sie möchte zu deiner Familie gehören. Herr, wir legen jetzt alle Sünde und alle Schuld, die Beatrice in ihrem Leben hat, an dein Kreuz. Dort bist du für uns gestorben, damit wir rein und heilig werden können. Bitte tue das jetzt in dem Herzen von Beatrice und nimm alle Lasten von ihr. Mach sie heilig, dass sie vor dir stehen kann, als dein geliebtes Kind. Sie möchte dein Freund sein und ich danke dir, dass du auch ihr Freund sein willst. Komm bitte und erfülle ihr Herz mit deinem Licht und deinem Frieden und mit allem, wonach sie sich schon so lange sehnt.«

»Gott«, fing Beatrice leise an. »Ich habe so vieles falsch gemacht in meinem Leben. Ich habe große Fehler begangen und kleine. Ich kann fast nicht glauben, dass du mich noch haben willst, doch wenn es so ist, dann möchte ich es gerne glauben und … deine Vergebung annehmen. Bitte verzeih mir. Ich will von nun an aufhören, zu lügen und will ehrlich leben. Ehrlich vor dir und vor den Menschen. Bitte hilf mir doch dabei. Amen.«

»Amen«, sagte auch Lucy.

Beatrice hob den Kopf. »Hat er es getan?«, fragte sie zweifelnd.

»Was?«

»Hat er mir vergeben?«

»Wenn Sie das, was Sie gesagt haben, ehrlich gemeint haben, ja.«

Die Augen der Dame wurden von einem neuen Glanz erfüllt. »Dann hat er es getan«, flüsterte sie ergriffen.

Lucy lächelte. Ein Kloß steckte in ihrem Hals.

»Dann bin ich jetzt also …« Beatrice lachte. »… eine Freundin Gottes!« Lucy lachte auch. »Ja, das sind Sie.«

Beatrice liefen Tränen der Freude die Wangen hinunter. »Ich fühle mich so frei … wie schon lange nicht mehr«, seufzte sie.

Als sie sich die Tränen wegwischte, sagte sie: »Und es ist wirklich wahr. Er hat mir Frieden geschenkt. Er hat mir vergeben.«

Von da an besuchten sich die beiden Frauen fast jeden Tag.

Lucy gab Beatrice Unterricht im »Freund Gottes sein«, wie sich Beatrice lachend ausdrückte. Aber nicht nur das. Die beiden Frauen wurden auch selbst Freundinnen. Bald wusste die ganze Stadt davon und alle wunderten sich über die Freundschaft der Frauen, die eigentlich Feindinnen sein müssten.

Murphy und Justin schlossen ebenfalls Freundschaft. Wenn Lucy Beatrice besuchte, nahm sie Justin stets mit, so lange keine Schule war.

Als Mr Howard-Smith das erste Mal von der Freundschaft zwischen Beatrice und Lucy hörte und die Frauen schließlich auch zusammen sah, wusste er nicht, wie er reagieren sollte. Lucy war die letzte Person, von der er erwartet hätte, dass sie mit seiner Ehefrau Kontakt wollte. Er hatte begonnen, alleine zu den Gesellschaften am Abend zu gehen und sich dort bemitleiden zu lassen. Er hatte seine Frau zwar nicht verstoßen, doch ihr Verhältnis war nicht mehr dasselbe gewesen, seit der Gerichtsverhandlung. Als er dann sah, wie Lucy seine Frau herzlich zur Begrüßung umarmte, dachte er, er träume.

Und das war ja nicht das Einzige: Seine Frau wirkte keineswegs mehr bedrückt! Sie summte leise, während sie wie üblich an ihren Stickereien saß und ihre Augen strahlten förmlich. Sie begegnete ihm nicht ängstlich, wie er es erwartet hätte, sondern rücksichtsvoll und freundlich.

Er wusste wirklich nicht, wie er reagieren sollte.

Mr Howard-Smith beobachtete seine Frau und Lucy verwundert – doch je länger er die Frauen miteinander sah, desto unerklärlicher wurde ihm die Sache.

Auch seine Freunde fragten ihn schließlich danach. Doch dann konnte er nur stumm den Kopf schütteln. Er wusste keine Antwort.

Beatrice und Lucy begannen, zusammen den Gottesdienst zu besuchen. Zuerst hatten beide große Bedenken gehabt, doch im Nachhinein waren beide froh, es gewagt zu haben, den sonntäglichen Kirchengang wieder zur Routine werden zu lassen. Auch wenn sie sich anfangs unter neugierigen und unfreundlichen Blicken einen Sitzplatz suchen mussten, fühlten sie sich von den Worten des Pfarrers in ihrem Glauben gestärkt.

Nach einiger Zeit hatten sich die Leute an die Gegenwart Lucys gewöhnt und rückten auch mal auf der Kirchenbank zusammen, wenn sie etwas später kam und einen Platz für sich und ihren Sohn benötigte. Keiner sagte etwas dazu, dass sie nun wieder zur Gemeinde gehörten.

37

Mary-Ann stieß einen Freudenschrei aus, als sie den Brief von Lucy gelesen hatte. Ihr Vater war auf dem Weg nach Hause! Er lebte und er kam! In sechs Wochen würde er ankommen, wenn die Überfahrt von Australien nach England reibungslos verlief!

»Schrei mir nicht so ins Ohr, Mädchen«, brummte Mrs Peters.

»Mein Vater kommt zurück, MrsPeters! Stellen Sie sich nur vor, er ist schon auf dem Schiff!«, rief Mary-Ann begeistert.

Ella kam in die Küche.

»Ella! Mein Vater ist auf dem Schiff hierher unterwegs!«

»Was? Das ist ja herrlich!«

Die Freundinnen fielen sich in die Arme.

»Hier lies!« sagte Mary-Ann und streckte Ella den Brief entgegen.

»Gestern hat das Schiff mit ihm abgelegt«, las Ella vor.

»Ich kann es kaum glauben ...«, meinte Mary-Ann und wischte sich eine Freudenträne aus den Augen.

Als sie den Brief später weiter las, erfuhr sie auch von Beatrice, die nun »eine Freundin Gottes« war und Frieden gefunden hatte. Lucy hatte lachend über die Leute in Tainbridge geschrieben, die nicht begreifen konnten, dass Lucy Mrs Howard-Smith vergeben hatte.

Mary-Ann freute sich riesig für ihre Mutter. Jetzt wandte sich endlich alles zum Guten. Die Leute begannen wieder, sie auf der Straße zu grüßen und Lucy hatte eine Freundin gefunden.

Vielleicht hatte es eben so kommen müssen. Vielleicht würden die Menschen von Tainbridge bald verstehen, was Gottes Liebe wirklich bedeutete, wenn sie die Vergebung sahen, die die Barnes ihnen entgegen brachten.

Die sechs Wochen, bis Michael Barnes die Küste Englands sehen konnte, vergingen viel zu langsam für Mary-Ann, Lucy und Justin. Sie konnten es kaum erwarten!

Als endlich der Termin für die Ankunft des großen Schiffes gekommen war, ging Mrs Auburn zu ihrem Mann und erinnerte ihn an das Ereignis. Dieser beauftragte den neuen Kutscher, Mr Sandford, Mary-Ann und ihre Familie zum Hafen zu bringen.

Es war ein warmer Junitag. Die Sonne lachte freundlich von dem fast wolkenlosen Himmel. Nur einige wenige weiße Wölkchen zierten den Horizont.

Justin konnte kaum still sitzen bei der aufregenden Kutschfahrt. Felder, Wiesen und Wälder zogen an ihnen vorüber. Als sie dann das blaue Meer erblickten, stockte ihnen allen der Atem.

Die Sonne ließ das Meer erstrahlen als wären tausend funkelnde Sterne auf der weiten Wasseroberfläche. Ewig weit erstreckte sich das glitzernde Meer, bis es scheinbar den Himmel berührte.

Als der Kutscher die Pferde in der Hafenstadt Midflord anhielt, standen sie genau an der Stelle, an der das Schiff anlegen sollte. Doch es war noch kein Schiff in Sicht. Es lagen viele andere große und kleine Schiffe und Boote vor Anker, doch keines war dabei, das den Namen *Australia* trug. Also beschlossen die drei noch ein wenig am Meer entlang zu spazieren. Möwen flogen kreischend über ihnen hinweg. Kutschen rauschten an ihnen vorbei und Matrosen liefen geschäftig hin und her, um die Befehle auszuführen, die ihr Kapitän ihnen zuschrie. Die Luft war erfüllt von einem leichten Salzgeruch. Als sie dann jedoch in die Nähe des Fischmarktes kamen, wurde der leichte Salzgeruch von dem starken Geruch nach Fisch überdeckt. Mary-Ann wurde von Ekel ergriffen, als sie die vielen toten Fische in Massen in den Körben liegen sah.

Schnell wandte sie sich zum Meer, um den Horizont erneut nach einem herankommenden Schiff zu überprüfen. Doch so sehr sie sich auch anstrengte, sie konnte nichts erkennen, das darauf hinweisen könnte.

So vergingen einige Stunden.

Lucy, Mary-Ann und Justin nutzten die Zeit, um sich die Hafenstadt genau anzusehen. Es tat gut, einmal woanders zu sein.

Das Meer war das Beste an all dem. Eine Zeit lang setzten sie sich auf einen Steg, an dem niemand arbeitete und schauten einfach nur aufs große, weite Meer hinaus. Die Sonne wärmte ihre Gesichter und der kühle, nasse Wind zupfte ihnen Haarsträhnen aus der Frisur.

Justin war eingedöst und ruhte mit seinem Kopf in dem Schoß seiner großen Schwester. Das gleichmäßige Geräusch der Wellen, die die Holzpfosten des Steges umspülten, war beruhigend.

Als sich die Sonne langsam aber sicher dem Wasser näherte und drohte, darin zu versinken, wachte Justin auf. Er rieb sich die Augen und starrte auf den Horizont. Mary-Ann und Lucy folgten seinem Blick.

»Da!«, schrie der kleine Junge. »Was ist das?«

Mary-Ann stand auf und schirmte mit ihrer Hand die Sonne ab. Tatsächlich, da war etwas kleines Schwarzes am Horizont. Konnte dies das Schiff sein, das ihnen ihren Vater wiederbrachte?

Aufgeregt liefen sie am Hafenkai entlang und ließen den Punkt nicht aus den Augen. Es schien endlos lang zu dauern, bis sich endlich erkennen ließ, dass es tatsächlich ein Schiff war. Und noch länger schien es zu dauern, bis man endlich den Namen lesen konnte: *Australia*.

Die noch unvollständige Familie fiel sich in die Arme. Endlich! Endlich nach über vier langen Jahren des Wartens, Bangens und Hoffens.

Es dauerte noch mal eine halbe Ewigkeit – so kam es den Barnes jedenfalls vor –, bis das riesige Schiff endlich angelegt hatte.

Mary-Ann hielt vergeblich Ausschau nach einem Mann, der an der Reling stand und ihrem Vater glich.

Es war ein Frachtschiff und so wurde gleich begonnen, Kisten, Säcke, und sogar Tiere an Land zu schaffen. Geschäftiges Treiben herrschte auf einmal an dem Steg, auf dem Lucy mit ihren Kindern zuvor gesessen hatte.

Als Lucy nicht länger warten wollte, bat sie Mary-Ann auf ihren kleinen Bruder aufzupassen und drängelte sich zu der Rampe, die auf das Schiff führte. Sie sprach einen Matrosen an, doch er wehrte sie ab. »Aus dem Weg, Misses.«

Sie wandte sich einem anderen zu, der gerade wieder auf das Schiff wollte. »Entschuldigen Sie, können Sie mir sagen, …«

»Nein, hab keine Zeit«, unterbrach er sie und schob sie zur Seite.

Jetzt wurde es Lucy zu bunt. Sie stieg auf die Rampe und kletterte auf das Schiff. Oben angekommen, sah sie sich schnell um. Und jetzt? Ihr blieb keine Zeit zum Überlegen.

»Suchen Sie etwas, Misses?«, fragte eine Stimme mit starkem australischen Akzent.

Lucy drehte sich zu der Stimme um und wäre fast mit einem Mann zusammengestoßen, der eine blaue Uniform trug. Sie trat einen Schritt zurück. »Ja, ich … Ich suche meinen Mann.«

»Ihren Mann? Ich bezweifle, dass er sich hier auf dem Schiff befindet.«

»Nein, nein. Er muss hier sein. Er war … ein Gefangener und durfte …«

»Ach ja, der«, unterbrach der Mann sie. »Der ist krank geworden.«

»Krank? Ist er … Lebt er noch?«

»Was? Aber ja! Der hat sich trotzdem wacker gehalten.« Der Mann lachte.

»Wo ist er denn jetzt?«

»Ich glaube, der hat gar nicht gemerkt, dass wir angekommen sind. Kommen Sie, ich führe Sie zu seiner Kabine. Dann können Sie ihn aufwecken, wenn Sie wollen.«

Der Mann ging voraus über das Deck. Lucy folgte ihm mit schnellen Schritten. Da hielt der Mann abrupt an. Lucy wäre beinahe gegen ihn gelaufen. »Was ist …?«, wollte sie fragen, doch dann fiel ihr Blick auf einen Mann, der gerade aus dem unteren Teil des Schiffes herausgekommen war und sich nun an einen Mast klammerte, um das Gleichgewicht nicht zu verlieren. Er war groß und dünn und abgemagert. Aber seine Augen waren auf sie gerichtet.

»Da ist er«, sagte der Mann mit der Uniform, aber Lucy brauchte diese Information nicht. Sie rannte schon über das Deck auf ihn zu und warf sich in seine Arme. Weinend küsste sie ihn, strich ihm übers Haar und über seine Wangen.

»Lucy«, flüsterte Michael. Mehr konnte er nicht sagen.

Sie umarmte ihn und es schien, als wolle sie ihn nie wieder loslassen. Der Mann in der Uniform hatte noch kurz zugeschaut und sich dann mit der Pfeife im Mund abgewandt. Er hatte anderes zu tun.

»Endlich«, schluchzte Lucy. »Endlich bist du wieder da. Ich … hatte die Hoffnung schon fast aufgegeben …« Sie verbarg ihr Gesicht in seinem Hemd.

»Ist ja gut«, sagte Michael und strich ihr über den Rücken. »Ist ja schon gut. Jetzt bin ich ja wieder hier.«

Lucy hob den Kopf. »Die Kinder«, sagte sie. »Sie sind auch da. Unten am Kai.«

»Dann lass uns zu ihnen gehen«, sagte Michael und ein Leuchten trat in seine Augen.

Lucy stützte ihn, als er über die Rampe steigen musste. Unten am Boden seufzte er erst mal erleichtert. Endlich hatte er wieder festen Boden unter den Füßen! Auf wackligen Beinen wurde er von Lucy aus dem dichtesten Gedränge herausgeführt.

»Da sind sie«, sagte seine Frau und deutete auf Justin und Mary-Ann, die einige Meter weiter entfernt standen. »Kannst du sie sehen?«

Michael sagte nichts. Er streckte nur seine Arme aus.

Da löste sich Mary-Ann aus ihrer Erstarrung. Sie ließ Justin los und kam langsam auf ihren Vater zu. Sie konnte einfach nicht glauben, dass er es war. Er sah so anders aus. Viel dünner. Seine Wangenknochen waren eingesunken. Dunkle Ränder lagen unter seinen Augen. Sein Haar war viel länger.

Als sie nun vor ihm stand, sah sie ihm in die Augen. Tränen rannen ihm übers Gesicht.

Ja, er war es. »Papa«, sagte Mary-Ann und ließ sich in seine weit ausgebreiteten Arme sinken. Er drückte sie an sich und sie schlang ihre Arme um ihn. Er küsste ihr Haar.

»Meine Mary-Ann«, sagte er mit brüchiger Stimme. »Meine Tochter.«

Mary-Ann hatte gar nicht bemerkt, dass sie geweint hatte. Erst jetzt, als ihr Vater ihr die Tränen zärtlich von den Wangen strich. »Du bist wunderschön«, sagte er und Mary-Ann konnte nicht verhindern, dass erneut Tränen über ihre Wangen liefen. »So wunderschön.«

»Oh, Papa«, weinte sie und umarmte ihn erneut. »Ich hab dich so vermisst.«

»Ich dich auch, mein kleines Mädchen. Ich dich auch.«

Mary-Ann löste sich aus seiner Umarmung. »Justin, komm her«, forderte sie ihren Bruder auf und schniefte. »Das ist unser Papa.«

Justin kam langsam und vorsichtig auf sie zu. Michael ging in die Hocke, um auf gleicher Höhe mit seinem Sohn zu sein.

»Justin«, sagte er einfach und breitete seine Arme auch für ihn aus.

Langsam ging Justin zu ihm. Er schaute den Mann an. »Bist du mein Papa?«, fragte er.

»Ja. Ich bin dein Papa, Justin.«

Da ließ Justin sich drücken. Zärtlich fuhr Michael ihm durch sein Haar. »Groß bist du geworden, mein Sohn.«

»Ich weiß«, sagte Justin stolz und wurde gleich noch ein paar Zentimeter größer. »Ich gehe schon in die Schule!«

»Was? Du gehst schon in die Schule?«

Justin nickte stolz.

»Das ist ja toll. Da musst du mir dann bald mal zeigen, was du schon alles kannst.«

Justin nickte und schob seine kleine Hand in die große seines Vaters.

»Na, Justin, willst du mal auf ein richtiges Schiff gehen?«

Lucy erschrak, da sie nicht gleich begriff, was Michael vorhatte. Er sollte doch nie wieder auf ein Schiff gehen.

Justin nickte aufgeregt. »Dann komm, ich muss mich noch beim Kapitän verabschieden.« Er winkte Mary-Ann und Lucy, dass sie ihm folgen sollten.

Zusammen gingen sie auf das Schiff, auf dem Michael die letzten sechs Wochen verbracht hatte. Michael nahm Justin auf den Arm, damit er besser sehen konnte, aber musste ihn gleich wieder herunterlassen. Er war zu kraftlos, um seinen Sohn tragen zu können. Stattdessen nahm er ihn an die Hand.

Der Kapitän stand an der Reling und brüllte seinen Matrosen noch immer Befehle zu.

»Captain?«

»Ja?«, fragte der Mann, der Lucy vorher zu Michael geführt hatte. »Ah, Sie sind es. Sind das Ihre Kinder?«

Michael nickte stolz. »Ich wollte mich noch verabschieden. Und bedanken.«

Der Kapitän winkte ab. »Nichts zu danken.«

»Trotzdem herzlichen Dank. Sagen Sie, dürften meine Kinder und meine Frau das Schiff noch besichtigen?«

»Natürlich. Nur zu. Wir liegen noch bis morgen hier. Sie kennen sich ja aus.«

»Danke. Auf Wiedersehen.«

Der Kapitän nickte dem Mann hinterher. Er stand noch kurz so da und beobachtete, wie er seiner Familie alles erklärte, was es auf dem Schiff zu sehen gab. Dann wandte er sich kopfschüttelnd wieder seinen Matrosen zu und zündete sich seine Pfeife an.

Michael legte seinen freien Arm um Lucy und sie ihren um Mary-Ann. An Bord des Schiffes beobachteten sie, wie die Sonne langsam im Meer verschwand. Die Wellen schlugen an die Wand des großen Frachters und bildeten weiße Schaumkronen. Alles wurde in ein rotes Licht getaucht.

»Solche Sonnenuntergänge habe ich oft hier erlebt«, erzählte Michael seiner Familie. Er schaute jeden einzelnen an. »Aber keiner war so schön wie dieser, denn keinen habe ich mit euch zusammen gesehen.«

Mary-Ann lächelte ihren Vater an. Jetzt waren sie endlich wieder vereint.

An diesem Abend gab es noch einige Tränen, denn Mary-Ann musste sich wieder auf den Weg zu den Auburns machen.

Michael war noch sehr schwach von der Seekrankheit, die ihn auf der langen Überfahrt geplagt hatte und so mussten Lucy und Mary-Ann ihn stützen, als sie aus der Kutsche stiegen und in ihre bescheidene Wohnung gingen. Michael musste sich sogleich ins Bett legen, um nicht umzufallen und Lucy machte ihm eine Suppe warm. Justin legte sich zu seinem Papa, und Mary-Ann kniete sich daneben, um sich zu verabschieden.

»Ich verspreche dir, so bald wie möglich zu kommen«, sagte Mary-Ann und küsste ihn auf die Wange. »Werde wieder gesund.«

Michael lächelte. »Bestimmt. Ich liebe dich.«

»Ich dich auch. Auf Wiedersehen.«

»Wiedersehen«, erwiderte Michael den Gruß und schaute seiner Tochter hinterher wie sie aus dem Zimmer ging.

38

Mary-Ann war nicht ganz bei der Sache, als sie die nächsten Tage bei Mrs Auburn arbeitete. Diese hatte nach ihrem Vater gefragt und Mary-Ann hatte ihr erfreut Auskunft gegeben.

Mary-Ann schickte ihrem Vater jeden Morgen Nachrichten und kleine Geschenke wie eine Blume durch Peter, den Milchjungen. Wie sie erfuhr, waren Justin und er Freunde geworden. Justin gab Peter ein wenig Unterricht im Schreiben, da der Milchjunge nicht in die Schule ging, damit er arbeiten konnte.

Da hat sich mein Bruder einen guten Freund ausgesucht, dachte Mary-Ann erfreut. Peter war einer, der schon freundlich zu ihr gewesen war, als alle anderen sie noch gemieden hatten.

Endlich – nach zwei endlos langen Wochen – durfte Mary-Ann mit Molly in die Stadt fahren, um Einkäufe zu erledigen. Zuerst half sie Molly, doch die Haushälterin merkte schnell, dass Mary-Ann es kaum erwarten konnte, nach Hause zu kommen.

»Nun geh schon«, ermunterte sie Mary-Ann zu, als sie aus dem ersten Laden hinaustraten.

Mary-Ann schaute sie freudestrahlend an und rannte los.

Zu Hause traf sie nur Lucy an. »Hallo, Liebes!«, rief Lucy und umarmte Mary-Ann herzlich.

»Hallo, Mama. Wo ist denn Papa?«

»Er ist gegangen, um Justin von der Schule abzuholen. Du kannst ihnen entgegengehen, wenn du willst.«

Mary-Ann nickte. Als sie die Tür öffnete und hinaushüpfte, stieß sie fast mit einem Mann zusammen. Der Mann lachte. »Wo willst du denn hin? Kommst du mich endlich mal besuchen?«

Es war ihr Vater! Er zog sie an sich und sie umarmten sich lange. Dann endlich fand Mary-Ann Zeit und schaute zu ihm auf. Er sah schon viel besser aus als an seinem Ankunftstag. Lucy hatte ihm die Haare geschnitten und seine Kleider gewaschen. Seine Augen blickten klar und die Augenringe waren verschwunden. Und vor allem: Er hatte zugenommen. Obwohl Lucy ihm kein sehr üppiges Mahl auftischen konnte, war die Kost reichhaltiger gewesen als im Arbeitslager und auf dem Schiff.

»Du siehst gut aus.«

Michael lachte. »Ja. Ich habe viel geschlafen und bei der guten Küche …« Er grinste schelmisch.

Da endlich sah Mary-Ann Justin. »Hallo, Justin. Ich habe gehört, du gibst schon selbst Unterricht.«

»Ja. Peter.«

Mary-Ann fuhr ihm durch seinen Wuschelkopf.

»Was steht ihr denn hier außen herum? Kommt doch rein! Ich habe schon ein paar Brote geschmiert«, forderte Lucy die drei auf und wischte sich die Hände an einem Geschirrtuch ab.

Sie setzten sich zusammen an den Tisch und Michael sprach ein Gebet. Es war das aufrichtigste und schönste, das Mary-Ann je gehört hatte.

»Wie … was haben denn die Leute …« Mary-Ann wusste nicht, wie sie sich ausdrücken sollte.

»Wie die Leute mich empfangen haben?«, fragte Michael.

Mary-Ann nickte.

»Die ersten Tage bin ich ja gar nicht rausgegangen, weil ich noch so geschwächt war. Ich habe die meiste Zeit geschlafen.« Er grinste. »Die Leute haben unterschiedlich reagiert, als ich mich auf der Straße habe sehen lassen. Manche haben geschaut, manche hielten den Blick gesenkt und manche blieben sogar stehen und haben sich mit mir unterhalten.«

»Unterhalten?«

»Na ja, sie haben sich entschuldigt, dass sie nicht darauf gekommen sind, dass ich niemals jemanden umgebracht hätte und dass sie mich so im Stich gelassen haben vor vier Jahren. Und dann haben sie gefragt, wie es mir jetzt ginge und vor allem, wie es im Arbeitslager war.«

»Und wie war es da?«

Michael begann Mary-Ann zu erzählen, was er in Australien erlebt hatte. Es waren zum Teil schaurige Berichte.

Er erzählte von seinen Arbeitsgenossen. Es waren schlimme Männer dabei gewesen. Verbrecher, Mörder, Diebe. Manche hatten sich durch die Gefangenschaft kein bisschen geändert. Sie waren genauso bösartig wie in der Zeit, als sie noch frei waren. Aber dann waren auch welche dabei gewesen, die ihr Unrecht einsahen. Sie trugen die Strafe in dem Bewusstsein, dass sie zu Recht arbeiteten. Mit diesen Männern hatte ihr Vater in den langen schlaflosen Nächten, als die Fledermäuse und Ratten durch die Zellen huschten, geredet, ihnen von Gott erzählt und sogar gebetet. Einige fanden so zu dem wahren Frieden, den die Welt nicht geben konnte, und betrachteten die Situation mit anderen Augen. In ihrer Begeisterung machten sie es sich zur Aufgabe, den anderen Gefangenen von Jesus zu erzählen. Es wurden immer mehr, die sich der Gemeinschaft anschlossen. Abends saßen sie in ihren Zellen zusammen und Michael brachte ihnen Lieder bei und erzählte Geschichten aus der Bibel und sie beteten viel.

»Es war aber nicht so, dass nur sie von mir lernten. Ich habe von diesen rauen Männern viel über Liebe und Vergebung lernen können.« Michael schaute in die Ferne. »Es war ... eine wertvolle Zeit. Trotz der vielen schlechten Dinge, die ich dort erlebt habe.« Er lächelte. »Gott ist gut, wisst ihr das? So etwas kann nur er: Aus einer schrecklichen Gefangenschaft etwas so Gutes entstehen zu lassen.«

»Wir alle haben viel gelernt«, sagte Mary-Ann.

»Ja. Erinnerst du dich an den Vers aus der Bibel: Denen, die Gott lieben, dient alles, aber auch wirklich alles, zu ihrem Besten?«

Mary-Ann nickte.

»Jetzt können wir verstehen, was das bedeutet. Auch das Schlimmste, dient uns zum Besten.«

Mary-Ann war von Ehrfurcht erfüllt. Gott hatte es gut gemacht. Sie dachte an Beatrice, der durch die Sache auch geholfen worden war. Und die vielen Männer, die sich im Arbeitslager von ihren Sünden zu Gott bekehrt hatten. Vor einem Jahr hatte sie es noch nicht verstehen können. Sie erinnerte sich gut daran, wie sie zu Gott geschrien hatte, er solle sich ihr zeigen. Jetzt hatte er es getan. Er hatte sie seine große Liebe erfahren lassen. Und er tat es noch immer.

Nachdem ein halbes Jahr vergangen war, schien alles wieder wie früher zu sein. Die Leute grüßten freundlich, wenn sie den Barnes auf der Straße begegneten. Die Freundlichkeit und Vergebung, die die Barnes den Einwohnern entgegengebracht hatten, beeindruckte jeden.

Michael war wieder so weit hergestellt, dass er sich eine Arbeit suchen konnte. Er fragte sogleich bei der Werkstatt von Sir Howard-Smith an, ob sie ihn wieder einstellen würden. Mit Freuden nahm ihn Mr Fullerton auf – er hatte sich beschämt bei seinem früheren Arbeiter entschuldigt und sich nun gefreut, dass Michael wieder bei ihm arbeiten wollte. Anfangs teilte er Michael rücksichtsvoll Aufgaben zu, die ohne körperliche Anstrengung zu verrichten waren.

Lucy konnte ihre Stelle kündigen und sich wieder voll und ganz den Aufgaben als Hausfrau widmen.

Eines Tages erhielt Mary-Ann einen Brief von ihren Eltern, in dem stand, sie könne wieder nach Hause kommen und die Schule besuchen – vorausgesetzt sie wolle das. Mary-Ann war hin- und hergerissen. Was sollte sie tun? Das Angebot war natürlich sehr verlockend. Sie könnte zu Hause bei ihrer Familie sein, in der Schule lernen und später vielleicht sogar einmal einen Beruf als Lehrerin ergreifen. Aber sie war jetzt schon siebzehn und müsste wieder in die siebte Klasse. Sara wurde dieses Jahr schon mit der Schule fertig. Mary-Ann hätte sehr vieles nachzuholen.

Ihre Gedanken schweiften zu dem Leben, das sie bei den Auburns führte. Drei Jahre arbeitete sie nun schon hier als Dienstmädchen und eigentlich war sie sehr zufrieden damit. Sogar glücklich. Sie verrichtete die Aufgaben, die ihr zugeteilt waren gerne und die Zeiten, die sie bei Mrs Auburn verbrachte, waren zu dem schönsten Teil davon geworden. Sie konnte malen, sticken und sich mit der Dame unterhalten. Was, wenn sie Mrs Auburn verlassen würde? Wem würde sie Malunterricht geben können? Was wäre mit Ella? Und William? Sie würde ihn nicht mehr sehen können – oder zumindest seltener, wenn sie ginge. Nein, sie konnte das alles nicht verlassen! Je mehr sie darüber nachdachte, desto mehr wurde ihr klar, dass sie auf Gut Randolph bleiben wollte. Sie schrieb Lucy und Michael ihre Entscheidung und erhielt schon am nächsten Tag durch Peter eine Antwort. Ein Zettel, auf dem stand: *Ich bin stolz auf dich. Dein Vater.*

Mary-Ann hielt ihn an ihr Herz und wusste nicht, ob sie weinen oder lachen sollte. »Danke, Gott«, flüsterte sie und steckte den Zettel in ihre Schürzentasche. Dann nahm sie ein Tablett mit Obst und ging, um den Herrschaften ihr Essen zu bringen.

William schrieb Mary-Ann noch immer in regelmäßigen Abständen – und sie antwortete ihm. Sie erzählten sich ihre Erlebnisse, Gedanken und Gefühle, wie sie es schon immer getan hatten.

Leider gab es nur sehr wenige Zeiten im Jahr, an denen William nach Tainbridge zurückkehrte, um Ferien zu machen. Ostern, Sommer und Weihnachten. Noch immer verhielt er sich Mary-Ann gegenüber reserviert in der Gegenwart anderer. Ella schmunzelte darüber – sie wusste längst Bescheid. Wie konnte William auch von Mary-Ann erwarten, nicht einmal ihrer besten Freundin von ihm zu erzählen?

Wenn er kam, ging er abends, sofern er zu keinem Fest eingeladen war, in den Garten, wo Mary-Ann stets hinkam, um Zeit mit ihm zu verbringen. Sie hatten es sich wieder angewöhnt, durch den Garten zu gehen, anstatt außerhalb des Grundstücks spazieren zu gehen.

Wenn er in Oxford war, sah es Mary-Ann als ihre Pflicht an, Bellafontee mit Streicheleinheiten zu versorgen. Mary-Ann liebte den Hengst! Er war das schönste Tier, das sie je gesehen hatte.

So verging die Zeit.

Justin war acht geworden und besuchte schon die dritte Klasse. Mit Stolz erzählte er von seinen Erfolgen als Klassenbester. Lucy dachte oft an den Traum des kleinen Jungen, einmal Arzt werden zu wollen und betete, dass sein Traum einmal wahr werden konnte.

Mit der Zeit schienen die Leute auch die Schande von Beatrice zu vergessen. Dadurch, dass Lucy die reiche Dame liebte, wurde diese auch wieder in die Stadtgemeinschaft aufgenommen und sie begann wieder zu Gesellschaften eingeladen zu werden. Sie bat Lucy mehrmals, bei solch einer Gelegenheit auch zu kommen, doch jedes Mal wehrte Lucy energisch ab. Lucy hielt nichts von diesen Gesellschaften. Dort würde nur getratscht, meinte sie. »Ich komme lieber zu dir, wenn wir alleine sind«, sagte sie lächelnd zu Beatrice und diese nahm es ihr nicht übel.

Megan gebar einen zweiten Sohn. Er hieß Pete George. Luke, sein zweijähriger Bruder, war außer sich vor Freude – genauso wie Mrs Auburn, die nun schon zweifache Großmutter war.

39

Williams Studium näherte sich langsam dem Ende zu. Als Mary-Anns achtzehnter Geburtstag vor der Tür stand, hatte er noch ein Jahr, in denen er mehr Prüfungen als sonst schreiben musste – doch dann würde er seinen Abschluss in den Händen halten.

Dieses Jahr verging schnell. Mary-Ann hatte sich längst daran gewöhnt, sich mit Briefen von William zufrieden zu geben.

Als er dann kurz vor Weihnachten kam – für immer – konnte sie es kaum glauben. *Er wird nie wieder nach Oxford gehen,* jubelte sie innerlich.

Viele Koffer und Kisten wurden aus und von der Kutsche geladen. William wurde herzlich beglückwünscht.

Seine Mutter hatte gleich für diesen Abend eine Feier organisiert und die üblichen Gäste eingeladen, die zu solchen Gesellschaften zusammenkamen. Es waren die reichsten Familien der Stadt. Die Dashwoods, die Howard-Smiths und die O'Dwells waren ebenfalls dabei. Megan hatte ihre Kinder jedoch bei der Kinderfrau gelassen, die für Charles eine Selbstverständlichkeit war.

Beatrice lächelte Mary-Ann zu, als sie ankam.

Von den Dashwoods war Mary-Ann nicht so begeistert. Sie hatte die Familie nie gerne als Gäste der Auburns gesehen, vor allem, wenn Bridget dabei war. Wie immer hatte sie sich herausgeputzt, als würde sie vor die Königin treten müssen. Das blaue Kleid, das sie trug, war aus reiner Seide und bestickt mit glitzernden Perlen, sodass es schillerte, als hätte sie sich das sonnenbeschienene Meer angezogen. Der Ausschnitt war so tief, dass Mary-Ann nur den Kopf schütteln konnte. Obendrein prangte eine Perlenkette an ihrem freizügigen Dekolleté.

Als sie William erblickte, der sich vor Glückwünschen gar nicht mehr retten konnte, rauschte sie sogleich auf ihn zu.

»William«, säuselte sie und streckte ihm ihre schmale Hand entgegen. »Endlich bist du wieder da!«

William nahm ihre Hand und küsste diese höflich. »Bridget«, sagte er.

Bridget lächelte ihn strahlend an und erzwang sich den nächsten Satz regelrecht.

»Du siehst ... wunderschön aus«, sagte William.

Bridget lachte. »Du hast das Komplimentemachen nicht verlernt. Du bist ein Schmeichler, William, wie eh und je.«

William lächelte sie gehalten an und wollte sich abwenden, aber Bridget machte einen Schritt auf ihn zu. »Ich habe gehört, du seiest der Beste deines Jahrgangs gewesen«, zwang sie ihn zu einem Gespräch.

»Nein, nicht ganz. Zweitbester«, verbesserte William sie.

»Ach, das macht doch keinen Unterschied. Für mich bist du Bester.«

William lächelte sie höflich an. »Danke, das ist freundlich. Entschuldige mich bitte, ich muss ...«

»Oh, natürlich. Ich wollte auch gerade meinen Sitzplatz suchen. Könntest du ihn mir bitte zeigen?«, fragte Bridget und schaute ihn mit einem unschuldigen Augenaufschlag an.

William war verdutzt. Er wollte gar nicht auf seinen Platz an der Tafel gehen, sondern die letzten Gäste begrüßen, die gerade angekommen waren. Als er jedoch Bridgets Gesicht sah, seufzte er und bot ihr seinen Arm. Er führte sie zu ihrem Sitzplatz – neben seinem, wie es schon immer gewesen war –, schob ihr den Stuhl zurecht und sagte: »Ich setze mich gleich zu dir. Ich muss noch die restlichen Gäste begrüßen.« Ohne eine Antwort abzuwarten, wandte er sich um und ging zu seinen übrigen Gästen.

Als jeder da war und sich an die lange Tafel gesetzt hatte, begann Mr Auburn mit einer Ansprache. Zum Schluss hob jeder sein Sektglas und sie stießen auf den jungen Mann an, zu dessen Ehre die Feier stattfand.

William erhob sich, als alle applaudierten und bedankte sich für das Kommen der Gäste. Dann bedeutete er den Bediensteten, das Essen aufzutragen.

Das köstliche Essen, das Mrs Peters mit der Hilfe von Mary-Ann zubereitet hatte, mundete allen sehr. Es wurde geredet und gelacht und noch mehrmals auf William angestoßen. William genoss den allgemeinen Tumult.

Nach dem Essen standen die Leute in kleinen Grüppchen zusammen, um sich zu unterhalten.

William hatte seine Aufgabe nicht vernachlässigt und hatte Bridget in den Garten geführt, die nach etwas frischer Luft nach dem Essen verlangt hatte. Er spürte die neugierigen Blicke nicht auf sich ruhen, als er ihr in den Mantel half – wohl aber Bridget. Die Leute vermuteten etwas, das ihr sehr gut gefiel. Sie blieb unter einer kleinen Weide in der Nähe des Tores stehen. Es lag noch kein Schnee und die Luft war erfrischend kühl.

»Ach, die Nacht ist schön, nicht war?«

»Ja, das ist sie.«

»Bist du froh, dass du dein Studium jetzt beendet hast?«

»Ja. Jetzt kann ich mit der wirklichen Arbeit beginnen.«

»Was wirst du tun?«

»Ich werde versuchen, mich in Tainbridge als Rechtsanwalt niederzulassen. Ich denke, ich habe hier gute Chancen.«

Bridget nickte. Nach einer Pause fragte sie: »Und was wirst du noch tun?«

»Was ich noch tun werde? Ich weiß nicht. Ich ... werde hier bleiben, mein Pferd reiten ...«

»Das ist alles?«

William wusste nicht, worauf Bridget hinauswollte. »Was meinst du?«

Bridget lachte ihr silberhelles Lachen. »Oh, William!« Dann wurde sie wieder ernst. Sie rückte unmerklich ein Stückchen näher an William heran. »Möchtest du nicht ...« Sie ließ den Satz unvollendet und schaute ihn mit großen Augen an. Ihre Wimpern klimperten kurz. Sie beugte sich zu ihm. »Möchtest du dir nicht eine Frau nehmen?«, flüsterte sie.

»Eine Frau?«, fragte William verdutzt. Er blickte sie an. Ihre Lippen waren leicht geöffnet.

Er wusste nicht, was er sagen sollte. Eine Frau nehmen?

»Ich ... weiß nicht, ich ... habe mir noch nie ernsthafte Gedanken darum gemacht«, stotterte er verlegen.

Bridget lächelte ihn an. »Das macht nichts. Das kannst du jetzt tun.«

»Jetzt?«

»Oh, William, hast du denn nicht die Blicke der anderen gesehen? Jeder hier vermutet, dass du mich heiraten wirst.«

»Was?«, rief William erstaunt.

Bridget lachte verlegen. »Ja. Sie glauben, dass du mir hier draußen … einen Heiratsantrag machst.«

William stand auf. Er schluckte. »Nein«, sagte er bestimmt. »Nein, das kann ich nicht.«

In Bridgets Augen stand das Entsetzen. »Aber warum denn nicht? Wir … passen perfekt zueinander! Alle denken …«

»Es ist mir egal, was alle anderen denken«, unterbrach er sie mit fester Stimme. Als er Bridgets gekränkten Blick sah, sprach er sanfter. »Es tut mir leid, Bridget. Ich … hab dich wirklich sehr gern, aber … ich werde dich nicht heiraten.«

»Aber ich dachte … ich dachte … Was hab ich denn getan?«

»Nichts«, versuchte William zu erklären. »Du hast nichts getan. Du bist. .. du bist wirklich … wunderschön und … jeder Mann wäre stolz, dich als seine Frau zu haben. Aber ich … kann dich nicht heiraten.«

Bridget schien den Tränen nahe zu sein.

»Es tut mir leid«, sagte William und drehte sich um. Er schob die Äste des Baumes zur Seite und lief über den Kies ins Haus. Nun sah er die erstaunten Blicke seiner Gäste im Festsaal.

»Warum kommt er denn ohne das Mädchen zurück?«, fragte eine Dame leise ihren Mann.

Wie konnte ich nur so dumm sein, dachte William erbost. *Die haben wirklich alle geglaubt, ich würde Bridget jetzt einen Heiratsantrag machen.* Er war wütend auf sich selbst und auf alle anderen. *Wie kommen die nur darauf?*

Er machte auf dem Absatz kehrt und verließ den Saal.

»William«, rief ihn eine Stimme in der Eingangshalle zurück. »Wo ist Bridget?« Es war seine Mutter.

»Sie ist noch draußen«, sagte er zornig.

»Aber warum …? Was ist denn los?«

»Wie konntet ihr nur alle glauben, ich würde Bridget heiraten?«, fragte William noch immer entsetzt über diese Tatsache.

Mrs Auburn war sichtlich erstaunt. »Aber das war doch natürlich. Sie war immer deine Tischdame, du hast mit ihr getanzt, dich mit ihr unterhalten …«

»Das war ja auch in Ordnung. Aber deshalb muss ich sie doch nicht *heiraten!*«

Mrs Auburn schaute ihrem Sohn verblüfft hinterher, als er wutschnaubend an ihr vorbei die Treppen hochlief.

Mary-Ann stand mit einem Tablett voller Getränke in der Küchentür und hatte die Szene verfolgt.

»Ich kann es nicht glauben«, sagte Mrs Auburn fassungslos zu ihrem Dienstmädchen und eilte dann zu ihren Gästen in den Festsaal.

Mary-Ann stand da und konnte es ebenfalls nicht glauben. Er hatte Bridget eine Abfuhr gegeben! Sie hatte einige Gespräche mitbekommen, in denen die Leute darüber gesprochen hatten, welch ein wundervolles Paar die beiden doch wären. Am liebsten hätte sie den Leuten ihre Meinung gesagt, doch das hätte eine Katastrophe heraufbeschworen!

Ella kam mit einem leeren Tablett an Getränken in die Küche.

»Ella, kannst du bitte mal kurz meines nehmen? Ich muss dringend etwas erledigen«, sagte Mary-Ann und Ella nahm ihr das Tablett verdutzt ab.

Mary-Ann stieg leise die Treppe hoch und klopfte dann sachte an der Tür zu Williams Suite. Als niemand antwortete, trat sie ein.

Sie fand William an seinem Schreibtisch, den Kopf in die Hände gestützt. Leise schob sie die Tür auf. Sie quietschte leise und William sah auf.

Als er sie erkannte, ließ er seinen Kopf wieder in seine Hände fallen und stöhnte leise.

Sie ging zu ihm hin und legte eine Hand auf seine Schulter.

»Hast du's auch mitbekommen?«, fragte er gequält.

»Was?«

»Dass sie alle wollen, dass ich Bridget heirate.«

»Ja.«

»Ich habe ihr gesagt, dass ich nicht will.«

»Das hab ich auch mitbekommen.«

Williams Kopf fuhr hoch. »Du warst dabei, als ich mit Bridget draußen war?«

»Draußen? Nein, ich war dabei, als du mit deiner Mutter gesprochen hast.«

»Ach so«, sagte William und ließ seinen Kopf wieder sinken.

Mary-Ann wartete. »Was wirst du jetzt tun?«, fragte sie schließlich.

»Wie soll ich denn jetzt wieder runtergehen? Ich werde jedem erklären müssen, warum ich Bridget nicht zur Frau nehme. Dazu hab ich nun wirklich keine Lust«, sagte er ungehalten.

»Warum willst du sie denn nicht heiraten?«, fragte Mary-Ann.

»Ach, Mary-Ann, das weißt du doch ganz genau.«

»Nein, weiß ich nicht«, sagte Mary-Ann bestimmt.

William hob wieder den Kopf und sah sie zum ersten Mal an diesem Abend richtig an. »Weil ich dich liebe und keine andere. Weil ... weil ich dich an meiner Seite haben will.«

Mary-Ann musste sich zwingen nicht zu lächeln. »Warum sagst du es ihnen dann nicht?«, rutschte es ihr heraus.

William öffnete den Mund, um etwas zu sagen, schloss ihn aber gleich wieder. Ja, warum eigentlich nicht?

Als William nicht antwortete, beugte sich Mary-Ann zu ihm hinunter und küsste ihn zärtlich. »Ist dir das Antwort genug?«, fragte sie.

William blickte sie verdutzt an. Hatte sie ihm gerade ihr Jawort gegeben?

»Ja. Ja. Ja, das ist es«, stammelte er und Mary-Ann lachte.

»Ich liebe dich«, sagte sie und schlang die Arme um seinen Hals, als William aufstand und sie an sich zog. »Könntest du das bitte wiederholen?«, fragte er unschuldig.

»Was?«

»Das mit dem Jawort. Und mit dem Kuss.«

Mary-Ann lachte und küsste ihn leidenschaftlich.

Als sie sich wieder voneinander lösten, fragte Mary-Ann: »Gehst du es ihnen jetzt endlich sagen?«

»Da wartest du wohl schon lange drauf, wie?«

Mary-Ann errötete, sagte aber nichts.

»Weißt du, das ... könnte jetzt etwas schwierig werden«, versuchte William ihr die Situation begreiflich zu machen. »Ich weiß nicht, wie sie reagieren werden. Es könnte sein, dass manche nicht ganz mit unserer Verlobung einverstanden sind.«

»Aber warum nicht? Es ist doch jetzt alles anders! Mein Vater ist für unschuldig erklärt worden!«

»Ja, das schon, aber da ist auch noch der gesellschaftliche Rang. Ich bin … William George Auburn. Und du bist ein … ein Dienstmädchen.« Er bemühte sich, sie nicht zu verletzen. »Ich weiß genau, dass das keinen Unterschied macht. Für mich macht es keinen. Aber es gibt andere und für die ist es ein großer Unterschied.«

Mary-Ann begann zu verstehen. Eigentlich hatte sie es ja gewusst. Nur nie wahr haben wollen. »Und jetzt?«, fragte sie leise.

»Augen zu und durch. Ich möchte nur, dass du vorgewarnt bist. Lass dir deine Ehre nicht nehmen, hörst du?«, sagte er und hob ihr Kinn. »Du wirst meine Frau werden. Ich lasse mir dich nicht nehmen.«

Mary-Ann lächelte tapfer. Ihre Finger zitterten, als William sie nun an der Hand nahm und fest umfasst hielt.

Gemeinsam stiegen sie die Treppe hinunter und traten in den Festsaal. Einige Frauen standen um die aufgelöste Bridget herum. Die Männer diskutierten aufgebracht. Da kam Mr Auburn auf seinen Sohn zu. Als er Mary-Anns Hand in der seines Sohnes sah, stoppte er. Er blickte auf seinen Sohn. »William! Was soll das?«, fragte er zornig und ging zu ihm.

»Vater. Ich habe mich entschieden. Wie es aussieht, soll ich heiraten. Hier ist meine zukünftige Frau: Mary-Ann Barnes.«

Die Leute waren verstummt. Mrs Dashwood stieß einen grellen Schrei aus. »Was?«, rief sie. »Dieses … dieses Ding da? Du ziehst meiner Tochter eine … eine Dienstmagd vor?«

»Ja, das tue ich. Sie ist meine Auserwählte. Darf ich also nun hiermit meine Verlobung mit Mary-Ann Barnes verkünden«, sagte er und räusperte sich.

»Nein, das darfst du nicht«, unterbrach ihn Mr Auburn. »Du wirst kein Dienstmädchen heiraten, mein Sohn.«

»Tut mir leid, Vater, aber da muss ich dir widersprechen. Meine Entscheidung ist gefallen. Mary-Ann hat mir ihr Jawort gegeben. Und wir werden heiraten.«

Die Damen stießen spitze Schreie aus und die Herren begannen zu reden. Plötzlich riss sich Bridget von den Frauen um sie herum los und rannte zu William. Sie schlug wütend Mary-Anns Hand aus seiner und gab ihr eine Ohrfeige. »Du wagst es, mir meinen Mann zu stehlen? Du wagst es, dich mir entgegenzustellen? Du, eine hässliche, kleine Dienerin?«

Sie riss Mary-Ann die Haube vom Kopf.

Da stellte sich William zwischen die beiden. »Bridget, hör auf damit!«, rief er und sie schaute ihn zornig an. »Und du? Du verschmähst eine Dashwood? Das wird dir noch leidtun, das sag ich dir!«

Mr Dashwood trat von hinten an seine Tochter heran. »Bridget, hüte deine Zunge. Du machst dich lächerlich, vor aller Augen.«

Bridget fuhr herum. »Was, du auch noch?«, schrie sie, doch ihr Vater hob die Hand und sie verstummte. Sie zitterte am ganzen Körper.

Dann fiel sie in Ohnmacht und ihr Vater fing sie auf.

»Warum muss sie ihr Korsett auch immer so eng schnüren?«, brummte er und trug sie in den Salon. Henry brachte ein kühles Tuch, während die aufgebrachte Mrs Dashwood ihrer Tochter Luft zufächerte.

William hatte wieder Mary-Anns Hand ergriffen. Ihre Haarnadeln hatten sich gelöst und so fielen ihre Locken über ihre Schulter. Sie zitterte. Am liebsten hätte sie geweint. William drückte ihre Hand.

Die Leute sprachen aufgeregt durcheinander. »Wie kannst du nur?«, zischte sein Vater.

»Manchmal muss man Dinge tun, die ungemütlich sind. Hättest du Mutter nicht auch geheiratet, wenn sie eine Milchmagd gewesen wäre?«

Das brachte seinen Vater zur Einsicht. Er hätte seine Frau nicht weniger geliebt. Nervös fuhr George sich über die Stirn.

»Also gut, du hast meinen Segen«, sagte er widerwillig und bat laut um Ruhe. »Mein Sohn William hat außerordentlichen Mut bewiesen, sich vor Ihnen allen zu seiner Liebe zu bekennen. Ich finde, das verdient mein Einverständnis zu der Heirat«, sagte er leichthin und trat zur Seite.

»Hiermit gebe ich die Verlobung von William George Auburn mit Mary-Ann Barnes bekannt«, rief George Auburn in den Saal.

Keiner jubelte ihnen zu. George Auburn hob unbeirrt sein Glas. »Lassen Sie uns auf das zukünftige Paar anstoßen!«

William nahm sein Sektglas und Ella reichte Mary-Ann eines. Sie zwinkerte ihr ermutigend zu.

»Hoch sollen sie leben!«, rief Mr Auburn und zögernd stimmten die Leute mit ein. Leonhard stand neben Charles. Der alte Mann schaute erbost in die Runde. Er konnte es nicht fassen, dass sein Sohn sich zu William gestellt hatte und nun keiner der Gäste mehr Einhalt gebot. Doch er begnügte sich damit, alle mit bösen Blicken zu versehen.

Charles hingegen rief William freudig seine Hochrufe entgegen.

Am Ende des Abends freuten sich schließlich doch fast alle ein wenig mit dem jungen Paar. William wurde zum zweiten Mal beglückwünscht und nachdem Mary-Ann sich die Frisur wieder hochgesteckt und ihr blaues Kleid angezogen hatte, drückten die Gäste auch ihr die Hand.

Mrs Auburn lief auf Mary-Ann zu und umarmte sie. Mary-Ann war erstaunt, erwiderte aber die Geste herzlich. »Ich muss gestehen, ich ziehe dich Bridget ebenfalls vor«, flüsterte sie ihrer zukünftigen Schwiegertochter ins Ohr und zwinkerte vergnügt mit den Augen.

Auch von Ella wurde Mary-Ann herzlich umarmt. »Ich freue mich ja so für dich«, sagte sie lächelnd. »Jetzt werde ich dich wohl bald bedienen dürfen.«

Mary-Ann hatte noch gar nicht darüber nachgedacht. Sie würde durch die Heirat mit William nicht mehr arbeiten müssen. Im Moment wusste sie nicht, ob sie sich darüber freuen sollte oder nicht.

Es blieb ihr keine Zeit, darüber nachzudenken, denn Molly kam und umarmte sie. »Na, da hast du dir ja einen tollen Burschen rausgesucht«, neckte sie Mary-Ann.

»Herzlichen Glückwunsch, Mary-Ann«, sagte Henry und drückte ihre Hand. »Das hätte hier ja keiner von uns erwartet.«

»Doch. Ich«, meinte Ella grinsend.

»Pst«, machte Mary-Ann und schaute verstohlen zu William. Aber er war mit einem anderen Gast beschäftigt.

Nach und nach gingen die Gäste nach Hause.

Megan war hocherhobenen Hauptes an Mary-Ann und William vorbeispaziert. Charles hatte Mary-Ann und William nur noch kurz die Hand entgegenstrecken können, dann wurde er von seiner Frau mitgezogen.

»Megan wird sich daran gewöhnen«, beruhigte William Mary-Ann. »Irgendwann wird sie's schlucken müssen.«

Mary-Ann nickte. Was erwartete sie da nur in der Gesellschaft der reichen Leute?

Die Gäste zogen an ihnen vorüber, bedankten sich und beglückwünschten sie. Da baute sich Leonhard vor seinem Enkelsohn auf. »Du bringst die ganze Familiengeschichte durcheinander. Was denkst du dir nur dabei?« Ohne eine Antwort abzuwarten, stolzierte er an ihnen vorbei.

»Ehrlich gesagt, interessiert mich die Familiengeschichte sehr wenig«, murmelte William und Mary-Ann musste schmunzeln.

Endlich hatten alle Gäste das Haus verlassen. Henry hatte die Eingangstür wieder geschlossen und es war plötzlich erschreckend still.

»Und jetzt?«, fragte Mary-Ann unsicher.

»Nichts. Morgen werden wir unsere Hochzeit planen.«

Mary-Anns Augen begannen zu leuchten. Sie lehnte sich an die Wand. »Hochzeit«, flüsterte sie und schaute verträumt an die Decke hoch.

»William?«, unterbrach Mr Auburns Stimme die Stille.

»Ja?« William löste seinen Blick widerwillig von Mary-Ann.

»Ich habe dich noch nicht beglückwünscht.« George ging zu ihm.

»Ich … bewundere wirklich deine Willenskraft, mein Sohn«, sagte er. »Ich bin stolz auf dich.«

Mary-Ann sah, dass William es kaum glauben konnte, einen solchen Satz aus dem Mund seines Vaters zu hören. George klopfte ihm anerkennend auf die Schulter.

Dann drehte er sich zu Mary-Ann um. Sie stand noch immer an die Wand gelehnt da. Schnell richtete sie sich auf.

»Und du bist also die, die mein Sohn sich ausgesucht hat« sagte George.

»Herzlichen Glückwunsch.«

Mary-Ann versuchte zu lächeln. Es war einfach zu seltsam diese Worte aus dem Mund des Mannes zu hören, der sie jahrelang nicht beachtet und wenn, ihr nur etwas befohlen hatte.

»Ja, dann gehe ich wohl zu Bett«, meinte George und wandte sich um.

»Danke, Vater«, sagte William.

George nickte und verschwand auf der Treppe nach oben.

»William, ich muss Ella und Molly helfen aufzuräumen. Sie haben bestimmt schon begonnen.«

»Nichts da«, widersprach William ihr. »Du wirst bald gar nichts mehr in diesem Haus arbeiten. Daran musst du dich jetzt gewöhnen.«

»Ich gewöhne mich noch schnell genug daran. Außerdem bin ich jetzt ja noch nicht deine Frau.«

»Du wirst mich doch nicht um der Arbeit willen sitzen lassen?«, fragte William mit gespieltem Entsetzen.

»Wenn ich wollte, könnte ich«, stieg Mary-Ann auf seinen Scherz ein.

»Oh nein, bitte nicht. Dann muss ich mich vielleicht doch mit Bridget begnügen …«

Mary-Ann schüttelte den Kopf. »Komm mir bloß nicht mit der!«

William legte seine Hand an ihre Taille und küsste sie zärtlich. »Also, dann mach dich an deine Arbeit. Bis morgen, meine Braut.«

»Bis morgen, wenn ich dir dein Frühstück serviere«, schmunzelte Mary-Ann und wandte sich ab. William schaute ihr noch hinterher und sprang dann beschwingt die Treppe hinauf.

40

Am nächsten Morgen half Mary-Ann tatsächlich beim Frühstückauftragen. Keiner der Herrschaften wusste, wie man sich Mary-Ann gegenüber verhalten sollte. Selbst William schien ratlos zu sein und schenkte ihr einfach ein Lächeln. So kam es, dass alles seinen gewohnten Lauf nahm.

Als Mary-Ann später bei Mrs Auburn war, sprachen sie darüber.

»Du musst schon verzeihen, Mary-Ann, dass wir dich noch nicht wie die Braut Williams behandeln. Es ist eine … etwas seltsame Situation.«

»Aber das macht doch nichts. Ich bin es gewohnt, hier zu arbeiten und es macht mir Spaß.«

Mrs Auburn nickte. »Schon, aber das wird sich bald ändern. Ich denke, … ein guter Anfang wäre es, wenn du mich mit Du anredest.«

Mary-Ann strahlte. »Gerne.«

»Hast du deinen Eltern schon Bescheid gegeben?«

»Nein, ich hatte noch nicht die Zeit dazu. Aber ich denke, sie wissen es schon. Die Leute in der Stadt tratschen doch gleich alles weiter, was so passiert. Außerdem war Mrs Howard-Smith bei der Verlobung dabei und sie ist eine gute Freundin meiner Mutter.«

»Ich weiß. Ich hab davon gehört.« Nach ein paar Stichen in ihrer Stickereiarbeit, sagte sie: »Was hältst du davon, wenn du heute Nachmittag in die Stadt fährst und deine Familie besuchst?«

»Oh, Danke! Vielen Dank!« Mary-Ann konnte es nicht erwarten, ihrer Familie von ihrem Glück zu erzählen.

Sie wusste nicht, dass Megan heute mit ihren Kindern zu Besuch kommen wollte. Mrs Auburn wollte es ihnen beiden nicht antun, sich in die Arme zu laufen. Sie kannte ihre Tochter und wusste, dass sie sich erst noch ein wenig von dem Schock von gestern erholen musste.

Mary-Ann fuhr an der Seite von William in die Stadt. William wollte so bald wie möglich damit beginnen, sich nach Räumen für seine Rechtsanwaltskanzlei umzusehen.

Während also Mary-Ann mit geröteten Wangen und leuchtenden

Augen vor Lucy stand und von ihrer anstehenden Heirat erzählte, betrat William das Gericht. Zuerst wollte er zu dem Richter gehen.

Er klopfte an seiner Bürotür. Ein Sekretär öffnete. »Ja, bitte?«

»Guten Tag, ich möchte gerne Richter Goodwin sprechen. Ist er da?«

Der Sekretär nickte. »Haben Sie einen Termin?«

»Nein, eigentlich nicht, aber ich bin ein alter Bekannter und …«

»Kommen Sie herein. Er macht gerade eine Pause.«

»Danke«, sagte William und trat ein. Es sah noch genauso aus wie vor drei Jahren, als er das Empfehlungsschreiben des Richters ausgehändigt bekommen hatte.

»Hier, diese Tür«, wies ihn der Sekretär an.

William klopfte.

»Ja?«, kam eine Stimme aus dem Raum hinter der Tür.

Er trat ein.

Richter Goodwin sah auf. »Was wollen Sie?«, fragte er gelangweilt und rührte in seinem Tee.

»Ich bin William Auburn. Vor drei Jahren hatte ich den Mordfall Drake – Barnes wieder aufgerollt.«

Der Richter schien zu überlegen. »Ah«, sagte er schließlich lang gezogen. »Jetzt erinnere ich mich.« Nach einer Pause wollte er wissen. »Und was kann ich für Sie tun?«

William stand noch immer in der Tür. Der Richter war offenbar sehr vergesslich.

»Na ja«, lachte William verlegen. Dann zog er das Empfehlungsschreiben hervor. Er legte es auf den Schreibtisch vor den Richter. »Erinnern Sie sich noch daran?«

Der Richter las schweigend. Dann lehnte er sich zurück. »Ach, Sie sind der junge Mann, der noch nicht einmal sein Studium fertig hatte und schon den Mörder überführte?«

William nickte verlegen.

»Ich hätte Sie gar nicht wiedererkannt«, meinte der Richter leichthin. »Setzten Sie sich doch«, forderte er William auf und rief nach einer zweiten Tasse für seinen jungen Gast.

»Wenn ich Sie jetzt richtig verstehe, wollen Sie mich fragen, ob ich etwas dagegen hätte, wenn sich ein Rechtsanwalt in dieser Stadt niederließe?«

»So ähnlich, ja«, erwiderte William verlegen.

»Ich würde mich geehrt fühlen«, sagte der Richter. Er rieb sich nachdenklich das Kinn. »Sie hätten wahrscheinlich sogar gute Chancen. Erst kürzlich habe ich gehört, wie sich die Leute aufregten, dass sie weit fahren müssen, um einen guten Rechtsanwalt zu bekommen. Aber, machen Sie sich auf etwas gefasst, mein Junge. Die Leute haben schrecklich unbedeutende Probleme hier.« Er schüttelte den Kopf. »Waren Sie schon bei der Stadtverwaltung?«

William schüttelte den Kopf.

»Na, dann machen Sie sich mal auf! Ich muss mich auch wieder an die Arbeit machen.« Der Richter stand auf und schüttelte William die Hand. »Hätte nicht gedacht, dass Sie hierher zurückkommen. Wo haben Sie studiert?«

»In Oxford.«

Der Richter schüttelte erneut den Kopf. »Was hat Sie denn wieder hierher zurück getrieben?«

»Die Heimatliebe, schätze ich.«

Der Richter nickte.

William ging zum Büro des Bürgermeisters, wo seine Anfrage mit Freuden aufgenommen wurde. Im Rathaus selbst konnten ihm zwei Räume zur Verfügung gestellt werden..

Nachdem alles geklärt war, trat William auf die Straße hinaus und knöpfte seinen Mantel zu. Seine Kutsche hatte vor dem Rathaus gewartet.

Er stieg ein und fuhr zur Familie Barnes. Lucy öffnete auf sein Klopfen hin. »Oh!«, rief sie. »Kommen Sie doch herein, bitte.«

William nahm seinen Hut ab und trat dankend ein. Er musste sich unter dem kleinen Türrahmen bücken. Es war angenehm warm in der kleinen Wohnung.

Mary-Ann kam ihm entgegen. »Du bist ja schon wieder da! Hat alles geklappt?« Sie nahm ihm Hut und Mantel ab und hängte beides an einen freien Haken.

»Ja, ich habe zwei Zimmer. Und ein Sekretär wird sich bald vorstellen.«

»Das ist ja fabelhaft«, rief Mary-Ann und führte ihn ins Zimmer. »Justin, schau, das ist William.«

»Den wirst du heiraten«, stellte er fest und betrachtete William abschätzend von oben bis unten. Mary-Ann wurde rot, als William sie fragend anschaute und zuckte die Achseln. Aber Justin nickte zufrieden. »In Ordnung«, meinte er und William lachte.

»Vater müsste eigentlich auch bald kommen«, meinte Lucy mit einem Blick auf die Uhr. »Bis dahin können wir ja schon ein paar Plätzchen essen, was meint ihr?«

Justin war begeistert und die anderen beiden stimmten auch zu. Sie setzten sich an den Tisch und Lucy unterhielt sich mit William, während sie an einigen Butterplätzchen knabberten, die Justin mit Lucy gebacken hatte.

Schließlich flog die Haustür auf. »Bin wieder da!«, rief Michael mit seiner tiefen Stimme.

»Papa!«, rief Justin und sprang auf, um ihn zu begrüßen.

Mit seinem Sohn auf dem Arm kam Michael herein. »Ich habe heute ...« fing er an und unterbrach sich selbst, als er Mary-Ann und William am Tisch sitzen sah.

»Hallo, Papa«, sagte Mary-Ann und umarmte ihn so gleich.

»Hallo, mein Mädchen. Wen hast du denn da mitgebracht?«

»Meinen Bräutigam.«

Michael machte ein verdutztes Gesicht. »Deinen was?«

»Meinen Bräutigam«, wiederholte Mary-Ann lächelnd.

Michael schaute von Mary-Ann zu William, von William zu Lucy und wieder zu Mary-Ann. Dann endlich schien er zu begreifen. »Sag nur, mein kleines Mädchen will heiraten«, rief er aus.

Mary-Ann nickte lachend. Michael ließ Justin auf den Boden hinunter und widmete sich ganz seiner Tochter. »Ja ... Was soll ich denn da sagen? Herzlichen Glückwunsch, mein Mädchen.« Er lachte. »Das kommt aber wirklich unerwartet.«

»Mama hat es schon gewusst.«

»Was? Du hast es schon gewusst?«, fragte er an Lucy gewandt.

Sie nickte verlegen. »Von Beatrice. Ich wollte Mary-Ann aber nicht die Freude nehmen, es dir persönlich zu sagen.«

Michael lachte wieder. »Das verschlägt mir die Sprache.« Dann wandte er sich William zu. »Und Sie sind also der Glückliche? Da haben sie aber einen guten Fang gemacht, wissen Sie das? Meine Tochter ist was ganz Besonderes!«

William lachte. »Das hab ich auch schon festgestellt. Eigentlich hatte ich ja vor, um die Hand ihrer Tochter anzuhalten, aber das scheint ja nicht mehr nötig zu sein.«

Michael streckte ihm die Hand hin und drückte sie kräftig. »Solange Sie gut auf sie aufpassen, geht das in Ordnung.«

»Immer«, versicherte William und Mary-Ann lehnte sich glücklich an ihn.

41

An den nächsten Abenden, wenn der Mond aufgegangen war, saßen Mary-Ann und William vor dem Kaminfeuer auf Gut Randolph und schmiedeten Hochzeitspläne.

Sie setzten den Hochzeitstermin auf den ersten Februar fest. Bis dahin würden sie alles erledigen können.

Mary-Ann konnte es kaum noch erwarten. *Ich heirate, ich heirate*, sang es beständig in ihrem Herzen. Nichts konnte sie mehr um die Freude bringen, die sie erfüllte.

Sie fuhr mit Mrs Auburn und ihrer Mutter nach Hargreaves, die nächste größere Stadt, um bei einem teuren Modegeschäft die Stoffe für ihr Hochzeitskleid auszusuchen. Als sie aber bei dem Geschäft ankamen, hing dort sogar schon ein fertiges Hochzeitskleid aus. Lucy und Mary-Ann kamen aus dem Staunen nicht mehr heraus. Es war aus fliesendem Satin und am oberen Teil über und über bestickt mit kostbaren Perlen. Das Dekolletee war mit feiner Spitze überzogen, aus derselben teuren Spitze waren auch die Handschuhe und der Schleier gefertigt.

»Oh«, sagte Mrs Auburn bewundernd. »Mary-Ann, probier es doch mal an!«

»Was? Dieses Kleid? Aber ... es ist teuer ...«

»Das ist hier alles«, meinte Mrs Auburn leichthin und rief nach einer Bediensteten.

Mary-Ann wurde in einen großen Ankleideraum geführt. Dort wurde ihr das Kleid gereicht. Als Mary-Ann hineingeschlüpft war, knöpfte das Dienstmädchen es ihr zu und betrachtete sie abschätzend von allen Seiten. Sie steckte hier und da ein wenig Stoff fest. Schließlich holte sie Lucy und Mrs Auburn herein.

»Mary-Ann, du siehst atemberaubend aus. Das Kleid ist ja herrlich«, rief Lucy aus.

»Ja, es steht ihr gut«, sagte Mrs Auburn. Sie ging einmal um Mary-Ann herum. »Was denken Sie?«, fragte sie die Bedienstete.

»Es passt fast wie angegossen.«

Mrs Auburn nickte. »Wir nehmen es.«

Die Bedienstete nickte und Mary-Ann zog es wieder aus. Sie konnte es nicht fassen. Niemals hätte sie sich erträumt, so ein herrliches Kleid tragen zu dürfen.

Mrs Auburn hatte dem Dienstmädchen etwas zugeflüstert. Es nickte und verschwand im hinteren Teil des Ladens.

»So, jetzt kleiden wir dich gleich richtig ein«, meinte Mrs Auburn vor Freude strahlend.

Das Mädchen kam bald mit einigen Kleidern über dem Arm zurück.

Die Tortour begann. Mary-Ann musste in mindestens fünfzig Kleider schlüpfen. Lucy, Mrs Auburn und das Dienstmädchen berieten sich, liefen um sie herum, zupften an den Kleidern, steckten hier und da etwas fest, und Mary-Ann musste in das nächste Kleid schlüpfen. Die drei Frauen waren ganz in ihrem Element. Mary-Ann hatte ihre Mutter noch nie so erlebt.

Anfangs hatte es ihr Spaß gemacht, die teuren Kleider zu probieren. Es war ein tolles Gefühl, die edlen Stoffe auf der Haut zu fühlen und sich im Spiegel zu sehen. Doch bald brummte ihr der Kopf und sie wurde müde.

Nach den Kleidern kamen die Schuhe dran. Dann die Hüte, die Handschuhe und die Handtaschen. Mary-Ann und Lucy machten große Augen. Wann sollte sie das alles einmal tragen?

Mary-Ann wusste nicht mehr, wo ihr der Kopf stand, als sie in der Kutsche zurückfuhren.

Die Schneiderin würde alles auf Mary-Anns Maße zurechtschneidern und die Kleider dann schicken lassen.

Als es eine Woche später so weit war, trug ein junger Angestellter aus dem Laden in Hargreaves Pakete und Schachteln in Mary-Anns Zimmer. Mary-Ann stand staunend daneben. So viele Sachen! Und es gehörte alles ihr!

»Sehr gut«, sagte Mrs Auburn zufrieden, die hinzugekommen war. Sie nahm Mary-Ann zur Seite.

»Weißt du, Mary-Ann«, sagte sie. »Da du ja jetzt auch bald eine Auburn bist, habe ich eine Suite neben der von William für dich herrichten lassen. Wir werden die Sachen gleich dort einräumen. Es würde ja nichts bringen, wenn du sie in zwei Wochen wieder umräumen musst.«

»Eine Suite neben William?«, fragte Mary-Ann.

»Ja. Komm, ich zeig sie dir.«

Mrs Auburn fasste Mary-Ann an der Hand und führte sie zu dem Gang, in dem Williams Räume lagen.

Mrs Auburn öffnete die Tür, hinter der Mary-Anns neue Wohnräume lagen.

Mary-Ann kannte die Suiten der Auburns. Kunstvoll geschmückt, edel ausgestattet und ohne jeden Zweifel gemütlich – auch die Suite, die künftig ihre sein sollte. In einem Kamin, der in keinem Zimmer fehlen durfte, flackerte bereits ein Feuer. Eine lange Fensterreihe zum Garten hin erhellte den Raum. In der Mitte befand sich ein kleiner runder Tisch mit zwei Stühlen. Darauf stand eine kostbare Vase. Ein weicher Teppich lag auf dem Boden und ein Glasschrank mit zierlichem Porzellangeschirr stand an der anderen Wand gegenüber des Kamins. Doch was Mary-Ann vor Staunen die Sprache verschlug, war etwas anderes. Über dem Kamin hing ein Gemälde. Und auf dem Gemälde war sie selbst zu sehen. Mrs Auburn hatte sie aus dem Gedächtnis porträtiert, denn Mary-Ann hatte ihr nie Modell gesessen, um sich malen zu lassen. Auf dem Bild trug sie eines der Kleider, die sie in Hargreaves gekauft hatten – und eine wunderschöne Kette, die Mary-Ann noch nie gesehen hatte.

»Elisabeth«, hauchte Mary-Ann. »Das ist … wunderschön. Einfach unglaublich! Wann hast du das nur gemacht?«

»Das ist mein Geheimnis.«

Mary-Ann schluckte. Sie konnte es nicht glauben. »Wie soll ich dir nur jemals danken?«

»Du musst mir nicht danken. Ich habe es gerne gemacht.«

Mary-Ann lächelte ihre zukünftige Schwiegermutter mit Tränen in den Augen an.

Elisabeth zeigte Mary-Ann den Rest der Suite, zu der noch ein wunderschönes Wohnzimmer, ein edel ausgestattetes Schlafzimmer, ein Ankleidezimmer, in das Molly gerade die neuen Sachen aus Hargreaves einräumte, und ein großes Badezimmer mit blitzblanken Fliesen gehörten.

Mary-Ann erinnerte sich an die vielen Male, wo sie selbst die Fliesen der Herrschaften geschrubbt hatte. Sie wusste genau, welch anstrengende Arbeit das war.

»Hat Ella die Suite geputzt?«, hörte sie sich selbst fragen und biss sich im nächsten Moment auf die Zunge.

Erstaunt drehte sich Mrs Auburn um. »Ja, hat sie.«

»Es tut mir leid. Es … es ist mir so rausgerutscht.«

Mrs Auburn lächelte wehmütig. »Ich hoffe, du wirst dir nicht immer über solche Dinge Gedanken machen müssen.«

»Es ist jedenfalls wunderschön«, sagte Mary-Ann und seufzte glücklich.

»Ella?« fragte Mary-Ann, als Mrs Peters kurz aus der Küche gegangen war. »Danke, dass du meine Suite geputzt hast.«

Ella hob den Kopf. »Aber dafür musst du dich doch nicht bedanken. Mrs Auburn hat es mit aufgetragen, also hab ich es gemacht. Außerdem war es mir eine Ehre. Ich habe es gerne gemacht.«

»Weißt du, es ist so komisch, wenn ich bedient werde. Ich weiß nicht, ob ich mich jemals daran gewöhnen kann. Es ist jetzt schon so seltsam, obwohl ich ja immer noch meine Arbeiten verrichtet habe.« Sie machte eine Pause. »Eigentlich sollte ich ja schon damit aufhören, aber ich habe darauf bestanden bis zur Hochzeit weiterzuarbeiten. Am liebsten … Ach, weißt du, ich weiß gar nicht, was ich dann den lieben langen Tag machen soll.«

Ella hatte aufgehört den Brotteig zu kneten. »Jedes andere Mädchen wäre überglücklich, sich bedienen lassen zu können. Du wirst dich daran gewöhnen, glaub mir. Sogar schneller als du denkst. Und … wegen mir brauchst du dir keine Sorgen zu machen. Wir bleiben Freunde. Das verspreche ich dir. Natürlich wird es anders werden, aber … das hat auch gute Seiten.«

Mary-Ann nickte und unterdrückte den Kloß, der in ihrem Hals steckte.

Ella hatte es wieder einmal erfasst. Sie wollte ihre Freundin nicht verlieren. »Bist du sicher?«

»Ganz sicher.« Ella lief zu Mary-Ann und umarmte sie. »Bitte zerbreche dir deswegen nicht den Kopf. Du kannst so dankbar sein.«

Mary-Ann nickte. »Das bin ich ja auch. Aber deswegen habe ich trotzdem Angst. Ich muss William auf so viele Feste begleiten und die ganzen reichen Leute treffen. Du weißt doch auch, wie sie sind. Sie … sind anders. Sie sind …« Mary-Ann suchte nach einem passenden Wort.

»Anders«, wiederholte Ella. »Vielleicht musst du lernen, auch sie zu lieben und mit ihnen klarzukommen, ohne, dass du genauso wirst.«

»Aber was, wenn ich es nicht schaffe?«

»Du hast William und du hast mich.«

Mary-Ann lächelte mit tränenverschleierten Augen. Dann verdunkelte sich ihre Miene wieder. »Was ist mit Bridget?«

»Das ist ein Problem. Ich denke, da musst du durch.«

Mary-Ann schniefte.

»Ich weiß, dass du das schaffst. Gott lässt dich nicht im Stich. Er hat dich so weit gebracht, da wird er dich auch weiter durch Schwierigkeiten hindurchtragen. Er gibt dich nicht auf.«

Mary-Ann nickte und wischte sich über die Augen. »Versprichst du mir, dass du mich nie als deine Herrin betrachtest, sondern immer als Freundin?«

»Ich verspreche es.«

»Danke«, brachte Mary-Ann hervor und zog ihre Freundin an sich.

Die Tage kurz vor der Hochzeit waren aufregend für Mary-Ann. Sie saß mit Elisabeth zusammen und besprach die Sachen für das Fest. Welche Blumen sie in ihrem Strauß haben wollte, welche Blumen als Dekoration. Elisabeth lud die ganze höhere Gesellschaft ein und Mary-Ann ihre Familie und Sara.

Außerdem wurden zwei neue Dienstmädchen eingestellt. Cathy und Janet. Cathy war ein siebzehnjähriges Mädchen und Janet war neunzehn.

Sie waren Geschwister und beide hatten braunes Haar. Cathy zog in das Zimmer, in dem Mary-Ann seither gewohnt hatte. Zum letzten Mal putzte Mary-Ann ihr Zimmer auf das Gründlichste, wusch ihre Dienstmädchentrachten und legte sie fein säuberlich auf das frischbezogene Bett. Sie selbst zog in die Morgansuite um, die nun ihr Zuhause war.

Sie war mit Elisabeth übereingekommen, dass es in Anbetracht des neuen Personals besser wäre, wenn sie nicht mehr arbeiten würde, damit sich die Mädchen nicht umstellen mussten, sondern sie gleich als Herrin betrachteten. Mary-Ann hätte die beiden Mädchen liebend gerne kennengelernt, verstand aber, was Elisabeth sagen wollte und willigte ein. Am ersten Morgen, an dem sie kein Dienstmädchen mehr war, zog sie das schlichteste Kleid an, das sie in ihrer neuen Garderobe finden konnte. Es kam ihr immer noch zu prachtvoll vor. Sie schaute sich im Spiegel an. Sie sah tatsächlich aus wie eine Dame, fand sie. Sie blickte auf ihre Finger hinunter. Bald würde sie ein Ring zieren und sie würde Mrs William George Auburn sein. Ein freudiges Prickeln erfüllte sie.

Als sie in den Gang hinaustrat, kam William ebenfalls gerade aus seiner Tür. Die Augen von beiden leuchteten auf.

»Donnerwetter«, sagte er bewundernd. »Das Kleid steht dir aber gut.«

»Ich fühle mich ein bisschen seltsam darin. Als wäre es nicht ich, die darin steckt.«

»Oh, du bist es. Keine andere Frau hat solche Augen wie du«, lächelte William und führte sie zum Esszimmer.

Für Mary-Ann war an dem Platz gedeckt worden, an dem Megan immer gesessen hatte. Leonhard und Mr Auburn saßen schon. Als sie den Raum betrat, erhoben sich die Herren wie es sich gehörte, aber Mary-Ann konnte spüren, dass Leonhard von ihrer Gegenwart nicht erfreut war. Mary-Ann wusste nicht, wie sie sich verhalten sollte. Sie versuchte sich daran zu erinnern, was Elisabeth immer sagte, wenn die Herren ihretwegen aufstanden, doch es wollte ihr nicht einfallen. William half ihr, indem er ihr den Stuhl zurechtrückte. Die Herren setzten sich wieder, sprangen aber sogleich wieder auf, denn Elisabeth kam herein. »Bleibt nur sitzen«, sagte sie und Mary-Ann wiederholte es für sich, damit sie es nicht mehr vergaß.

42

An einem wunderschönen Tag, an dem der Himmel blau strahlte, war es schließlich soweit. Alles war vorbereitet. Mary-Ann wurde von den Sonnenstrahlen, die durch den Vorhang hindurchfallen konnten, geweckt. Sie räkelte sich genüsslich und genoss das freudige Kribbeln in ihrem Bauch. Sie wollte den ganzen Tag voll auskosten.

Als sie sich gebadet hatte und ihre Haare dufteten, zog sie sich noch nicht ihr Hochzeitskleid an, sondern ging zu Elisabeth hinüber, die schon fertig angezogen und frisiert war.

Cathy war bei ihr.

»Da bist du ja. Dann wollen wir dich mal schick machen, nicht wahr?«, sagte Mrs Auburn und klingelte nach Ella, die kurz darauf erschien.

»Helfe bitte der Braut beim Anziehen und frisiere sie dann. Vergiss die Blumen nicht!«

Ella nickte und folgte Mary-Ann in ihre Suite. Als die Tür geschlossen war, unterhielten sie sich.

»Oh, ich bin so aufgeregt«, sagte Mary-Ann und ballte ihre Hände zu Fäusten.

Ella lachte und half Mary-Ann beim Zuknöpfen des Hochzeitskleides.

»Das Kleid ist so wunderschön. Ich glaube, du bist die schönste Braut, die ich jemals gesehen habe.« Ella drückte Mary-Ann einen Kuss auf die Wange. »So jetzt deine Haare.«

Mary-Ann setzte sich auf einen Stuhl vor den großen Spiegel und Ella begann eine Haarsträhne nach der anderen nach oben zu stecken.

Neben ihr stand ein Korb voller roter Rosen, die sie sorgfältig mit in das blonde Haar flocht. Nach ungefähr einer Stunde befestigte sie den Schleier in der Frisur und breitete ihn locker über die Schultern der Braut aus.

»Fertig«, verkündete sie.

Mary-Ann stand auf und drehte sich um. »Du bist wunderschön«, wiederholte Ella. »William wird unglaublich stolz sein.«

Mary-Anns Finger zitterten vor Aufregung. Ella nahm ihre Hände und hielt sie fest. »Herzlichen Glückwunsch schon mal im Voraus. Ich wünsche dir alles Gute für deine Ehe und dass du glücklich bleibst.«

»Danke«, strahlte Mary-Ann und umarmte ihre Freundin.

Dann ging sie aus der Tür, wo Elisabeth schon auf sie wartete.

»Oh«, entfuhr es ihr. »Du siehst wunderschön aus.«

Mary-Ann lächelte. Ihre Wangen glühten vor Freude und Aufregung.

»Komm, William ist schon in der Kirche. Wir müssen gehen.«

Elisabeth führte Mary-Ann zur Kutsche und sie stiegen ein. Der Kutscher trieb die Pferde zur Eile an.

Die kleine Kirche strahlte im Licht der Wintersonne. Mit klappernden Hufen trabten die Pferde auf den Kirchenhof, wo Mary-Anns Vater sie erwartete. Alle anderen Leute befanden sich schon in der Kirche auf ihren Plätzen.

»Oh, Papa, du siehst … gut aus«, sagte Mary-Ann zu ihrem Vater, der einen schicken Anzug trug.

»Und du erst«, erwiderte Michael und sah sie bewundernd an. »Niemand in ganz Tainbridge hat eine so schöne Tochter wie ich.«

Es blieb keine weitere Zeit zum Reden, denn die Musik setzte ein, das Zeichen für Mary-Ann und Michael. Sie nahm den Arm ihres Vaters und gemeinsam schritten sie den Gang der Kirche entlang. Alle Leute drehten sich zu der wunderschönen Braut um.

Seit einer Ewigkeit war Mary-Ann nicht mehr in der Kirche gewesen, doch daran verschwendete sie jetzt keinen Gedanken. Sie hatte nur Augen für William, der vorne am Altar stand und ihr entgegen sah. Wellen der Freude durchfluteten sie. Es war wirklich wahr! Sie heiratete William!

Vorne angekommen, hörte die Musik auf zu spielen und der Pfarrer begann mit feierlicher Stimme zu sprechen. Die Zeremonie nahm ihren Lauf, ohne dass sich Williams und Mary-Anns Blicke lösten.

Dann war es soweit und Mary-Ann und William gaben sich das Jawort. Justin kam den Gang der Kirche nach vorne gelaufen und trug auf einem roten Stück Stoff zwei kleine goldene Ringe. William steckte ihn seiner Braut an und Mary-Ann tat es ihm gleich.

Erneut setzte die Musik ein und Luke, der inzwischen drei Jahre alt war, streute Blumen vor dem Brautpaar aus. Nach William und Mary-Ann folgte der Pfarrer und ihm folgte schließlich die ganze Kirchengemeinde.

Das frischgebackene Ehepaar stieg unter lauten Jubelrufen in die Kutsche und winkte den Leuten, während der Kutscher eine Ehrenrunde auf dem Platz drehte.

Alleine in der Kutsche, küsste William seine Braut. »Jetzt gehören wir endlich zusammen.«

Mary-Ann nickte und strahlte, wie sie noch nie zuvor gestrahlt hatte.

Das Fest ging lange. Es wurden Reden gehalten, gegessen, getrunken, gespielt, getanzt, gelacht und Geschenke ausgepackt. Mary-Ann wusste nicht, wieso sie jemals Bedenken gehabt hatte, nicht in der Gesellschaft akzeptiert zu sein. Bridget hatte die Einladung ausgeschlagen und so erlebte Mary-Ann ein wunderschönes Hochzeitsfest. Lucy ging mit ihr hinaus in den Garten, als sie einmal kurz Abstand zu all den Leuten brauchte.

Gegen zwei Uhr nachts verließen sie die Gäste. Doch nicht ohne ihre Glückwünsche zurückzulassen.

Lucy umarmte ihre Tochter lange. »Ich bin so stolz auf dich«, flüsterte sie und drückte ihr einen Kuss auf die Wange. Mary-Ann sah die Träne, die auf der Wange ihrer Mutter glitzerte.

»Ich bleibe deine Tochter, Mama.«

Lucy nickte lächelnd und verabschiedete sich.

Michael trug den schlafenden Justin in die Kutsche und kam noch einmal zurück, um Mary-Ann an seine Brust zu drücken. »Ich wünsche dir, dass Gott eure Ehe so sehr segnet, dass ihr euch gar nicht mehr retten könnt vor lauter Segen«, sagte er gerührt und legte dann seinen Arm um Lucy.

Als alle gegangen waren, lehnte sich Mary-Ann müde an die Wand. »Ich bin geschafft. Aber glücklich. Es war ein wunderschönes Fest, William.« Er nickte. Ohne ein Wort zu sagen und ohne den Blick von ihr zu wenden, führte er sie nach oben. Mary-Anns kleines Herz klopfte. Sie wusste, was als Nächstes geschehen würde. Doch William führte sie nicht in seine Suite, sondern in ihre eigene. Er ließ ihre Hand los und ging ins Badezimmer. Mary-Ann war verdutzt. Was hatte er vor?

Da hörte sie, wie Wasser in die Badewanne lief. Er ließ ihr heißes Wasser einlaufen, damit sie sich baden konnte!

»Damit du dich erst mal von dem Fest erholen kannst«, meinte er schlicht.

Oh, wie sie ihn doch liebte!

»Du kannst jederzeit zu mir rüberkommen, wenn du willst.«

Er drehte sich um und schloss die Tür.

Mary-Ann stand da und wollte weinen vor Freude.

Danke, Herr, dass ich so einen rücksichtsvollen Mann heiraten durfte, sagte sie leise in ihrem Herzen und schlüpfte aus dem engen Hochzeitskleid. Sie nahm den Schleier aus ihrem Haar und zog vorsichtig die Rosen und Nadeln aus der Frisur. Mit einer Bürste kämmte sie ihre Locken. Dann ließ sie sich in das warme Wasser gleiten. Ihre Muskeln entspannten sich und sie wusch sich mit einem weichen Schwamm. Wie gut das tat!

Aber sie hielt es nicht lange in dem Wasser aus. Es zog sie zu William, zu ihrem Mann. Sie stieg aus der Wanne und trocknete sich ab. Dann wickelte sie sich in ein großes Handtuch und schlich sich in Williams Suite. Es war alles dunkel, doch es duftete angenehm nach einem Badezusatz. Anscheinend hatte auch er ein Bad genommen. Sie schlich sich zu der Schlafzimmertür. Leise öffnete sie diese. William stand am Fenster. Er ging auf sie zu, als er sie in der Tür stehen sah, umarmte und küsste sie zärtlich. Mary-Ann hielt das Handtuch nicht länger fest und William trug sie zu dem Himmelbett in der Mitte des Raumes.

Am nächsten Morgen erwachte Mary-Ann von den Sonnenstrahlen, die in das Zimmer fielen. Neben ihr lag William und schlief noch. *Ich bin verheiratet,* sang es in ihrem Herzen. Sie lächelte und strich ihm eine vorwitzige Strähne aus der Stirn. Er regte sich. »Guten Morgen«, sagte sie zärtlich und küsste ihn auf die Nasenspitze. Ohne seine Augen zu öffnen, streckte er seinen Arm nach ihr aus und zog sie an sich.

Noch eine Weile blieben sie so liegen und genossen die Gegenwart des anderen.

Schließlich rappelte sich Mary-Ann auf und ging ins Bad. Nachdem sie sich gewaschen und gekämmt hatte, griff sie sich ihr Handtuch – etwas anderes hatte sie im Moment ja nicht und huschte in ihren Ankleideraum, wo sie sich schnell anzog. Als sie zurückkam, hatte William sich auch aus dem Bett erhoben und sich angekleidet.

»Ich hab Hunger«, war das erste was er sagte.

Mary-Ann schmunzelte und nahm seinen Arm. »Komm, wir gehen frühstücken.«

Im Esszimmer war nur noch für zwei Personen gedeckt. William klingelte nach Henry.

»Wir würden gerne frühstücken, Henry. Haben die anderen schon gegessen?«

»Ja, Sir. Es ist bereits fast zwölf Uhr.«

William erschrak. »Was, so spät? So lange hab ich in meinem Leben noch nicht geschlafen.«

»Ich lasse servieren«, sagte Henry und zwinkerte Mary-Ann vergnügt zu.

Beim Frühstück wurde William dann schon gesprächiger.

»Hast du Lust heute auszureiten?«, fragte er seine Frau.

»Oh ja, gerne. Es ist so herrliches Wetter draußen.«

William nickte. »Gut. Ich sage Mrs Peters, dass sie uns etwas zum Lunch einpacken soll.«

»Damit wir nicht vom Fleisch fallen«, fügte Mary-Ann schmunzelnd hinzu und streckte ihm ihre Hand entgegen. Er nahm sie und beendete sein Frühstück.

»Henry, sagen Sie Mrs Peters, sie soll uns ein Lunchpaket richten. Wir machen einen Ausflug.«

»Jawohl, Sir.«

Die Zeit, die die Köchin benötigte, nutzten William und Mary-Ann, um gemeinsam in der Bibel zu lesen. Sie hatten sich vorgenommen, so jeden Tag zu beginnen.

Anschließend liefen sie warm eingepackt und scherzend nach draußen. Die Luft war kalt und frisch und ließ ihren Atem sichtbar werden. Mary-Ann rannte lachend voraus, doch William holte sie schnell ein und drehte sie einmal durch die Luft.

Kurz vor dem Stall, hielt William Mary-Ann an. »Hab ich dir heute schon gesagt, dass ich dich liebe?«

»Mmmm … Nein.«

»Ich liebe dich, Mary-Ann«, flüsterte er und küsste sie. »Und ich habe etwas für dich. Als … als Hochzeitsgeschenk sozusagen.«

Er führte sie in den Stall und blieb vor einer kastanienbraunen Stute stehen. Mary-Ann sah in die Box hinein und entdeckte ein kleines Fohlen im Stroh neben seiner Mutter.

»Es ist ein Fohlen von Bellafontee«, erklärte William.

»Oh«, sagte Mary-Ann nur und betrachtete das goldbraune Fohlen mit leuchtenden Augen. »Es ist … wunderschön.« Sie streckte die Hand aus und ließ die Mutter an ihrer Hand schnuppern. »Ich wusste gar nicht, dass ihr Fohlen habt.«

»Eigentlich nicht. Das war ein Versehen. Der neue Kutscher hat Bellafontee zu den Stuten auf die Weide gelassen. Na ja, und die hat ihm scheinbar am besten gefallen.«

Mary-Ann lächelte.

»Es gehört dir«, sagte William und Mary-Ann drehte sich zu ihm um. »Oh, danke, William«, sagte sie überwältigt und umarmte ihn.

In diesem Moment kam der Kutscher in den Stall.

»Satteln Sie bitte Bellafontee und Miranda!«, forderte William ihn auf und der Kutscher machte sich gleich an die Arbeit.

Mary-Ann drehte sich wieder zu ihrem Fohlen.

»Ist es ein Junge oder ein Mädchen?«

»Ein Junge.«

»Hat er schon einen Namen?«

»Nein, das wollte ich dir überlassen.«

»Dann werde ich ihn Pilgrim nennen.«

William nickte sein Einverständnis.

Der Kutscher hatte die Pferde bald gesattelt und sie ritten los. Die Pferde schnaubten in der frischen Winterluft und trabten voller Energie über den noch leicht gefrorenen Boden.

William lenkte Bellafontee näher an die Stute und reichte Mary-Ann die Hand. Sie ergriff sie.

Nach einer Weile fragte er: »Hast du Hunger?«

»Ich? Nein. Und du?«

»Na ja. Ein bisschen.«

Mary-Ann konnte sich das Lachen nicht verkneifen. »Na komm, dann machen wir hier Rast.«

Sie verzehrten ihre Brötchen nahe am Waldrand in der Sonne und traten anschließend den Rückweg an.

Der nächste Morgen war ein Sonntag.

Zum ersten Mal seit vier Jahren besuchte Mary-Ann einen normalen Sonntagsgottesdienst. Sie saß neben William und genoss die Predigt.

Es ging um einen Vers aus Psalm 37: *Überlass dem Herrn die Führung deines Lebens und vertraue auf ihn, er wird es richtig machen.*

Na, davon kann ich eine eigene Geschichte erzählen, lächelte Mary-Ann im Stillen.

»Wenn wir Gott vertrauen und ihm die Zügel unseres Lebens in die

Hand legen, dann wird er es gut machen – besser als wir es je könnten«, sagte der Pfarrer gerade.

Mary-Ann nickte. Seit sie Gott ihr ganzes Leben anvertraut hatte und ihn liebte, hatte sie so viel bekommen. Sogar aus der schlimmen Situation der vier Jahre ohne ihren Vater war unglaublich Gutes entstanden. Sie hatte nicht nur den besten Ehemann der Welt gefunden und viel Besitz erhalten, sondern sie hatte Freiheit von ihren Ängsten, Sorgen und Erinnerungen erlangt. Sie hatte gelernt, was es heißt, Gott zu vertrauen und Gott hatte ihr einen Sinn für ihr Leben gegeben – ihm allein gefallen zu wollen und ihm allein zu dienen. Sie hatte erfahren, was Versöhnung bedeutet und hatte Freunde gefunden. Es hätte nicht besser kommen können. Ohne diese Erfahrung wäre sie nicht die Frau, die sie heute war. Vermutlich wäre sie vollkommen verbittert.

»Aber es ist oft nicht leicht, Gott machen zu lassen und nicht selbst die Initiative zu ergreifen und alles selbst zu lenken«, fuhr der Pfarrer fort.

Auch hier konnte Mary-Ann nur zustimmen. Sie ließ die vier Jahre ohne ihren Vater vor ihrem inneren Auge vorüberstreichen. Sie erinnerte sich gut an die Situation, als die Akte verloren schien. Wie schwer war es ihr gefallen, darauf zu vertrauen, dass Gott alles in seinen Händen hielt. Aber er hatte alles unter Kontrolle gehabt, das wusste sie jetzt.

»Amen«, sagte der Pfarrer und die Gemeinde erhob sich zum Schlusslied. Mary-Ann hatte den Rest der Predigt verpasst.

Nach dem Gottesdienst fand sie noch kurz Zeit, um ihre Eltern zu begrüßen.

»Wo ist Justin?«, fragte sie erstaunt, als sie ihn nirgends entdecken konnte.

»Er ist mit den anderen Jungs spielen gegangen. Nach der Predigt dürfen sie immer nach draußen gehen.«

»Dann sagt ihm bitte schöne Grüße, ja? Ich muss leider schon wieder gehen. Mrs Peters hat das Mittagessen auf dem Herd stehen.«

Sie ergriff Williams Arm und trat mit ihm aus der Kirche in den Sonnenschein hinaus. Sie atmete die frische Luft ein und streckte ihr Gesicht den Sonnenstrahlen entgegen. *Das Leben ist ein Prozess,* dachte sie bei sich. *Gott lehrt und formt uns für die Ewigkeit.*

Gespannt schaute sie der Zukunft entgegen. Sie hatte keine Angst, denn sie wusste, sie konnte nie tiefer fallen als in Gottes Hand.

Ende

Nachwort der Autorin

Das Manuskript des Buches habe ich geschrieben, als ich fünfzehn Jahre alt war. Ich wurde oft gefragt, wie ich denn auf die Idee kam, einen Roman zu schreiben. Ehrlich gesagt weiß ich es gar nicht genau. An einem regnerischen, langweiligen Tag wusste ich nichts Besseres, als mich an den Computer zu setzen und einfach draufloszuschreiben – ohne viel darüber nachzudenken, wo mich meine Fantasie hintragen würde. Allmählich formte sich schließlich eine Geschichte in meinem Kopf, die Personen wurden in mir lebendig und ich hatte Spaß daran, mir zu überlegen, wer sie waren und was in ihrem Leben passierte. Natürlich habe ich nicht den kompletten Roman an dem besagten regnerischen Tag verfasst. Bis ich den letzten Satz schrieb, verging ungefähr ein Jahr.

Die Geschichte spielt in einer Zeit, in der es normal war, dass reiche Familien Dienstmädchen beschäftigen, die Frauen noch lange Kleider trugen und Pferdekutschen anstatt Autos als Verkehrsmittel dienten. Allerdings habe ich keinerlei Recherchen angestellt. Deshalb ist manches historisch sicher nicht ganz korrekt.

Ich habe oft gebetet, dass mein Buch ein Segen für die Menschen wird, die es lesen werden. So hoffentlich auch für Sie!

Tabea Halbmeyer